나는
훌리아
아주머니와
결혼했다

LA TÍA JULIA Y EL ESCRIBIDOR

by Mario Vargas Llosa

Copyright ⓒ Mario Vargas Llosa, 1977
Korean Translation Copyright ⓒ MUNHAKDONGNE Publishing Corp., 2009

This Korean edition is published by arrangement with
Agencia Literaria Carmen Balcells, S.A. through Eric Yang Agency.
All rights reserved.

이 책의 한국어판 저작권은 에릭양 에이전시를 통해
Agencia Literaria Carmen Balcells, S.A.와 독점 계약한 (주)문학동네에 있습니다.
저작권법에 의해 한국 내에서 보호를 받는 저작물이므로
무단 전재 및 무단 복제를 금합니다.

이 도서의 국립중앙도서관 출판시도서목록(CIP)은
e-CIP 홈페이지(http://www.nl.go.kr/cip.php)에서 이용하실 수 있습니다.
(CIP제어번호: CIP2009003038)

LA TÍA JULIA Y EL ESCRIBIDOR

나는 훌리아 이모와 결혼했다

2

마리오 바르가스 요사 장편소설

황보석 옮김

문학동네

11

대학 중간고사 기간이 다가오고 있었지만, 나는 훌리아와 사랑놀음을 벌이기 시작한 이후로 수업을 자주 빼먹은 데다 (미친놈 칼춤 추듯) 더 많은 소설을 휘갈겨댄 바람에 그 중차대한 시험을 치를 준비가 제대로 되어 있지 않았다. 한 가지 믿는 구석은 기예르모 벨란도라는 카마나 출신의 과 친구로, 도스데마요 광장에서 엎어지면 코 닿을 데 있는 시내 중심가에서 하숙을 했다. 그는 수업을 빼먹는 일이 절대로 없었을뿐더러, 교수들이 숨을 쉬느라 몇 초 동안 말을 멈추었는지까지도 적힌 철저한 강의 노트를 작성하는 모범생이었고, 내가 시를 외우듯 법전의 조항을 암기했다. 그리고 늘 약혼녀를 두고 온 자기 고향 마을 이야기를 늘어놓으면서, 하루빨리 법학사 학위를 따서 이 지긋지긋

한 도시 리마를 떠나, 그가 태어난 고장에 발전을 가져다주기 위해 고군분투할 카마나로 돌아가 변호사 일을 시작하고 싶어 안달이었다. 그는 내게 자기 노트들을 빌려주었고, 또 시험 시간에 작은 소리로 답을 알려주기도 했다. 그래서 시험이 다가오기만 하면 나는 그가 수업 중에 배웠던 것들을 기가 막히게 잘 요약해주리라는 기대를 품고 그의 하숙집을 찾아가곤 했다.

그 일요일, 나는 기예르모의 하숙방에서 세 시간을 보낸 뒤에, 법률 용어들로 머리가 핑핑 도는 데다 이제부터 외워야 할 뜻도 모를 라틴어들이 엄청나다는 생각에 이제 죽었구나 하면서 집으로 돌아오고 있었다. 산마르틴 광장에 이르렀을 때 나는 건너편 라디오 센트랄 방송국의 우중충한 회색빛 건물 정면에서 단박에 눈에 띄는, 페드로 카마초의 소굴의 열린 창문 안을 멀리서 훔쳐보았다.

당연히 나는 그를 찾아가 인사라도 건네기로 작정했다. 그와 함께 시간을 보내면 보낼수록 — 비록 그때까지도 우리의 관계는 카페 테이블에서 주고받는 짤막짤막한 대화에 국한되어 있었지만 — 점점 더 그의 개성과 외모와 수사학에 매혹되었기 때문이다.

그의 작업실을 향해 광장을 가로지르며, 나는 다시 한번 그 왜소한 사내의 엄청난 역량과, 새벽부터 땅거미가 질 때까지, 아침부터 밤까지 폭풍 같은 열정으로 가득 찬 이야기를 산출해내는 능력의 원천인 강철 같은 의지를 생각했다. 하루 중 어느 때건 그에 대한 생각이 떠오르면 나는 속으로, 그는 작품을 쓰느라 바쁠 거라는 생각을 하곤 했다. 그리고 내가 그렇게도 자주 봐온, 두 검지손가락으로 번개처럼 빠르게 레밍턴 타자기의 자판을 두들겨대면서 열에 들뜬 눈으로 롤러를 응시하고 있는 그를 보게 되면, 동정심과 부러움이 뒤섞인 묘한 감정을 느끼는 것이었다.

그의 비좁은 작업실 창문은 반쯤 열려 있었는데—안쪽에서 타자기 자판이 리드미컬하게 두드려지는 소리가 들려왔다—나는 그 창문을 활짝 밀어젖히고 큰 소리로 인사를 건넸다.

"안녕하세요, 열심히 일하시는군요."

하지만 나는 엉뚱한 곳에 코를 들이밀었거나 아니면 모르는 사람에게 알은척을 했다는 느낌이 들었다. 몇 초 지나지 않아 볼리비아인 방송작가가 하얀 가운에 외과 의사가 쓰는 두건에다 유대교 율법학자처럼 길고 검은 턱수염으로 변장하고 있다는 사실을 알아차렸다. 그는 책상 위로 등을 약간 구부린 채, 내 쪽은 쳐다보지도 않고 태연히 작품을 계속 써내려갔다. 잠시 뒤에 그가 마치 한 생각에서 다른 생각으로 넘어가기 전에 잠시 쉬려는 듯, 그러나 내 쪽으로 고개를 돌리지는 않고 매우 신뢰감 있고 부드러운 목소리로 입을 열었다.

"산부인과 의사 알베르토 데 킨테로스가 조카딸의 세쌍둥이를 받고 있는데 그중 한 녀석은 거꾸로 나올 것 같아. 오 분만 기다려줄 수 있겠나? 이 여자 제왕절개 수술을 마치고 나서 자네하고 버베나 박하차를 마시러 갈 테니."

나는 그가 세쌍둥이의 제왕절개 수술, 사실 그에게는 몇 분밖에 걸리지 않는 수술을 마칠 때까지 창턱에 앉아 담배를 한 대 피우면서 기다렸다. 그러고 얼마 후, 그가 입고 있던 의상을 벗어 조심스럽게 갠 다음 그것을 유대교 율법학자의 가짜 턱수염과 함께 플라스틱 봉지에 집어넣고 있을 때 다시 말을 걸었다.

"제왕절개 수술까지 하면서 세쌍둥이를 다 받는 데 오 분밖에 안 걸리는군요. 놀랐습니다. 저는 비행기가 이륙할 때 생겨나는 압력을 이용해 공중에 뜨는 세 꼬마 녀석에 대한 이야기를 가지고 삼 주일 동안이나 씨름을 했는데 말입니다."

우리가 브란사로 건너가는 사이 나는 그에게 그동안의 일을 고해바쳤다. 몇 편의 소설이 형편없는 실패로 끝난 뒤, 공중에 뜨는 녀석들을 다룬 얘기는 통할 수 있다는 생각이 들어 두렵고 떨리는 마음으로 〈엘 코메르시오〉 지의 일요일판 담당자를 찾아갔었노라고. 그러나 편집장은 내 앞에서 그 소설을 읽어보더니 알쏭달쏭한 대답을 했다.

"두고 가시게. 그러면 우리가 어떻게 해볼 수 있나 알아볼 테니까."

그 뒤로 두 번의 일요일이 지나갔고, 나는 주말마다 신문을 사러 달려나가곤 했지만, 그때까지 내 소설은 실릴 기미가 보이지 않았다.

그러나 페드로 카마초는 다른 사람의 문제에 자기 자신을 내줄 사람이 아니었다.

"우리 차 마시는 건 생략하고 대신 걷자고." 내가 막 앉으려는 참에 그가 내 팔을 쥐고 불쑥 한마디 던지더니 나를 다시 라콜메나로 잡아끌었다. "장딴지가 쑤시고 저려서 말야. 틀림없이 좀 있으면 쥐가 날 것 같아. 난 앉아만 있으니까 운동이 필요하다고."

나는 그의 입에서 그런 말이 나올 게 뻔하다는 걸 알고 있었으므로 그에게 빅토르 위고나 헤밍웨이를 따라, 일어서서 글을 쓰면 어떻겠느냐고 떠보았다. 그러나 이번에도 내가 잘못 짚었다.

"라타파다에서 재미있는 일이 벌어지고 있어." 그가 내 말에는 대꾸도 없이 나를 끌고 산마르틴 광장의 기념비 주위를 거의 뛰다시피 뱅뱅 돌면서 말했다. "그곳에 달밤이면 우는 젊은 남자가 살고 있거든."

나는 일요일에 시내 중심가로 나오는 일이 거의 없었는데, 그곳에 가보니 지금 보이는 사람들이 평일에 보던 사람들과 전혀 딴판이라는 것을 알고 놀랐다. 중산층의 사무직 노동자 대신, 광장은 쉬는 날 놀러 나온 식모, 불그죽죽한 뺨에 큼직하고 투박한 농사꾼 신발을 신은 시골 총각, 땋은 머리에 맨발인 처녀, 떠돌이 사진사, 그리고 너절한 군중 사이에서 음식을 파는 아낙네들로 가득 차 있었다. 나는 기념비 중간 부분에 있는, 조국의 상징인 긴 상의를 입은 여인상 앞에서 방송작가의 걸음을 멈추게 했다. 그리고 내가 그에게서 웃음을 끌어낼 수 있는지 알아보기 위해, 그 여인상의 머리에 어째서 알파카*가 한 마리 걸터앉아 있는지를 설명했다. 그 동상이 이곳 리마에서 주조될 당시 주물공장 직공들이 그 여인상의 머리에 봉헌의 불꽃─야마** 보티바─을 올려놓으라는 조각가의 지시를 이해하지 못하고 그 대신 조각상의 머리에 똑같은 이름을 가진 동물을 얹어놓은 것이라고.

물론 그는 웃는 기색조차 보이지 않았다. 그가 다시 내 팔을 붙들더니 바쁘게 나를 잡아끌고는 산책을 나온 사람들과 부딪쳐 가며 주위에 아무도 없는 것처럼 계속 독백을 늘어놓더니 불쑥 내게 말을 걸었다.

"아무도 그 친구 얼굴은 못 봤지만 그래도 일종의 괴물이라고

---

* 라틴아메리카 산 야마의 일종.
** 스페인어 llama에는 '야마'라는 뜻과 '불꽃'이라는 뜻이 있음.

믿을 만한 이유가 있어. 혹시 하숙집 주인의 후레아들놈이 아닐까? 왜소발육증, 쌍두증, 곱사등이 같은 온갖 유전적인 결함으로 고통받는. 어쩌면 아타나시아 부인은 우리를 놀래키지 않으려고 낮 동안에는 숨겨뒀다가 밤에만 맑은 공기를 좀 마시도록 내보내는지도 모르지."

그는 마치 녹음기처럼 털끝만 한 감정도 없이 그런 말을 늘어놓았는데, 나는 그에게서 좀더 많은 것을 알아내보려고 내가 듣기에도 억지로 들리는 가설을 하나 내놓았다. 사랑 문제로 우는 젊은이일 수도 있지 않겠느냐고.

"만일 그 친구가 상사병이 든 젊은이라면 기타나 바이올린을 갖고 있거나 노래라도 불러야지." 그가 경멸에 동정이 밴 목소리로 되받았다. "하지만 이 친구는 그저 울기만 한다 이거야."

나는 그가 그 일을 처음부터 다 설명하도록 부추겨보려고 했지만 그는 평소 때보다도 더 아리송해지면서 점점 더 자기 생각에만 빠져들었다. 내가 그에게서 알아낼 수 있었던 것은 며칠 밤을 누군가가 하숙집의 이쪽 또는 저쪽 모퉁이에서 울곤 하는 바람에 라타파다에 하숙하는 사람들이 툴툴거리고 있다는 것뿐이었다. 하지만 방송작가의 말에 따르면 하숙집 주인인 아타나시아 부인은 '오리발을 내밀면서' 자기는 그 일에 대해 전혀 모른다고 시치미를 뗀다는 것이었다.

"어쩌면 그 친구, 죄를 짓고 우는 걸지도 모르지." 페드로 카마초가 여전히 내 팔을 붙들고 기념비를 열두어 차례 돈 뒤에, 라디오 센트랄 쪽으로 나를 잡아끌면서, 소리내어 숫자를 더하는 회계원 같은 목소리로 추측했다. "집안에서 생겨난 범죄일까? 후회스러워서 제 머리칼을 쥐어뜯고 살을 도려내는 존속 살해범? 그러니까 쥐잡이 사내의 아들?"

그는 동요한 기색이라고는 없었지만, 그럼에도 나는 그가 어느 때보다도 더 자기 생각에만 골몰해서 누구의 말을 듣거나 이야기를 하거나 누가 자기와 함께 있다는 것조차도 알지 못한다는 것을 알아차렸다. 그가 나를 보지도 못한다는 것은 분명했다. 나는 그의 상상력이 최고속으로 줄달음치는 것을 보고 싶어서 어떻게든 그가 독백을 계속하도록 부추겼지만, 그는 숨어서 우는 사람의 이야기를 불쑥 끄집어냈을 때처럼 갑자기 입을 다물어버렸다.

그는 다시 자기의 소굴에 자리 잡고 앉아 검은 양복을 벗고 조그만 나비넥타이를 풀었다. 그러고는 제멋대로 뻗친 사자 갈기 같은 머리칼을 헤어네트에 쑤셔넣더니 다른 플라스틱 봉지에서 뒷머리를 동그랗게 말아올린 여자 가발을 꺼내 썼다. 나는 도저히 참을 수가 없어서 웃음을 터뜨렸다.

"내가 곁에 있는 즐거움을 누리게 된 이 아가씨는 또 누굽니까?" 내가 여전히 웃으면서 물었다.

"프랑스인을 좋아하는 친구, 그러니까 자기 아들을 죽인 제약 회사 직원에게 몇 마디 충고를 해줘야 되겠어서." 그가 이번에는 지난번에 붙였던 유대교 율법학자의 턱수염 대신 얼굴에 애교점을 붙이고 알록달록한 귀고리를 하면서 그것도 모르냐는 투로 설명했다. "이제 그만 가보게, 친구."

그곳에서 발길을 돌리는 순간 나는 레밍턴 타자기를 다시—꾸준히 자신 있게, 충동적으로, 끝없이—쳐대는 소리를 들었다. 버스를 타고 미라플로레스로 돌아오면서 나는 페드로 카마초의 삶에 대해 생각해보았다. 어떤 사회적 환경이, 상황과 사람과 인연과 문제와 사건과 뜻하지 않은 일들 간의 어떤 연쇄 작용이 그처럼 열매를 맺고 하나의 작품으로 표현되어 청취자들을 끄는 이 문학적(문학적이라? 만일 그게 아니라면 대체 뭐라고 불러야 할까?) 재질을 산출해냈을까? 어떻게 그는 작가의 전형인 동시에, 자신의 재능에 바치는 시간과 생산해내는 작품 덕분으로, 페루에서 작가라 불릴 만한 단 하나뿐인 사람이 될 수 있었을까? 시인이니 소설가니 극작가니 하는 이름으로 통하는 그 숱한 정치가, 법조인, 교수…… 문학과는 아무 관계도 없는 활동에 허비되는 삶에서 짧은 막간을 이용해 얄팍한 시집이나 빈약한 단편집을 한 권 냈다고 해서, 그들이 과연 진정한 작가가 될 수 있

는 것일까? 어째서 문학을 일종의 치장이나 구실로 삼는 사람들
이 오직 글을 쓰기 위해 살고 있는 페드로 카마초보다도 더 진정
한 작가로 대우받을 권리가 있는 것일까? 그들이 프루스트, 포
크너, 조이스의 책을 읽었던(아니면 적어도 읽어야 한다는 것을
알았던) 반면 페드로 카마초는 거의 문맹이나 다름없기 때문일
까? 그런 생각을 떠올리면서 나는 슬프고 속이 상했다. 날이 갈
수록 이 세상에서 내가 하고 싶은 유일한 일은 작가가 되는 것이
란 생각이 점점 더 분명해졌고, 작가가 되기 위해서는 마음과 정
신을 오로지 문학에만 쏟아야 한다는 생각 또한 점점 더 굳어져
갔다. 내가 되고 싶었던 것은 절대로 시시한 삼류 작가나 아르바
이트 작가가 아니라 진정한 작가였다. 누구처럼? 그때껏 내가
만났던 사람 중에서 자기 직업에 몰두하고 전념하여 진정한 작
가가 되는 데 가장 접근한 사람은 라디오 연속극을 쓰는 볼리비
아인 작가였으며, 그것이 바로 그가 나를 그처럼 매혹시킨 이유
였다.

　할아버지 댁으로 돌아가보니 하비에르가 일요일 오후를 즐
길, 죽은 사람이라도 벌떡 일으켜 세울 수 있는 계획을 짜놓고
행복감에 들떠서 나를 기다리고 있었다. 그는 방금 전에 그의 부
모님이 피우라에서 다달이 부쳐주는 우편환을 받은 데다 국경일
기념으로 용돈까지 두둑하게 받은 참이어서, 우리 넷이 함께 그

뜻하지 않은 횡재를 탕진해버리기로 작정하고 있었다.

"너를 위해 내가 국제적이고도 지적인 프로그램을 짜두었지." 그가 다정하게 내 등을 철썩 치면서 말했다. "프란시스코 페트로네가 이끄는 아르헨티나 연극을 보고 저녁식사는 린콘 토니에서 독일식으로, 그리고 이 축제의 끝마무리는 니그로 니그로의 어둠 속에서 볼레로를 추면서 프랑스식으로 하시겠다 이거야."

페드로 카마초가 그때까지의 내 짧은 생애에서 만난 가장 작가다운 사람이었다면, 하비에르는 내가 아는 모든 사람 중에서 가장 관대하고 호기로워서 흡사 르네상스 시대의 왕자처럼 보일 지경이었다. 더구나 그는 아주 유능한 계획가이기도 해서, 이미 훌리아와 난시에게 그날 밤 무슨 일이 기다리고 있는지를 알린 뒤였고 주머니 속에는 벌써 극장표까지 들어 있었다. 그의 계획은 이보다 더 매혹적일 수가 없었으므로 나는 당장에 나의 천직과 페루의 글쟁이들 앞에 놓여 있는 비참한 운명에 대한 비관적인 생각을 몰아내버렸다. 하비에르 역시 꽤나 즐거워하고 있었다. 그는 지난 한 달 동안 난시와 함께 외출을 했는데 그 둘의 만남은 진짜 연애의 성격을 띠어가고 있었다.

난시에게 훌리아에 대한 내 감정을 털어놓았던 일이 하비에르에게는 굉장한 도움이 되었다. 더블 데이트를 함으로써 우리가 비밀을 숨긴 채 같이 돌아다닐 수 있도록 도와준다는 구실로 한 주에 서너 번 난시를 만나볼 수 있었기 때문이다. 내 사촌과 홀리아는 이제 떨어질 수 없는 사이가 되어 함께 쇼핑을 하거나 영화를 보러 다녔고 서로의 비밀을 지켜주었다. 내 사촌은 우리의 사랑을 지켜주는 열렬한 후원자가 되었는데, 어느 날 저녁 그녀는 내게 이런 말을 함으로써 내 사기를 돋워주었다.

"훌리아 아주머니에게는 나이 차를 싹 없애버릴 수 있는 매력이 있어, 마리토."

그 일요일(내가 나의 미래는 대부분 운에 의해 결정된다고 단단히 믿었던 바로 그날)을 즐길 장대한 계획은 처음부터 멋지게 시작되었다. 50년대 리마에서는 일류 연극을 볼 기회가 거의 없었지만, 프란시스코 페트로네의 아르헨티나 연극단은 페루에서 공연된 적이 없었던 일련의 현대적인 작품을 선보이고 있었다. 난시가 올가 아주머니 댁으로 훌리아를 데리러 갔다가 둘이서 같이 택시를 잡아타고 시내로 들어올 때까지, 하비에르와 나는 세구라 극장 문 앞에서 그들을 기다렸다. 사내란 모름지기 통이 커야 한다고 믿는 하비에르는 귀빈석을 통째로 예매했는데, 나중에 보니 귀빈석을 예매한 사람은 우리뿐이었다. 그래서 무대뿐만 아니라 우리에게도 수많은 눈길이 쏠렸고, 나는 마음이 켕겨서 친척이나 아는 사람 중 누군가가 우리를 보고 당장에 사실을 눈치채지나 않을까 걱정이 되었다. 그러나 공연이 시작되는 순간 내 두려움은 흔적도 없이 사라졌다.

그들은 아서 밀러의 〈세일즈맨의 죽음〉을 공연했는데, 그것은 내가 그때껏 보았던 중 시간과 공간의 관례를 무시한 첫번째 비전통적인 연극이었다. 나는 너무도 열광하고 감격해서 휴식시간이 되자 그 연극의 인물들과 기법, 아이디어 등을 침이 마르게 칭찬하며 전광석화처럼 이야기를 늘어놓기 시작했다. 그리고 연극이 끝난 뒤 라콜메나에 있는 린콘 토니에서 소시지를 먹고 흑맥주를 마시는 동안에도 계속해서 그 연극을 격찬했는데, 내 기분에 취해 얼마나 열심히 떠들어댔는지 나중에 하비에르가 이런 말을 하는 것이었다.

"너 꼭 벼룩을 한 움큼 뿌려놓은 앵무새처럼 주절대더라."

내 사촌 난시는 그러잖아도 내 문학적인 성향을 우리 작은할아버지 에두아르도―판사 생활을 하다가 은퇴한 작달막한 노인이었는데, 그분의 삶은 온통 거미를 모으는 이상한 취미에 집중되어 있었다―를 매혹시킨 그 요상한 취미처럼 별나다고 생각하던 참에, 우리가 막 보고 나온 작품에 대해 내가 끝없이 늘어놓은 장광설까지 듣고 나서는, 내 문학적인 소질이 나를 위험한 지경으로 빠뜨리지나 않을까 걱정이 되는 모양이었다.

"점점 제정신이 아닌 것 같다, 너." 그녀가 내게 경고했다.

하비에르는 그날 저녁을 마무리할 장소로 니그로 니그로를 택했는데, 그 이유는 그곳이 뭔가 지적이고 보헤미안 같은 분위기를 풍긴다는 것이었지만—목요일이면 그곳에서는 소규모 쇼와 단막극, 일인극, 리사이틀 따위가 벌어지곤 해서 화가, 음악가, 작가가 즐겨 찾는 소굴이었다—그 외에도 그곳이 리마에서 가장 어두운 술집이기 때문이었다. 산마르틴 광장 아케이드 지하에 있는 그 술집은 기껏해야 테이블이 스무 개쯤 되고 우리가 생각하기로는 '실존주의적인' 실내 장식을 한 나이트클럽으로, 전에 몇 번 가본 바로는 생 제르맹 데 프레 동굴에 들어와 있는 것 같은 착각이 들었던 곳이다.

웨이터가 우리를 댄스 플로어 가장자리에 있는 조그만 테이블로 안내했다. 하비에르가 어느 때보다도 더 호기롭게 위스키를 넉 잔 주문하더니 당장에 난시와 춤을 추려고 일어섰다.

나는 그 비좁고 북적거리는 지하실에서 훌리아에게 연극과 아서 밀러에 대한 이야기를 계속했다. 우리는 손을 잡고 서로 겹치다시피 꼭 붙어앉아 있었는데, 그녀가 참을성 있게 내 말을 귀담아 들어주는 동안 나는 그날 밤 내가 극장에서 알게 되었던 것들을 줄줄이 늘어놓았다. 연극은 소설이나 마찬가지로 복잡하고 심오한 것일 수 있다느니, 또 연극은 살아 숨 쉬는 것이므로 알맹이 있는 내용이 되기 위해서는 혈기왕성한 사람들의 참여를 필요로 한다느니, 어쩌면 연극이 미술이나 음악 같은 다른 예술보다 더 우월할지도 모르겠다느니 하면서.

"나 당장에 장르를 바꿔서 소설 대신 희곡을 쓰기로 결정했습니다." 내가 잔뜩 흥분한 목소리로 그녀에게 말했다. "거기에 대해 어떻게 생각하죠?"

"내 생각엔 그러지 말아야 할 이유는 없는 것 같아." 훌리아가 일어서면서 대답했다. "하지만 바르기타스, 지금은 같이 춤추러 나가서 달콤한 귓속말이나 속삭여줘. 문학에 대한 얘기를 꼭 하고 싶으면 춤추는 사이사이에 할 수 있도록 해줄게."

나는 그녀의 지시에 철저히 따랐다. 우리는 서로를 꼭 끌어안은 채 입을 맞추며 춤을 추었고, 나는 그녀에게 사랑한다고 속삭여주었다. 그녀도 나를 사랑한다고 대답했다. 친밀하고 자극적이고 관능적인 분위기와 하비에르가 산 위스키 덕분에 나는 처음으로, 그녀가 내게 불러일으키는 욕망을 숨기려 들지 않았다. 그래서 우리가 춤을 추는 동안 나는 입술로 그녀의 목을 더듬고 혀를 그녀의 입속으로 밀어넣어 침을 핥았다. 또 그녀의 가슴과 배와 허벅지가 내게 와 닿도록 그녀를 바짝 끌어안았고, 다음에는 테이블로 돌아와 어둠의 장막 아래서 그녀의 허벅지와 젖가슴을 더듬었다. 우리가 그런 짓을 하면서 어질어질할 정도로 행복해하고 있는 중에, 난시가 볼레로를 추다 말고 테이블로 돌아오더니 불쑥 한마디 던져 피를 얼어붙게 만들었다.

"야단났어. 저기에 누가 있는지 좀 봐. 호르헤 삼촌이야."

그것은 우리가 심각하게 고려했어야 했던 위험이었다. 호르헤 삼촌은 지나치리만큼 열정적인 삶, 대담한 온갖 사업과 상업적 모험, 그리고 술과 여자와 노래로 채워진 열렬한 밤들이 결합된 우리 막내 삼촌으로, 그에 대해서는 다른 술집, 그러니까 엠바시에서 연출했던 웃지 못할 소문이 돌았다. 그 얘기인즉 이러했다. 쇼가 막 시작되어 어떤 여자 가수가 무대로 나왔는데, 그녀는 앞자리 테이블에 앉아 있던 주정뱅이가 계속해서 욕지거리를 해대는 통에 노래를 부를 수가 없었다. 그러자 호르헤 삼촌이 벌떡 일어서더니 사람들로 붐비는 나이트클럽 한복판에서 돈키호테처럼 호통을 쳐댔다. "아가리 닥쳐, 이 망할 자식아! 숙녀를 존중할 줄 알도록 본때를 보여줄 테다!" 그러고는 권투선수처럼 주먹을 치켜들고 주정뱅이에게 달려들었는데, 바로 다음 순간 그는 자기가 졸지에 바보가 되고 말았다는 것을 알아차렸다. 그 가짜 손님이 여가수에게 야유를 한 것은 쇼의 일부였기 때문이다.

그런데 지금 그가 우리에게서 바로 두 테이블 건넌 곳에 우아한 모습으로 앉아 있는 것이었다. 담배를 피우려는 사람들이 켜는 성냥 불빛과 웨이터들의 플래시 불빛에 그의 얼굴이 잠깐씩 보일 듯 말 듯 비쳤다. 나는 그의 부인인 가비 아주머니도 같이 앉아 있는 것을 알아보았는데, 우리에게서 불과 몇 발짝 떨어지지 않은 곳에 있었음에도, 그들은 일부러 우리 쪽을 보지 않고 있었다. 일이 어떻게 된 것인지는 불을 보듯 뻔했다. 내가 훌리아와 키스하는 모습을 보자마자 그들은 당장에 모든 사태를 짐작하고서 짐짓 못 본 척하기로 한 것이었다. 하비에르가 계산을 치르자 우리는 즉시 니그로 니그로를 떠났다. 호르헤 삼촌과 가비 아주머니는 우리가 출구 쪽으로 나가는 길에 그들의 테이블 옆을 지나면서 팔꿈치가 스쳤는데도 신중하게 다른 쪽을 보고 있었다.

미라플로레스로 돌아오는 택시 안에서 우리 네 사람은 침울한 얼굴로 아무 말도 없이 그저 앉아만 있었다. 마침내 난시가 우리 모두의 생각을 한마디로 요약했다.

"아무리 머릴 짜내봤자 소용없어. 이제 정말 난리나게 생겼으니까."

그러나 마음을 바짝 졸이게 하는 영화에서처럼, 그후 며칠 동안 전혀 아무 일도 일어나지 않았다. 아니, 집안 식구들이 호르헤 삼촌과 가비 아주머니에게서 어떤 귀띔을 받았다는 지극히 미미한 조짐마저도 없었다. 루초 삼촌과 올가 아주머니는 훌리아에게, 자기들이 뭔가 알고 있다는 생각이 들게 할 만한 말은 비치지도 않았고, 목요일에 내가 있는 용기를 다 짜내 삼촌 댁으로 점심식사를 하러 나타났을 때도 그들은 언제나처럼 개방적이고 다정한 태도를 보였다. 또 내 사촌 난시도 라우라 아주머니와 후안 삼촌에게서 말꼬리를 잡는 듯한 어떤 질문도 받지 않았다. 그리고 우리 집의 경우, 할머니와 할아버지는 언제나처럼 백일몽에 잠긴 듯한 표정으로 천사 뺨칠 만큼 순진하게도, 내가 여전히 훌리아를 데리고 영화를 보러 가는지 몇 번씩이고 묻는 것이었다("친절하기도 하지. 훌리아는 영화를 그렇게도 좋아한단 말이야").

초조하고 불안한 며칠이 지나는 동안 훌리아와 나는 특히 더 조심스러워져서, 적어도 일주일 동안은 몰래도 만나지 않기로 결정을 보았다. 하지만 그래도 우리는 전화로 이야기를 할 수 있었다. 훌리아는 매일같이 적어도 세 번은 길모퉁이에 있는 야채 가게로 나와 내게 전화를 걸었고, 그러면 우리는 손에 땀을 쥐게 하는 집안 식구들의 반응에 대하여 각자의 관찰을 교환하고 온갖 가설을 세워보았다. 호르헤 삼촌은 우리의 비밀을 자기 혼자서만 알기로 작정한 것일까? 나는 그것이 우리 집안의 평소 관례에 비추어 생각조차도 할 수 없는 일임을 알고 있었다. 그렇다면 도대체 무슨 일이 벌어지고 있는 것일까? 하비에르는, 가비 아주머니와 호르헤 삼촌이 그날 밤 꼭지가 돌게 위스키를 퍼마셔서 무슨 일이 벌어지고 있었는가를 확실히 알지 못해 기억 속에 어른거리는 것이 어렴풋한 의심뿐이기 때문에 완전히 입증된 사실도 아닌 일을 가지고 소문을 퍼뜨리고 싶어하지 않을 것이다라는 이론을 제시했다.

얼마쯤은 호기심에서, 그러나 또 한편으로는 나 자신을 못 살게 굴고 싶은 심사에서, 나는 그 한 주 동안 어떤 예상을 해야 할지 알아보기 위해 우리 친척들 집을 하나도 빼놓지 않고 다 돌아다녔다. 그러나 이상한 점은 아무것도 찾아낼 수가 없었다. 나를 몹시 궁금케 하고 내 쪽에서 불꽃 튀는 의심을 불러일으킨, 일부러 피하는 듯한 태도만 제외하고는. 무슨 얘기냐 하면, 오르텐시아 아주머니가 함께 차나 마시자고 나를 초대했는데 두 시간 동안 이야기를 나누는 중에 훌리아 얘기를 단 한 번도 꺼내지 않은 것이었다.

"모두들 다 알고 계획을 세워둔 거야." 내가 하비에르에게 단언했다.

그는 내게서 끝없이 그런 얘기만 듣는 통에 진절머리를 내고 있었다.

"네 얘긴 결국 이런 거라고. 넌 뭔가 쓸거리를 찾기 위해 온 집안 식구들이 몽둥이 들고 일어서는 걸 보고 싶어 죽을 지경인 거야." 그가 말했다.

그 파란만장했던 일주일 동안 나는 예기치 않게 길거리에서 벌어진 싸움에 휘말려들어 페드로 카마초의 보디가드 노릇을 하게 된 일이 있었다. 그 사연인즉 이러했다.

어느 날 나는 산마르코스 대학에 갔는데 게시판에 막 형법 시험 성적이 나붙은 참이었다. 나는 모든 것을 완전히 알고 있던 내 친구 벨란도보다도 점수가 더 높은 것을 알고 적책감을 느끼며 학교를 나섰다. 학교 앞 공원을 가로지르다 라디오 판아메리카나와 라디오 센트랄을 소유한 족벌의 족장인 헤나로 1세와 마주쳤다. 그리고 함께 이야기를 주고받으면서 천천히 걷다보니 벨렌 로까지 오게 되었다. 그는 늘 검은 양복 차림을 한 신사로 언제 보아도 근엄했는데 볼리비아인 방송작가는 때때로 그를—미루어 짐작하기에 그리 어렵지만은 않은 이유로—'노예 감독'이라고 불렀다.

"자네의 그 천재 친구가 여전히 골칫거리를 안겨주고 있어." 헤나로 1세가 말했다. "그 사람을 참을 만큼 참아왔네. 만일 작품을 그렇게 많이 쓰지만 않았더라면 벌써 오래전에 그 사람을 내쫓았을 거야."

"아르헨티나 대사관에서 또다시 항의가 들어왔나요?" 내가 물었다.

"그 사람 도대체 무슨 형편없는 잡탕을 만들고 있는지 모르겠어." 그가 투덜거렸다. "사람들을 놀리는 버릇이 들어가지고, 극

중인물들을 한 연속극에서 생판 다른 연속극으로 옮겨버리거나 느닷없이 이름을 바꿔서 청취자들을 정신 못 차리게 하고 있어. 우리 집사람은 벌써 전부터 나한테 무슨 일이 벌어지고 있는지 얘기했는데, 이젠 방송국에 항의 전화까지 걸려오기 시작했어. 그리고 편지도 두 통 받았고. 아마 멘도시타의 성직자하고 여호와의 증인이 서로 뒤바뀌어버린 모양이야. 난 너무 바빠서 그 연속극들을 들을 시간이 없는데 자넨 혹시 들어본 적 있나?"

우리는 어느새 라콜메나까지 와서 지방으로 떠나는 버스와 조그만 중국식 카페들을 지나 산마르틴 광장 쪽으로 가고 있었는데, 그때 나는 훌리아가 며칠 전에 페드로 카마초를 두고 했던, 나를 웃긴 동시에 그 방송작가가 내심으로 은근히 익살맞은 사람이 아닐까 하는 내 짐작을 굳혀주었던 이야기를 떠올렸다.

"정말로 이상한 일이 벌어졌어. 그 젊은 아내가 아기를 낳기는 했지만 사산이어서 식구들이 아기를 교회로 데려가 장례식을 치렀거든. 그런데 오늘 오후 방송분에서는 세례를 주려고 그 아이를 성당으로 데려갔으니 이 사실을 어떻게 설명하지?"

나는 헤나로 1세에게 나 역시 그 연속극들을 들을 시간은 없지만, 아마도 등장인물이 서로 바뀌고 이야기가 뒤섞이는 것은 페드로 카마초가 이야기를 전개하는 고도의 독창적인 방법일 것이라고 둘러댔다.

"우린 그 사람한테 독창적이 되라고가 아니라 청취자들을 즐겁게 해주라고 돈을 지불하는 걸세." 헤나로 1세가 설명했다. 그것으로 보아 그는 진보적 성향의 흥행주가 아니라 철저한 전통주의자임이 분명했다. "만일 그 친구가 계속 그런 식으로 장난질을 친다면 우린 청취자들을 잃게 돼. 그리고 스폰서들은 광고료를 깎으려고 들 거야. 자넨 그 사람 친구잖은가, 그러니 말 좀 전해주게. 그런 모더니즘적인 수법들을 그만두지 않는다면 결국은 직업을 잃게 될지도 모른다고 말일세."

나는 그에게 직접 얘기해보시라고 대답했다. 그는 사장이었으므로 그의 위협에 더 많은 힘이 실릴 터였다. 그러나 헤나로 1세는 헤나로 2세가 물려받은 그 어이가 없다는 몸짓으로 고개를 저었다.

"그 친구 나한테는 말도 못 꺼내게 해. 자기가 최고라는 생각이 머릿속에 꽉 박혔는지 내가 무슨 말을 꺼내려고만 하면 무례하게 군다니까."

헤나로 1세는 가능한 한 공손하게, 방송국으로 항의 전화가 걸려오고 있다는 말을 전하고 항의 편지를 보여줄 생각으로 방송작가의 비좁은 작업실을 찾아갔다. 그러나 페드로 카마초는 한마디 대꾸도 없이 두 통의 편지를 받아들더니 꺼내보지도 않고 조각조각 찢어서 휴지통에다 던져버렸다. 그러고는 마치 뉘

집 개가 짖었냐는 식으로 하던 일을 계속했다는 것이다. 헤나로 1세는 뇌일혈 일보 직전에 그 괘씸한 자의 소굴을 떠나려다가 그가 투덜거리는 소리를 들었다.

"까는 소리 말고 자기네 볼일이나 보라고 그래."

"이제 더이상은 그런 모욕을 참을 수 없네. 생각 같아서는 쫓아내버리고 싶지만 그것도 현실적인 방법은 못 되고." 그가 질렸다는 몸짓을 해 보이며 이야기를 마무리했다. "하지만 자넨 잃을 게 없지 않은가. 그 친구는 자넬 모욕하진 않을 테니까. 어쨌든 자네 역시 작가니 말일세, 안 그런가? 그러니 손 좀 빌려주게. 회사를 위해 그 사람한테 얘길 좀 해줘."

나는 그러겠다고 약속했다. 그리고 사실 운 나쁘게도, 판아메리카나의 열두시 뉴스 시보를 준비해놓은 뒤에 버베나 박하차나 한잔 하자면서 페드로 카마초를 불러냈다.

우리가 막 라디오 센트랄을 나서려는 참에 덩치가 우람한 두 젊은이가 앞길을 가로막았다. 나는 그들이 누구인지를 당장에 알아보았다. 베들레헴 수녀원에서 운영하는 학교 맞은편에 위치한 레스토랑 아르헨티나 그릴에서 일하는 바비큐 요리사였다. 부얼부얼한 턱수염을 잔뜩 기른 그 두 형제가 하얀 앞치마에 높다란 주방장 모자를 쓰고서 내놓는 그 레스토랑의 특별 요리는 덜 구운 스테이크와 숯불구이 내장 요리였다.

그 둘이 싸움을 걸려는 투로 페드로 카마초를 둘러싸더니 나이가 더 많고 뚱뚱한 쪽이 험악한 소리로 따지고 들었다.

"그러니까 우리가 자식 살해범이란 말이냐, 우리가? 카마초, 이 개새끼야! 넌 이 나라에 네놈을 손봐줄 사람이 없다고 생각한 거냐, 이 덜떨어진 새끼야?"

그는 욕지거리를 하는 동안 점점 더 흥분해서 얼굴이 시뻘겋게 달아올라 말을 더듬었다. 동생 쪽은 계속해서 고개를 주억거리다가 형이 잠시 말을 끊자 분노에 목이 멘 소리로 한 수 거들고 나섰다.

"그리고 또 뭐, 이가 어쨌다고? 우리나라 여자들이 어린애들 머리칼에서 떼어낸 벌레를 특별 요리로 먹어? 이 씨발 개새끼야! 네놈 생각은 그렇다 이거지! 너 따위가 우리 조국을 모욕하고도 무사히 넘어갈 줄 알았어?"

볼리비아 방송작가는 한 치도 물러서지 않았다. 물러서기는커녕, 거만하게 버티고 서서 툭 불거져 나온 눈으로 이쪽저쪽을 번갈아 쳐다보며 그들의 말을 들었다. 그러다 행사 사회자 특유의 허리를 약간 꺾는 그 특징적인 제스처를 하더니 아주 근엄한 목소리로 더없이 공손하게 물었다.

"그런데 당신들 혹시 아르헨티나인입니까?"

뚱뚱한 바비큐 요리사가 이제는 턱수염에 게거품을 묻히고 페드로 카마초에게 얼굴을 바짝 들이대면서(그렇게 얼굴을 들이대기 위해서 그는 허리를 잔뜩 굽혀야 했다) 애국심에 불타 외쳤다.

"그래 이 새끼야, 우린 아르헨티나인이다! 또 그렇다는 게 자랑스럽고!"

일단 그 확실한 대답이 떨어지자—사실은 묻고 자시고 할 필요도 없는 말이었다. 두 마디도 채 나오기 전에 억양으로 보아 아르헨티나 사람이라는 것이 분명했으므로—나는 그 볼리비아인이 속에서 뭐가 폭발하기라도 한 것처럼 새파랗게 질리는 것을 보았다. 그가 눈을 부릅뜨고 험악하게 표정을 바꾸더니 검지손가락으로 허공을 찌르면서 한마디 한마디 딱 부러지게 내뱉었다.

"내 그럴 줄 알았지. 그렇다면 당장 여기서 꺼져! 너네 나라로 가서 탱고나 추라고."

그 말은 절대로 익살을 떤 게 아니어서 그의 어조는 지극히도 엄숙했다. 한 일 초가량 바비큐 요리사들은 어이가 없는지 멍하니 서 있었다. 방송작가가 도저히 그들의 상대가 될 수 없는 그 빈약한 체구에도 불구하고 깔보듯 사납게 눈알을 부라리며 완고하게 버티고 선 품을 볼 때 농담을 하고 있지 않다는 것은 한눈에도 분명했다.

"너 뭐라고 했지?" 뚱뚱한 쪽이 마침내 치밀어오르는 분노를 어쩌지 못하고 한마디 던졌다. "뭐-어라구? 어디 다시 한번 말해보시지."

"귀 후비고 잘 들어. 너네 나라로 가서 탱고나 추라고." 페드로 카마초가 완벽한 악센트로 또박또박 다시 말했다. 그러고는 잠시 말을 끊었다가 대담무쌍하게도—그 바람에 우리는 박살이 나고 말았지만—얼음장같이 차가운 목소리로 천천히 분명하게 덧붙였다. "쥐어터지고 싶지 않으면 말야."

이번에는 그 바비큐 요리사들보다 내가 더 놀랐다. 난쟁이보다 별로 나을 것도 없어서, 체격이 겨우 초등학교 삼학년짜리만 한 이 왜소한 사내가 체중이 각각 백 킬로그램도 넘게 나가는 두 거한을 두들겨 패겠다고 을러대다니! 그것은 미친 짓일 뿐 아니라 자살 행위였다. 뚱뚱한 쪽이 당장에 행동을 개시하여 그 볼리비아인의 멱살을 움켜쥐더니, 주위로 몰려든 사람들이 킬킬거리고 웃는 중에 마치 깃털을 주워 올리듯 그를 번쩍 치켜들고 외쳤다.

"네까짓 게 날 두들겨 패? 좋아, 어디 한번 해보시지, 이 난쟁이야!"

형 쪽이 페드로 카마초의 턱에다 정통으로 한 방 날리려고 하는 것을 보자 나는 끼어들지 않을 수가 없었다. 그래서 얼굴이

자줏빛으로 변해가지고 허공에 매달린 채 개구리처럼 다리를 버둥거리는 방송작가를 풀어주려고 거한의 팔을 움켜쥐면서 간신히 말을 꺼냈다.

"이것 보쇼, 거 괜한 힘자랑 말고 그 사람 놔주쇼."

그 순간 예고도 없이 동생 쪽에서 한 방 날아들었고 그 바람에 나는 대자로 뻗어버렸다. 어질어질한 중에도 일어서려고 안간힘을 쓰면서, 그리고 이름값을 하는 아레키파 사람이라면 결투 요청(특히 턱에 강타를 먹이는 것처럼 분명한 경우에는)을 거절해서는 안 된다는 것이 지론이셨던 고결한 신사이신 우리 할아버지께서 가르쳐준 철학을 실행에 옮기려고 하면서, 나는 형 쪽이 요란하게 예술가의 따귀를 올려붙이는(그는 자비롭게도 상대방의 난쟁이 같은 체격을 감안하여 주먹 대신 손바닥으로 때리는 쪽을 택했다) 장면을 목격했다. 그러고 나서 나는 곧이어 동생인 바비큐 요리사와 왼쪽, 오른쪽을 주고받는 통에(예술을 지키기 위해서라고 나는 속으로 생각했다) 내 눈에는 보이는 게 별로 없었다. 싸움은 그리 오래 계속되지 않았지만, 라디오 센트랄에서 사람들이 달려나와 그 덩치 큰 짐승들의 손아귀에서 우리를 구해냈을 때, 나는 온몸이 혹과 멍투성이였고 페드로 카마초는 얼굴이 너무 심하게 부어올라서 헤나로 1세가 그를 병원 응급실로 데려가야 했다.

그날 저녁 헤나로 2세는 내가 목이 부러질 위험을 불사하고 그의 하나뿐인 인기 작가를 지켜준 데 대해 고맙다고 하기는커녕, 파스쿠알이 그 난리통을 틈타 뉴스 시보에 두 차례 연속으로 끼워넣은 보도 자료를 가지고 내게 호통을 쳐댔다. 문제의 그 기사가 (얼마쯤 과장된 표현과 더불어) 이렇게 시작된 탓이었다.

"리오데라플라타 출신의 악한들이 오늘 극악무도하게도 우리 방송국의 뉴스 책임자이자 유명한 저널리스트인 모모 씨를 공격했는 바……"

그날 오후, 하비에르가 라디오 판아메리카나의 가건물로 들어섰다가 우리가 싸운 얘기를 듣더니 배를 잡고 웃었다. 그러고는 방송작가의 기분이 어떤지 알아봐야겠다며 나를 따라 내려왔다.

페드로 카마초는 해적처럼 오른쪽 눈에 안대를 하고 두 개의 반창고를 하나는 목에, 하나는 코 밑에 붙이고 있었다. 그런데 그의 기분은 어땠을까? 그는 거만하게 손을 내저으며 그런 일쯤은 별것 아니라는 투로 뭉개버렸다. 그리고 내가 자기를 도와 싸움에 뛰어들었던 데 대해 고맙다는 말조차 하지 않았다. 하지만 그가 딱 한마디 던진 말이 하비에르를 즐겁게 했다.

"그 두 놈, 사람들이 우리를 떼놓은 덕에 목숨을 건진 거라고. 몇 분만 더 있었으면 모여든 사람들이 나를 알아보고서 그것들을 뒈지게 팼을 테니까."

우리는 브란사로 건너갔는데, 그곳에서 그는 우리에게 볼리비아에서 있었던 일을 얘기해주었다. 언젠가 '그 나라'에서 온 축구선수가 그의 연속극을 들은 뒤 권총을 뽑아들고 스튜디오로 들이닥쳤지만, 다행히도 경비원들이 제때에 막아냈다는 것이었다.

"앞으로 조심하셔야 되겠습니다." 하비에르가 경고했다. "리마는 지금 아르헨티나 사람들로 가득 차 있거든요."

"그건 별로 중요한 문제가 못 됩니다. 조만간 벌레들이 우리 세 사람을 먹어치우게 될 테니까요." 페드로 카마초가 철학자 티를 내려고 들었다. 그러더니 우리에게 자기의 종교적 신념인 영혼의 윤회에 대해 설교를 늘어놓았는데, 이야기를 하던 중에 그는 우리에게 비밀을 한 가지 털어놓았다. 만일 자기에게 선택권이 주어진다면 다음 생에서는 거북이나 고래 같은, 조용하고 오래 사는 바다 동물이 되고 싶다는 것이었다.

나는 그가 기분 좋은 틈을 타서 내가 몇 시간 전에 떠맡았던, 그와 헤나로 부자 사이의 비공식적인 중재자 노릇을 하기로 작정했다. 그래서 헤나로 1세가 평균적인 청취자들의 지극히 낮은 지식 수준을 고려하여 구성을 복잡하게 하지 말라고 애원했다는 말을 곁들여, 그에게 항의 전화와 항의 편지, 그리고 연속극 중에서 많은 사람들이 이해하지 못하는 부분들에 대한 그 노인의

말을 전해주었다. 하지만 그러면서도 이 억지 요구는 터무니없
는 것이라느니, 작가는 당연히 자기가 쓰고 싶은 대로 쓸 자유가
있다느니, 나는 다만 그 사람들이 내게 전해달라고 부탁한 말을
되풀이하고 있을 뿐이라느니 하면서 나쁜 말이라도 좋게 하려고
(아니, 사실 나는 정말로 그의 편이었다) 애를 썼다.

하지만 그는 한마디 대꾸도 없이 시큰둥한 표정으로 내 말을
듣고만 있어서 나는 몹시 불안해졌다. 내가 말을 다 마쳤을 때도
그는 여전히 아무 말도 하지 않았다. 그는 마지막 남은 버베나
박하차를 한 모금 삼키고 자리에서 일어나더니, 사무실로 돌아
가야겠다고 웅얼거리고는 작별인사도 없이 횡하니 가버렸다. 그
는 내가 자기와 생면부지인 사람 앞에서 항의 전화 어쩌고 하는
말을 꺼낸 바람에 기분이 상했던 것일까? 하비에르는 그렇게 생
각하고서 그를 찾아가 사과하라고 충고했다. 나는 속으로 다시
는 헤나로 부자를 위해 중재자 노릇을 하지 않겠다고 결심했다.

훌리아를 만나지 않았던 그 주 동안, 나는 비밀스러운 연애를
벌이기 시작한 뒤로 만날 생각을 하지 않고 있던 미라플로레스
의 친구들과 서너 번 밤중에 만나 함께 돌아다녔다. 그들은 학교
친구나 이웃 친구들로, 이제는 검둥이 살라스처럼 공학을 배우
거나 애송이 몰피노처럼 의학을 공부하거나 아니면 골통 라나스
처럼 직장엘 다니고 있었는데, 내가 머리에 피도 안 마른 꼬맹이

시절부터 살라사르 공원에서의 핀볼 놀이, 테라사스와 미라플로 레스 바닷가에서의 해수욕, 토요일 밤에 떼거지로 싸돌아다니기, 여자애들 끌어안기, 영화 구경 다니기 등등 신나는 일을 함께 했던 친구들이었다. 하지만 몇 달 동안 만나지 않다가 다시 만나고 보니 그들은 이제 예전처럼 흉허물없는 친구가 아니라는 것, 즉 우리가 여전히 친한 친구이긴 해도 이제는 함께 나눌 수 있는 일이 그리 많지 않다는 것을 알 수 있었다. 비록 우리가 밤이면 함께 몰려나와 예전에 그랬던 것처럼 다 무너져가는 오래된 공동묘지를 찾아가 어슴푸레한 달빛 아래서 가면으로 쓸 해골바가지를 찾아 지진으로 기울어진 묘석들 사이를 돌아다니거나, 안콘 근처에 있는 아직 공사 중인 거대한 산타로사 수영장에서 알몸으로 헤엄을 치거나, 그라우 가에 있는 어둑어둑하고 음침한 사창가를 돌아다니면서 앞뒤 안 가리는 짓거리를 벌이기는 했어도, 내 친구들 역시 예전이나 똑같은 농지거리를 늘어놓으며 똑같은 여자애들 애기를 했어도, 그들과는 내게 가장 문제가 되는 것, 즉 문학과 훌리아 문제를 터놓고 애기할 수가 없었다.

만일 내가 그들에게, 나는 소설을 쓰고 있으며 작가가 되기를 꿈꾼다고 한다면, 그들은 틀림없이 내 사촌 난시가 그랬던 것처럼 나를 나사 풀린 놈이라고 생각할 것이었다. 그리고 만일 그들에게 내 애인이나 연인이 아니라 내 깔치(미라플로레스에서 자란 녀석들의 감각으로는 그게 꼭 맞는 말이었다)인 이혼녀와 벌이고 있는 사랑놀음에 대해 얘기한다면—그들이 내게 자기들이 정복한 여자애들에 대해 떠들었던 것처럼—그들은 나를 (그당시 유행했던 시적인 은어로) 코후도 아 라 벨라—육갑떨고 있는 병신—로 볼 것이었다.

물론 나는 그들이 문학작품을 읽지 않는다고 해서 조금이라도 그들을 얕잡아보지 않았고, 또 내가 경험 풍부한 진짜 여자와 사랑놀음을 한다고 해서 우월감을 느끼지도 않았다. 그러나 우리가 유칼립투스나무와 후추나무 아래서 무덤 사이를 휘젓고 돌아다니거나, 산타로사 수영장에서 별을 바라보며 물장구를 치거나, 맥주를 마신 뒤 창녀들과 옥신각신 값을 흥정했던 그 밤들에 정말로 문제가 되었던 것은 내가 몹시 따분했다는 것, 그리고 내 생각이 그들의 이야기보다는 내 「위험한 장난」(그 소설은 그때까지도 〈엘 코메르시오〉 지에 실리지 않았다)과 홀리아에게 쏠려 있었다는 것이다.

내가 하비에르에게 옛날에는 서로 마음을 터놓을 수 있었던 이웃 친구들을 만났다가 실망했다는 얘기를 털어놓자 그가 가슴을 쑥 내밀고 대답했다.

"그건 걔네들이 아직 어린애라서 그래. 하지만 너하고 나는 이제 어른이라고, 바르기타스."

12

이카 로를 따라 반쯤 내려오면 먼지 자욱한 시내 중심가에 발코니와 덧문이 달린 낡은 집이 한 채 있는데, 멀찌감치 떨어진 곳에서 보면 시간과 막돼먹은 통행인들의 손길(큐피드의 화살을, 그리고 여자들의 이름을 휘갈겨놓은 감상적인 손들, 음란한 그림과 추잡한 말들을 새겨놓은 변태적인 손가락들)로 황폐해진 그 집의 벽에서 사람들은 아직도 식민지 시대에 귀족의 저택을 치장하기 위해 사용했던 원래 색인 남색 페인트의 흔적을 찾아볼 수 있다. 그러나 이제는 지진뿐 아니라 리마의 미풍과 짙은 안개까지도 기적적으로 견뎌낸 그 건물(한때는 후작 부인들의 거처였을까?)도 여러 차례 손을 댄 다 쓰러져가는 구조물일 뿐이다. 꼭대기부터 밑바닥까지 흰개미에 쏠려 구멍투성이가 되고 쥐구멍이며 뒤쥐 둥지로 가득한 그 건물은 더욱더 많은 하숙인을 받아들이기 위해 수없이 여러 번 나뉘고 또 나뉘어, 마당과 방들은 필요에 의해 벌통으로 바뀌어버렸고, 벌이가 그저 그런한 떼의 우글거리는 사람들이 그 빈약한 벽과 흔들거리는 천장에 둘러싸인 채(그리고 깔려 죽을 위험을 안은 채) 살고 있다. 그리고 이층에는 찌부러진 가구와 고물 잡동사니로 채워진 여섯 개의 방으로 이루어진, 상상할 수 있는 가장 멋진 곳은 못 될지라도 흠잡을 데 없는 숙소인 '식민지 하숙'이 자리하고 있다.

그 하숙집은 베르과 집안이 소유하고 운영했는데, 세 식구로 이루어진 그 집안은 삼십여 년 전 안데스 지방의 무수한 교회들이 들어찬 석조 도시 아야쿠초에서 리마로 이주해왔고, 이곳에서(아아, 운명의 장난이여!) 차츰차츰 육체적, 경제적, 사회적으로는 물론 정신적으로도 영락했으며, 의심할 바 없이 이 왕들의 도시에서 죽어 물고기, 새, 또는 곤충으로 다시 태어나게 될 것이었다.

오늘날 식민지 하숙은 참혹하게 기울어가고 있었고 그 투숙자들 또한 초라하고 너저분한 사람들이어서, 기껏 괜찮아봐야 대주교에게 공식적, 비공식적으로 무슨 볼일이 있어 수도를 찾아온 지방의 조그만 교구 성직자들이고, 최악의 경우에는 누가 훔쳐갈세라 분홍빛 손수건에 몇 개의 동전을 꿰매어 달고 케추

아어*로 묵주기도를 암송하는 뺨이 불그죽죽하고 눈알이 누리끼리한 소작농 여자들이다. 그러므로 이 하숙집에는 하인이라고는 물론 없고, 마르가리타 베르과와 로사라는 향기로운 이름을 부르면 대답하는 마흔 살짜리 노처녀 딸이 침대를 정리하고 청소를 하고 시장을 봐오고 음식을 마련하는 온갖 일을 떠맡고 있다.

마르가리타 베르과(그녀의 이름을 끝맺는 애칭으로도 알 수 있듯이)는 건포도보다도 더 쪼글쪼글하고 빼빼 마른 작달막한 여자로, 이상하기 짝이 없게도 고양이(그 하숙집에는 고양이라고는 없었다)의 냄새를 맡았다. 그녀는 새벽부터 한밤중까지 쉬지 않고 일하는데, 온 집 안을 쑤석거리고 돌아다닐 때 그녀의 거동이 장관이다. 무슨 얘기냐 하면, 그녀는 한쪽 다리가 다른 쪽보다 이십 센티미터나 짧아서, 오래전 그녀가 아야쿠초에 있었을 때, 제단 뒤쪽의 장식 일을 하는 어떤 솜씨 좋은 조각가가 만들어준 나무 받침—거리의 구두닦이 아이들이 가진 통과 비슷하게 생긴—을 신발 삼아 균형을 잡고 있기 때문이다. 그녀는 항상 근검절약을 해왔지만 오랜 세월이 지나는 동안 그 미덕은 강박관념으로 타락해, 오늘날에는 '노랭이'라는 지독한 별명이 그녀에게 꼭 들어맞는다는 사실을 부정할 수 없다. 예를 들자

---

* 잉카 제국 시대의 통용어.

면, 그녀는 어느 하숙인에게건 매달 첫번째 금요일을 제외하고
는 목욕을 하지 못하게 할 뿐 아니라, 그 하숙집에 묵는 사람 모
두에게 변기를 하루에 한 번만 내리는(그녀는 잠자리에 들기 바
로 전에 자기가 직접 줄을 당긴다) 아르헨티나인의 습관—그
나라의 거처들에서는 아주 널리 퍼진—까지 받아들이도록 강요
하는데, 식민지 하숙에 끊임없이 그 답답하고 지독하고 고약한
냄새가 퍼져 투숙자들, 특히 처음 들어온 사람들을 구역질 나게
한다(그러나 무슨 일에건 핑계낼 거리를 꾸며내는 여자들 특유
의 상상력을 발휘하여 그녀는 냄새가 좀 있어야 잠이 잘 온다고
우긴다).

로사는 예술가의 영혼과 손가락을 가지고 있다(아니 그보다
는 가졌었다. 왜냐하면 한밤중에 일어났던 그 엄청난 비극이 있
은 뒤로 그것마저도 바뀌었으므로). 그녀는 베르과 집안이 아야
쿠초에서 한창 잘나가던(세 채의 석조 가옥과 양 떼를 먹이는
목초지를 소유했던) 어린 시절에 피아노를 배웠는데, 상당한 재
능을 보여 시립극장에서 시장과 지사가 참석한 가운데 연주회까
지 가졌다. 그 자리에서 베르과 부부는 박수갈채 소리에 감격해
울었고, 잉카의 공주들도 춤을 추었던 그 저녁의 영광에 용기백
배하여 자기들의 딸이 내로라하는 피아니스트가 될 수 있도록
전 재산을 다 팔아 리마로 옮겨가기로 했다. 그들이 이 거대한

낡은 집을 사고(나중에 가서는 조금씩 조금씩 세를 놓고 팔아버렸지만) 피아노를 사들이고, 재능 있는 딸을 국립음악학교에 입학시켰던 것은 바로 그런 이유에서였다.

하지만 이 음탕한 대도시는 그들이 지방에서 꿈꾸었던 환상을 곧바로 박살내버렸다. 얼마 안 가서 베르과 부부는 그들이 전혀 짐작조차 못했던 어떤 사실, 즉 리마는 일백만 명이나 되는 죄인들의 소굴이며 그들 한 사람 한 사람이 단 하나의 예외도 없이 아야쿠초에서 온 이 재능 있는 계집아이를 강간하려고 든다는 사실을 알게 되었던 것이다. 적어도 윤기 있는 머리칼을 땋아 늘인 그 사춘기 소녀가 크고 둥근 눈에 눈물이 글썽해져 아침이고 낮이고 밤이고 되뇌는 말은 이런 것들이었다.

그녀에게 솔페지오를 가르치는 선생은 숨을 헐떡이고 콧김을 내뿜으면서 그녀를 덮쳐 악보 더미를 매트리스 삼아 그 죄악에 찬 짓을 벌이려 기를 썼고, 학교 수위는 그녀에게 슬금슬금 다가와서 '내 첩이 되고 싶지 않느냐?'라며 점잖지 못하게 추근거렸다. 또 그녀와 같은 반의 두 사내아이는 그녀를 화장실로 끌고 가서 오줌 누는 모습을 지켜보게 했고, 길모퉁이에서 그녀가 길을 물어보았던 경찰은 사람을 잘못 보았는지 젖가슴을 더듬으려고 했으며, 버스 운전사는 그녀가 요금을 낼 때 젖꼭지를 꼬집었다.

산간 지방의 대리석처럼 완강한 도덕률에 따라, 베르과 부부는 그 어린 피아니스트가 장차 그녀의 군주이자 주인, 즉 그녀와 합법적으로 결혼한 배우자에게만 바쳐야 할 처녀막을 온전하게 보호하기로 결심했다. 그래서 딸아이에게 학교를 그만두도록 한 뒤 집으로 찾아와 가르치는 젊은 아가씨에게 레슨을 시켰고, 수녀 같은 차림을 하게 했으며, 부모와 동행하지 않고서는 외출하는 것도 금했다.

그때부터 이십오 년이 흐른 지금, 그녀의 처녀막은 사실 아직까지도 손상되지 않은 채 제자리에 붙어 있지만 이 시점에서는 그것이 별로 대단한 의미를 갖지 못한다. 그도 그럴 것이, 왕년의 피아니스트(그 비극이 있은 뒤에 레슨은 중단되었고 피아노는 병원비를 치르기 위해 팔려나갔다)는 자기가 처녀라는 것— 더구나 요즘 젊은이들에겐 놀림감밖에 되지 않는—외에는 내세울 만한 것이 아무것도 없기 때문이다. 그녀는 땅딸막하고 볼품도 없는 데다 이제는 등까지 잔뜩 굽었다. 그리고 언제나 남자들의 성욕을 불러일으키지 않도록 겹겹이 껴입고 머리와 이마를 가리는 두건까지 뒤집어쓰고 있어서, 여자라기보다는 걸어다니는 큼직한 소포 꾸러미처럼 보인다. 그녀는 걸핏하면 남자들이 자기를 더듬고 더러운 성욕으로 겁을 주고 강간을 하려 든다고 우겨대지만, 그녀의 부모까지도 그런 생각이 공상에 불과한 게 아닐까 의심스러워한다.

　그러나 식민지 하숙에서 정말로 감동적인 수호천사 같은 인물은 훤한 이마와 매부리코에 꿰뚫어보는 듯한 눈길을 지닌 그 지없이 정직하고 선량한 노인 세바스티안 베르과이다. 시대에 뒤떨어진 남자라고 해도 별 문제가 안 될 그는 피사로와 함께 페루로 건너온 스페인의 신대륙 정복자인 그의 먼 조상으로부터, (한 사람당) 수백 명이나 되는 잉카인의 목을 조르고 금품을 빼앗고 상당한 숫자의 엘쿠스코 처녀에게 임신을 시켰던 그런 극단적인 기질보다는, 진짜로 순수한 가톨릭 교리와 뼈대 있는 가문의 신사라면 응당 이마에 땀을 흘려서가 아니라 투자와 갈취만으로 살아갈 수 있다는 뻔뻔한 확신을 더 많이 물려받았다. 어린 시절부터 그는 매일같이 미사에 나갔고, 그가 존경해 마지않았던 림피아스의 신부에 대한 경의로 금요일마다 영성체를 받았으며, 매달 적어도 사흘은 자신을 매질하거나 고행자가 걸치는 거친 모직 셔츠를 입었다. 노동, 그러니까 아르헨티나 사람에게나 어울릴 천박한 일에 대한 그의 반감은 언제나 심히 극단적이어서, 그는 자신의 생계 수단이 되는 임대료를 걷어들이기 위해 자기의 소유지를 돌아보는 일마저도 거절했고, 리마로 옮겨온 뒤로는 그가 투자한 채권에서 나오는 이자를 받기 위해 은행에 들르는 수고조차 하려 들지 않았다. 따라서 그러한 임무, 즉 여자들이 다룰 수 있는 실제적인 일은 언제나 부지런한 마르가리타에게 떠맡겨졌고, 딸이 다 자란 뒤에는 왕년의 피아니스트에게로 넘겨졌다.

가문의 이름마저 잊히게 할 저주가 찾아들어 베르과 일가의 몰락을 인정사정없이 재촉했던 그 비극이 일어나기 전까지, 세바스티안이 리마에서 보낸 삶은 양심적이고 점잖은 신사의 삶 바로 그것이었다. 게을러서가 아니라 하숙인들과 아침을 함께 먹지 않기 위해서—그는 비천한 사람들을 멸시하지는 않았지만 그래도 사회적인, 그리고 특히 종족적인 거리감을 유지할 필요가 있다고 믿었다—그는 언제나 아침 느지막이 일어났고 간소한 식사를 마친 뒤에는 미사를 보러 나갔다. 역사 연구로 이어졌을 수도 있는 탐구 정신을 지녔던 그는 하루하루 다른 교회—산아구스틴, 산페드로, 산프란시스코, 산토도밍고—를 찾아가는 습관이 있었는데, 그렇게 함으로써 그는 하느님을 숭배하는 기독교도로서의 임무를 다하는 동시에 식민지 시대 신앙의 걸작들을 세세히 관찰함으로써 감각적인 즐거움을 누릴 수 있었다. 더군다나 돌에 새겨져 옛날을 생각케 하는 그 조각들은, 그의 마음을 그가 겁 없는 대위나 신앙심 깊은 우상파괴자로 살기를 택했을 법한 정복 시대와 식민지 시대—단조로운 회색빛의 현재보다는 훨씬 더 다채로운—의 나날들로 되돌려주었다. 과거에 대한 환상에 흠뻑 잠긴 채 세바스티안은 시내 중심부의 복작거리는 길을 따라—깔끔한 검은 양복과 반들반들하고 빳빳하게 풀을 먹인, 탈부착 가능한 칼라와 커프스가 달린 와이셔츠에 고풍스러운 에나멜 가죽 구두로 성장하고서 꼿꼿하고 과묵하게—식민지 하숙으로 돌아왔고, 다음에는 덧문—식민지 시대를 그리워하는 향수와 그렇게도 잘 어울리는—이 달린 발코니의 편안한 흔들의자에 느긋이 앉아, 세상에서 무슨 일이 벌어지고 있는지를 알기 위해 신문을 (광고까지도) 웅얼웅얼 소리내어 읽으면서 나머지 오전 시간을 보내곤 했다. 점심을 먹고 나서는—점심식사만큼은 어쩔 수 없이 하숙인들과 같이해야 했지만 하숙인에 대한 그의 태도는 나무랄 데 없이 정중했다—조상들의 전통에 더욱 충실하게도 반드시 시에스타*라는 스페인식 의식을 치렀다. 그리고 잠이 깨면 다시 한번 풀먹인 와이셔츠와 검은 양복을 입고 회색 모자를 쓴 뒤, 그의 사랑스러운 고향 안데스 지방에서 온 여러 친구들과 지인들이 자주 찾는 탐보 아야쿠초 클럽을 향해 카이요마 가로 유유히 내려갔다. 그러고는 도미노, 스터드 포커**, 옹브레*** 등의 게임을 하거나 정치에 대해 이야기

---

* 점심을 먹은 뒤 잠깐 자는 낮잠.
** 첫 장을 엎고 나머지 네 장은 젖혀서 나누어주는 카드놀이.
*** 17~18세기에 유행한 세 사람이 하는 카드놀이.

를 나누거나, 때로는 — 그도 어쩔 수 없이 인간이었으므로 — 젊은 여자들이 듣기엔 낯뜨거운 음담패설을 주고받기도 하면서 황혼이 내리고 밤이 찾아오기를 기다렸다. 그런 다음엔 천천히 식민지 하숙으로 돌아와 자기 방에서 혼자 멀건 수프와 포토푀*를 먹고 이런저런 라디오 프로그램을 들은 뒤에, 하느님을 섬기고 양심 있게 살았다는 평온한 기분으로 잠이 드는 것이었다.

하지만 그것은 모두 옛날 얘기였다. 오늘날 세바스티안은 외출하는 법이란 없고, 옷 — 낮이건 밤이건 똑같이 벽돌색 파자마 한 벌과 파란색 욕의와 털양말과 알파카 털로 짠 슬리퍼로 이루어진 — 을 갈아입지도 않는다. 그 비극이 있은 뒤로 그는 단 한번도 말을 끝까지 마무리한 적이 없으며 이제는 미사에도 나가지 않고 신문도 읽지 않는다.

그가 기분이 좋을 때면, 오래 기거한 하숙인들(일단 그들이 이 세상 남자는 모두 늑대라는 사실을 알아차린 뒤부터 식민지 하숙에서는 여자, 아니면 병을 앓거나 늙어서 성욕을 잃어버린 — 그것은 첫눈에도 분명히 알 수 있었으므로 — 비리비리한 남자만 받아들였다)은 그가 비듬이 잔뜩 낀 머리를 헝클어뜨린 채 면도도 하지 않고, 유령처럼 멍한 눈으로 어둠 속에서 수백

---

* 고기와 야채를 넣어 푹 끓인 요리.

년 묵은 방들을 돌아다니거나, 아니면 멀거니 허공을 바라보며 아무 말도 없이 흔들의자에 앉아 천천히 앞뒤로 흔들거리는 모습을 볼 수 있다. 하지만 그는 이제 아침이건 점심이건 하숙인들과 함께 먹지 않는다. 그것은 세바스티안이(지극히 가난할지라도 귀족이라는 생각이 붙어다니다보니 다른 사람들의 눈에 우습게 보일까봐 두려운 마음에) 스푼을 입으로 가져갈 수 없어서 아내와 딸이 음식을 먹여주어야 하기 때문이다.

그가 기분이 나쁠 때면 하숙인들은 그를 볼 수 없다. 이 점잖은 노인이 방문을 걸어 잠그고 침대에만 누워 있기 때문이다. 하지만 그들은 노인이 그르렁거리거나 한숨을 쉬거나 신음 소리를 내거나 또는 유리창을 흔드는 비명을 지르는 소리를 듣는다. 식민지 하숙에 들어온 지 얼마 안 된 사람들은, 신대륙 정복자의 후손이 괴로워 울부짖는 그런 위기 상황에도, 마르가리타와 로사가 아무 일도 없는 것처럼 계속해서 쓸고 닦고 요리하고 테이블 시중을 들고 이야기를 나눈다는 사실에 놀라게 마련이다. 그리고 어떤 호기심 많고 주제넘은 사람들은 닫힌 문을 가리키며 맹랑하게도 "세바스티안 씨가 기분이 나쁜가요?"라고 묻는다. 하지만 그런 신참자는 마르가리타에게 퉁퉁거리는 소리나 듣기가 십상이다.

"별일 아녀. 전에 느꼈던 몹쓸 두려움을 떠올리고 저러는 건데 금방 괜찮아질 거여."

그리고 정말로 이삼 일 뒤에는 위기가 끝났다. 세바스티안이
자기 방에서 나와 또다시 겁에 질린 표정을 띤 채 창백하고 여윈
모습으로 거미줄 밑에서 바이엘 하숙의 홀과 방을 돌아다니는
것이다.

그 비극은 정확히 어떤 것이었을까? 언제, 어디서, 어떻게 일
어났을까?

그것은 이십 년 전 식민지 하숙에 '기적을 행하는 우리 주'의
사도 같은 복장에 슬픈 눈을 한 어떤 젊은이가 들어오면서부터
시작되었다. 그는 아레키파 출신의 이리저리 출장을 다니는 세
일즈맨으로 만성 변비 때문에 고생하고 있었는데, 그의 이름은
예언자의 이름이었고 성은 물고기—에세키엘 델핀(돌고래)—
이름에서 따온 것이었다. 젊은 남자였음에도, 그는 영적인 사람
이라는 신체적 특징(빼빼 마른 몸집, 창백한 얼굴, 연약한 골격)
을 지닌 데다 신앙심마저 돈독한—짙은 자주색 넥타이를 매고
상의 호주머니에 손수건을 꽂고 상장(喪章)을 했으며, 그의 가
방 속에는 성경책이 들어 있었고, 옷자락 밖으로는 수도사가 어
깨에 걸치는 겉옷이 비쭉 튀어나와 있었다—것이 분명해서, 절
대로 사춘기 처녀의 순결을 훼손하려 들지 않을 사람처럼 보였
던 덕에 하숙인으로 받아들여졌다.

사실 젊은 에세키엘 델핀은 처음엔 베르과 가족에게 만족감만을 안겨주었다. 그는 식욕이 없었고 예절이 발랐으며 제때제때 하숙비를 내놓는 데다, 때때로 마르가리타에게는 바이올렛 꽃다발을 안겨주고, 세바스티안에게는 양복 단춧구멍에 꽃을 카네이션을, 로사에게는 생일에 악보와 메트로놈을 선물하는 등 마음에 드는 짓만 골라 했다. 누가 먼저 말을 걸기 전에는 절대로 다른 사람에게 말을 걸지 않고, 또 누가 말을 걸 경우에라도 눈을 내리깐 채 상대방을 똑바로 쳐다보는 일이라고는 없이 언제나 조용조용한 목소리로 이야기를 하는 수줍은 태도와 세련된 매너, 그리고 풍부한 어휘력이 마음에 쏙 들어서 베르과 부부는 곧 이 하숙인을 몹시 좋아하게 되었다. 또 어쩌면, 마음속 깊은 곳에서 그들은(평생 동안 되도록이면 나쁜 짓을 하지 않는다는 철학이 몸에 밴 가족으로서) 결국엔 그를 사위의 위치로까지 끌어올리겠다는 생각을 품으며 즐거워하기 시작했을지도 몰랐다.

세바스티안은 그 젊은이에게 특히 더 마음이 끌렸다. 어쩌면 그는 이 행실 좋은 출장 세일즈맨에게서 그의 부지런한 절름발이 아내가 낳아줄 수 없었던 아들의 모습을 본 것은 아니었을까? 12월의 어느 날 오후, 그는 젊은이를 데리고 리마에 있는 성 로세의 유적지를 찾아갔는데, 거기에서 그는 젊은이가 우물에 금화를 던지고 소원을 비는 모습을 보았다. 그리고 어느 타는 듯이 뜨거운 여름날 일요일에는 젊은이를 산마르틴 광장의 아케이드로 불러내 오렌지 셔벗을 대접하기도 했다. 세바스티안에게는 너무도 조용하고 울적한 그 젊은이가 우아하게까지 보였기 때문이다. 그런데 에세키엘 델핀은 심신을 여위고 쇠약하게 만드는 어떤 불가사의한 정신이나 육체의 병으로, 그러니까 누그러뜨릴 수 없는 상사병 같은 것으로 괴로워하고 있던 것일까? 하지만 그는 자신의 일에 대해선 꿀 먹은 벙어리처럼 말이 없었다. 그리고 이따금 베르과 부부가 조심스럽게 괴로움을 하소연할 자리를 만들어주고서, 무슨 이유로 한창 좋을 나이인 젊은이가 그렇게 안으로만 파고드느냐, 왜 파티나 영화관엘 가는 법이 없으며 어째서 한 번도 웃지 않고 그렇게 자주 허공을 응시하며 깊은 한숨을 내쉬느냐고 물어도 그는 단지 얼굴을 붉히기만 할 뿐이었다. 그러고는 미안하다는 말을 웅얼거리면서, 그가 이따금 변비 때문에 고생한다는 이유로 몇 시간씩 들어가 앉아 있곤 하는 화장실로 뛰어 들어가 문을 걸어 잠그는 것이었다.

그는 도무지 알 수 없는 수수께끼 같은 직업—베르과 가족은 그가 어느 회사에서 일하며 어떤 상품을 파는지조차 알아낼 수가 없었다—과 관련해서 수시로 출장을 다녔고, 리마에서는 밖으로 나가지 않을 때면 자기 방에 틀어박혀 지냈다(성경을 읽고 있었을까? 아니면 기도에 몰두해 있던 것일까?). 그러나 마르가리타와 세바스티안은 타고난 중매쟁이인 데다 그에게 동정심을 느끼기도 했으므로, 이따금 '기분 전환 삼아' 로시타의 피아노 연주를 듣지 않겠냐면서 끌다시피 그를 아래층으로 내려오게 했다. 그러면 에세키엘 델핀은 순순히 아래층으로 내려와 거실 한 구석에 조용히 앉아 주의 깊게 연주를 경청하다가, 연주가 끝나면 공손히 박수를 치곤 했다. 그는 자주 세바스티안을 따라 아침 미사에 참석했고 성주간*에는 베르과 가족과 함께 단식기도까지 드렸다. 그즈음 그는 벌써 그 가족의 일원인 것처럼 보였다.

그랬기 때문에 에세키엘이 북쪽으로 떠난 여행에서 막 돌아왔던 날, 점심을 먹다가 느닷없이 울음을 터뜨려서 다른 하숙인들—앙카시에서 온 치안 판사, 카하탐보에서 온 교구 성직자, 그리고 우아누코 출신으로 간호학을 공부하고 있던 두 처녀—을 놀라게 하고 그의 몫으로 테이블에 막 올려놓은 완두콩 요리를 엎지르자, 베르과 가족은 몹시 걱정이 되었다. 그래서 미래의 사윗감을 이층에 있는 그의 방으로 옮긴 뒤, 세바스티안은 그에게 손수건을 빌려주었고 마르가리타는 버베나 박하차를 한 잔 끓여다주었다. 로사는 담요로 그의 발을 덮어주었다. 몇 분 후에 진정이 되자 에세키엘 델핀은 자기가 '심약한 태도'를 보인 것

---

* 부활절 전의 일주일.

에 미안해하면서, 요 며칠 동안 신경이 몹시 날카로웠으며 왜 그런지는 알 수 없지만 때와 장소를 가리지 않고 울음이 느닷없이 터지곤 했다고 설명했다. 그리고 부끄러워 어쩔 줄을 모르며 속삭이는 듯한 목소리로, 자기는 이따금 발작적인 공포에 휩싸인다고 털어놓았다. 즉 자기는 유령을 생각하고 식은땀을 흘리면서 몸을 잔뜩 웅크린 채 새벽까지 깨어 있기 일쑤고, 너무도 외로워 자신이 몹시 가엾게 느껴진다는 것이었다. 그의 고백에 로사는 눈물을 흘렸고 그녀의 절름발이 어머니는 가슴에 성호를 그었다. 그리고 세바스티안은 겁에 질린 젊은이를 위로하고 안심시키기 위해 그와 같은 방을 쓰겠다고 자청했다. 에세키엘 델핀은 감사의 표시로 세바스티안의 손에 입을 맞추었다.

그의 방에 침대가 하나 더 들여지고 마르가리타와 그녀의 딸이 정성껏 침구를 깔았다. 세바스티안은 당시 인생의 절정기인 오십대여서 잠자리에 들기 전에 오십 번씩 복근운동(그는 이 점에서도 자신을 무식쟁이들과 구분하기 위해 아침에 일어나서가 아니라 밤에 자기 직전에 그 운동을 했다)을 하는 습관이 있었지만, 그날 밤에는 에세키엘의 수면을 방해하지 않으려고 운동을 걸렀다. 신경과민인 젊은이는 정성껏 준비한 닭 내장 죽을 한그릇 다 비우고 나서, 세바스티안과 함께 있으리라는 생각만으로도 벌써 마음이 평온해졌으며 틀림없이 편안하게 푹 잘 수 있을 것 같다는 말을 남긴 뒤 일찍 잠자리에 들었다.

그날 밤에 벌어졌던 일은 세세한 단편까지도 아야쿠초에서 온 그 신사의 기억에서 결코 지워지지 않을 것이었다. 그 기억은 그가 깨어 있거나 잠들었거나 마지막 숨을 쉬는 날까지 그에게 붙어다닐 것이며 — 누가 알겠는가? — 어쩌면 그의 다음 생에서까지 계속 그를 괴롭힐 것이었다. 그는 일찌감치 불을 껐다. 그리고 자기 옆 침대에 누워 있는 민감한 젊은이의 고른 숨소리를 듣자 기쁘고 안심이 되어 저 친구가 곤히 잠이 든 모양이라고 생각했다. 그 역시 점점 졸음이 오는 것을 느끼며 성당에서 울리는 종소리와 어디선가 멀리서 들려오는 어떤 주정뱅이의 요란한 웃음소리를 들었다. 그러고는 평온하게 잠 속으로 빠져들어 참으로 즐겁고 기분 좋은 꿈을 꾸었다. 아야쿠초의 영주(바로 그 자신이었다!)가 뾰족탑이 솟아 있고 벽에는 방패 모양의 기장이며 귀족의 작위, 가문의 꽃, 그리고 혈통이 아담에게로까지 거슬러 올라가는 조상들의 가계표를 그린 양피지가 걸려 있는 성채에서, 이가 들끓는 인디언들로부터 다량의 공물과 열렬한 존경을 받는 동시에 자신의 재산과 허영으로 그들을 먹여 살리고 있는……

갑자기 — 십오 분이 지난 것일까? 아니면 세 시간이 흐른 것일까? — 소음이라고는 할 수 없는 어떤 것, 일종의 불길한 예감,

유령의 비틀거리는 발소리가 그를 깨웠다. 커튼 틈 사이로 거리의 어렴풋한 빛이 한 줄기 흘러들 뿐인 어둠 속에서 그는 자기 옆 침대에서 일어나 조용히 문 쪽으로 가는 실루엣을 알아볼 수 있었다. 아직 잠이 덜 깬 상태에서도 세바스티안은 그 희미한 실루엣을 보고 변비에 걸린 젊은이가 창자를 좀 비우기 위해 화장실로 가고 있거나 아니면 기분이 다시 불안해진 게 아닐까 추측하고는 낮은 목소리로 물었다.

"에세키엘, 자네 괜찮은가?"

대답 대신 그는 방문의 걸쇠(그것은 녹이 슬어 삐걱거렸다)가 걸리는 소리를 똑똑히 들었다. 그는 영문을 알 수 없어 약간 켕기는 기분으로 몸을 반쯤 일으키며 다시 물었다.

"무슨 일이라도 생겼나, 에세키엘? 내가 좀 거들어줄까?"

다음에 그는 갑자기 그 젊은이(고양이처럼 발걸음이 가벼운 사내여서 여기저기에 동시 출몰하는 것처럼 보였다)가 어느샌가 방을 가로질러 와서, 창문으로 흘러드는 희미한 빛줄기를 차단하며 바로 자기 침대 옆에 서 있는 것을 알아차렸다.

"에세키엘, 대답 좀 해보게. 자네 왜 그러는 건가?" 그가 어둠 속에서 침대밑에 놓아둔 전등 스위치를 더듬으며 중얼거렸다.

바로 그 순간 첫번째 휘두른 칼이 들어와 박혔다. 가슴이 버터라도 되는 것처럼 파고들어 쇄골을 관통한 일격이었다. 세바스티안은 자기가 분명히 비명을 지르고 '사람 살려'라고 외쳤다고 생각했다. 그래서 자신을 방어하며 발을 휘감은 침대보에서 빠져나오려고 버둥거리는 동안, 그의 아내나 딸 또는 다른 하숙인 누구도 자기를 구하러 달려오지 않는다는 사실이 너무도 놀라웠다. 그러나 사실상 아무도 무슨 소리 같은 것을 듣지 못했다. 나중에 경찰과 판사가 그 소름 끼치는 습격 장면을 현장 검증했을 때, 그들은 세바스티안이 왜 범인에게서 칼을 빼앗을 수 없었는지 의아해했다. 그도 그럴 것이, 세바스티안은 매우 건장했던 반면 에세키엘은 너무도 허약했기 때문이다. 그들은 그 신약 홍보원이 칠흑 같은 어둠 속에서 초인적인 힘을 발휘했으며, 세바스티안은 상상으로만 비명을 질렀고, 다음 공격을 손으로 막아내기 위해 칼의 궤적을 추측하려고 했을 뿐이었다는 사실을 알 리 없었다.

그는 온몸에 골고루 열네 군데 아니면 열다섯 군데(의사들은 그의 왼쪽 엉덩이에 난 쩍 벌어진 상처가 정확히 같은 곳을 두 번 찔린 결과 — 단 하룻밤 새에 누군가의 머리칼을 하얗게 세게 하고 하느님을 믿게끔 만드는 보기 드문 우연의 일치처럼 — 라는 의견을 내놓았다)를 찔렸지만 얼굴에만큼은 긁힌 상처 하나 없었는데, 마르가리타의 생각에 따르자면 그것은 림피아스의 신부 덕분에 생겨난 기적이었다. 아니면 로사가 주장했듯이 그녀와 이름이 같은 리마의 성 로세 덕분이었을까? 칼은 나중에 알고 보니 베르과 집 안에 있던 것으로 이십 센티미터 길이에 면도날처럼 날카로웠는데, 일주일 전에 온데간데없이 부엌에서 없어졌다가, 돈에 팔린 악한의 몸보다도 더 많은 구멍과 깊게 팬 상처가 난 아야쿠초 출신 남자의 몸 옆에서 나타났다.

그가 죽지 않은 것은 무엇 덕분이었을까? 운명이나 신의 은총? 아니, 그것은(무엇보다도) 더욱 소름 끼치는 유사한 비극을 맞기 위해서였다. 칼이 열네 차례—열다섯 차례—그의 몸에 꽂히는 동안 아무도 비명 소리를 듣지 못했고, 세바스티안은 의식을 잃은 채 천천히, 암흑 속에서 피를 흘리며 죽어가고 있었다. 충동적인 젊은이는 몰래 거리로 빠져나가 영원히 사라져버릴 수도 있었다. 하지만 역사에 알려진 숱한 인물의 경우처럼 이상한 변덕이 그에게 파멸을 가져다주었다. 일단 희생자가 저항을 멈추자 에세키엘 델핀은 칼을 떨어뜨리고 옷을 입는 대신 벗었다.

세상에 태어났던 날처럼 발가숭이가 되어 그는 문을 열었고, 홀을 가로질러 마르가리타 베르과의 방으로 들어갔다. 그리고 일언반구의 설명도 없이, 누가 보아도 강간을 하려는 것이 분명한 의도로 그녀의 침대에 뛰어들었다. 그런데 어째서 그녀였을까? 무슨 이유로, 가문이 좋다는 것은 인정할 수 있지만 그래도 쉰이 넘은 데다 절름발이에 땅딸막하고 볼품없는, 한마디로, 알려져 있는 어떠한 심미적인 기준에 따르더라도 구제할 길 없이 못생긴 게 분명한 그런 부인을 강간하려고 들었을까? 어째서 그는 차라리, 처녀일뿐더러 활기와 젊음이 있고 칠흑 같은 머리에 설화 같은 살결을 지닌 사춘기의 피아니스트, 그 금단의 열매를 따려고 들지 않았을까? 또 어째서, 스무 살 나이에 아마도 탄탄하고 촉감 좋은 육체를 가졌을 우아누코 출신의 간호학교 학생들의 은밀한 방으로도 잠입하려 들지 않았을까? 재판관들이 에세키엘 델핀은 정신에 이상이 있으며, 따라서 감옥에 집어넣는 대신 라르코 에레라 정신병원으로 보내야 한다는 변호사들의 주장을 받아들이게끔 했던 것은 그런 괴상망측한 정황 때문이었다.

그 젊은이에게서 생각지도 못했던 알몸 공격을 당하자, 마르가리타 베르과는 즉각 뭔가 엄청난 일이 벌어졌다는 것을 알아차렸다. 그녀는 현실적인 여자였으므로 자기의 매력에 대한 환상 따위는 없었기 때문이다.

"꿈속에서라도 나를 강간하려고 드는 사람은 아무도 없었어요. 그래서 난 당장에 그 실오라기 하나 걸치지 않은 사내가 완전히 미쳤거나 아니면 범죄자라는 걸 알았지요." 그녀는 그렇게 주장했다.

그래서 마르가리타는 성난 암사자처럼 자신을 방어했는데, 증언할 때 그녀는 성모 마리아의 이름으로, 그 미쳐 날뛰는 침입자가 단 한 차례의 키스도 할 수 없었다고—또 자기는 정조를 짓밟히지 않았을 뿐 아니라 남편의 목숨도 구했다고—맹세했다. 이빨과 손톱과 팔꿈치와 무릎으로 성도착자와 싸우면서, 그녀는 비명을 지르고 소리를 쳐서(그녀의 경우에는 정말로 소리를 내어) 딸과 다른 하숙인들을 깨웠고, 로사, 앙카시에서 온 판사, 카하탐보에서 온 교구 성직자, 우아누코에서 온 간호학교 학생들은 힘을 합쳐 노출증 환자를 붙잡아 묶을 수 있었다. 그런 다음엔 여섯 사람 모두가 세바스티안을 살피러 달려갔다. 그는 아직 살아 있었을까?

그를 아르소비스포 로아이사 병원으로 실어갈 앰뷸런스를 부르기까지는 반 시간 가까이 걸렸고, 경찰들이 달려와 분노에 미쳐 제정신을 잃은 채(그녀의 아버지가 입은 상처 때문이었을까? 어머니의 명예가 훼손당했기 때문이었을까? 아니 어쩌면—혼탁한 육체와 마음속 깊은 곳에 엉큼한 비밀을 지닌 인간으로서—그녀 자신이 모욕당했기 때문이었을까?) 루초 아브릴 마로킨의 눈알을 후벼파고 피를 빨아마시려 들던 젊은 피아니스트의 악착같은 손과 입에서 그를 구한 것은, 거의 세 시간이나 지나서였다.

경찰서에서 젊은 신약 홍보원은 평소의 온순한 태도와 나지막한 목소리를 되찾고, 새빨개진 얼굴로 부끄러워 어쩔 줄을 모르며 완곡하게 증거를 부정했다. 베르과 가족과 하숙인들이 자기를 중상모략하고 있다는 것이었다. 즉 자기는 절대로 누구를 해치거나 여자를 강간하려 들지 않았으며, 더구나 마르가리타 베르과 부인 같은 절름발이는, 그녀가 보여준 많은 친절과 정성 어린 배려 때문에 자기가 이 세상 누구보다도―물론 사랑과 음악의 나라에서 온, 검은 눈에 섬세한 무릎과 팔꿈치를 지닌 그의 젊은 이탈리아인 아내 다음으로―사랑하고 존경하는 사람인 만큼, 절대로 아니라는 것이었다. 그의 침착하고 정중하고 온순한 태도와 바이엘 제약회사에서 근무하는 상사와 동료 직원들이 진술한 흠잡을 데 없는 성품, 단 한 건의 범죄 기록도 없는 신원 조회로 인해 법과 질서의 수호자들은 망설일 수밖에 없었다. 이 모든 일이 (외양과는 딴판인 알 수 없는 마법의 주문처럼) 희생자의 아내와 딸, 그리고 다른 하숙인들이 공모하여 이 민감한 젊은이를 해치려고 꾸며낸 음모일 수가 있을까? 경찰에서는 이 가설을 피의자에게 유리한 쪽으로 보고 조서도 그렇게 보이도록 작성하라고 명령했다.

일을 더 복잡하게 만들고 시민들의 궁금증을 가중시킨 것은, 범행의 대상이었던 세바스티안 베르과가 알폰소우가르테 가에 있는 공립병원에서 사경을 헤매고 있어서, 의문을 풀어줄 만한 상태가 아니라는 것이었다. 그는 비보를 접하자마자 병원으로 달려온 탐보 아야쿠초 클럽의 여러 동포들이 빈혈에 걸리면서까지 헌혈한 대량의 피를 수혈받았고, 거기에다 혈청이며 봉합, 소독, 살균, 붕대, 스물네 시간 동안 그의 침대 곁에서 근무하는 간호사, 뼈를 맞추고 신체기관을 치료하고 신경을 진정시키는 의사 등으로 인해 집안의 재원(이미 인플레이션과 하늘 높은 줄 모르고 치솟는 생활비 때문에 상당히 감소된)은 채 몇 주도 안 되는 사이에 마지막 한 푼까지 다 날아가버렸다. 그랬으므로, 베르과 일가는 가지고 있던 채권을 터무니없는 헐값에 팔아버렸고, 건물을 분할하여 조각조각 세를 놓은 뒤에 사는 둥 마는 둥 이층에 틀어박힐 수밖에 없었다. 세바스티안은 죽음은 면했지만 처음엔 회복이 지지부진이어서 경찰 측의 의문을 풀어줄 수가 없었다. 칼에 찔려 중상을 입은 데다 자기가 겪었던 두려움, 또는 아내의 정조를 더럽혔다는 죄책감으로 인해 벙어리가 되었던 것이다(그리고 떠도는 소문으로는 백치가 되었다고도 했다). 그는 단 한마디의 말도 할 수가 없었고 무엇이건 누구건 거북처럼 굼뜬 눈으로 바라보았다. 그리고 손가락마저도 자기 뜻대로 할 수가 없어 그 정신병자의 사건에 대한 재판이 열렸을 때 검찰과 법원 측의 질문에 서면으로도 답할 수가 없었다(아니면 답하려고 들지 않았던 것일까?).

재판은 엄청난 관심을 불러일으켰고, 심리가 진행되는 동안 왕들의 도시는 긴장감으로 숨을 죽였다. 그래서 리마, 아니 페루―어쩌면 남아메리카?―전체가 지대한 관심을 가지고 그 법정 투쟁, 즉 전문가들의 증언과 반대 증언, 검사와 변호사의 말싸움을 주시했다. 변호사는 루초 아브릴 마로킨을 변호하기 위해 대리석의 도시 로마에서 특별히 날아온 저명한 법률가였는데, 그 이유는 피고의 이탈리아인 아내가 그 법률 전문가와 같은 나라 사람일 뿐만 아니라 딸이기도 했기 때문이다.

온 나라는 상반된 의견을 가진 두 파로 나뉘었다. 신약 홍보원의 무죄를 믿는 측―모든 신문―은 세바스티안이 아내와 딸이 앙카시에서 온 판사, 카하탐보에서 온 작은 교구의 성직자, 그리고 우아누코 출신의 간호학교 학생들과 공모하여 벌인 살인 기도의 희생물이며, 그들의 동기는 의심할 바 없이 유산 상속과 금전적 이득이라고 주장했다. 그리고 로마에서 온 법률가도 루초 아브릴 마로킨의 정신이 살짝 돌았다는 것을 알아차린 그 모녀와 하숙인들이 범죄의 책임을 떠넘기기 위해(아니, 어쩌면 그가 범죄를 저지르도록 부추겨서) 음모를 꾸몄다고 단언하면서 당당하게 언론의 견해를 지지했다. 그는 또 계속해서 자기 이론을 뒷받침할 주장들을 끌어다 대기도 했는데, 그러자 언론기관들은 그의 주장을 상세히 보도하고 갈채를 보내고 입증된 사실이라고 까지 했다. 그 요지는 이런 것이었다.

　누구든 올바른 정신을 가진 사람이라면 어떤 남자가 열네 번, 아니 어쩌면 열다섯 번을 칼에 찔리면서 비명 한번 지르지 않았다는 말을 과연 믿을 수 있을까? 또 당연하기 그지없는 추측으로서, 세바스티안 베르과는 고통에 못 이겨 신음 소리를 냈을 것이며, 그렇다면 정신이 올바로 박힌 사람치고 어느 누가, 피해자의 아내나 딸, 또는 판사, 성직자, 간호학교 학생들 중 아무도, 식민지 하숙의 벽이 사탕수수와 진흙으로 만들어진 얇은 칸막이에 지나지 않아 벽 저편에서 모기가 앵앵거리는 소리나 벌레가 기어 다니는 소리까지도 다 들린다는 사실을 감안할 때, 비명 소리를 듣지 못했다고 믿을 수 있겠는가? 그리고 우아누코에서 온 젊은 하숙인들이 간호학을 공부하고 있으며 성적도 뛰어나다는 사실에 비추어, 그들이 부상자에게 아무런 응급조치도 하지 않은 채 그 신사가 피를 흘리며 죽어가고 있는 동안 그저 팔짱이나 끼고 앰뷸런스가 오기만을 기다렸다는 것이 가당키나 한 일일까? 그리고 또 여섯 명이나 되는 어른 중에 누구도, 앰뷸런스가 늦는 것을 뻔히 알면서, 식민지 하숙에서 조금만 내려가면 가장 가까운 모퉁이에 택시 정류장이 있는데도 나가서 택시를 잡아와야겠다는, 백치라도 다 할 수 있는 생각을 하지 못했다는 것은 어떻게 된 일인가? 그 모든 정황이 수상하고 비정상적이며 의미심장하지 않은가?

카하탐보에서 온 작은 교구의 성직자—그는 자기 교구에 있는 그리스도 상이 개구쟁이 녀석들의 고무줄총으로 참수당했기 때문에, 자기 마을 교회에 새로운 그리스도 상을 보내달라고 부탁하기 위해 나흘 동안만 머물 생각으로 리마에 왔다—는 리마에서 석 달 동안이나 억류된 끝에, 자기가 살인 기도의 누명을 쓰고 나머지 삶을 감옥에서 보내게 될지도 모른다는 생각으로 겁에 질려 심장마비를 일으켜 죽었다. 그의 죽음은 여론을 흥분시켰고 피고 측에서 보자면 엄청나게 불리한 결과를 초래했다. 신문들은 이제 외국에서 수입해온 법률가에게 등을 돌리고 그를 궤변가, 사이비 변호사, 식민주의자, 다른 해안에서 날아든 이상한 철새, 허무맹랑한 주장과 반기독교적인 주장으로 선량한 목회자를 죽음으로 몰고 간 장본인이라고 비난했다. 그리고 판사들(언론이라는 바람에 고분고분 흔들리는 나약한 갈대들)은 그가 외국인이라는 이유로 자격을 정지시켜 자국의 법정에서 변호할 권리를 박탈한 뒤, 신문들이 국수주의적 입장에서 요란스럽게 휘둘러댄 필봉에 따라, 그에게 '바람직하지 못한 외국인'이라는 딱지를 붙여 이탈리아로 돌아갈 것을 명했다.

카하탐보에서 온 작은 교구 목사의 죽음은 살인 미수와 공모죄로 징역형을 선고받을 수도 있었던 어머니와 딸, 그리고 다른 하숙인들을 구해주었다. 언론과 여론이 급변하자 검사 역시 베르과 모녀에게 동정심을 느끼기 시작했고, 애초에 그랬던 대로 그 사건에 대한 어머니와 딸의 주장을 받아들인 것이었다. 한편 루초 아브릴 마로킨에게 새로 배정된 본국 태생의 변호사는 완전히 다른 전략을 세웠다. 즉 그는 자기의 고객이 범죄를 저질렀다는 사실은 인정했지만, 피고는 저명한 정신병 학자가 진찰 소견에서 확증했듯이 정신분열증 및 정신심리학의 영역에 속하는 다른 질병과 함께 빈혈로 인한 생식불능과 척추염을 앓고 있어서, 자신의 행위를 책임질 능력이 없다고 주장한 것이었다. 피고의 증세가 정신착란이라는 분명한 증거로서, 변호인은 그가 식민지 하숙에 있던 네 여자 중에서 가장 늙은 데다 절름발이인 여자를 택했다는 사실을 적시했다. 그런데 검사의 최종 논고가 진행되는 동안 방청객들을 흥분으로 떨게 했던 극적인 장면이 벌어졌다. 그때까지는 마치 그 재판이 자기와는 아무 관계도 없다는 듯 멍한 눈으로 말없이 휠체어에 앉아 있던 세바스티안이, 죽을힘을 다해서인지 화가 나서인지 아니면 모욕감에서인지, 갑자기 눈을 부릅뜨고 천천히 한 손을 들어올려(어떤 신문기자의 독단적인 주장에 따르면) 정밀 시계로 잰 것처럼 정확히 일 분 동안 루초 아브릴 마로킨을 똑바로 가리킨 것이었다. 그 몸짓은 시몬 볼리바르*의 기마상이 느닷없이 질주라도 하기 시작한 것처럼 굉장한 의미로 평가되어…… 법원은 검사의 주장을 그대로 다 받아들이는 동시에 루초 아브릴 마로킨을 정신병원에 수감했다.

베르과 가족은 그 뒤로 다시는 재기할 수 없었고 그때부터 정신적, 물질적 퇴락이 시작되었다. 의사와 변호사에게 비용을 지불하고 보니 알거지가 된 그들은 피아노 레슨을(또 로사를 세계적으로 유명한 연주자로 키우겠다는 야망도) 포기해야 했던 것은 물론, 생활 수준 또한 없으면 굶고 더러우면 눈을 감는 극단적인 정도로까지 낮추었다.

그 거대한 낡은 집은 점점 더 후락해져서, 어디에든 조금씩 먼지가 쌓이고 거미줄이 쳐지고 흰개미들이 구멍을 뚫었다. 찾아오는 손님도 차츰차츰 줄어들어서, 그곳은 점점 더 초라한 싸구려 하숙이 되어가다가 마침내는 하녀와 거리의 짐꾼을 받아들이는 지경에까지 이르렀다. 그리고 어떤 거지가 문을 두드리며 여기가 식민지 간이 합숙소냐는 충격적인 질문을 던졌던 날, 그 하숙집은 맨 밑바닥까지 떨어져버렸다.

그렇게 해서 하루하루 날이 가고 달이 지나 삼십 년이 흘렀다.

---

* 베네수엘라의 장군. 라틴아메리카를 스페인의 지배로부터 벗어나게 하여 콜롬비아와 볼리비아 두 공화국을 창건함.

베르과 가족은 보잘것없는 삶에 익숙해진 것 같았는데, 갑자기 그 하숙집에 (어느 날 아침 일본의 도시들을 완전히 파괴해버린 원자폭탄처럼) 굉장한 동요를 불러일으킨 어떤 일이 벌어졌다. 라디오 방송이 시작된 지도 벌써 여러 해가 지났고, 가계 예산을 긴축한 덕분에 일간지를 구입할 수 있게 된 지도 몇 년이 지났을 때였다. 그러나 바깥세상의 소식은 여전히 어쩌다 한 번씩 배워먹지 못한 손님들의 지나가는 말과 뒷얘기를 통해 베르과 가족의 귀에 들어왔다.

그날 저녁(그게 무슨 운명의 장난이었을까?) 카스트로비레이나에서 온 어떤 트럭 운전사가 상스럽게 한바탕 웃어젖히더니 푸르죽죽한 가래침을 찍 뱉고 웅얼거렸다.

"이 미친놈 정말 끝내주는구만!"

그러고는 엉망으로 긁힌 응접실 테이블에다 읽고 난 〈울티마 오라〉지를 획 집어던졌다. 예전의 피아니스트가 신문을 집어들고 이리저리 뒤적거리다가 느닷없이(흡혈귀에게서 피를 빨리고 난 여자처럼 양뺨이 핼쑥하게 질린 채) 그녀의 방으로 달려가 어머니에게 얼른 나와보라고 소리쳤다. 그 둘은 구깃구깃 구겨진 신문을 읽고 또 읽었다. 그런 다음에는 번갈아 그 기사를 목청껏 큰 소리로 세바스티안에게 읽어주었다. 그가 당장에 외마디 비명을 지르곤 심한 딸꾹질을 일으키고 별안간에 땀을 흘리

며 요란하게 울음을 터뜨리더니 귀신 씐 사람처럼 몸부림을 치
는 것으로 보아 내용을 이해한 것이 분명했다.

그것이 대관절 어떤 뉴스였기에 이 음침한 가족을 그처럼 놀
라게 했던 것일까?

그 전날 새벽 마그달레나델마르에 있는 빅토르 라르코 에레
로 정신병원의 어느 복작거리는 병실에서, 연금을 받고 살게 될
때까지 오랜 세월을 그곳에 갇혀 보낸 어떤 환자가 해부용 메스
로 남자 간호사의 목을 베고 옆자리 침대에서 자고 있던 긴장증
에 걸린 노인을 목 졸라 죽인 뒤, 운동선수처럼 정신병원의 담을
뛰어넘어 시내로 도망쳤다는 것이었다. 그의 탈출은 그가 언제
나 남다르게 조용했고 화를 내는 기색 한 번 보인 적이 없었으
며, 심지어는 언성을 높인 적도 없었으므로 놀랍기 짝이 없는 일
이었다. 삼십 년 동안 그가 보였던 단 한 가지 주목할 만한 행동
은 림피아스의 신부에 대한 경의로 있지도 않은 미사를 집전하
면서 실제로는 없는 성체 배령자들에게 보이지 않는 성체의 빵
을 나누어준 것이었다. 정신병원에서 도망치기에 앞서 루초 아
브릴 마로킨—이제 막 인간이 지상에서의 삶을 즐기도록 주어
진 가장 탁월한 나이에 이르러 쉰번째 생일을 맞은—은 지극히
공손한 작별의 편지를 한 장 남겼다.

'죄송하기 그지없습니다만 저는 이곳을 벗어나지 않을 수 없

습니다. 리마의 어느 낡은 집에서 불길이 나를 기다리고 있기 때문입니다. 그곳에 열정이 횃불처럼 타오르는 절름발이 여인과 그녀의 가족이 하느님을 몹시 언짢게 하고 있습니다. 저는 그 불을 끄는 임무를 부여받았습니다.'

그는 어떻게 할까? 그 불꽃을 끄게 될까? 세월의 밑바닥에서 다시 떠오른 이 남자는 지금 베르과 가족을 두려움에 몰아넣고 있는 것처럼 그들을 또다시 공포의 도가니로 몰아넣기 위해 나타날 것인가? 아야쿠초에서 온 이 공포에 사로잡힌 가족에게는 어떤 운명이 기다리고 있을까?

13

그 기억에 남을 일주일은 내가 증인인 동시에 어떤 면에서는 주인공이기도 했던 재미있는 일화(아르헨티나인 바비큐 요리사들과 맞닥뜨리는 바람에 벌어졌던 주먹다짐은 빼고)로 시작되었다. 헤나로 2세는 언제나 프로그램을 쇄신할 생각에 골몰해 있었는데 하루는 뉴스 프로그램에 생동감을 주기 위해 인터뷰를 집어넣기로 결정했다. 그는 파스쿠알과 내게 그 일을 맡겼고, 그때부터 우리는 매일같이 판아메리카나의 저녁 뉴스 시간에 시사적인 인물과의 인터뷰를 방송하기 시작했다. 물론 그것은 보도실에서 더 많은 일을 해야 된다는(봉급은 한 푼도 오르지 않은 채) 뜻이었지만 나는 그 일이 재미있었으므로 불만스럽거나 하지는 않았다. 벨렌 로의 스튜디오에서나 녹음기 앞에서, 카바레에 출연하는 연예인이며 국회의원, 축구선수, 그리고 천재적인 신동에게 질문을 던질 때마다, 그들 모두가 예외없이 내 단편소설의 주인공이 될 수 있다는 사실을 알게 되었기 때문이다.

그 재미있는 일화가 있기에 앞서 내가 인터뷰를 했던 중에서 가장 호기심이 당겼던 사람은 그 시즌에 아초 투우장에서 엄청난 성공을 거두었던 베네수엘라 출신 투우사였다. 첫번째 투우가 끝난 뒤에 그는 몇 개의 귀를 상으로 받았고, 두번째 투우에서는 기적적인 장면을 연출한 끝에 뿔을 상으로 받은 외에도, 관중들이 그를 무등을 태우고 리막 강에서 산마르틴 광장에 있는 그의 호텔까지 의기양양하게 행진을 벌였다. 하지만 세번째 투우에서는—그가 자기 몫의 입장권에 엄청난 프리미엄을 얹어 팔았던—황소들에게 가까이 다가가려고도 하지 않고 놀란 토끼처럼 겁에 질려 오후 내내 도망만 다녔다. 게다가 단 한 차례도 그럴듯하게 칼을 꽂지 못하고 너무 어설프게 짐승을 죽이려고 들어서 그날 두번째 나온 황소와 겨룰 때는 네 번씩이나 경고를 받았다. 관람석에서는 굉장한 소동이 벌어졌고 분개한 관중들이 몰매를 주려고 하는 바람에, 그 베네수엘라 투우사는 귀가 멀 듯한 야유와 욕설과 우박처럼 쏟아져 내리는 방석 세례를 받으며 경찰들에게 둘러싸인 채 호텔로 돌아가야 했다.

다음 날 아침, 그가 비행기를 타기 몇 시간 전에 나는 볼리바르 호텔의 조그만 대합실에서 그를 인터뷰했다. 그런데 어이없게도 그는 투우보다 더 영리하지도, 또 그 짐승이나 거의 매한가지로 자신의 생각을 표현할 줄도 몰랐다. 한마디로 그의 말은 도대체 무슨 소린지 의미가 통하지 않는 데다 동사의 시제마저 제멋대로였다. 그래서 나는, 그가 자신의 생각을 표현하는 방식을 보고 있자니 꼭 뇌종양 아니면 실어증에 걸린 사람이거나 원숭이-인간 같다는 생각이 들었다. 그리고 말투 역시 말하려는 내용보다 더 나을 것이 조금도 없었다. 참으로 불행하게도, 그의 언어 습관은 어미음이 소실되거나 말끝이 잘리지 않으면 흐려지기 일쑤였고, 걸핏하면 정신을 딴 데 팔고서 짐승처럼 그르렁거리는 소리를 내는 것이었다.

그 기억할 만한 주의 월요일에 인터뷰하기로 되어 있던 멕시코인은 투우사와는 반대로 명료한 생각을 지닌 달변가였다. 어떤 평론지의 편집자 겸 발행인이었던 그는 멕시코 혁명에 관한 책을 내기도 했는데, 당시는 경제학자 대표단의 수석으로 페루를 방문하여 볼리바르 호텔에 묵고 있었다. 나는 그가 라디오 방송국에서 인터뷰를 하겠다고 동의해서 호텔로 그를 데리러 갔다. 그는 키가 크고 자세가 곧으며 옷맵시가 좋은 백발 신사로 육십 세 가까이 된 것이 분명했다. 그리고 함께 온 부인은 밝은 눈빛을 한 가냘픈 여자였는데, 꽃으로 장식한 조그만 모자를 쓰

고 있었다. 우리는 호텔에서 방송국으로 가는 길에 대강의 인터
뷰 계획을 세웠다. 녹음은 십오 분 동안 진행되었는데, 그 경제
학자 겸 역사학자가 어떤 질문에 대한 답변으로 군사독재(그 당
시 페루는 오드리아라는 사람을 수반으로 하는 독재체제하에 있
었다)를 맹렬히 공격하는 바람에 헤나로 2세는 놀라서 혼쭐이
다 빠질 지경이었다.

예기치 못한 일이 벌어졌던 것은 내가 그들 부부를 볼리바르
호텔까지 바래다주고 있을 때였다. 때는 한낮이어서 벨렌 로와
산마르틴 광장은 사람들로 북적거렸다. 남편을 가운데로 하여
그의 부인은 오른편에서, 나는 차도 쪽인 왼편에서 걷고 있었다.

막 라디오 센트랄을 지날 때 내가 그 중요한 인물에게 다시 한
번 인터뷰가 아주 훌륭하게 이루어졌다고 치하를 하려는 참에,
멕시코인 부인의 가냘픈 목소리가 내 말을 중단시켰다.

"예수님, 마리아님, 기절할 것 같아요……"

나는 그녀를 쳐다보았다. 그녀는 얼굴이 핼쑥해져서 눈을 깜
빡거리며 아주 기묘하게 입술을 달싹거렸다. 그러나 정말로 놀
라운 일은 경제학자 겸 역사학자의 반응이었다. 아내의 말을 듣
기가 무섭게 그가 재빨리 아내 쪽을 흘끗 돌아다보더니, 다음에
는 곤혹스러운 표정으로 나를 쳐다보았다가 멈춰 서는 대신 꽁
무니를 빼는 것이었다. 멕시코인 부인은 이제 찌그러든 표정으

로 내 옆에 엉거주춤 서 있었는데, 나는 그녀가 보도에 막 주저앉으려고 할 때 간신히 그녀의 팔을 잡아 세울 수 있었다. 다행히도 그녀는 연약하고 몸집이 아주 자그마해서, 나는 그 중요한 인물이 자기의 아내를 잡아끌고 가는 미묘한 역할을 내게 맡기고 성큼성큼 걸어가버린 사이, 그녀를 부축해서 걸음을 옮기게 할 수 있었다. 사람들은 우리가 지나갈 수 있도록 옆으로 비켜서서 우리를 빤히 쳐다보았는데—우리는 콜론 극장까지 와 있었고 그 멕시코인 부인은 이제 얼굴을 찡그리고도 모자라 눈물 콧물에 침까지 흘리고 있었다—나는 담배 장수가 떠들어대는 소리를 들었다.

"어렵쇼! 저 여자 오줌을 질질 싸면서 걷고 있네."

그것은 사실이었다. 경제학자 겸 역사학자(그는 라콜메나를 건너 볼리바르 호텔 문 앞에서 우글거리는 사람들 틈으로 사라졌다)의 부인은 그녀 뒤로 길게 뻗친 노란 자국을 남기고 있었다. 길모퉁이에 이르자 나는 용감무쌍하게 그녀를 번쩍 안아들고, 만인이 주시하는 가운데 일대 장관을 연출하면서, 운전사들이 경적을 울리고 경찰들이 호루라기를 불고 사람들이 우리를 손가락질하는 통에 나머지 오십 미터가량은 종종걸음을 칠 수밖에 없었다. 자그마한 멕시코인 부인은 내 팔에 안긴 채 일 초쯤 격렬하게 몸부림을 치면서 얼굴을 찡그렸는데, 그 순간 나는 손에 와 닿는 감촉과 콧속에 기어드는 냄새로 그녀가 이제 오줌을 싸는 것보다도 더 지독한 일을 보고 있다는 생각이 들었다. 그녀의 입에서 끊임없이 목 졸린 소리가 흘러나왔다. 내가 볼리바르 호텔로 들어서자 짤막하게 지시를 하는 소리가 들렸다.

"삼백일호로."

커튼 뒤에 몸을 반쯤 숨기고 있던 그 중요한 인물이었다. 그는 내게 그 지시를 내리자마자 다시 모습을 드러내고 재빨리 엘리베이터 쪽으로 걸어갔는데, 우리가 위층으로 올라가는 동안, 마치 간섭하는 것처럼 보이고 싶지 않기라도 한 듯, 단 한 차례도 우리 쪽으로 고개를 돌리지 않았다. 엘리베이터 안내원이 나를 거들어 그 부인을 방까지 옮겨주었다. 그러나 우리가 그녀를 침대에 눕히자마자, 그 중요한 인물은 다짜고짜 우리를 문간으로 밀어내더니 고맙다는 인사나 잘 가라는 말도 없이―순간 그의 얼굴에 떨떠름한 표정이 떠올랐다―우리 코앞에서 문을 쾅 닫았다.

"그 사람 못된 남편이라서가 아니야." 페드로 카마초가 나중에 이유를 설명했다. "단지 우습게 보이는 걸 몹시 두려워하는 아주 민감한 사람일 뿐이라고."

그날 저녁 나는 훌리아와 하비에르에게 내가 막 끝낸 소설 「엘리아나 아주머니」를 읽어줄 예정이었다. 〈엘 코메르시오〉 지에서 끝내 공중에 뜨는 아이들을 소재로 한 내 소설을 실어주지 않았으므로, 우리 집안에서 벌어진 어떤 일을 가지고 다른 소설을 한 편 더 씀으로써 나 자신을 위로하려고 했던 것이다.

엘리아나 아주머니는 내가 어렸을 적에 우리 집을 찾아오곤 했던 여러 아주머니 중 하나였는데, 내게 초콜릿을 사다주기도 하고, 때로는 크림 리카로 차를 마시러 갈 때 나를 데려가기도 해서 내가 썩 좋아하는 친척이었다. 그러나 우리 집안에서는 모두들 그녀가 단것을 너무 좋아한다고 비웃었고, 집안 식구들이 모일 때면 그녀가 비서로 일해 받는 봉급을 티엔데시타 블랑카에서 끈끈한 과자, 딱딱한 롤빵, 부드러운 스펀지 케이크, 두툼한 초콜릿을 사먹는 데 홀랑 다 써버린다고 흉을 보기에 바빴다. 어쨌든 그녀는 통통하고 인정 많고 쾌활하고 수다스러운 처녀였는데, 나는 집안 식구들이 그녀의 등 뒤에서 까딱 잘못하다가는 그녀가 노처녀로 늙게 될 거라는 소리를 할 때마다 그녀 편을 들곤 했다.

그러던 어느 날 엘리아나 아주머니가 이상하게도 우리 집에 발길을 뚝 끊었고, 집안 사람들도 다시는 그녀의 이름을 입에 올리지 않았다. 그때 나는 여섯 살이나 일곱 살쯤이었는데, 우리 부모에게 그녀의 일을 물어보면 여행을 떠났다든가 병이 났다든가 이제 얼마 안 있으면 다시 올 거라든가 하는 대답을 듣고 미심쩍어했던 기억이 난다.

한 오 년쯤 뒤에 온 집안 식구들이 느닷없이 상복 차림으로 나타났는데, 그날 밤 나는 우리 할아버지 댁에서 그들이 암으로 죽은 엘리아나 아주머니의 장례식에 다녀왔다는 것을 알게 되었다. 그리고 또 그녀가 갑자기 사라졌던 수수께끼에 대해서도 알게 되었다. 평생 동안 독신녀로 살아야 할 것 같던 엘리아나 아주머니가 뜻밖에도 헤수스마리아에서 야채 장사를 하는 중국인과 결혼을 했던 것이다. 그녀의 부모를 위시하여 온 집안 식구들은 그 창피스러운 사건에 치가 떨려서—그때만 해도 나는 남편이 중국인이라는 게 뭐 그리 창피스러운 일일까 하는 생각이 들었지만, 이제는 그 남편의 가장 큰 흠이 야채 장수였다는 사실을 미루어 짐작할 수 있게 되었다—그녀를 이 세상에 없는 사람으로 치부하고 그날부터 집 안에 발도 못 들여놓게 하기로 결정했다. 하지만 그녀가 죽자 집안 어른들은 그녀를 용서했고—그래도 우리는 속인정이 많은 사람이었으므로—밤샘과 장례식에 참석하여 그녀를 위해 줄줄이 눈물을 흘렸다.

내 소설은 침대에 누워 아주머니가 사라져버린 수수께끼를 풀려고 애쓰는 한 어린 소년의 독백 형식으로, 에필로그는 그녀를 위한 밤샘 장면이 담긴, 주인공 아이를 통해 부모와 그들의 편견에 대해 분노를 터뜨리는 사회적인 소설이었다. 나는 그 소설을 두 주에 걸쳐 썼는데, 거기에 대해 홀리아와 하비에르에게 귀가 따갑도록 떠벌려댄 결과, 그들은 마침내 두 손 번쩍 들고 내게 그 소설을 읽어달라고 요청했다. 그러나 월요일 저녁, 그 소설을 읽어주기에 앞서 나는 그날 오전 내가 인터뷰했던 중요한 인물과 그의 자그마한 멕시코인 부인 사이에서 무슨 일이 일어났는지를 소상히 알려주었다. 하지만 그 바람에 다 된 죽에 코 빠뜨린 격이 되고 말아서, 그들은 내 소설보다도 그 일화를 더 재미있어하는 것이었다.

그즈음 홀리아는 저녁 무렵이면 판아메리카나로 나를 찾아오는 것이 습관처럼 되었다. 우리는 내 작업실이 가장 안전한 장소라는 사실을 알게 되었는데, 그것은 파스쿠알과 빅 파블리토가 우리의 비밀을 지켜준 데다 그들의 협조까지도 기대할 수 있었기 때문이다. 그녀는 헤나로 부자가 집으로 돌아가고 뉴스 보도실 근처에는 여간해선 아무도 얼씬거리지 않아 주위가 조용해지기 시작하는 다섯시경에 나타나곤 했다. 그러면 내 동료 직원들은, 홀리아와 내가 서로 껴안고 키스하고 단둘이서만 얘기할 수 있도록, 커피를 마시러 나갔다 와도 되겠냐며 슬그머니 자리를 피해주었다. 내가 기사를 작성하는 동안 그녀는 잡지책을 뒤적이거나 일곱시쯤엔 어김없이 우리를 찾아오는 하비에르와 잡담을 나누기도 했다. 우리는 뗄 수 없는 사이가 되었고, 얇은 합판

벽으로 둘린 그 작은 방에서 훌리아와 나의 연애도 지극히 자연스러운 일이 되었다. 거기에서는 우리가 손을 잡건 키스를 하건 아무도 우리를 눈여겨보지 않았으며 그것이 우리를 행복하게 했다. 우리는 가건물 안에 우리 둘만 있다는 생각으로 자유로웠고, 단둘이 있음으로써 우리가 서로를 사랑하고 우리에게 문제가 되는 일을 얘기할 수 있는 화합의 분위기에 둘러싸인 기분이었다. 그 좁은 방의 경계 밖으로 나간다는 것은, 우리가 거짓말을 하고 진실을 숨길 수밖에 없는 적대적인 영역으로 들어서는 것이었다.

"우리 여기를 '사랑의 둥지'라고 부르면 꼭 어울리지 않겠어?" 훌리아가 내게 물었다. "그것도 역시 유치한 소리야?"

"물론 유치하지만 꼭 그렇다고만은 할 수 없겠죠." 내가 대답했다. "그런데 여길 몽마르트라고 부르는 건 어때요?"

우리는 선생과 학생 놀이를 했고, 나는 그녀에게 어떤 것이 유치하며 어떤 말이나 행동을 해서는 안 되는지 설명해주었다. 그리고 읽을거리에 대해서도, 내가 무슨 엄격한 검열관이라도 되는 것처럼, 프랑크 예르비부터 코린 테야도에 이르기까지 그녀가 좋아하는 모든 작가의 작품을 금서 목록에 올렸다. 우리는 그런 유치한 놀이를 하면서 더없이 즐거운 시간을 보냈고 바보처럼 웃었다. 그리고 가끔은 하비에르가 억지 변증법을 휘둘러대며 끼어들기도 했다.

내가 「엘리아나 아주머니」를 읽는 동안 파스쿠알과 빅 파블리토도 자리를 함께했다. 공교롭게도 그들이 시간에 맞춰 들어섰던 것인데, 나는 그들을 다시 내쫓을 만큼 강심장이 못 되었기 때문이다. 하지만 그것이 나로서는 다행이었다. 그들이 내 부하직원이었던 만큼 그들의 열광적인 태도에 약간은 미심쩍은 구석이 있기는 했어도, 내 소설을 칭찬해준 것은 그들뿐이었기 때문이다.

하비에르는 그 소설에 현실성이 결여되어 있다는 둥, 중국 사람과 결혼했다는 이유만으로 집안 식구들이 딸과 절연했다면 누가 그걸 믿으려고 들겠느냐는 둥 트집을 잡더니, 만일 남편이 검둥이거나 인디언이라면 얘기가 좀 통할 수 있을 거라고 이죽거렸다. 그리고 훌리아는 그 소설이 자기에겐 멜로드라마처럼 들리는 데다, '전율하는'이라든가 '흐느끼는' 같은 단어는 자기 귀에도 유치하게 들린다는 말로 치명타를 날렸다. 내가 막 「엘리아나 아주머니」를 변호하려는 참에 내 사촌 난시가 가건물로 들어서는 모습이 보였다. 그녀의 표정을 한번 보는 것만으로도 그녀가 왜 찾아왔는지는 충분히 알 수 있었다.

"온 집안이 무슨 일이 벌어진지 다 알고 모두들 벼르고 있어."
그녀가 밑도 끝도 없이 불쑥 말했다.

구미 당기는 잡담거리가 생겨날 것 같은 냄새를 맡고 파스쿠알과 빅 파블리토가 귀를 바짝 곤두세웠다. 나는 내 사촌의 입을 막고 나서 파스쿠알에게 아홉시 뉴스 시보를 작성해달라고 부탁한 뒤, 난시와 하비에르, 홀리아, 그리고 나 그렇게 넷이서 얘기를 하러 나왔다. 우리가 브란사에 자리를 잡고 앉자 그녀가 좀더 소상한 내용을 줄줄이 늘어놓았다. 그녀는 욕실에서 머리를 감다가 무심결에 자기 엄마와 헤수스 아주머니가 전화로 나누는 대화를 들었는데, '그 두 연놈'이라는 말에 홀리아와 나를 두고 하는 이야기인 것을 알아차리고 등골이 오싹해졌다는 것이다. 무슨 내용인지는 분명치 않았지만, 어느 순간에 라우라 아주머니가 "생각을 좀 해봐. 카문치타까지도 산이시드로에 있는 올리바르에서 그 둘이 낯 두껍게 손을 잡고 있는 걸 봤다는 거야"(그것은 틀림없는 사실이었다. 몇 달 전 어느 오후에 우리는 분명히 그런 짓을 했으니까)라고 했던 것으로 보아 그들은 얼마 전부터 우리 일을 알고 있었던 게 분명했다. 난시는(그녀의 말대로라면 '바짝 쫄아서') 욕실을 나서다가 자기 엄마와 맞닥뜨렸지만 아무것도 모르는 척 시치미를 떼고 머리를 말렸다. 그다음부터는 헤어드라이어가 윙윙거리는 소리에 귀가 울려서 더는 엿들을 수가 없었는데, 라우라 아주머니가 드라이를 끄라고 하더니 '썩어빠진 여편네나 편드는 갈보년'이라면서 호되게 그녀를 야단쳤다는 것이었다.

"그 썩어빠진 여편네라는 건 나를 두고 한 말이겠지?" 훌리아가 약이 올랐다기보다는 호기심이 동해서 물었다.

"그래요, 아줌마를 두고 그런 거예요." 내 사촌이 얼굴을 붉히며 대답했다. "집안 사람들은 이 일을 벌이기 시작한 장본인이 아줌마라고 생각하고 있어요."

"그건 맞아. 난 미성년자니까. 난 그저 조용히 공부나 해서 법학사 학위를 따고 그다음엔……" 내가 농담처럼 받아넘기려 했지만 아무도 웃지 않았다.

"내가 너한테 와서 얘기한 걸 알면 우리 엄마 아빠가 날 가만두지 않을 거야." 난시가 말했다. "그러니까 나에 대해서는 입 꽉 다물겠다고 맹세해."

난시의 부모는 만일 그녀가 조금이라도 분별없는 짓을 저지르면 일 년 동안 집 밖으로 한 발짝도 내보내주지 않을 것이며, 미사에 가는 것조차 허락하지 않겠다고 엄중히 경고했다는 것이다. 그녀의 부모가 눈물이 쏙 빠질 만큼 호되게 훈계를 한 터여서, 그녀는 집안에 무슨 일이 벌어지고 있는지를 우리에게 알려줘야 할지 말아야 할지 그것까지도 망설였다. 우리 집안에서는 처음부터 그 일을 모두 알고 있었지만, 그것은 단순히 바람둥이 여자가 자기의 사랑놀음에 말려든 남자 명단에 이색적인 전리

품, 즉 새파란 젊은이를 하나 더 추가하려는 일시적인 불장난쯤으로 치부하고 아무 말도 하지 않았던 것이었다. 하지만 훌리아가 주저하는 빛이라고는 없이 젊은 녀석과 손을 잡고 길거리며 공원으로 보란 듯이 돌아다닌 뒤로 점점 더 많은 친구와 친척들이 우리 사이의 로맨스를 알게 되자―심지어는 우리 할머니와 할아버지까지도 셀리아 아주머니가 한두 마디 귀띔을 해준 덕분에 일이 어떻게 되어가고 있는지 알고 있었다―그 일은 추문거리가 되었다. 그리고 그 이혼녀가 머릿속에 들어와 박힌 뒤로는 공부에 완전히 흥미를 잃은 게 분명한 젊은이(다시 말해 나)에게도 해로울 수밖에 없는 일이 되었으므로, 집안 식구들이 들고 나서기로 결정한 것이었다.

"그런데 식구들이 어떤 식으로 나를 구해준다는 거지?" 내가 아직 겁에 질리지는 않고 물었다.

"너네 부모한테 편지를 쓴대." 난시가 대답했다. "두 삼촌이, 그러니까 호르헤 삼촌하고 루초 삼촌이 벌써 써 보냈대."

우리 부모님은 미국에서 살고 있었는데, 아버지는 내가 언제나 몹시 두려워하던 엄한 남자였다. 나는 아버지와 떨어져 외가에서 어머니 손에서 키워지다가 우리 부모님이 화해하자 아버지와 함께 살러 갔지만, 한 번도 사이좋게 지낸 적이 없었다. 보수적이고 권위주의적인 데다 화를 내면 굉장히 무서웠기 때문이다. 그런데 만일 두 삼촌이 그에게 편지를 쓴 것이 사실이라면…… 소식을 받는 즉시 그는 불붙은 화약처럼 폭발할 것이 분명했다.

훌리아가 테이블 밑으로 내 손을 그러쥐었다.

"안색이 죽은 사람마냥 창백해졌어, 바르기타스. 이번엔 정말로 멋진 소설을 쓸 건수가 생긴 거잖아."

"네가 할 일은 정신 바짝 차리고 위험한 짓에서 손 떼는 거야." 하비에르가 나를 충격에서 회복시켜주려고 했다. "겁먹지마. 그리고 이 엄청난 사태에 대처할 수 있는 최선의 전략을 짜보자고."

"댁한테도 잔뜩 벼르고 있다고요." 난시가 그에게 경고했다. "집안 식구들이 댁한테 지독한 소릴 했는데, 뭐라더라……?"

"갈보 뚜쟁이라고?" 훌리아가 미소를 지었다. 그러고는 나를 돌아다보더니 눈에 슬픈 빛을 띠고 말했다.

"나한테 가장 문제가 되는 건 그 사람들이 우리를 갈라놓으려 한다는 거고, 그러면 다시는 널 못 보게 된다는 거야."

"그게 바로 유치한 소리라고요. 얘길 그렇게 하는 게 아녜요." 내가 받아넘겼다.

"속마음을 어쩌면 그렇게 잘 숨겼을까?" 훌리아가 말을 이었다. "언니도, 형부도, 그리고 너희 친척들 누구도 자기들이 뭔가 알고 있고 또 나를 미워한다는 낌새는 조금도 못 채게 했어. 위선자들. 그러면서도 나를 그렇게 다정한 척 대해주다니."

"한동안은 두 사람이 서로 만나는 걸 그만둬야겠습니다." 하비에르가 말했다. "훌리아 아주머니는 다른 남자하고 같이 외출해야 하고 너는 다른 여자애들한테 데이트를 신청해야 해. 집안 식구들이 둘이서 싸운 걸로 생각하도록 말야."

기가 팍 꺾여 훌리아와 나는 그것이 유일한 해결책이라는 데 동의했다. 그러나 난시—우리는 그녀에게 절대로 배신하지 않겠다고 맹세했다—와 하비에르를 보낸 뒤 훌리아와 함께 가랑비에 젖으면서 벨렌 로를 따라 판아메리카나로 돌아오면서, 서로의 손을 잡고 주눅이 들어 고개를 푹 숙인 채, 우리는 둘 다 입을 열 필요도 없이 그런 전략은 가장을 사실로 바꿀 위험성이 있다는 것을 알고 있었다. 만일 우리가 서로를 만나지 않는다면, 그리고 외출할 때도 각자 다른 사람과 함께한다면, 조만간 우리 사이의 일은 모든 게 끝장일 것이었다. 하지만 우리는 매일같이 정한 시간에 꼭 맞춰서 전화를 걸기로 약속했고 작별인사를 나눌 때는 한참이나 머뭇머뭇 입술을 떼지 않았다.

덜덜거리는 엘리베이터를 타고 내 가건물로 올라오면서 나는 전에도 몇 번인가 그랬듯이, 왠지 모르게 내 문제를 페드로 카마초에게 털어놓고 싶은 욕망을 느꼈다. 그것은 마치 전조와도 같았다. 볼리비아 방송작가의 주요 협력자들, 그러니까 루시아노 판도와 호세피나 산체스, 그리고 함석장이가 파스쿠알이 온갖 종류의 재난(그는 물론 죽은 사람들에 관한 기사를 포함시키지 말라는 내 명령에 따른 적이 한 번도 없었다)으로 뉴스 원고를 두들겨대고 있는 동안 빅 파블리토와 이런저런 얘기를 주고받으며 사무실에서 나를 기다리고 있었던 것이다. 그들은 내가 파스쿠알과 함께 마지막 뉴스를 작성하는 동안 참을성 있게 기다렸다. 그리고 파스쿠알과 빅 파블리토가 먼저 가보겠다는 말을 남기고 떠난 뒤 우리 넷만 남자, 말을 꺼내기에 앞서 당황한 표정으로 서로를 바라보았다. 그들이 내게 말하고 싶어하는 것이 그 예술가와 관련된 내용이라는 것은 불을 보듯 뻔했다.

"당신은 그분의 가장 친한 친구니까 당신을 찾아온 겁니다." 루시아노 판도가 머뭇머뭇 말을 꺼냈다. 그는 퉁방울눈을 한 육십대의 작달막한 사내로 등이 잔뜩 굽었고, 낮이건 밤이건, 겨울이건 여름이건 기름기가 밴 머플러를 하고 다녔다. 내가 봐온 바로는 그에겐 가느다란 푸른 줄이 쳐진 갈색 양복 한 벌뿐이었는데, 수없이 빨고 다리는 바람에 누더기가 되었다. 그의 오른쪽 신발은 엄지발가락께에 구멍이 뚫려서 양말이 내보였다.

"아주 미묘한 문제와 관련된 거라서요. 당신도 분명히 짐작은 하고 있겠소만."

"뭐 별로 친한 것도 아닙니다." 내가 겸손을 떨었다. "페드로 카마초 씨 애길 하시려는 거죠? 네, 우리가 친구 사이인 건 사실입니다. 선생께서도 아시다시피 그 양반은 정말로 알 수 없는 사람이긴 해도요. 그런데 무슨 문제라도 생겼습니까?"

그는 고개를 끄덕이긴 했지만 그러고 나서는 이제부터 해야 할 말을 생각하자 당황스러워진 듯, 입을 열지 못하고 그저 신발만 내려다봤다. 나는 묻는 표정으로 호세피나와 함석장이를 쳐다보았는데 그들 역시 심각한 표정을 띠고 미동도 없이 서 있었다.

"우리가 이러는 건 그분에 대한 애정과 감사의 마음에서예요." 호세피나 산체스가 아름답고 부드러운 목소리를 떨며 말문을 열었다. "아무도 우리가 이 쥐꼬리만 한 봉급을 받는 직업에 종사하면서 페드로 카마초에게 얼마나 많은 덕을 입었는지 알 리가 없으니까요."

"우린 늘 사람들이 우릴 서푼어치 가치도 없다고 생각한다고, 있으나마나 한 사람이라고 느꼈습니다. 그러다보니 지독한 열등감에 사로잡혀 우리 자신을 아무 가치도 없는 쓰레기로 여겼지요." 함석장이가 자못 감격한 목소리로 입을 여는 바람에 내 머릿속에서는 느닷없이 페드로 카마초가 무슨 사고라도 당한 게 아닐까 하는 생각이 번쩍 스쳤다. "하지만 그분 덕분에 우리는 지금 이 직업이 예술적인 일이라는 걸 알게 됐습니다."

"하지만 당신은 마치 그 양반이 돌아가시기라도 한 것처럼 얘기 하고 있지 않습니까?" 내가 말을 잘랐다.

"우리가 없다면 사람들이 무슨 낙으로 살겠어요?" 호세피나 산체스가 내 말을 다 들으려고도 하지 않고 그녀가 섬기는 우상 의 말을 인용하고 나섰다. "우리가 아니면 누가 사람들이 어떻게 든 계속 살아나갈 수 있도록 그들에게 환상과 감동을 주겠어요?"

그녀는 조물주가 육신을 빚을 때 저지른 온갖 서투른 실수를 얼마쯤이라도 보상해주기 위해 아름다운 목소리를 부여한 것 같 은 그런 여자였다. 나는 그녀가 오십 세를 넘어섰다는 것은 분명 히 알 수 있었지만 정확한 나이를 추측하기란 불가능했다. 원래 검은색이었던 그녀의 머리칼은 과산화수소로 탈색하는 바람에 누르스름한 밀짚처럼 보였고, 그 머리칼이 암갈색 머리 스카프 밑으로 비어져 나와 불행히도 눈을 다 가리지는 못한 채 — 왜냐 하면 그 눈은 세상의 온갖 소리를 욕심스럽게 잡아들이는 접시 형 안테나처럼 머리통에서 툭 튀어나온 데다 엄청나게 컸기 때 문이다 — 늘어져 있었다. 하지만 그녀에게서 가장 특징적인 모 습은 이중 턱, 말하자면 얼룩덜룩한 블라우스 위로 자루처럼 축 늘어져 내린 쭈글쭈글한 피부였다. 또 그녀의 다리는 정맥류를 앓고 있어서 축구선수가 신는 타이트한 보호용 스타킹으로 싸매

져 있었다. 다른 때 같았더라면 나는 그녀의 방문에 잔뜩 호기심이 동했겠지만 그날 밤은 나 자신의 문제에 온 정신이 다 팔려 있었다.

"여러분이 페드로 카마초 씨에게 무슨 덕을 입었는지는 잘 압니다." 내가 조급하게 말을 가로챘다. "그분 연속극이 전국적으로 굉장한 인기를 끌고 있는 것도 그럴 만한 이유가 있군요."

나는 그들이 서로 눈길을 교환하며 용기를 짜내는 걸 보았다.

"바로 그게 문젭니다." 루시아노 판도가 초조하고 당황한 표정으로 마침내 입을 열었다. "처음엔 우리도 별 관심을 두지 않았어요. 그저 부주의로 잘못 썼거나 방심을 하는 바람에 누구나 저지를 수 있는 실수를 한 것쯤으로 생각해서였죠. 더구나 그분은 하루도 쉬지 않고 해 뜰 때부터 깜깜해진 다음까지 일에 매달려 있으니까요."

"하지만 정확히 페드로 카마초 씨에게 무슨 일이 일어난 겁니까?" 내가 불쑥 말을 잘랐다. "저는 당신이 무슨 말씀을 하시는지 통 모르겠습니다, 루시아노 씨."

"연속극 얘기예요, 젊은 양반." 호세피나 산체스가 마치 신성모독을 범하기라도 한 듯 웅얼거렸다. "그것들이 점점 더 이상해져가고 있어요."

"청취자들로부터 걸려오는 항의 전화를 가로채려고 성우와 기술자들이 라디오 센트랄에서 번갈아 전화를 받고 있습니다."
함석장이가 끼어들었다. 그의 머리칼이 포마드를 잔뜩 처발라서
인지 두더지 털처럼 반들거렸다. 그는 언제나처럼 부두 노동자
들이 입는 아래위가 붙은 작업복 차림에 끈 없는 신발을 신고 있
었는데 어느 때라도 울음을 터뜨릴 것 같은 표정이었다. "헤나
로 부자가 그분을 쫓아내지 않도록 막기 위해서죠."

"당신도 그분이 우리처럼 가진 돈 한 푼 없이 그날 벌어 그날
산다는 걸 잘 알 겁니다." 루시아노 판도가 말을 이었다. "그런
데 방송국에서 그분을 쫓아내면 어떻게 되겠습니까? 그분은 굶
어 죽고 말 겁니다."

"그리고 또 우리는 어떻게 되고요?" 호세피나 산체스가 잘난
척 끼어들었다. "그분이 없다면 우린 뭐가 되겠어요?"

그들은 내게 자초지종을 소상히 다 늘어놓으면서 중구난방으
로 떠들어대기 시작했다. 오류(루시아노 판도가 말한 대로라면
'대실수')는 두 달쯤 전부터 시작되었는데 처음에는 아주 사소
한 것들이어서 아마도 성우들만 눈치를 챘을 것이다. 그러나 물
론 그들은 페드로 카마초에겐 단 한마디의 귀띔도 해주지 않았
다. 그가 어떤 사람인지 익히 알고 있어서 누구도 감히 입을 열
려고 들지 않은 데다 한동안은 카마초가 일부러 트릭을 쓰는 게
아닐까 하고 생각했기 때문이다. 하지만 지난 삼 주 동안에는 사

정이 훨씬 더 심각해지고 말았다.

"사실대로 얘기하자면 연속극들이 모두 손쓸 수 없게 뒤죽박죽이 되어버렸어요." 호세피나 산체스가 안절부절못하면서 말했다. "모두가 다 어느 게 어느 건지 갈피를 잡을 수 없을 정도로까지 뒤섞였어요."

"히폴리토 리투마는 열시 연속극에 나오는 경사로 엘카야오의 흉악범들에게 공포의 대상이었죠." 루시아노 판도가 몹시 걱정스러운 얼굴로 끼어들었다. "그런데 지난 사흘 동안엔 그게 네시 연속극에 나오는 판사 이름으로 바뀌었어요. 원래 판사 이름은 페드로 바레다였거든요. 이건 그저 한 가지 예일 뿐입니다."

"그리고 페드로 바레다는 이제 쥐들이 자기의 어린 딸을 먹어 치웠다고 쥐를 박멸하는 일에 대한 얘기를 하고 있어요." 호세피나 산체스가 눈물이 글썽해져서 말했다. "전에는 그게 페데리코 테예스 운사테기의 갓난 딸이었는데 말예요."

"우리가 녹음을 하면서 얼마나 곤욕을 치르는지는 상상도 못할 겁니다." 함석장이가 더듬거렸다. "도무지 얘기도 안 통하는 말과 행동을 하고 또 하고 있으니 말입니다."

"게다가 이제는 온통 뒤죽박죽이 된 얘기를 바로잡을 길이라고는 없고……" 호세피나 산체스가 중얼거렸다. "댁도 카마초 씨가 자기 프로에 대해 얼마나 요지부동인지는 직접 봤을 테니 말예요. 그분은 하다못해 구두점 하나도 못 바꾸게 해요. 하라는 대로 안 했다가는 당장에 벼락이 떨어지지요."

"그분은 지쳤습니다. 바로 그게 이유지요." 루시아노 판도가 안쓰럽다는 듯이 고개를 저으면서 말했다. "누구라도 하루에 스무 시간씩 일하면서 생각을 제대로 할 순 없는 겁니다. 그분에게는 예전의 리듬을 되찾기 위해서 휴가가 필요해요."

"댁은 혜나로 부자와 잘 지내고 있으니까······" 호세피나 산체스가 나를 쳐다보았다. "그 사람들하고 말 좀 해볼 수 없을까요? 그들한테 이렇게만 얘기해줘요. 카마초가 지쳤으니까 한 일주일쯤 쉬게 하면 어떻겠느냐고요."

"가장 큰 문제는 그분에게 휴가를 가라고 설득하는 일일 겁니다." 루시아노 판도가 말했다. "하지만 일이 계속 이런 식으로 나가서는 안 돼요. 이렇게 나가다간 혜나로 부자가 그분을 해고하고 말 겁니다."

"사람들이 계속 방송국으로 전화를 걸고 있어요." 함석장이가 거들고 나섰다. "그 사람들 전화를 따돌리려면 정말 보통 재간 가지고는 안 됩니다. 그리고 또 지난번에는 〈라 크로니카〉 지에 무슨 기사가 실리기까지 했어요."

나는 그들에게 혜나로 1세도 벌써 다 알고 있으며 내게 페드로 카마초와 얘길 좀 해보라고 부탁했다는 말은 하지 않았다. 그

리고 '페드로 카마초의 동료 직원 일동'이라는 이름으로 그들이
직접 헤나로 2세를 만나 방송작가를 변호해주는 것이 바람직한
지 아닌지는 내가 먼저 헤나로 2세의 심중을 떠보고 난 뒤 그의
반응에 따라 결정하기로 동의했다. 나는 그들에게 그를 믿어줘
서 고맙다고 치하한 뒤에, 헤나로 2세는 헤나로 1세보다 좀더
현대적인 시각을 갖고 있으며 이해심도 더 많으니까 페드로 카
마초에게 휴가를 주도록 설득하기가 어렵지 않을 것이라는 말로
그들의 사기를 북돋워주었다. 우리는 내가 불을 끄고 건물을
잠근 뒤에도 이야기를 계속하다가 벨렌 로에서 악수를 하고 헤
어졌다. 나는 방송작가의 보잘것없고 마음씨 착한 세 동료가 가
랑비 속에서 텅 빈 길 아래쪽으로 사라져가는 것을 지켜보았다.

그날 밤 나는 한잠도 자지 못했다. 할아버지 댁에서는 여느 때
처럼 내 저녁식사가 마련되어 식지 않도록 오븐 안에 넣어져 있
었지만 나는 그 음식을 한입도 삼킬 수가 없었다(그리고 할머니
를 걱정시키지 않기 위해 빵가루를 입혀 구운 스테이크와 쌀밥
을 눈에 띄지 않게 쓰레기통 속에다 집어넣었다). 두 노인께서
는 잠자리에 들긴 했어도 깨어 계셨는데, 나는 그분들에게 안녕
히 주무시라고 인사를 드리러 가서는 형사처럼 면밀하게 그분들
을 살펴보았다. 그분들의 얼굴에 내 창피스러운 사랑놀음을 아
시고 속상해함을 드러내줄 표정이 잠깐이라도 스치는지를 알고

싶어서였다. 하지만 그런 기색은 비치지도 않았다. 그분들은 언제나처럼 자애로웠고 할아버지는 당신께서 하던 십자말풀이에 들어가는 단어 하나를 물으셨다. 하지만 그분들은 내게 굉장한 소식, 그러니까 어머니가 편지에 쓰길, 우리 부모가 곧 휴가차 리마로 올 것이며 언제 도착할지 정확한 날짜는 다시 알리겠다고 했다는 말을 흘리셨다. 그리고 편지는, 아주머니 중 하나가 자기 집으로 가져간 바람에 보여줄 수가 없다는 것이었다. 거기에 대해서는 의문의 여지가 없었다. 이 모든 사태는 집안 친척들이 내 사랑놀음 건으로 우리 부모에게 보낸 고자질 편지의 결과였다. 우리 아버지는 틀림없이 이런 말을 했을 것이다.

"우리가 페루로 가서 일을 바로잡아야겠어."

그리고 어머니는 이랬을 것이었다. "훌리아가 어떻게 감히 그런 짓을 할 수 있지?"(우리 어머니와 훌리아는 우리 가족이 볼리비아에 살았고 내가 아직 철이 들지 않았던 시절에 꽤나 친한 사이였다.)

나는 우리 조부모님이 기억할 만한 기념물, 즉 오래전에 지나간 화려한 시절─그분들이 카마나에 커다란 목화 농장을 가지고 계시던 때와 할아버지가 시에라의 산타크루스에 정착하여 영농 개척자로 일하시던 때, 그리고 또 코차밤바인가 피우라인가에서 주지사인가 군수인가로 계시던 때─의 추억이 담긴 엄청난 양의 사진을 보관해두는 앨범이며 트렁크며 옷가방 따위가 꽉꽉 들어찬 비좁은 방에서 잠을 청했다. 그리고 어둠 속에서 똑바로 누워 오랫동안 훌리아와의 일을 생각했다. 집안 식구들은 조만간 어떤 식으로든 우리를 갈라놓을 것이었다. 그런 생각으로 나는 몹시 약이 올랐고 그 모든 짓거리가 형편없이 치사하고 비열하게 여겨졌는데, 그때 불쑥 페드로 카마초의 모습이 떠올랐다. 나는 아주머니와 삼촌과 사촌들 사이에서 훌리아와 나를 두고 전화로 오갔을 온갖 이야기를 생각해보다가, 상상 속에서 라디오 청취자들—갑자기 배역이 바뀌어 세시 연속극에서 다섯시 연속극으로 건너뛴 등장인물이며 정글의 덩굴처럼 손쓸 수 없이 얽혀들고 있는 사건들 때문에 갈피를 못 잡고 혼란스러워진—로부터 걸려오는 항의 전화를 듣기 시작했는데, 나는 그 작가가 무슨 꿍꿍이속으로 그러는지를 가늠해보려고 별별 생각을 다 했지만 그것이 조금도 재미있게 여겨지지 않았다. 아니 그와는 반대로 라디오 센트랄의 성우들이 음향기술자, 비서, 경비들과 힘을 합쳐 그 예술가가 해고당하지 않도록 항의 전화를 가로채기 위해 애쓰고 있다는 생각으로 가슴이 뭉클해지는 것이었다. 나는 루시아노 판도, 호세피나 산체스, 그리고 함석장이가 정말 있으나마나 한 사람인 나를 헤나로 부자에게 영향력을 미칠 수 있는 인물로 생각했다는 것이 감격스러웠다. 만일 내가 그들에게 자기네보다 그렇게까지 더 중요한 사람으로 보였다면, 그들은 자기네를 얼마나 비소하게 생각할 것이며 얼마나 비참한 봉급을 받고 있다는 것일까? 하지만 그런 생각을 하고 있던 바로 그 순간에도 나는 자꾸 훌리아를 보고 만지고 그녀에게 키스하고 싶은, 억누를 수 없는 욕망에 사로잡혔다. 그러다 마침내 날이 밝았고, 새벽 녘에 개들이 짖어대는 소리가 들렸다.

그날 아침 나는 평소 때보다 좀더 일찍 판아메리카나의 가건물에 가서 자리를 잡고 앉았다. 그래서 파스쿠알과 빅 파블리토가 여덟시에 출근했을 때는, 이미 첫 회분의 뉴스 시보 원고를 작성한 뒤에 조간신문들을 다 읽고 나서, 표절할 뉴스거리들에 빨간색 연필로 토를 달고 표시를 한 다음이었다. 하지만 그런 일을 하면서도 나는 계속 시계를 주시했다. 훌리아는 우리가 정해놓은 시간에 꼭 맞춰 전화를 걸었다.

"나 어젯밤 내내 한숨도 못 잤어." 그녀가 들릴락 말락 한 소리로 힘없이 중얼거렸다. "정말 사랑해, 바르기타스."

"나도 사랑해요, 온 마음으로." 나는 파스쿠알과 빅 파블리토가 좀더 자세히 들으려고 슬금슬금 다가오는 것을 보자 화가 치밀었지만 상관 않고 속삭였다. "나도 밤새도록 한잠 못 잤어요. 훌리아 아주머니 생각을 하느라고요."

"우리 언니하고 형부가 나한테 얼마나 싹싹했는지 상상도 못

할 거야. 우린 늦게까지 카드놀이를 했는데 그 둘이 우리 일을 알고 있다는 게, 그리고 우리에 대해 음모를 꾸미고 있다는 게 믿기 어려워."

"그래도 그건 분명해요." 내가 잘라 말했다. "우리 부모님이 리마로 오겠다는 편지를 보냈거든요. 그럴 이유는 딱 한 가지뿐이죠. 그분들은 이맘때쯤엔 절대로 여행을 하지 않으니까요."

그녀는 아무 대답도 하지 않았다. 나는 마음의 눈으로 전화선 저편에 있는 그녀의 슬프고 화나고 낙심한 얼굴을 볼 수 있었다. 나는 그녀에게 다시 사랑한다고 속삭였다.

"네시에 다시 전화할게. 우리가 약속한 대로." 마침내 그녀가 입을 뗐다. "나 지금 모퉁이에 있는 중국인 야채 가게에 있는데 사람들이 뒤에 줄을 서 있어서 그만 끊어야겠어."

나는 헤나로 2세의 사무실로 내려갔지만 그는 자리에 없었다. 그래서 시급히 상의해야 될 중요한 문제가 있다는 쪽지를 남기고 어떤 방법으로든 내가 느낀 공허감을 채우기 위해, 그저 뭐라도 해야 되겠다는 생각에 학교로 갔다. 그날은 언제 보아도 어느 단편소설에서 곧장 튀어나온 인물 같다는 느낌을 주었던 교수의 형법 강의가 있는 날이었다. 음란증과 호색증의 완벽한 결합인 그는 마치 옷을 벗기려는 듯한 눈길로 여학생들을 바라보았다. 그리고 무엇이건 이중적인 의미와 음란한 단평(短評)을 끌어다

댈 구실로 삼았는데, 언젠가는 가슴이 절벽인 한 여학생이 어떤 질문에 잘 대답하자 이런 요상한 말로 그녀를 칭찬했다.

"학생은 매우 다각적이구만."

그러고는 법전의 조항을 하나 끌어다 대더니 성병에 대해 장광설을 늘어놓기 시작했다.

내가 라디오 방송국으로 돌아갔을 때, 혜나로 2세는 그의 사무실에서 나를 기다리고 있었다.

"자네 물론 봉급을 올려달라는 건 아니겠지?" 내가 안으로 들어서자 그는 입막음부터 했다. "우리 지금 파산할 지경이라고."

"페드로 카마초 씨에 대한 얘길 하려고 온 겁니다." 나는 그 점에서는 그를 안심시켰다.

"자네 그 사람이 별별 말도 안 되는 짓을 벌이기 시작한 거 아나?" 그가 마치 우스운 농담에 재미있어 죽겠다는 듯한 투로 말했다. "그 사람 극중인물들을 한 연속극에서 다른 연속극으로 옮기고, 이름을 바꾸고, 얘기들을 마구 뒤섞어서 차츰차츰 연속극을 모두 하나로 합쳐가고 있어. 정말 굉장한 천재야, 안 그래?"

"글쎄요, 그분이 어떻게 하고 있는지는 들었습니다만." 내가 그의 신바람난 태도에 당황해서 대답했다. "사실, 바로 어젯밤에 성우들하고 얘길 했습니다. 그 사람들 굉장히 걱정을 하고 있더군요. 성우들은 그분이 일을 너무 많이 하고 있어서 까딱 잘못

하다간 과로로 쓰러질 거라는 생각입니다. 그렇게 되면 방송국에서는 황금알을 낳는 거위를 잃는 거나 마찬가지인 셈이 되는 거죠. 그분이 좀 쉴 수 있도록 단 며칠이라도 휴가를 주는 편이 어떻겠습니까?"

"카마초에게 휴가를?" 그 프로듀서가 놀란 기색으로 물었다. "그 사람이 그 얘기를 꺼냈나?"

"그건 아닙니다. 그 얘기를 한 건 방송작가와 함께 일하는 사람들이었습니다."

"그렇다면 그건 시키는 대로 따라 하다가 그 사람들이 지친 거야. 그래서 며칠 동안이라도 폭군의 손아귀에서 풀려나고 싶은 거라고." 그가 넘겨짚었다. "지금 당장 휴가를 준다는 건 미친 짓이야." 그가 책상에서 몇 장의 서류를 집어들더니 이걸 보라는 듯이 허공에다 대고 흔들었다. "이번 달에도 또 청취율 기록을 깼어. 다시 말해 연속극들을 하나로 묶는 그 사람의 아이디어가 먹혀든다는 얘기지. 우리 아버님은 그런 실존주의적 혁신에 대해 걱정을 하고 계시지만, 그래도 효과가 있다 이거야. 바로 이 청취율 조사가 그걸 증명해준다고." 그가 다시 웃었다. "그러니까 청취자들이 그 사람 연속극을 좋아하는 이상, 그 사람이 무슨 짓을 하건 우린 그저 지켜보고만 있으면 돼."

나는 페드로 카마초에게 불리한 말을 하지 않으려고 정곡을 찌르지는 않았다. 그리고 결국은 헤나로 2세의 생각이 옳을 수도 있지 않을까? 볼리비아인 방송작가가 마지막까지 하나하나 신중히 계획해서 그처럼 앞뒤가 맞지 않는 이야기들을 만들어냈을 가능성도 얼마든지 있지 않을까? 나는 집으로 가고 싶지 않아서 돈이라도 펑펑 써보기로 작정했다. 그래서 라디오 판아메리카나의 경리에게 봉급을 가불해달라고 사정한 다음, 페드로 카마초에게 점심을 한턱낼 생각으로 곧장 그의 비좁은 작업실로 찾아갔다. 당연히 그는 신들린 사람처럼 타자기를 쳐대고 있었는데, 자기는 시간이 얼마 없다면서 별로 달갑지 않다는 투로 내 초대를 받아들였다.

우리는 찬카이 로의 이마쿨라다 대학 뒤편에 있는 페루 전통 음식점을 찾아갔는데, 그곳의 특별 메뉴는 아레키파 전통 요리로, 나는 페드로에게 그 음식이 불이 확 나게 매운 고추를 넣은 볼리비아의 유명한 스튜 피칸테스를 생각나게 해줄 것이라고 장담했다. 하지만 그 예술가는 평소의 검소한 식사 습관을 충실하게 지켜서 멀건 달걀 수프 한 접시와 붉은 콩을 넣은 퓌레만 주문했다. 퓌레는 거의 맛을 보지도 않았다. 그는 디저트는 모두 생략했고, 식당 측에서 그가 주문한 버베나 박하차를 제대로 준비하지 못하자, 웨이터들이 기가 막혀 입을 쩍 벌릴 정도로 봇물 터진 듯 거창한 말을 쏟아놓으면서 들입다 야단을 쳐댔다.

"저 요즘 아주 곤란한 입장에 처해 있습니다." 음식을 주문한 뒤에 내가 말을 꺼냈다. "우리 집안에서 제가 선생님 나라 사람과 연애를 하고 있다는 걸 알아냈는데, 그 여자가 저보다 나이도 많은 데다 이혼녀라고 길길이들 뛰고 있어요. 집안 식구들은 우릴 갈라놓을 셈으로 무슨 조처를 취하려고 들 건데 저는 그것 때문에 몹시 걱정이 됩니다."

"우리나라 사람?" 방송작가가 놀란 목소리로 물었다. "그러면 자네 아르헨티나─아니 미안하네─볼리비아 여자와 연애를 하고 있다는 얘긴가?"

나는 그에게 훌리아를 알지 않느냐, 우리가 라타파다에 있는 그의 방에서 함께 저녁을 먹지 않았느냐, 내가 언젠가 우리 연애에 골치 아픈 일이 생겼다고 하니까 그가 치료책으로 빈속에 자두를 먹고 익명의 편지를 써서 보내라고 하지 않았느냐 하면서 그의 기억을 떠올려주었다. 그러고는 일부러 그 얘기를 자세히 늘어놓으면서 주의깊게 그를 살폈다.

그는 심각한 표정을 띤 채 눈도 깜짝하지 않고 아주 열심히 내 말에 귀를 기울였다.

"그런 뜻밖의 불행을 당했다면 그건 별로 나쁜 일은 아니지." 그가 멀건 수프를 한 숟갈 떠서 홀짝거리며 말했다. "괴로움은 훌륭한 스승이니까."

그가 느닷없이 화제를 바꾸더니 요리법이며, 정신적 건강을 유지하기 위해 적당한 식사 습관을 가져야 할 필요성에 대해 늘어놓기 시작했다. 그러고는, 너무 많은 지방과 탄수화물 및 설탕을 섭취하면 도덕감이 마비되어 범죄와 죄악으로 이끌리게 된다고 단언하는 것이었다.

"자네가 아는 사람들을 통계적으로 한번 조사해보라고." 그가 내게 충고했다. "그러면 비뚤어진 놈으로 판명되는 자들은 누구보다 특히 뚱뚱한 치들이라는 걸 알게 될 거야. 그리고 또 한편으로 마른 사람치고 사악한 경향을 지닌 사람은 절대로 없다는 것도 알게 될 거고."

그는 안 그런 척 숨기려고 무진 애를 쓰고는 있었지만 불안해하고 있는 게 틀림없었다. 그러니까, 평소의 진실성과 마음에서 우러나는 자신감을 지키지 못하고 그가 숨기려고 드는 문젯거리에 생각이 쏠린 채, 그저 되는대로 떠들어대고 있는 게 한눈에도 분명했다. 그의 조그만 눈에 불안하고 두렵고 부끄러워하는 표정이 어른거렸고, 간간이 그는 입술을 깨물었다. 비듬투성이의 기다란 머리카락으로 뒤덮인 그의 목이 와이셔츠 칼라 안에서 앞뒤로 왔다갔다하는 사이 그가 목에 걸고 있는 조그만 메달이 눈에 띄었는데, 그는 이따금 그 메달을 만지작거렸다.

"참으로 놀라운 남자, 림피아스의 신부님이지." 그가 내게 메달을 보여주면서 설명했다.

그의 검은 양복이 어깨부터 축 늘어졌고 안색도 창백해 보였다. 나는 연속극에 대해서는 입을 봉하기로 작정했지만, 그가 홀리아나 우리가 그녀를 두고 했던 이야기를 하나도 기억하지 못하는 것을 보고 병적인 호기심에 사로잡혔다. 우리는 멀건 달걀 수프를 다 먹고 나서 본격적인 요리가 나오기를 기다리면서 엽차를 마시고 있었다.

"바로 오늘 아침 헤나로 2세와 선생님 얘길 했습니다." 내가 할 수 있는 가장 무심한 목소리로 말을 꺼냈다. "좋은 소식이더군요. 광고 대행사들의 청취율 조사에 따르자면 이번 달에도 선생님의 연속극들에 주파수를 맞춘 사람들 숫자가 늘어났습니다. 돌맹이까지도 그 연속극들을 듣고 있어요."

나는 그가 뻣뻣하게 군은 채, 눈길을 다른 데로 돌리고 끊임없이 눈을 깜빡거리면서, 잽싸게 냅킨을 둘둘 말았다 폈다 하고 있는 것을 알아차렸다. 나는 그 얘기를 계속 밀고 나가야 할지 말지 망설여졌지만 호기심에 지고 말았다.

"헤나로 2세는 청취자 숫자가 증가한 게, 서로 다른 연속극에 나오는 등장인물들을 섞고 다양한 내용을 연계시키는 선생님의 아이디어 덕분이라고 생각하더군요." 내 입에서 그 말이 떨어지자마자 그가 냅킨을 떨어뜨리고 얼른 나를 쳐다보더니 백지장처럼 하얗게 질렸다. "그 사람은 그걸 아주 기발하다고 생각했습니다." 내가 재빨리 덧붙였다.

그 예술가가 할 말을 잃고 나를 빤히 쳐다보기만 하면서 앉아 있는 동안, 나는 내 더듬거리는 목소리를 들으면서 전위문학과 실험문학에 대해 계속 떠벌려댔다. 또 그의 연속극과 아주 흡사한 혁신, 즉 독자들이 계속 마음을 졸이도록 하기 위해 이야기 중간에 등장인물들의 동실성을 바꾸어버리고, 일부러 눈에 확 띄는 불일치를 조성함으로써 유럽에서 센세이션을 불러일으켰던 ─ 나는 그렇게 단언했다 ─ 작가들을 인용하거나 꾸며대기도 했다. 웨이터가 붉은 콩을 넣은 퓌레를 가져다놓자 나는 이야기가 끊어지게 된 것을 다행스러워하며, 점점 더 당황스러워하는 볼리비아 방송작가를 쳐다보지 않으려고 눈을 내리깐 채 먹기 시작했다. 내가 한동안 말없이 음식에만 코를 박고 있는 동안, 그는 퓌레에 섞인 콩과 쌀 알갱이를 휘휘 저었다.

"요즘 나한테 아주 황당한 일이 벌어지고 있어." 나는 그가 마침내 혼잣말을 하듯 아주 나지막하게 웅얼거리는 소리를 들었다. "내가 어느 원고를 쓰고 있는지 맥을 놓치는 것 같아. 내가 뭘 쓰고 있는지를 분명히 모르겠고 혼란스러운 생각들이 끼어들어." 그가 곤혹스러운 표정으로 나를 바라보았다. "난 자네가 의리 있는 젊은이, 믿을 수 있는 친구라는 걸 알아. 그러니까 그 장

사꾼들한테는 이 얘기 절대로 하지 말아줘."

나는 짐짓 놀란 척하면서 그에 대한 나의 애정을 한껏 펼쳐 보였다. 그는 전혀 평소 때의 그가 아니라 괴로워하고 불안해하는 나약한 사내였다. 그의 얼굴이 푸르죽죽하게 질려 있었고, 이마에서는 구슬땀이 송글송글 배어나왔다. 그가 관자놀이께로 손가락을 들어올렸다.

"내 머리는 물론 아이디어들로 화산처럼 들끓고 있어." 그가 선언했다. "내 기억이 사기를 치고 있어. 그러니까 내 말은, 그 이름들을 얘기하는 거야. 자네한테만 하는 얘긴데, 자네는 내 친구니까, 등장인물들을 뒤섞는 건 내가 아니야, 그것들이 저절로 섞이는 거라고. 하지만 내가 무슨 일이 벌어지고 있는지 알아차렸을 때는 이미 때가 너무 늦어 있어. 그 인물들을 제자리로 돌려놓으려면 요술쟁이 같은 짓을 해야 되고 또 얘기가 마구 뒤섞였던 걸 설명하려면 온갖 그럴듯한 이유를 고안해내야 되니까. 북쪽인지 남쪽인지를 가리키지 못하는 나침반은 아주 중대한 결과를 초래할 수 있는 거야."

나는 그에게 너무 과로해서 그렇다고, 누구라도 자신의 건강을 해치지 않고서는 그와 같은 속도로 일을 할 수 없으니까 그저 휴가를 받기만 하면 된다고 설득했다.

"휴가를 받아? 내 눈에 흙이 들어가기 전에는 어림도 없는 소리!" 그가 마치 모욕이라도 당한 것처럼 핏대를 세웠다.

그러나 잠시 뒤에는, 그의 말대로라면 '기억의 착오'라는 걸 알아차리게 되자 일종의 목록 체계 같은 걸 만들어볼까 했다고 순순히 털어놓았다. 하지만 그 일 역시 불가능했다. 시간이란 시간은 모두 새로운 원고를 쓰는 데 들여야 했으므로 이미 방송으로 나간 프로그램들을 다시 훑어볼 시간이 있을 리 없었다.

"내가 지금 여기서 멈춘다면 만사 끝장이야." 그가 중얼거렸다.

그런데 어째서 그와 함께 일하는 사람들은 그를 도와줄 수 없었을까? 어째서 그는 의심이 생기면 그들을 찾아갈 수 없었을까?

"난 절대로 그런 짓은 할 수 없어." 그가 대답했다. "그렇게 되면 그 친구들의 나에 대한 존경심이 싹 사라져버릴 테니까. 그 친구들은 단지 가공되지 않은 재료, 내 병정들에 불과해. 그러니까 만일 내가 끔찍한 실수를 저지르더라도 내 뒤를 따라 똑같은 실수를 저지르는 게 그 친구들 의무야."

거기서 그가 느닷없이 말을 끊더니 웨이터들에게 버베나 박하차의 맛이 영 시원찮다면서 설교를 늘어놓기 시작했다. 하지만 우리는 곧 거의 뛰다시피 방송국으로 돌아와야 했다. 세시 연속극이 나갈 시간이었기 때문이다. 그와 작별인사를 하면서 나는 그에게 도움이 될 수만 있다면 무슨 일이라도 하겠다고 자청했다.

"자네한테 부탁할 건 절대로 아무한테도 얘기하지 말아달라는 것뿐이야." 그가 대답했다. 그러더니 웃는 듯 마는 듯한 미소를 지으며 덧붙였다. "걱정 말게. 중병은 강한 치료로 고쳐지니까."

가건물로 돌아와서 나는 석간신문들을 훑어보며 뉴스 시보용으로 표절할 뉴스거리들에 동그라미를 친 다음, 인류학 박물관에서 빌려온 잉카 제국 시대의 기구들로 두개골 천공 수술을 시술했던 사람들에 대한 역사학적 연구를 하고 있는, 한 신경외과 의사와의 여섯시 인터뷰를 준비했다. 세시 삼십분이 넘으면서부터 나는 시계와 전화를 번갈아 쳐다보기 시작했다. 훌리아 아주머니는 정확히 네시 정각에 전화를 걸었다. 파스쿠알과 빅 파블리토는 아직 사무실로 돌아오지 않고 있었다.

"점심을 먹을 때 언니가 얘기해줬어." 그녀가 우울한 목소리로 말했다. "언니가 그러는데, 집안에서는 우리 일을 그냥 넘길 수가 없어서 너네 부모가 내 눈을 후벼파려고 이리로 오고 있다는 거야. 나한테 볼리비아로 돌아가는 게 어떻겠느냐고 물었어. 나 어떻게 해야 하지? 난 떠날 수밖에 없을 것 같아, 바르기타스."

"나하고 결혼해줄 건가요?"

그녀가 맥없는 소리로 웃었다.

"난 심각하다고요." 내가 강하게 말했다.

"정말로 나한테 청혼하는 거야?" 훌리아가 이번엔 좀더 재미있어하면서 다시 웃었다.

"좋다는 겁니까 싫다는 겁니까?" 내가 다시 물었다. "빨리 결정해요. 파스쿠알과 빅 파블리토가 지금 막 들어서고 있으니까."

"집안 식구들에게 너도 이제는 다 자랐다는 걸 보여주려고 나한테 청혼하는 거 아냐?" 홀리아가 다정스럽게 물었다.

"그렇게도 볼 수 있겠죠."

14

축구에 미친 라빅토리아에 인접한, 멘도시타라는 이름으로
알려진 쓰레기 더미 교구의 존경받는 성직자 세페리노 우안카
레이바 신부의 이야기는, 반세기 전 축제 기간의 어느 날 밤, 하
층민과 어울리기를 즐겼던 양갓집의 어느 젊은이가 치리모요의
오솔길에서 덜떨어진 검둥이 세탁부 테레시타를 강간했던 때로
부터 시작된다.

세탁부는 자기가 임신했다는 사실을 알게 되자 남편도 없으
면서 어떻게 애들이 벌써 여덟이나 되었는지를 생각해보았다.
그러고는 줄줄이 딸린 아이들까지 다 떠맡으면서 자기를 제단으
로 데려갈 남자는 아무도 없으리라는 것을 알아차리고, 당장에
잉키시시온 광장에서 산파 노릇을 하고 있던, 그러나 임신중절

(쉬운 말로 하자면 낙태)을 해주는 것으로 더 잘 알려진 안젤리카라는 현명한 노파에게 도움을 청했다. 하지만 안젤리카가 테레시타에게 마시도록 했던 그 독한 조제약(그녀 자신의 오줌에 쥐들을 빠뜨려놓은 것)에도 불구하고 강간의 결과로 생겨난 태아는 장차 지니게 될 성격의 한 전조로서, 어머니의 태반에서 떨어지기를 완강히 거부하고 나사줄처럼 잔뜩 웅크린 채 그대로 남아서 그 간음의 밤이 있은 뒤로 열 달이 지날 때까지 점점 더 커지고 점점 더 분명한 형체를 띠게 되어 세탁부는 결국 그 아이를 낳지 않을 수 없었다.

그 아이는 국회의사당 문지기였던 대부를 기쁘게 해주기 위해 세페리노라는 세례명을 물려받았고, 성은 어머니를 따라 우안카 레이바라고 붙였다. 물론 그가 어린아이였을 적에는 언젠가 그가 성직의 길로 들어서게 되리라고 짐작할 만한 특징 따위는 아무것도 없었다. 왜냐하면 그 아이가 가장 좋아했던 것은 경건하고 종교적인 일들이 아니라 팽이를 치고 연을 날리는 놀이였기 때문이다. 그러나 애초부터, 심지어는 걸음마를 하기도 전부터 그 아이에게는 진실한 성격을 지녔다는 조짐이 분명히 나타났다.

세탁부는 하루에 열 시간씩 다른 사람들의 빨래를 하고 거기에 또 여덟 시간씩 리마의 한쪽 끝에서 다른 쪽 끝까지 세탁물을 배달하면서도 자기 입에 풀칠을 하고 나면, 아직 스스로의 날개로 날 수 있는 최소한의 나이에 이르지 못한 아이들만을 근근이 먹여 살릴 수 있을 뿐이었으므로, 그녀의 자식들은 이 험한 세상에서 살아남고 싶으면 물고 물어뜯기는 법을 배워야 하며, 일단 세 살만 되면 마실 우유와 먹을 음식은 전적으로 자기 책임이라는, 스파르타 아니면 다윈에 의해 고취된 교육철학을 본능적으로 따랐다.

강간을 당해 태어난 아이는 제 어머니의 자궁 속에 있을 때부터 끈질기게 살아남도록 했던 바로 그 집요한 생존의 의지를 확실히 보여주었다. 즉 그 아이는 더러운 음식 찌꺼기를 놓고 거지며 개들과 싸우면서 쓰레기통에서 긁어모은 온갖 구역질 나는 것들을 삼킴으로써 자기 힘으로 먹고 살 수가 있었던 것이다. 그의 형과 누나들 중 넷은 영양실조나 식중독으로 파리처럼 죽어갔고, 시험에 통과하여 어른이 되기까지 살아남은 나머지 넷도 구루병과 정신질환에 걸렸던 반면, 세페리노 우안카 레이바는 건강하고 튼튼하게, 그리고 정신적으로도 비교적 건전하게 자랐다. 그래서 세탁부가 더이상 일을 할 수 없게 되자(광견병의 희생자였을까?) 그녀를 부양했고, 나중에 장의사 기메트를 시켜 엘치리모요 사람들이 그 이웃에서 이제껏 있었던 중에 가장 훌륭한 장례식이라고 했던 삐까번쩍한 장례식을 그녀에게 치러준

(그때쯤에 그는 멘도시타의 교구 성직자였다) 것도 그였다.

세페리노 우안카 레이바는 몇 푼의 돈을 벌기 위해서라면 무슨 일이라도 다 했던 조숙한 아이였다. 말을 배우면서 이 아이는 시궁창에서 자란 어린 천사 같은 표정으로, 지체 높은 부인들의 마음을 녹여 지갑을 열게 하고 아반카이 가에서 지나가는 사람들에게 동냥하는 법도 함께 배웠다. 그러고 나서는 구두닦이, 주차시킨 차를 감시하는 꼬마, 길거리에서 신문, 설사약, 누가 따위를 파는 행상, 축구 경기장 안내원, 중고 의류 행상 등을 두루 거쳤다. 때가 시커멓게 낀 손톱에 더러운 맨발, 이가 득실득실한 머리, 거기에다 기운 데투성이인 누더기 바지를 걸치고 너무 작아져서 구멍이 뻥뻥 뚫린 꽉 조이는 낡은 스웨터를 입은 이 아이가, 어느 날엔가 페루 전역에서 가장 싸움을 즐기는 교구 성직자가 되리라고 누가 예측할 수 있었을까?

그가 어떻게 글을 배웠는지는 진정한 수수께끼였다. 그는 학교 문턱을 밟아본 적이 없었으므로. 엘치리모요의 주민들은 그 아이의 대부였던 국회의사당 문지기가 알파벳과 음절 단위로 나누어 적는 법을 가르쳐주었고, 그 나머지는 아이가(오로지 끈기와 노력으로 개천에서 용 난 것처럼) 순전히 자신의 노력으로 터득했다고 했다.

세페리노 우안카 레이바가 그에게 성직자가 될 수 있도록 물질적 수단을 제공했던 바스크 혈통의 광대한 영지 소유자 마이테 운사테기—그녀에게는 재산과 믿음, 다시 말해 그녀가 지닌 소유물의 크기와 림피아스의 신부에 대한 헌신 중 어느 것이 더 중요한지가 분명치 않았다—를 만났을 때 그는 열두 살이었고, 헌 옷가지와 낡은 신발들을 얻으러(다음에는 그것들을 세들어 사는 동네와 빈민가에 팔았다) 리마 시내의 큼직한 저택들을 찾아 돌아다니고 있었다. 그날 마이테 운사테기 여사는 오란티아의 산펠리페 가에 있는 무어 양식 저택을 나서다, 그녀의 운전사가 막 캐딜락 승용차의 문을 열어주려고 할 때 강간의 결과로 생겨난 아이를 언뜻 보게 되었다. 그 아이는 오전 중에 모은 헌 옷가지로 가득 찬 손수레를 끌고 길 한복판에 서 있었는데, 운사테기 여사는 그 아이의 철저한 가난과 영리해 보이는 눈, 고집 센 젊은 늑대 같은 모습이 마음에 들었다. 그래서 아이를 불러 해질 녘에 집으로 찾아가겠노라고 일렀다.

엘치리모요에서는, 해 질 무렵에 어떤 부인이 파란 제복 차림의 운전사가 모는 크고 호사스러운 차를 타고 자기를 보러 올 거라는 세페리노 우안카 레이바의 말에 낄낄대는 웃음소리가 터져나왔다. 그러나 여섯시에 오솔길 입구에서 캐딜락 승용차가 멈춰 서더니, 공작 부인처럼 우아한 마이테 운사테기 여사가 오솔길로 들어서서 테레시타의 집을 묻자, 모두들 아이의 말을 믿게 되었고 놀라서 입을 쩍 벌렸다. 마이테 여사(월경을 하는 데 필요한 시간까지 포함하여 일 분 일 초까지 세심하게 따지는 그런 여성 사업가 중 하나)는 즉시 세탁부가 기뻐서 환호성을 지를 제안을 내놓았다. 즉 자기가 세페리노 우안카 레이바의 교육비를 지불할 것이며, 만일 아이가 성직자가 되겠다고 한다면 아이의 어머니에게 만 솔을 더 내놓겠다는 것이었다.

그렇게 해서 강간으로 태어난 아이는 마그달레나델마르에 있는 산토토리비오 데 모그로베호 신학교의 학생이 되었다. 처음에 세페리노 우안카 레이바는 사명감을 느낀 다음에 행동으로 옮기는 다른 사람들과는 달리, 신학생이 되자 곧 자기가 타고난 성직자라는 것을 알아차렸다. 그는 신앙심 깊고 근면한 학생으로서 선생들의 총아였으며, 검둥이 테레시타와 그를 후원한 은인에게는 자랑이자 기쁨이었다. 하지만 그가 라틴어, 신학, 교부학에서 뛰어난 성적을 받는 한편, 그의 신앙심 또한 미사에서의 축원, 기도문 암송, 자신의 몸에 가하는 매질의 형태를 통해 흠잡을 데 없다는 것이 입증되었음에도, 사춘기 이후로 그에게는, 장차 일게 될 열띤 논쟁에서 그의 옹호자들은 종교적 열의에 기인한 용맹성이라 하고 그의 비방자들은 엘치리모요에서 받은 불량한 범죄적 영향의 증거라고 했던 무모한 행동을 벌일 조짐이 나타나기 시작했다. 그래서 예를 들자면, 서품을 받기 전부터 그

113

는 동료 신학생들에게, 십자군을 부활시켜 기도나 희생 같은 여성적인 무기뿐 아니라 주먹질과 박치기는 물론 상황이 요구한다면 총칼까지도 포함하는 남성적인 무기(그는 그런 무기들이 훨씬 더 효과적이라고 단언했다)로 사탄과 한번 더 전쟁을 치러야 한다고 주장하기 시작했다.

신학교 선생들은 그런 난폭한 사상에 놀라 이를 제지할 채비를 서둘렀다. 그러나 마이테 운사테기는 선생들과는 반대로 그런 생각에 따뜻한 갈채를 보냈는데, 존경스러운 신부님들은 이 대토지를 소유한 자선가가 신학생의 삼분의 일을 후원해주고 있었으므로, 무슨 일이 벌어지고 있건 못 본 척 눈감아주고(재정적인 이유로 꿀꺽 삼킨 쓰디쓴 알약) 세페리노 우안카 레이바의 주장에 귀를 막을 수밖에 없었다. 하지만 그 난폭한 생각들은 그저 이론으로만 그친 것이 아니라 실제 행동으로까지 옮겨졌다. 그래서 신학생들이 각자 집에 다녀오도록 외출이 허용되는 날이면, 엘치리모요 출신의 그 학생은 예외없이 해 떨어질 무렵에, 그가 부르는 대로 하자면 '무력 설교'라는 것을 실행한 증거를 가지고 돌아오는 것이었다.

어느 날 그는 자기 이웃의 소란스러운 길거리에서 어떤 술주정뱅이의 아내가 남편에게 두들겨 맞는 장면을 목격하고 싸움에 끼어들었다. 그러고는 그 사내에게 선량한 기독교인 남편이 보여 마땅한 행동에 대하여 설교를 늘어놓은 뒤, 재빨리 정강이를 두 번 걷어차 뼈를 으스러뜨렸다. 또 하루는 싱코에스키나스 행 버스에서 한 풋내기 소매치기가 어떤 할머니의 돈을 훔치려고 하자, 그의 얼굴에 강편치를 날려 한 방에 재워버렸다(그런 다음에는 자기가 직접 그 소매치기를 공립병원 응급실로 데려가 찢어진 데를 꿰매주었다). 그리고 마지막으로는, 어느 날 한 쌍 의 남녀가 보스케데마타물라의 무성한 수풀에서 짐승처럼 그 짓 을 즐기고 있는 장면에 놀라, 그 둘을 피가 배어나올 때까지 채 찍질한 다음, 더 얻어맞고 싶지 않으면 무릎을 꿇고 당장 결혼할 것을 맹세하라고 했다.

순결은 알파벳처럼 머릿속에 꽉 박혀 있어야 한다는 세페리 노 우안카 레이바의 철칙과 관련된 정말로 기념할 만한 사건은, 그의 지도 교사이자 토마스 아퀴나스 신학을 가르치는 선생인 다정다감한 신부 알베르토 데 킨테로스가, 애정 어린 제스처로 인지 아니면 따뜻한 동료애의 표현으로인지 입을 맞추려고 했다 는 이유로 그의 턱에다, 그것도 신학교 예배당에서 주먹을 날렸 던 일이었다. 그러나 악의라고는 약에 쓸래도 없는 선량한 사람 인 킨테로스 신부(그는 심리학자로서 명성을 떨친 뒤에 늦게야 성직에 발을 들여놓았는데, 그가 처음으로 이름을 얻게 되었던 것은 피스코 외곽에서 자신의 딸을 치어 죽인 젊은 의사를 치료했던 유명한 사건이었다)는 병원에서 입가의 찢어진 곳을 꿰매고 부러져나간 이빨 세 개를 의치로 갈아끼운 뒤 신학교로 돌아와, 세페리노 우안카 레이바를 퇴학시키자는 결정에 적극 반대했다. 그뿐만 아니라 강간의 결과로 태어난 신학생이 성직자 서품을 받는 미사에서(걸핏하면 다른 뺨을 내밀어 죽은 뒤 교회 제단에 한자리 차지하는 위인들의 그 엄청난 관대함으로) 그의 보증인 노릇까지 해주었다.

세페리노 우안카 레이바가 신학생이었던 시절 선생들을 당황케 했던 것은 교회가 주먹다짐으로 악과 싸워야 한다는 확신뿐만이 아니었다. 그보다 훨씬 더 끔찍했던 것은, 자위가 어떠한 방식으로도 무서운 죄악들이 규정된 방대한 목록에 포함되어서는 절대로 안 된다는 그의 (사심 없는) 믿음이었다. 수음을 맹렬히 비난한 성경 구절과 교황의 무수한 교서를 인용하여, 그런 믿음이 잘못된 것임을 알려주려고 노력했던 스승들의 거듭된 꾸지람에도 불구하고, 낙태 시술자 안젤리카의 아들은 세상에 태어나기 전부터 지니고 있던 타고난 고집으로, 밤이면 동료들에게 그 손장난은 하느님이 성직자의 간음하지 않겠다는 맹세를 보상해주기 위해 손수 고안한 것이거나, 그게 아니라면 적어도 그 맹세를 지킬 수 있게 해주는 것이라고 부추김으로써 반란을 선동했다. 그의 주장은 죄악이란 여인의 육체, 또는 (좀더 변태스럽게는) 다른 사람의 육체에 의해 제공되는 쾌락에 있는 것이지, 자기 자신의 상상력에 자기 자신의 손가락을 결합시킨 노력으로 제공되는 그 겸허하고 은밀하고 어떤 결과도 낳지 않는 위안에 무슨 죄악이 있을 수 있느냐는 거였다. 그러다 결국, 세페리노 우안카 레이바는 레온시오 사카리아스 신부의 작문 낭독 시간에 신약성서의 모호한 일화들을 자기 멋대로 해석하여, 그리스도 역시 자위를 함으로써 부정한 행위를 범하고 싶은 유혹과 싸웠을 수도 있다는—어쩌면 막달라 마리아를 만난 뒤에?—가능성이 터무니없는 가설로 배제되어서는 안 될 이유가 있다고까지 주장했는데, 그 말에 사카리아스 신부는 놀라 기절하다시피 했고 바스크인 피아니스트의 피보호자는 까딱하다간 신성모독죄로 학교에서 쫓겨날 지경에 이르렀다.

그는 회개하고 그에게 부여된 보속을 충실히 이행했으며, 한동안은 스승들을 격분케 하고 동료 신학생들을 흥분시킨 그 요상한 생각을 퍼뜨리려고 하지 않았다. 그럼에도 그는 자신의 자위 행위를 멈추지 않았다. 왜냐하면 채 몇 주도 못 가서 고해 신부들은 고해소의 삐꺽거리는 격자창 앞에 무릎을 꿇을 때마다 이런 말이 다시 나오는 것을 듣곤 했기 때문이다.

"이번 주에 저는 시바의 여왕, 데릴라 그리고 홀로페르네스의 아내와 사랑을 했습니다."

그에게서 마음을 풍요롭게 해줄 해외 여행의 기회를 앗아갔던 것도 그러한 광기였다. 당시 세페리노 우안카 레이바는 갓 서품을 받은 참이었는데, 그는 이단적인 망상에도 불구하고 보기 드물게 열심히 공부하는 학생이었을뿐더러 누구도 그의 명석한 지성을 믿어 의심치 않았으므로, 성직자단은 그가 연구를 계속하여 박사학위를 따도록 로마의 그레고리안 대학에 유학을 보내주기로 결정했다. 그러자 신참내기 성직자는 당장에 '성직자의 순결이라는 성체에서의 은밀한 죄악에 관하여'라는 제목이 붙게 될 주제에 관해 연구하겠다는(바티칸의 도서관에서 먼지 낀 원고 더미를 들여다보느라 시력을 망치는 학자들과 함께) 뜻을 밝혔다. 그리고 성직자단에서 노발대발하여 계획을 취소하자 그는 로마로의 여행을 포기하고 지옥 같은 멘도시타에 처박혔는데, 그 뒤로는 거기에서 단 한 발짝도 벗어난 적이 없었다.

리마의 모든 성직자가 멘도시타를 역병 이상으로 무서워한다는(그 이유는 그곳이 꼬불꼬불 얽힌 모래투성이 미로와 잡다한 재료—두꺼운 마분지, 골진 함석, 지푸라기 깔개, 널판, 넝마 그리고 신문지—로 지어진 오두막들의 밀집지, 즉 가장 세련된 형태의 세균 및 기생충 감염 실험실을 만든 인간 쓰레기의 집합소이기도 했지만 무엇보다도 그곳을 지배하는 전반적인 사회악 때문이었다) 것을 알아차리고 그 지역을 택한 사람은 바로 세페리노 우안카 레이바 그 자신이었다. 사실, 그 당시 리마 시의 그 지역은 범죄의 대학 같은 곳이었으며, 특히 그곳 빈민층 사람들의 장기는 주거 침입, 매춘, 칼싸움, 온갖 종류의 사기와 협잡, 마약 밀매, 그리고 뚜쟁이질이었다.

며칠 동안 세페리노 우안카 레이바 신부는 한쪽 벽을 터놓은 흙벽돌 오두막을 손수 지었다. 그리고 거기에 라파라다에서 구입한 망가진 중고 침대와 밀짚 매트리스를 들여놓은 뒤, 다음 날 아침 일곱시에 야외 미사를 열 것이라고 선언했다. 그는 또 월요일부터 토요일까지, 혼잡을 피하기 위해 여자는 오후 두시에서 여섯시, 남자는 일곱시에서 자정까지 고해를 받아줄 것이라고 알렸다. 그리고 오전 여덟시부터 오후 두시까지는 인근의 아이들에게 철자법, 산수, 교리 문답 등을 가르칠 교실을 운영할 생각이라고도 발표했다. 하지만 거친 현실과 맞닥뜨리자 그의 열의는 산산이 부서졌다. 아침 미사에 나온 사람들은 눈에서 진물이 질질 흐르고, 때로는 방정맞게도 어떤 나라(쇠고기와 탱고로 유명한?) 사람들이나 저지를 법한, 기도 드리는 중에 방귀를 뀌고 옷을 입은 채 똥오줌을 싸갈기는 불경스러운 버릇이 몸에 밴 반송장 같은 늙은이 몇뿐이었다. 그리고 오후의 고해와 오전의 어린이 학교에 대해 얘기하자면, 하다못해 호기심에서라도 얼굴을 내민 사람 하나 없었다.

무엇이 문제였을까? 이웃에 사는 돌팔이 의사 하이메 콘차 때문이었다. 그는 전직 경사로서, 본서에서 그에게 동양의 어느 항구로부터 엘카야오로 밀항해 들어왔던 어느 불쌍한 황인종을 죽이라는 명령이 떨어지자 옷을 벗어던진 뒤로, 민간요법에 손을 대기 시작하여 멘도시타 사람들 모두의 마음을 살 만큼 성공을 거두고 있었다. 그런데 난데없이 경쟁자가 될지도 모르는 사람이 나타나자 상당한 불안을 느끼고 자기 지역에서 배척운동을 벌이도록 선동한 것이었다.

어떤 밀고자(예전에는 멘도시타의 마술사였던 정맥이 시퍼렇게 드러난 바스크족 여자 마이테 운사테기 부인이었는데, 그녀는 하이메 콘차 때문에 점점 더 몰락하여 이웃 사람들의 여왕이자 군주였던 지위를 박탈당한 처지였다)에게서 그런 사실을 통고받자, 세페리노 우안카 레이바 신부는 사람들의 눈을 흐리게 하고 가슴을 불타오르게 하는 기쁨을 맛보았다. 마침내 '무력 설교'라는 자신의 이론을 실천하기에 꼭 좋은 순간이 왔다는 것을 깨달았기 때문이었다. 그는 파리 떼가 들끓는 길거리를 오르내리며 서커스 호객꾼처럼 목청껏 소리를 질러, 일요일 오전 열한시에 이웃 사람들이 축구 경기를 벌이는 공터에서 자기와 돌팔이 의사가 주먹으로 둘 중에 누가 더 나은지를 증명해 보일 것이라고 알렸다.

근육이 우람한 하이메 콘차가 세페리노 신부의 흙벽돌 오두막을 찾아와서, 그가 요구하는 것이 정말로 주먹질 시합인지를 물었을 때, 엘치리모요 출신 남자의 입에서 나온 대답은, 그렇다면 맨주먹으로 하는 것 말고 칼로 하는 쪽을 택하겠냐고 얼음장처럼 차가운 목소리로 되물은 것뿐이었다. 전직 경사는 배를 잡고 한바탕 폭소를 터뜨리더니, 이웃 사람들에게 자기가 경찰이었던 시절에는 길거리에서 마주치는 불량배들의 머리통에다 알밤을 먹이기만 해도 그대로 뻗었다고 떠벌려댔다.

성직자와 돌팔이 의사 사이의 대결은 굉장한 관심을 불러일으켜서, 멘도시타 전역에서뿐 아니라 라빅토리아, 엘포르베니르, 엘세로산코스메, 그리고 엘아구스티노에서까지 그 싸움을 구경하러 왔다. 세페리노 신부는 바지에 티셔츠 차림으로 나타났는데, 결투가 시작되기 전에 재빠르면서도 멋지게 성호를 그었다. 엘치리모요 출신 사내는 전직 경찰보다 체격은 빈약했지만 꾀가 더 많았다. 그래서 싸움이 시작되자마자 그는 상대의 눈에다 고춧가루를 한 주먹 뿌렸고("내가 태어난 데서는 싸움을 할 땐 무슨 짓이건 다 통했거덩." 나중에 그는 자기의 팬들에게 그렇게 설명했다) 그 거한이 앞을 볼 수 없어 비틀거리기 시작하자(다윗의 멋진 고무줄총 사격에 한 방 맞은 골리앗) 상대의 허리가 꺾일 때까지 사타구니를 겨냥해 연거푸 발길질을 가했다. 그러고는 숨 돌릴 틈도 주지 않고 면상에다 박치기를 해대다가, 상대가 땅바닥에 쓰러진 다음에야 공격 자세를 바꾸어 왼쪽, 오른쪽을 소나기처럼 가격했다. 그는 상대방이 땅바닥에 널브러져 있는 사이 옆구리와 배를 걷어차고 짓이기는 것으로 무지막지한 공격을 끝냈다. 하이메 콘차는 고통과 치욕으로 울부짖으며 패배를 인정했다. 박수갈채가 터지는 가운데 세페리노 우안카 레이바는 무릎을 꿇고 하늘을 올려다보며 가슴에 양손을 포개고 경건히 기도를 올렸다.

이 사건―신문에까지 실려 주교를 몹시 당황케 했던―으로 세페리노는 그때까지도 입장을 정하지 못한 채 미적거리고 있던 교구민들의 호감을 사기 시작했다. 그때부터 아침 미사에는 더 많은 사람들이 나오기 시작했고, 몇몇 죄인, 특히 여자 죄인들은 그 낙관적인 교구 성직자가 멘도시타 주민들이 저지를 수 있는 죄악의 양을 대강 짐작하여 정해둔 방대한 스케줄에 비한다면 십분의 일에도 못 미칠 정도로 드문 경우이기는 해도, 고해를 받아달라고 부탁했다. 그가 이웃 사람들의 호감을 사서 새로운 고객들을 얻게 되었던 또 한 가지는 굴욕적인 패배를 당한 하이메 콘차에게 보여준 우호적인 행동이었다. 세페리노는 이웃 여인을 거들어 손수 하이메 콘차에게 머큐로크롬과 진통제를 발라주었고, 또 그를 멘도시타에서 내쫓지 않을 것이며 오히려(바로 전에 자기네가 휩쓸어버린 적군의 장군들에게 샴페인을 안겨주고, 그들의 딸과 결혼하겠다고 제의했던 나폴레옹의 아량으로) 그를 성물 관리인으로 임명함으로써 자기 교구에서 계속 머물도록 할 용의가 있다고 선포한 것이었다. 돌팔이 의사는 우정과 적의, 증오와 사랑을 위해, 그러나 성직자가 직접 정하게 될 적당한 가격으로 미약(媚藥)을 계속 공급할 수 있도록 허락받았다. 그가 하지 못하도록 금지된 한 가지 일은 영혼과 관계된 문제에 관여하는 것이었다. 그는 또 병원에서 치료해야 할 다른 질병으로 고통받는 사람들을 치료하려고 들지만 않는다면, 접골사의 일을 계속하고 손발이 삐었거나 관절에 통증이 있는 사람들을 치료해도 좋다는 허락도 받았다.

세페리노 우안카 레이바 신부가, 한때는 웃음거리였던 학교로 멘도시타의 어린 녀석들(꿀냄새를 맡은 파리들, 물고기를 찾는 펠리컨들)을 끌어들이는 데 썼던 방법은 너무도 이단적이어서, 그가 사제단으로부터 첫번째 엄중한 경고를 받는 계기가 되었다. 그는 자기의 교실로 나오는 아이들에게 매주 '조그만 컬러 사진'을 한 장씩 상으로 주겠다는 말을 퍼뜨렸는데, 만일 엘 치리모요 출신 남자가 던진 그 미끼가 말이 좋아 '조그만 컬러 사진'이지 실제로는 절대 처녀로 오인하기 힘든 여자들의 나체 사진이 아니었더라면, 넝마를 걸친 악착같은 애들을 유인하기엔 충분치가 못했을 것이다. 그리고 자기의 그런 교육 방법에 놀라 쫓아온 어린 학생들의 어머니들에게는, 어쩌면 이상하게 보일지는 몰라도 그 '조그만 사진'은 그들의 자식이 순결하지 못한 육체에 유혹되지 않도록 막아줄뿐더러 아이들을 좀 덜 사나우면서도 더 유순하고 고분고분하게 해준다고 근엄하게 설명했다.

이웃에 사는 계집아이들의 관심을 끌기 위해서는 여자들의 타고난 화냥기를 이용하여, 역시 교구의 임원 자리에 앉히고 보좌역이라는 감투를 씌워주었던 마이테 운사테기의 도움을 얻었다. 마이테 운사테기는 팅고마리아의 갈보집에서 이십 년 동안 마담 노릇을 했던 여자만이 알 수 있는 기지를 발휘하여 계집아이들이 아주 재미있어하는 강의, 즉 가게에서 화장품을 사지 않고서도 입술이며 뺨과 눈꺼풀에 색칠하는 법, 가슴과 히프에 목면, 베개 그리고 심지어는 신문지로까지 볼륨을 주는 법, 최근 유행하는 룸바, 우아라차, 포로, 맘보 같은 춤을 추는 법 등을 가르침으로써 그 아이들의 마음을 사로잡는 데 성공했다. 그런데 어느 날 사제단에서 나온 검열관이 그 교구를 시찰하러 왔다가 여자아이들을 가르치는 곳까지 둘러보게 되었다. 그곳에서는 발랑 까진 한 떼의 계집아이들이 뾰족구두만 신은 알몸으로 갈보집 마담이었던 여자의 당당한 감독하에 도발적으로 엉덩이를 삐죽거리며 걷고 있었다. 그는 도저히 믿을 수가 없어서 눈을 비볐

다. 그리고 마침내 말문이 열리자 세페리노 신부에게 혹시 매춘 학교를 설립한 게 아니냐고 물었다.

"그렇다고도 볼 수 있지요." 무슨 말이건 겁없이 내뱉는 검둥이 테레시타의 아들이 대답했다. "저애들은 언젠가는 어쩔 수 없이 그 직업을 갖게 될 텐데, 적어도 일에 재능을 보일 수는 있어야겠죠." (그가 사제단으로부터 두번째 엄중한 경고를 받게 되었던 것은 이 사건 때문이었다.)

하지만 그의 비방자들이 퍼뜨렸던 것처럼 세페리노 신부가 멘도시타에서 첫째가는 뚜쟁이니 어쩌고 하는 소문은 사실이 아니었다. 그는 단지 인생을 자기 손바닥 들여다보듯 훤히 아는 현실적인 남자일 뿐이었다. 그는 매춘을 부추겼다기보다는 그 일을 좀더 남부끄럽지 않게 만들었고, 몸을 팔아 먹고사는 여자들(열두 살에서 예순 살 사이에 있는 멘도시타의 모든 여자)이 임질에 걸리지 않고 포주에게 착취당하지 않도록 용감하게 싸웠다. 그 지역에서 이십여 명의 포주를 몰아낸(그리고 어떤 경우에는 다시 포섭한) 일은 세페리노 신부가 여러 곳에 칼침을 맞고 라빅토리아 시장에게는 찬사를 받았던, 공중보건과 사회복지 분야에서의 영웅적인 노력의 결과였다. 그 목적을 달성하기 위해 그는 '무력 설교'라는 철학을 채택했다. 그리고 하이메 콘차를 포고자로 삼아, 법률과 종교는 남자가 여자에게 빌붙어 기생

충처럼 사는 것을 금하며, 따라서 그 지역에서는 여자를 착취하는 남자라면 누구건 예외없이 자기의 주먹 세례를 받게 될 것이라고 두루 고지시켰다. 그리하여 그는 멕시코놈 파체코의 턱을 으스러뜨리는 한편 그 색마의 한쪽 눈을 못 보게 했고, 강펀치 페드리토를 팔병신으로 만들었으며, 쾌남아 삼페드리를 굽실거리는 백치로 만들고, 떡대 우암바차노는 초주검이 되도록 두들겨 패야 했다. 돈키호테 버금가게 그 전쟁을 치르고 있던 어느 날 밤, 그는 매복 습격을 받아 칼로 난자질을 당했는데, 가해자들은 그를 해치웠다고 생각하고는 굶주린 개들이 뜯어먹도록 진흙탕 속에 내버려두었다. 그러나 다윈의 학설 그대로인 그 젊은 이의 생명력은 그를 찔렀던 칼날보다 강해서, 비록 나머지 일생 동안 여섯 군데의 흉터— 음란한 여자가 보면 오줌을 잘금거릴, 얼굴과 몸에 난 강철의 흔적— 를 지니고 살게 될 것이기는 했어도, 그는 살아났다. 그리고 재판이 끝나자 그를 공격했던 패들의 주모자, 즉 아레키파 태생으로 성경에 나오는 예언자의 이름에 물고기의 성을 가진 에세키엘 델핀은 치료가 불가능한 정신병자로서 정신병원에 처넣어졌다.

그 성직자의 희생과 노력은 바랐던 만큼의 결실을 맺었고 그 덕분에 멘도시타는 놀랍게도, 마지막 한 사람의 포주에게서까지 풀려났다. 그리고 세페리노는 이웃 여인들의 우상이 되었으며 그 뒤로 주민들은 매주 떼를 지어 미사를 보러 왔고 고해를 하러 왔다. 그는 교구민들에게 매일매일의 빵을 벌어주는 그 직업을 좀더 수월케 해줄 생각에서 가톨릭 협회의 의사 하나를 그 지역으로 불러들였다. 주민들에게 성병 예방에 대하여 조언을 주도록 하는 동시에, 손님이나 자신이 임균에 감염되었다는 사실을 너무 늦기 전에 알아낼 실제적인 방법도 가르쳐주게 하기 위해서였다. 그는 또 마이테 운사테기의 산아 제한 기법이 별 효과를 거두지 못하자, 매춘의 결과로 생긴 올챙이들을 재빨리 긁어내기 위해 엘치리모요에서 안젤리카의 제자를 하나 불러오기도 했다. 그러나 사제단에서 그 성직자가 콘돔과 탐폰의 사용을 장려하고 임신중절 수술에 찬성한다는 사실을 알게 되자, 그는 열세번째로 엄중한 경고를 받아야 했다.

열네번째 경고를 받은 것은 그가 대담하게도 소위 직업학교라는 것을 설립했기 때문이었다. 그 학교에서는 멘도시타 지역의 전문가들이 재미있고 스스럼없는 강의(구름이 잔뜩 낀 밤하늘 밑에서, 때로는 리마의 밤하늘에 뜬 별을 보며 이곳저곳에서 저지른 범죄들)로 초범 기록을 가진 풋내기들에게 갖가지 살아갈 방법을 가르쳐주었다. 예를 들어 그들은 손가락을 예민하게 훈련시켜 어느 핸드백이나 호주머니, 또는 지갑이나 서류 가방의 가장 깊숙한 곳까지도 슬글슬금 기어 들어가, 온갖 잡다한 물건 중에서 노리는 목표물을 정확히 식별해낼 수 있는 신중한 침입자로 바꾸는 법을 배울 수 있었다. 그들은 또 훌륭한 장인의 인내력을 가지고 어떤 철사로든 가장 복잡한 열쇠를 대신하여 문을 따는 방법과, 여러 종류의 차—만일 어쩌다 자기가 그 차의 주인이 아니라면—에 시동을 걸어 출발시키는 법도 배웠다. 또 그 외에도 걷거나 자전거를 타고 길거리에서 보석류를 날치기하는 법, 담을 타고 들어가 소리 없이 창문을 깨는 법, 갑자기 주인이 바뀐 물건을 어떤 것이든 감쪽같이 성형 수술을 시키는 법, 그리고 경찰 수뇌의 허락을 받지 않고서도 리마의 여러 감옥에서 빠져나오는 법 등을 배우기도 했다. 심지어 이 학교에서는 칼의 제조법과 코카 잎을 이긴 반죽에서 코카인을 증류하는 법까지도 가르쳤는데—질투심에서 생겨난 소문이었을까?—그로 인해 세페리노는 마침내 멘도시타의 남자들에게서 우정과 동료애를 얻었지만, 라빅토리아의 경찰과 처음으로 충돌을 빚기도 했다. 어느 날 밤에 경찰이 그를 본서로 데려가 범죄의 배후 조종자로 재판에 넘겨 철창에다 집어넣겠다고 위협을 한 것이었다. 그러나 물론 그는, 당연한 얘기지만, 영향력 있는 후원자 덕분에 철창 신세를 지지는 않았다.

그리하여 일찍부터 세페리노는 신문이며 잡지며 라디오에 자주 이름이 오르내리는 유명인이 되었다. 또 그의 혁신은 가열된 논쟁의 주제가 되어 한편에서는 그를 진정한 성직자이며 교회에 혁신을 가져다줄 일단의 새로운 성직자를 이끄는 선두주자로 보았고, 다른 한편에서는 베드로의 성전을 안에서부터 잠식하는 임무를 띤 사탄의 더러운 하수인이라고 확신했다. 멘도시타는 그의 공적 덕분인지 아니면 잘못 탓인지 관광객의 흥미를 끄는 곳으로 바뀌었다. 그래서 호기심 많은 사람들, 독실한 신자들, 기자들, 그리고 괜히 잘난 척하려는 속물들이 세페리노를 만나보고 그에게서 감동받고 그와 인터뷰를 하거나 아니면 자필 서명을 얻기 위해 예전에는 암흑가의 천국이었던 곳에 감히 발을 들여놓았다. 그러나 교단에서는 멘도시타가 그처럼 널리 알려진 것을 두고도 의견이 양분되어, 한편에서는 그런 현상이 대의에 유익한 것이라 보았고 다른 편에서는 해롭다고 여겼다.

세페리노 우안카 레이바가 림퍼아스의 신부—그의 신앙이 멘도시타에 도입되어 들불처럼 번진—를 기리는 기도 행진에서 자기의 교구에는 바로 열 시간 전에 태어난 아기까지 포함하여 세례를 받지 않은 아이는 단 하나도 없다고 의기양양하게 공언했을 때, 교구민들은 몹시 자랑스러워했고 성직자들은 여러 차례의 경고를 내린 뒤에 처음으로 찬사를 보냈다.

그러나 또 한편으로는 그가 리마의 수호 성인인 성 로세 축제 기간에 멘도시타의 축구장으로 쓰이는 공터에서 야외 설교를 베풀었을 때, 자기의 먼지투성이 교구 내에는 하느님과 흙벽돌 오두막이라는 제단 앞에서 결합을 축복받지 않은 부부가 단 한 쌍도 없다고 떠벌린 바람에 스캔들을 불러일으키기도 했다. 예전의 잉카 제국이었던 그 나라에서는—즉 교회와 군대 밖에서는—가장 견실하고 존경받는 제도가 축첩의 풍습이라는 것을 너무도 잘 알고 있던 페루 교회의 고위 성직자들이 그 이상한 주장의 사실 여부를 자기들 눈으로 확인하기 위해 (다리를 질질 끌면서?) 직접 찾아온 때문이었다.

고위 성직자들이 멘도시타의 난잡한 집구석들을 냄새맡으며 돌아다니면서 알아낸 것은 입에서 감도는 싸구려 성체 빵의 끔찍한 뒷맛과 더불어 오싹 소름이 끼치는 현실이었다. 게다가 세페리노의 설명은 무슨 소린지 알아들을 수도 없는 은어투성이여서(엘치리모요 출신 사내는 빈민가에서 오랜 세월을 보낸 터라 그가 신학생이었던 시절에 사용했던 순수한 카스티아어를 잊어버리고 온갖 비어와 마구잡이 어법, 그리고 멘도시타의 암흑가에서만 통하는 사투리를 쓰고 있었다), 그들에게 축첩 제도를 폐지하기 위한 방안으로 사용된 제도를 설명해준 사람은 전직 돌팔이 의사이자 경찰이었던 리투마였는데, 그 제도란 것은 천벌을 받게도 간단했다. 즉 교제를 시작했거나 그렇게 할 예정인 모든 커플을 복음서 앞에서 축성해주기만 하면 되는 것이었다.

그리하여, 그곳 주민들은 남녀가 첫번째 재미를 보고 나면 그들의 사랑하는 성직자가 적절하고 타당한 절차를 밟아 자기네를 결혼시켜줄 수 있도록 서둘러 달려갔고, 그러면 세페리노는 당치 않은 질문으로 그들을 귀찮게 하는 법 없이 성사를 베풀어주었다. 그리고 이 제도로 인하여 교구민들이 부부 간에 홀아비나 과부를 남기는 일 없이(그 지역의 부부들은 비행기처럼 빠른 속도로 이혼을 하여 배우자를 갈아치우고 새로운 커플을 이루었으므로) 서너 번씩 결혼하는 과정에서 어쩔 수 없이 생겨나게 마련인 간통죄는 죄를 씻는 고해성사로 해결했다(그는 이단적인 데다 저질스럽기까지 한 속담 "한쪽에서 빼다 다른 쪽에 끼우면 그게 그거다"라는 말을 인용하여 그 원리를 설명했다). 이 모든 일화 덕분에 세페리노 우안카 레이바는 그와 같은 일의 실행을 금지당하고 견책을 받고 하마터면 부주교에게 뺨까지 얻어맞을 뻔했지만 그래도 일종의 기념일을 경축했다. 백번째 엄중한 경고를 받은 것이었다.

그렇게 해서 대담한 개혁을 일으키고 세상이 떠들썩하게 징계를 받고 하는 사이, 가열된 논쟁의 주체인 세페리노 우안카 레이바는 어떤 사람들에게는 사랑을 받고 또 어떤 사람들에게는 구제를 받으며 인생의 절정기인 오십대에 이르렀다. 그는 훤한 이마와 매부리코에 꿰뚫어보는 듯한 눈길을 지닌 그지없이 정직하고 선량한 사내였으며, 그가 젊은 신학생이었던 장밋빛 시절 이후로 고수해왔던, 상상적인 사랑은 죄악이 아니라 반대로 순결을 지켜주는 강력한 보호자가 된다는 확신 덕분에 얼마든지 순결을 지킬 수 있었다. 그러나 어느 날 멘도시타에 자칭 사회사업가라고 주장하는(실제로 그녀는 ─ 여자란 결국 모두 그런 게 아닐까? ─ 매춘부였다) 마이테 운사테기라는 변태성욕자(여자라는, 색정적이고 현란하고 눈부시리만큼 음탕한 형태를 띤 천국의 뱀)가 찾아들었다.

그녀는 자기가 팅고마리아라는 미개한 지역에서 원주민의 뱃속에 든 기생충을 제거하며 사심 없이 헌신적으로 일했지만, 한 떼의 육식성 쥐들이 자기 아들을 먹어치웠기 때문에 너무도 놀라고 기가 막혀 그곳에서 도망쳐 나왔다고 주장했다. 그녀는 바스크족이었고 따라서 귀족 혈통이었는데, 그녀의 허풍스러운 말과 흐느적거리며 걷는 몸놀림이 위험을 일깨워주었음에도, 세페리노 우안카 레이바는 그녀의 목적이 영혼을 구하고 기생충을 박멸하는 데 있다는 주장을 있는 그대로 다 믿고서 조수로 받아들이는(융통성 없는 미덕을 굴복시킨 심연의 유혹) 정신병적인 실수를 저질렀다. 사실 그녀는 세페리노를 죄악으로 이끌고 싶어했다. 그래서 자기의 계획을 실행에 옮겨 흙벽돌 헛간으로 기어 들었고, 우스꽝스럽게 작은 데다 훤히 비치기까지 하는 커튼

한 장만으로 가려진, 대강 때려박아 만든 침대에서 잠을 잤다. 그 요부는 밤이면 숙면을 취하고 건강을 유지한다는 구실로 촛불 아래서 운동을 하곤 했다. 하지만 그 바스크족 여자가 하는 운동이란 것은, 한곳에 서서 엉덩이를 흔들어대고 어깨를 추썩거리고 다리를 배배 꼬고 팔을 비비 틀고 함으로써, 헐떡이는 성직자로 하여금 '정신 헷갈리는 중국의 그림자 연극'을 지켜보듯 흔들거리는 촛불로 밝혀진 얇은 커튼을 통해 건너편 쪽을 눈알이 빠져라 주시케 하는 그 장면은, 천일야화에 나오는 후궁들의 춤이라고 하기에나 적당하다고 할 만한 스웨덴 체조가 아니었을까? 게다가 마이테 운사테기는 멘도시타의 모든 사람이 조용히 잠든 뒤 커튼 저쪽의 침대에서 삐걱거리는 소리가 들려오면 뻔뻔스럽게도 달콤한 목소리로 이렇게 묻기까지 하는 것이었다.

"잠이 잘 안 오시나요, 신부님?"

그 아름답고 방탕한 여자가 자신의 사악한 의도를 숨기기 위해 하루에 열두 시간씩 종두 예방 주사를 놓고, 옴을 치료하고, 오두막을 소독하고, 노인들을 데리고 나와 바람을 쐬어주는 일을 했다는 것은 분명한 사실이었다. 하지만 그녀는 정글에 있을 때 그런 차림을 하고 다니는 습관이 들었다면서, 다리와 어깨와 팔과 몸통의 가운데 부분이 노출된 짤막한 옷을 걸친 채 온 동네를 휘젓고 돌아다녔다. 세페리노는 그의 독창적인 성직을 계속 수행했지만, 한눈에 보일 정도로 점점 더 야위어갔고, 눈자위에는 검은 그늘이 생겼으며, 끊임없이 마이테 운사테기가 어디에 있는지를 둘러보았다. 그리고 어쩌다 그녀의 모습이 눈에 들어오기라도 하면 입을 헤벌리고 입술을 핥는 것이었다. 전직 낙태 시술자였던 성물 관리인 안젤리카가 밤이건 낮이건 호주머니에 손을 찌르고 돌아다니는 그를 보고 "저 사람 지독한 폐병에 걸려서 언제라도 피를 토하기 시작하겠어"라는 말을 했던 것도 바로 그즈음이었다.

이 성직자는 자칭 사회사업가의 사악한 술수에 걸려들게 될까? 아니면 자신의 몸을 쇠약케 하는 방어 수단으로 순결을 지킬 수 있을까? 여자라는 유혹에서 벗어나기 위해 그가 채택한 치료법은 그를 정신병원으로 이끌게 될까, 아니면 무덤으로 이끌게 될까? 멘도시타의 교구민들은 스포츠를 즐기는 기분으로 성직자와 사회사업가가 벌이는 게임을 지켜보면서, 일정한 시간을 정해놓고 내기에 참가한 사람들이 돈을 걸 수 있는 갖가지 소름 끼치는 결과들을 상정하여, 바스크인 여자가 성직자의 아이를 배게 될 것이냐, 엘치리모요 출신 남자가 유혹을 떨치기 위해 그녀를 죽일 것이냐, 아니면 그가 성직을 버리고 그녀와 결혼할 것이냐 하는 등등의 패를 돌려 노름을 벌이기 시작했다. 그러나 삶은 물론 뜻밖의 카드를 내놓아 노름에 참가한 사람들 모두를 패배시켰다.

세페리노가 교회를 초창기 시절, 즉 신자들이 공동생활을 영위하면서 지상의 모든 소유물을 함께 나누었던 복음 전파 시절의 순수하고 단순한 곳으로 되돌려야만 한다는 기치를 내걸고, 멘도시타—기독교적인 실험을 위한 진정한 실험실—에서 참된 공동생활을 회복시키기 위한 정력적인 투쟁을 개시한 때문이었다. 그의 계획에 따르면 각각의 부부는 열다섯 명 내지 스무 명쯤 되는 집단의 일원이 되어 일과 생활과 가사노동을 공동으로 하게 될 것이었으며, 전통적인 부부관계를 대신할 이 새로운 사회생활의 토대를 수용하기 위해 개조된 거처에서 살게 될 것이었다. 세페리노는 자기의 흙벽돌 오두막을 증축하고 거기로 사회사업가 외에도 그의 두 조수, 전직 경사인 리투마와 낙태 시술자였던 안젤리카를 불러들임으로써 모범을 보였다. 이 소(小)공산사회가 멘도시타에 첫번째로 설립된 것이었는데, 그것은 추종자들에게 하나의 모델이 되어줄 것이었다.

세페리노는 각각의 기독교 공동체 내에서 남녀 구성원 각자가 최대한의 민주적 평등을 누려야 한다고 명문화했다. 그래서 남자들은 서로에게 반말을 써야 하고 여자들끼리도 마찬가지였지만, 하느님이 창조하신 근육조직과 지성 및 분별력의 차이점을 잊지 않도록 확실히 해두기 위해서, 그는 여자가 남자와 말할 때는 존칭을 써야 하며 존경의 표시로 눈을 똑바로 쳐다보지 말도록 권고했다. 요리, 청소, 공동 우물에서 물을 길어오는 일, 바퀴벌레와 쥐를 죽이는 일, 세탁 그리고 집 안의 다른 허드렛일은 차례로 돌아가면서 해야 했고, 각각의 구성원이 벌어들인—정직하게 노동을 해서나 아니면 다른 어떤 수단으로든—돈은 마지막 한 푼까지 공동체에 넘겼다가 공동 경비를 제한 다음에 똑같은 몫으로 재분배받도록 했다. 또 합숙소 내에서는 비밀이라는 죄악에 찬 버릇을 제거하기 위해 어떤 칸막이 설치도 허용되지 않았으며, 따라서 일상생활의 모든 행위는 대소변을 보는 일에서부터 끌어안고 성교를 하는 일까지 다른 사람들이 빤히 지켜보는 가운데 치러져야 했다.

하지만 고대 기독교적 공동생활을 영위하려는 이 실험은, 경찰과 군대가 영화에나 나올 법하게도 소총이며 가스 마스크, 바주카포 따위로 무장하고 멘도시타를 습격해 여러 날 동안 경찰 병력으로 그 지역을 차단시킨 채 일제 검색을 벌여 그곳 주민들을 잡아갔던,—그들이 실제로 도둑질, 강도질, 창녀질을 하고 있다는 이유에서가 아니라 위험 인물들에다 반대분자들이라는 이유로—그리고 세페리노는 성직자라는 직위를 악용하여 공산주의의 교두보를 마련했다는 혐의로 군사 법정에 끌려갔던(그는 후원자인 백만장자 상속녀 마이테 운사테기의 영향력 있는 항변 덕분에 무죄 방면되었다) 상황이 벌어지기 전부터도 이미 실패할 운명이었다.

그것은 물론 그 실험이 이론적으로도 매우 의심스러울뿐더러 실제적으로도 정신 나간 짓이라는 이유에서 공식적으로 반대 입장을 보였던(이백서른세번째로 엄중한 경고를 발하면서) 성직 자단(슬프게도, 사실 그들이 옳았다는 게 입증되었다)의 반발 때문이기도 했지만, 그보다는 집단주의에 심한 알레르기 반응을 보였던 멘도시타 주민들의 속성 때문이었다. 가장 골치 아픈 문 젯거리는 섹스의 교류였다. 집단 합숙소에서 난잡한 혼교가 이 루어지는 가운데, 어둠의 장막 밑에서는 이 침대 저 침대에서 격 렬한 애무와 성적인 마찰, 여자 강탈전, 즉석 강간, 계간, 윤간 등이 벌어졌고, 그 결과로 성범죄가 몇 곱절이나 불어난 것이었 다. 두번째 문젯거리는 도둑질이었다. 공동생활이 재산에 대한 욕구를 광기에 이를 정도로까지 심화시켰던 것이다. 공동체 구 성원들은 서로에게서 자기들이 숨 쉬는 더러운 공기까지도 훔쳤 다. 집단 거주라는 제도가 멘도시타 주민들을 형제처럼 결속시 킨 게 아니라 비윤리적인 범죄자로 바꾸어버린 것이었다. 사회 사업가(마이테 운사테기?)가 임신을 공표하고 전직 경사 리투 마가 애 아버지는 자기임을 인정했던 때도 그런 혼돈과 무질서 의 시기였는데, 세페리노는 눈물을 글썽이면서도 자기의 사회-

가톨릭 혁신으로 인해 맺어진 그 한 쌍의 부부를 점잖게 축복해 주었다(그때부터 사람들은 밤새도록 그가 흐느껴 우는 소리와 달을 쳐다보면서 부르는 애가를 들었다고 했다).

하지만 그 일이 있은 지 얼마 지나지 않아 그는 결코 차지할 수 없었던 그 바스크족 여인을 잃은 것보다도 더욱 지독한 재난과 맞닥뜨려야 했다. 멘도시타에 만만찮은 적, 즉 신교파 목사인 세바스티안 베르과가 찾아든 것이었다. 그 목사는 아직 한창 젊은 나이로 운동선수처럼 보였고 완력도 상당했는데, 그 지역에 발을 들여놓자마자 가톨릭 성직자와 그의 세 조수를 포함하여 멘도시타의 모든 사람을 여섯 달 이내에 진정한 종교—개신교—로 끌어들이겠다고 공언했다. 더구나 세바스티안은 그 지역 주민들의 마음을 살 재력까지 갖추고 있었으므로(성직자가 되기 전에는 수백만 솔을 벌어들이는 산부인과 의사였던가?) 이웃 사람들에게 일한 대가를 꼬박꼬박 지불하면서 자기가 머물 벽돌집을 한 채 지었다. 그러고는 자기에게 성경 말씀을 들으러 와서 찬송가를 외운 사람들에게 그가 '신앙 조찬'이라고 부르는 것을 공짜로 베풀기 시작했다. 멘도시타의 주민들은 그의 달변과 멋진 목소리에 매혹되었는지, 아니면 구운 돼지고기를 곁들인 빵과 함께 제공되는 우유를 탄 커피에 끌렸는지 가톨릭 오두막을 버리고 개신교의 벽돌집을 찾아가기 시작했다.

세페리노는 그 시점에서 당연히 무력 설교를 개시할 결의를 다졌다. 그러고는 세바스티안 베르과에게 둘 중에 누가 더 진정한 하느님의 종복인지를 가리기 위해 주먹으로 승부를 겨루자고 요청했다. 하지만 엘치리모요 출신 사내는 악마의 유혹에 저항할 수 있도록 해준 수음 행위를 너무 과도히 실행하다 곯은 탓인지, 세바스티안 베르과의 두번째 주먹에 그대로 KO당했다. 혹은 개신교 목사가 이십 년 동안 하루도 거르지 않고 한 시간씩 스트레칭과 복싱(산이시드로에 있는 레미기우스 헬스클럽에서?)을 했던 탓이었을까? 그러나 세페리노를 끝없는 절망 속으로 빠뜨린 것은 부러져나간 두 개의 앞니와 납작하게 찌그러진 코라기보다는, 자기가 요청한 결투에서 두들겨 맞았다는 굴욕감과 날이 갈수록 점점 더 교구민들을 적에게 뺏기고 있다는 사실이었다.

그러던 어느 날 엘치리모요 출신 남자(위험에 맞닥뜨리면 더욱더 대담해지고 "중병일수록 치료법도 더욱 강해야 된다"는 옛말을 단단히 믿는 불굴의 사내)는 수상쩍게도 호기심 많은 사람들의 눈을 피해 그의 오두막으로 무슨 액체(그러나 코가 민감한 사람이라면 누구라도 그것이 휘발유임을 당장에 알아차렸을 것이다)가 채워진 몇 개의 깡통을 들여왔다. 그리고 같은 날 밤, 멘도시타의 모든 사람들이 깊이 잠들어 있을 때 그는 충직한 조수 리투마를 대동하고 벽돌집 밖에서 두꺼운 담요와 크고 튼튼한 못으로 문이며 창문을 모두 틀어막았다. 세바스티안 베르과는 곤히 잠든 채 조카—자기 동생을 강간함으로써 근친상간의 죄를 저지른 데 대한 후회로 마침내는 리마의 빈민가(멘도시타였던가?)에서 가톨릭 성직자가 된—의 꿈을 꾸고 있었다. 그는 전직 산파였던 안젤리카가 세페리노의 명령에 따라 강한 마취제를 놓은 탓에 개신교의 궁전을 불붙은 쥐덫으로 바꾸어버리려는 리투마의 망치 소리를 들을 수 없었던 것이다. 일단 목사관이 밀봉되자 엘치리모요 출신 남자는 자기 손으로 휘발유를 끼얹었다. 그러고는 가슴에 성호를 긋고 나서 성냥불을 켜들고 집어던질 참이었다. 하지만 무엇인가에 그는 멈칫했다. 전직 경사인 리투마, 사회사업가, 전직 낙태 시술자, 그리고 멘도시타의 개들은 그가 별빛 아래서 홀쭉하고 수척한 모습으로, 눈에는 고통스러운 빛을 담은 채 손가락 사이에 불붙은 성냥을 쥐고 그의 적을 태워 죽여야 할지 말아야 할지 망설이고 있는 것을 보았다.

그는 어떻게 할까? 불붙은 성냥을 던질까? 세페리노 우안카레이바는 그 멘도시타의 밤을 불타는 지옥으로 바꾸어버릴까? 그렇게 함으로써 종교와 공공의 선에 바친 그의 일생을 망치게 될까? 아니면 그의 손끝을 뜨겁게 하고 있는 그 조그만 불꽃을 훅 불어 꺼버리고 벽돌집 문을 연 다음, 개신교 목사에게 무릎 꿇고 용서를 빌까? 이 빈민가의 우화는 어떻게 끝이 날까?

15

훌리아에게 청혼했다는 얘기를 내가 제일 먼저 알려준 사람
은 하비에르가 아니라 난시였다. 훌리아와 전화 통화를 끝낸 뒤
나는 내 사촌에게 전화를 걸어 함께 영화나 보러 가자고 제의했
다. 하지만 우리가 만나기로 결정한 곳은 엘파티오 극장이 아니
라 미라플로레스의 산마르틴 로에 위치한, '루나파크'의 프로모
터 막스 아기레가 리마로 데려온 레슬러들이 즐겨 찾는 소굴인
어떤 술집 겸 식당이었다. 우리가 도착했을 때 그곳 — 중산층
세입자들을 입주시킬 목적으로 지어졌지만 철저히 외면당하는
바람에 술집으로 바뀐 조그만 이층 건물 — 은 텅텅 비어 있어
서, 나는 그날의 열 잔째 커피를 마시고 난시는 코카콜라를 한
잔 마시며 차분하게 이야기를 나눌 수 있었다.

우리가 자리를 잡고 앉자마자 나는 어떻게 해야 그 엄청난 얘기를 점잖게 꺼낼 수 있을까 이리저리 궁리하기 시작했다. 하지만 안달이 나서 불쑥 말을 꺼내며 먼저 얘기를 시작한 쪽은 그녀였다. 즉 전날 밤에 오르텐시아 아주머니 댁에서 열두어 명의 집안 식구들이 모인 가운데 우리 일을 논의하기 위해 가족회의가 열렸다는 것이다. 그리고 그 모임에서 루초 삼촌과 올가 아주머니가 훌리아에게 볼리비아로 돌아갈 것을 권하도록 결정이 내려졌다는 것이다.

"집안 식구들은 널 위해서 그런 거야." 난시가 설명했다. "너희 아버지가 머리끝까지 화가 뻗쳐서 정말로 섬뜩한 편지를 써보낸 모양이야."

나를 진정으로 사랑하는 호르헤 삼촌과 루초 삼촌은 아버지가 내게 어떤 처벌을 내리기로 작정했는지에 대해 몹시 걱정하고 있었다. 그래서 만일 아버지가 리마에 도착했을 때 훌리아가 이미 떠나고 없다면 화를 좀 누그러뜨리고 나를 아주 호되게 다루지는 않으리라는 생각도 하고 있었다.

"그렇지만 사실 이제는 그래 봤자 아무 소용도 없어." 내가 점잖게 한마디 던졌다. "벌써 훌리아 아주머니에게 청혼했으니까."

그녀의 반응은 영화에서나 볼 수 있는, 멍하니 듣고 있다가 깜짝 놀라는 척하는 연기 빰치게 볼 만하고 익살맞았다. 콜라를 마시다 사레가 들려서 한바탕 발작적으로 기침을 해대더니 눈물이 글썽해지는 것이었다.

"촌뜨기처럼 굴지 마, 바보야." 내가 딱딱거렸다. "난 네 도움이 필요하다고."

"내가 이러는 건 네 얘기 때문이 아니라 그저 사레가 들렸던 것뿐이야." 내 사촌이 눈물을 찍어내고는, 목청을 가다듬으려고 하면서 더듬거렸다. 그리고 잠시 뒤에 목소리를 낮추더니 덧붙였다. "그렇지만 넌 아직 미성년자야. 너 결혼할 돈 있어? 그리고 네 아버지는 어떻게 하고? 널 죽여버리고 말 거야."

하지만 곧이어 그녀는 불 같은 호기심을 누르지 못하고 나로서는 생각조차 못해보았던 것들에 대해 질문을 퍼부어댔다. 훌리아는 좋다고 했느냐, 그러면 둘이서 달아날 생각이냐, 증인은 누가 되어줄 것이냐, 그 여자가 이혼녀니까 교회에서 결혼할 수는 없지 않겠느냐, 그리고 어디서 살 생각이냐 등등.

"그렇지만 마리토……" 속사포처럼 그녀가 질문을 차례로 쏘아댄 뒤에 다시 풀죽은 소리로 말했다. "넌 네가 열여덟 살밖에 안 됐다는 걸 몰라?"

그러더니 느닷없이 웃음을 터뜨렸고 나도 같이 웃었다. 나는 그녀로서는 당연히 무척 곤란하겠지만 지금 내 계획을 실행하기 위해서는 그녀의 도움이 꼭 필요하다고 엄살을 떨었다. 사실 우

143

리는 함께 자라면서 많은 일을 함께 겪었고 서로를 진정으로 좋아했다. 그래서 나는 무슨 일이 벌어지더라도 그녀가 내 편이 되어주리라는 것을 알고 있었다.

"물론 난 네가 그래달라고만 하면 네가 하려는 짓이 완전히 미친 짓이고 또 집안 식구들이 너뿐 아니라 나까지 죽이려고 든대도 널 도와줄 거야." 마침내 그녀가 말했다. "그런데 말야, 너네가 정말로 결혼하면 온 집안 식구들이 뭐라고 할지나 생각해 봤어?"

우리는 수많은 아주머니와 아저씨 그리고 사촌이 우리의 결혼 소식을 듣게 되면 무슨 말을 하고 어떤 행동을 보일 것인지 상상하는 것만으로도 한참 동안이나 굉장히 즐거웠다. 오르텐시아 아주머니는 울음을 터뜨릴 것이고 헤수스 아주머니는 교회로 달려갈 것이며, 하비에르 아저씨는 아무 때고 써먹는 고전적인 탄성("원 세상에!")을 연발할 것이고 세 살배기 막내 사촌 하이미토는 혀가 잘 돌지 않는 소리로 이렇게 물을 것이었다. "겨로나는 게 모야 엄마?"

그 놀이는 우리가 요란스럽게 웃음을 터뜨려서 웨이터들이 뭐가 그렇게 재미있나 보려고 달려왔을 때에야 끝났다. 웃음이 진정되자 난시는 우리 쪽 스파이가 되어 집안 식구들의 모든 전략과 음모를 알려주겠다고 약속했다. 내가 필요한 것을 다 준비하려면 며칠이나 걸릴지 짐작조차 할 수가 없었으므로 그동안에 친척들이 무슨 일을 꾸미고 있는지 어떻게든 알아야 했다. 그녀는 또 훌리아에게 말을 전해주고, 내가 그녀를 볼 수 있도록 기회가 닿을 때마다 루초 삼촌 집에서 그녀를 빼내오는 역할도 떠맡기로 했다.

"좋아, 좋아. 너한테 주인공을 돕는 요정이 되어주겠어. 하지만 언젠가 나한테도 그런 요정이 필요하게 되면 너하고 훌리아 아주머니 둘이서 내가 해준 것만큼은 해줄 거지?"

내가 난시를 집까지 바래다주고 있을 때 그녀가 느닷없이 손바닥으로 이마를 딱 쳤다.

"그래, 맞아! 방금 멋진 생각이 떠올랐어! 너한테 네가 정말로 원하는 걸 구해줄 수 있어. 포르타 로에 있는 어떤 빌라의 아파트인데 침실 겸 거실에 작은 부엌과 욕실이 딸려 있어. 아주 작기는 해도 마음에 꼭 들 거야. 집세도 한 달에 오백 솔밖에 안 되고."

그 방은 바로 며칠 전에 비어 그녀의 친구가 세를 내놓은 것이었는데 난시는 그 친구에게 말해볼 수 있다고 했다. 나는 내 사촌이 현실적이라는 데 감탄했다. 내가 앞에 놓인 문젯거리들의 낭만적인 분위기 속에서 헤매고 있는 동안, 그녀는 우리 두 사람이 어디서 살 것이냐 하는 현실적인 문제에 생각을 돌릴 수 있었

던 것이다. 더군다나 집세도 한 달에 오백 솔밖에 안 된다면 그
건 내 힘이 닿는 범위 내였다. 이제 내가 할 일은 (우리 할아버
지 말마따나) '여분으로 필요한' 돈을 좀더 버는 것이었다. 두
번 다시 생각해볼 것도 없이 나는 난시에게 그 친구를 찾아가서
세들 사람이 나섰다는 말을 해달라고 부탁했다.

난시와 헤어진 뒤 나는 서둘러 훌리오 가 28번지에 있는 하비
에르의 하숙집을 찾아갔다. 하지만 그 집에는 불빛이라곤 없었
고, 그렇다고 성질 고약한 집주인 여자를 깨울 용기도 나지 않았
다. 나는 그 둘도 없는 친구에게 내 거창한 계획을 알리고 그에
게서 조언을 얻고 싶었던 터라 몹시 낭패스러웠다. 그래서 잠도
제대로 이루지 못한 채 밤새도록 악몽에 시달렸다.

날이 밝자 나는 동틀 무렵이면 어김없이 일어나는 할아버지
와 함께 아침을 먹고 서둘러 다시 하비에르의 하숙집을 찾아갔
다. 내가 들이닥쳤을 때 그는 막 집을 나서려던 참이었다. 우리
는 리마행 버스를 잡으려고 라르코 가까지 걸어 내려갔다. 그 전
날 밤 그는 처음으로 하숙집 주인과 다른 하숙인들하고 같이 페
드로 카마초의 연속극 중 한 편을 들었는데 꽤나 감명을 받은 모
양이었다.

"네 친구 카마초 씨는 무슨 일이든 다 할 수 있는 게 틀림없
어. 어젯밤 연속극, 그러니까 시에라에서 온 비참한 가족이 리마

시내에서 운영하는 오래된 하숙집 얘기 말야, 그 연속극에서 무슨 일이 일어났는 줄 알아? 모두들 점심 식탁에 둘러앉아 얘길 하고 있었는데 갑자기 지진이 일어난 거야. 그런데 그게 모두 너무도 현실적이더라고. 문짝과 창문이 흔들거리고 비명 소리가 일고. 그래서 우린 벌떡 일어섰고 그라시아 부인은 정원으로 달려나가고……"

나는 호세피나, 루시아노, 그리고 다른 성우들이 페드로 카마초의 엄격한 감시하에 미친 듯이 허둥대고 기도를 올리고 고통으로 비명을 지르고 하는 동안, 함석장이 그 천재가 땅이 묵직하게 울리는 소리를 묘사하기 위해 콧김을 내뿜고, 리마 시내의 가옥과 건물이 흔들리는 소리를 재현하기 위해 마스크 앞에서 방울을 흔들거나 유리구슬을 비벼대고, 벽이며 지붕에 금이 가고 계단이 무너져내리는 소리를 내기 위해 발로 호두를 깨거나 돌멩이를 부딪치고 하는 모습을 그려보았다.

"그렇지만 지진이 난 건 아무것도 아냐." 내가 함석장이의 비범한 재주에 대해 한창 떠들어대고 있는데 하비에르가 말을 잘랐다. "거기에 한술 더 떠서 하숙집 건물이 폭싹 무너져내리는 바람에 그 안에 있던 사람들이 모두 깔려 죽은 거라고. 한 사람도 살아 나오질 못했어. 너 그거 믿을 수 있겠니? 자기 연속극에 나오는 등장인물을 한 사람도 남김없이 지진으로 몰살시킬 수 있는 사람이라면 존경할 만한 거지."

우리가 버스 정류장까지 다 내려오자 나는 일 분이라도 더 내 비밀을 지킬 수가 없었다. 그래서 몇 마디 말로 전날 저녁에 있었던 일과 내가 내린 위대한 결정을 간단히 요약했다.

그는 내 얘기를 듣고서도 별로 놀라지 않은 척하려고 들었다.

"글쎄, 그렇다면 너도 무슨 일이든 다 할 수 있다는 거겠지." 그가 안됐다는 투로 고개를 저으면서 말했다. 그리고 잠시 뒤에 한마디 덧붙였다. "그런데 너 정말로 결혼하고 싶은 거니? 분명히 그렇다고 확신할 수 있어?"

"난 여태껏 어떤 일도 지금처럼 확실히 믿어본 적이 없다고." 내가 맹세했다.

사실 그때쯤엔 내 말은 정말로 사실이 되어 있었다. 그 전날 저녁 내가 훌리아에게 결혼해달라고 했을 때만 해도 그 말은 내가 정말로는 생각해보지 않은 어떤 것, 그저 해본 말, 어찌 보면 농담 같은 것으로 여겨졌지만, 난시와 이야기를 하고 난 뒤에는 분명히 확신할 수 있을 것 같았다. 그래서 나는 하비에르에게도 내가 오랫동안 생각해왔던 번복할 수 없는 결심을 얘기하고 있는 것 같은 느낌이었다.

"한 가지 내가 분명히 알 수 있는 건 네가 벌이고 있는 이 미친 짓 때문에 내가 된통 한번 당하게 될 거라는 거야." 우리가 일단 버스에 올라타자 그가 체념했다는 투로 말했다. 그러더니 몇 블록을 지나 버스가 하비에르프라도 가에 이르자 다시 입을 열었다. "넌 시간이 별로 없어. 네 삼촌과 아주머니가 훌리아 아주머니에게 떠나달라고 했다면 그분은 네 삼촌 집에서 오래 있을 수 없는 거니까. 그리고 넌 뿔난 도깨비가 여기로 오기 전에 그 일을 모두 끝내야 해. 너희 아버지가 등장했다 하면 넌 그날로 죽은 목숨이라고."

우리는 버스가 승객들을 태우고 내리기 위해 간간이 멈춰 서면서 아레키파 가를 따라 내려가는 동안 한참이나 입을 봉한 채 앉아 있었다. 우리가 라이몬디 대학 앞을 지나고 있을 때 하비에르가 다시 입을 열었다. 그는 이제 완전히 내 문제에 몰두해 있었다.

"돈이 필요하게 될 텐데 그 문제는 어떻게 할래?"

"라디오 방송국에다 가불을 해달라고 할 거야. 그리고 내가 가지고 있는 물건들, 옷, 책, 뭐 그런 걸 모두 팔고 내 타자기와 시계, 그리고 전당포에 맡겨서 돈이 될 만한 건 뭐든 다 잡히겠어. 그런 다음엔 일거리를 좀더 찾으러 미친놈처럼 돌아다녀볼 거고."

"나한테도 잡힐 만한 게 좀 있어. 라디오하고 만년필, 그리고 비싼 시계." 하비에르가 말했다. 그러더니 눈을 반쯤 감고 손가락을 꼽아가면서 뭔가를 계산했다. "너한테 천 솔쯤은 빌려줄 수 있을 것 같다."

우리는 산마르틴 광장에서 헤어졌고 정오에 판아메리카나의 가건물에 있는 내 비좁은 작업실에서 만나기로 약속했다. 하비에르와 이야기를 나눈 덕분에 나는 기분이 좋아져서 매우 낙천적이 되어 사무실로 들어섰다. 그리고 신문을 훑어보면서 방송으로 나갈 뉴스거리를 고르기 시작했고 파스쿠알과 빅 파블리토가 들어섰을 때쯤엔 이틀 동안의 첫번째 뉴스 원고가 다 완성되어 있었다. 하지만 불행히도 훌리아에게서 전화가 걸려왔을 때 그 둘이 모두 사무실에 죽치고 있어서 나는 얘기를 싹 망쳐버렸다. 그들 앞에서 난시와 하비에르에게 했던 얘기를 그녀에게 다시 말할 용기가 나지 않아서였다.

"나 오늘 꼭 만나야겠어요, 단 몇 분이라도." 내가 붙잡고 매달렸다. "일은 모두 썩 잘돼가고 있어요."

"난 갑자기 기분 아주 안 좋아졌어. 정말야." 훌리아가 대답했다. "요즘엔 웬일인지 늘 기분이 좋지 않았지만 지금은 구렁이 배보다도 더 축 처진 느낌이야."

그녀는 의심을 사지 않고 시내로 나올 수 있는 그럴듯한 구실이 있었다. 요이드 아에레오 볼리비아노 항공사에서 라파스로 돌아갈 비행기표를 예약한다는 거였다. 그녀는 오후 세시경에

방송국으로 오겠다고 했는데, 그녀도 나도 결혼 문제에 대해서
는 입도 뻥끗하지 않았지만 그녀가 비행기 어쩌고 하는 얘기를
듣고 있으려니 속이 뒤집혀 견딜 수가 없었다. 그래서 나는 전화
를 끊자마자 리마 시청을 찾아가 결혼하는 데 필요한 서류가 무
엇인지 알아보았다. 다행히도 그곳에서 일하는 친구가 하나 있
었는데 그 친구는 이혼녀인 외국인과 결혼하려는 사람이 내 친
척인 것으로 생각하고 내가 알고 싶어하는 것을 상세히 다 알려
주었다. 그러나 필요한 서류를 모두 구비하려면 온갖 성가신 장
애물을 다 뛰어넘어야 할 것 같았다. 우선 훌리아만 해도 출생증
명서와 볼리비아 및 페루 양국의 외무부 장관이 확인한 이혼선
고 증명서 사본을 제출해야 했고, 나 역시 내 출생증명서를 제출
해야 했다. 또 나는 미성년자였으므로 우리 부모님에게서 받은
공증된 결혼동의서나 내가 친권으로부터 해방되었음을(법적으
로 성년에 달했음을) 증명하는 서류까지 소년법원 판사 앞에 제
출해야 했다. 하지만 그 두 가지 모두 얻어낼 가망성은 전혀 없
었다.

　나는 머릿속으로 계산을 하며 시청을 나섰다. 훌리아의 서류
가 확인되는 데만도, 그것도 물론 그녀가 현재 리마에 그 서류들
을 가지고 있다는 조건하에 몇 주가 걸릴 수 있었다. 만일 그녀
가 서류들을 가지고 있지 않아서 볼리비아의 담당 공무원, 즉 시

청 호적계원과 이혼법원의 서기에게 그것들을 보내달라고 요청해야 된다면 몇 달이 걸릴지도 몰랐다. 또 내 출생증명서도 문제였다. 나는 아레키파에서 태어났는데 그곳의 친척에게 편지를 써서 사본을 한 통 떼어 부쳐달라고 한다면 그것 역시 시간이 걸릴 것이었다(그 외에 위험스럽기까지 했다). 나는 곤란한 문제점들을 하나하나, 마치 차례로 모습을 드러내는 장애물처럼 눈앞에 떠올려보았다. 하지만 그런 것들 때문에 기가 꺾였다기보다는 결심만 더욱더 굳어졌다(사실 나는 꼬맹이였던 시절부터 지독한 고집쟁이였다). 라디오 방송국으로 돌아오는 길에 나는 라 프렌사 신문사 옆을 지나다가 그럴듯한 생각이 하나 번쩍 떠올라서 뛰다시피 학교를 찾아갔다. 땀을 줄줄 흘리며 그곳에 도착해서는 곧장 법학부 행정실로 달려갔다. 거기에서는 성적증명서 발급 업무를 맡고 있는 사무관 리오프리오 부인이 언제나처럼 자애로운 미소로 나를 맞더니, 친절하게도 적법한 서류들을 급히 갖추어야 한다느니 학자금을 벌게 될 일자리를 구할 딱 한 번뿐인 기회가 생겼다느니 하면서 장황하게 늘어놓는 내 얘기에 귀를 기울여주었다.

"그건 규칙을 어기는 건데." 그녀가 우는소리를 했다. 그렇지만 자비롭게도 삐걱거리는 고물 책상에서 일어나 서류철을 비치해둔 곳으로 걸어갔다. 나는 그녀 옆으로 바짝 따라붙었다. "학생들은 모두 다 똑같다니까. 내가 마음이 약하다는 걸 알고 나를 이용하려고만 든다고. 학생 모두에게 이런 식으로 친절을 베풀어주다가는 언젠가 난 일자리를 잃게 될 거야. 그래도 누구 하나 나를 위해선 손가락도 까딱 안 하겠지."

그녀가 우리 둘 모두에게 재채기를 일으킨 먼지를 피워올리며 학생들의 기록부를 뒤적거리는 동안, 나는 그녀에게 만약 그런 일이 생겨난다면 법학부 학생 모두가 수업 거부를 할 것이라고 입에 발린 소리를 했다. 마침내 그녀는 내가 기억했던 대로 출생증명서 사본이 들어 있는 내 서류를 찾아냈고 반 시간 후에는 꼭 가져와야 한다면서 출생증명서를 건네주었다. 아산가로로에 있는 어느 서점에서 출생증명서를 두 장 복사해가지고 그 중 하나를 리오프리오 부인에게 돌려주는 데는 십오 분밖에 걸리지 않았다. 나는 승리감에 후끈 달아 이제부터 맞닥뜨리게 될 어떤 괴물이라도 다 물리칠 수 있을 것 같은 기분을 맛보며 라디오 방송국으로 돌아왔다.

내가 두 회분의 뉴스 원고를 작성한 뒤 가우초 게레로(페루 국적을 취득한 아르헨티나의 장거리선수로 그의 삶은 자신의 기록을 깨는 데 바쳐졌다. 그는 하루 종일, 그리고 어떤 때는 밤에도 뛰고 또 뛰었는데, 달리는 동안에 먹고 면도하고 글을 쓰고 잠까지 잘 수 있었다)와의 인터뷰까지 녹음하고 나서, 책상에 앉아 증명서의 관료적인 문구들 가운데서 내 출생을 둘러싼 몇 가지 세세한 점들―나는 파라 로에서 태어났고 시청으로 찾아가 내 출생을 알린 사람은 우리 할아버지와 알레한드로 삼촌이었다―을 해독하고 있을 때, 파스쿠알과 빅 파블리토가 들어서더니 정신을 헷갈리게 했다. 그들은 화재 얘기를 하면서 희생자들이 불타 죽을 때 질렀던 단말마의 비명을 두고 떠들어대다가 배를 잡고 웃었다. 나는 계속해서 난해한 출생증명서를 해독해보려고 했지만, 어떤 발광한 미치광이가 엘카야오 경찰서에다 휘발유를 뿌리고 불을 지르는 바람에 경찰서장부터 말단 순경에 이르기까지, 심지어 경찰서의 마스코트였던 개까지 모두 홀랑 타서 재로 변했다느니 어쩌니 하는 두 편집자의 이야기에 다시 정신이 헷갈렸다.

"신문을 다 훑어봤지만 그런 기사는 못 봤는데 어디서 읽은 겁니까?" 내가 물었다. 그리고 경고했다. "분명히 얘기해두지만 오늘 뉴스 시보를 화재 얘기로 다 잡아먹을 생각은 아예 하지도 말아요." 그리고 두 사람 모두를 나무랐다. "당신들은 형편없는 사디스트요, 당신네 둘 다."

"이건 뉴스 기사가 아니라 열한시 연속극 얘깁니다." 빅 파블리토가 설명했다. "그 왜 리투마 경사라고 엘카야오의 암흑가 놈들이 무서워 벌벌 떠는 사람 있잖습니까."

"그 사람도 타 죽었어요." 파스쿠알이 장단을 맞췄다. "막 순찰을 떠나려던 참이어서 살아 나올 수도 있었지만 경위를 구하려고 다시 뛰어들어간 겁니다. 그 사람의 경우는 마음씨가 착하다보니 죽은 거죠."

"그 사람이 구하러 들어간 건 경위가 아니라 경찰서에서 기르던 개 초클리토였다고요." 빅 파블리토가 그의 말을 바로잡았다.

"그게 꼭 그렇게 분명한 건 아니지." 파스쿠알이 되받았다. "경찰서 문짝 하나가 그 사람을 덮쳤으니까. 페드로 카마초 씨가 불에 타 죽는 연기를 할 때 당신도 그걸 봤어야 하는 건데. 참 대단한 배우더라고요."

"그리고 또 함석장이는 어떻고?" 빅 파블리토가 공적을 마땅히 돌려야 할 사람에게로 돌리려고 열심히 끼어들었다. "만일 누가 나한테 손가락 두 개만으로 불타는 지옥을 연출해낼 수 있다고 했다면 절대로 믿지 않았을 겁니다. 하지만 나는 그걸 내 이 두 눈으로 똑똑히 봤어요, 마리오 씨."

하비에르가 찾아오는 바람에 이야기가 끊겼다. 우리는 늘 그랬던 것처럼 브란사로 함께 커피를 마시러 나갔는데, 자리에 앉기가 무섭게 나는 어떻게 해서 필요한 서류를 손에 넣었는지를 간단히 설명하고 의기양양하게 내 출생증명서 사본을 내보였다.

"생각을 좀 해봤는데 아무래도 이 얘긴 꼭 해줘야 될 것 같다. 너 결혼을 한다면 그건 정말로 멍청한 실수를 저지르는 거야." 내가 말을 끝내자마자 그가 자기 생각을 솔직하게 털어놓기가 좀 거북스러운 듯이 말했다. "그건 네가 아직 미성년자라서뿐만 이 아니라 무엇보다도 돈 문제 때문이야. 넌 단지 먹고살기 위해 등골이 빠지게 온갖 형편없는 일들을 해야 할 거라고."

"한마디로 형은 꼭 우리 아버지나 어머니가 할 법한 얘길 하고 있군." 내가 빈정거렸다. "내가 결혼하게 되면 그건 내 법학 공부가 끝장나는 거라고 얘기할 생각은 없어? 위대한 법학자가 되기는 다 튼 거라고 말야."

"결혼하게 되면 넌 책을 읽을 시간조차 못 갖게 돼. 또 결혼하면 넌 죽었다 깨어나도 작가가 될 수 없어." 하비에르가 되받아쳤다.

"형이 계속 이런 식으로 나오면 가만 안 있겠어." 내가 경고했다.

"좋아. 그렇다면 혀를 붙들어매지." 그가 웃었다. "나는 네 앞에 놓여 있는 미래를 예견함으로써 내 양심이 시키는 대로 다 했으니까. 그런데 나도 이건 인정해야 되겠다. 만일 난시가 원한다면 나 역시 오늘 당장이라도 결혼하겠다고 말야."

"그런데 어디서부터 시작해야 되지? 우리 부모가 결혼을 승낙

해주거나 나를 친권에서 해방시켜줄 가망이라곤 없으니까 말야. 또 훌리아 아주머니가 필요한 서류를 모두 가지고 있지 않을 수도 있잖아. 그러니까 유일한 해결책은 인정 많은 구청장을 찾아내는 거야."

"네 진짜 말뜻은 뇌물을 받을 만한 구청장이라는 얘기겠지?" 그가 내 말을 바로잡았다. 그러더니 마치 내가 무슨 벌레라도 되는 것처럼 내 얼굴을 찬찬히 뜯어보았다. "그렇지만 뇌물을 줘야 할 입장인 너는 한 푼 없는 빈털터리잖아."

"생각이 좀 멍해서 세세한 내용들을 알아채지 못할 구청장, 그러니까 슬픈 얘기라면 대개 녹아버리는 그런 사람을 찾으면 돼."

"좋아. 그렇다면 네 말처럼 보기 드문 인물을 찾아보자고. 이 결혼이 법전에 나와 있는 모든 법률에 위배되더라도 결혼식을 치러줄 마음씨 착한 바보를 말야." 그가 다시 웃었다. "훌리아 아주머니가 이혼녀라는 게 너무 안 좋아. 그렇지만 않으면 교회에서 결혼식을 올릴 수 있을 텐데. 그렇게 되면 쉽거든. 성직자 중에는 마음씨 착한 바보가 얼마든지 있으니까."

하비에르는 언제나 내게 용기를 북돋워주었고 그 덕분에 우리는 내 신혼여행에 대해, 또 그가 내게 봉사료로 요구할 대가 (그가 난시를 유괴해내도록 돕는 것은 물론이고)에 대해 농담을 주고받았다. 나는 우리가 피우라에 있지 못한 것이 아쉬웠다. 그곳에서는 눈 맞아 달아나는 게 아주 흔한 일이어서 마음씨 착한 바보를 찾아내는 일쯤은 식은 죽 먹기일 것이기 때문이었다. 하비에르와 나는 헤어지면서 바로 그날 저녁부터라도 그런 구청장을 찾아보기 시작하겠다고 약속했다. 그리고 우리가 결혼식을 치르는 데 쓰일 경비를 보태기 위해 자기가 가지고 있는, 없어서는 안 될 물건들을 잡히겠다고도 했다.

훌리아는 세시에 사무실로 찾아오겠다고 했지만 세시 삼십분이 되어도 나타나지 않아 나는 걱정이 되기 시작했다. 그리고 네시가 되자 타이프를 치고 있는 내 손가락들이 제멋대로 놀기 시작했고 나는 줄담배를 피워댔다. 네시 삼십분, 빅 파블리토가 내 얼굴이 창백하게 질린 것을 보고 몸이 불편한 게 아니냐고 물었다. 다섯시가 되자 나는 마침내 파스쿠알을 시켜 루초 삼촌 댁으로 전화를 걸어 그녀를 바꿔달라고 하도록 했다. 하지만 그녀는 그곳으로도 돌아가지 않았다. 그리고 다시 삼십 분이 지나고 여섯시가 되고 일곱시가 되었어도 그녀는 여전히 삼촌 댁으로 돌아오지 않았다.

마지막 저녁 뉴스를 마친 뒤에 나는 할아버지 댁이 있는 거리에서 버스를 내리지 않고 아르멘다리스 가까지 내쳐 갔다. 그러나 감히 삼촌 댁의 문을 두드리지는 못하고 집 주위를 맴돌았는데, 그러면서 창문을 통해 올가 아주머니가 꽃병에 물을 갈아주는 모습을 훔쳐보았고 몇 분 뒤에는 루초 삼촌이 식당의 불을 끄는 것을 보았다. 나는 조바심, 분노, 슬픔, 그리고 훌리아의 뺨을 후려갈기고 싶기도 하고 또 그녀에게 키스를 하고 싶기도 한 욕망이 뒤섞인 상반된 감정에 사로잡혀 그 블록을 서너 바퀴 돌았다. 내가 그렇게 조바심을 태우며 막 한 바퀴를 더 돌았을 때 그녀가 외교관 번호판을 단 어떤 고급 승용차에서 내리는 모습이 보였다. 나는 분노와 질투로 다리를 덜덜 떨면서, 그리고 내 라이벌이 누구이건 그자의 코에다 한 방 먹여줄 결의를 다지고서 차 쪽으로 성큼성큼 걸어갔다. 같이 타고 온 사람은 백발의 신사였는데 차 안에는 어떤 부인까지 함께 앉아 있었다. 훌리아가 나를 자기 형부의 조카라면서 그에게 소개했고, 나는 내가 볼리비아 대사 및 그의 부인과 대면하고 있다는 사실을 알아차렸다. 나는 졸지에 바보가 된 기분이었지만 그러면서도 동시에 내 가슴을 꽉 누르고 있던 무거운 짐이 내려진 느낌이었다. 차가 떠나자 나는 훌리아의 팔을 움켜쥐고 그녀를 거의 끌다시피 하면서 길을 건너 말레콘 해변 쪽으로 내려갔다.

"원 세상에! 성질하고는." 바다가 눈에 들어왔을 때 그녀가 입을 열었다. "너 꼭 그 가엾은 구무시오 박사를 목 졸라 죽일 것처럼 보였어."

"내가 목 졸라 죽이려고 했던 건 바로 당신이라고요." 내가 되

159

받았다. "난 오후 세시부터 아주머니를 기다렸는데 지금은 밤 열한십니다. 우리가 만나기로 약속했던 거 잊었나요?"

"잊지 않았어. 일부러 바람맞힌 거야." 그녀가 물러서지 않고 대꾸했다.

우리는 예수회 신학교 앞에 있는 조그만 공원으로 들어갔다. 인적이라곤 전혀 없었고 비가 내리고 있지 않았는데도 풀이며 월계수, 제라늄이 습기를 머금어 빛나고 있었다. 가로등 아래 노란 원추형 불빛 주위로 희끄무레한 안개가 우산을 씌운 것처럼 보였다.

"좋습니다. 이 싸움은 다른 날로 미루지요." 그녀를 방파제 가장자리에 앉히면서 내가 한 걸음 물러섰다. 저 아래쪽에서 한참씩 간격을 두고 밀려와 한번에 부서지는 파도 소리가 들려왔다. "지금은 시간은 거의 없고 문젯거리는 너무 많으니까요. 출생증명서하고 이혼선고 증명서 가지고 있어요?"

"지금 나한테 있는 건 라파스로 돌아갈 비행기표뿐이야." 그녀가 지갑을 톡톡 두드리면서 대답했다. "일요일 오전 열시 비행기로 떠날 거야. 그래서 기쁘고. 난 여기 페루와 페루 사람들한테 질렸어."

"이런 말 해서 안됐지만 우리 당분간은 다른 나라에서 살 수가 없다고요." 내가 그녀에게로 바짝 다가앉아 허리에 팔을 두르면서 말했다. "하지만 언젠가는 파리의 다락방에서 살게 될 거라고 약속하죠."

그때까지만 해도 그녀는 싸울 듯이 말을 퉁퉁 내뱉으면서도 침착했고 반은 농담투였고 자신감에 차 있었다. 하지만 갑자기 그녀의 얼굴에 괴로운 표정이 떠오르더니 나를 쳐다보지 않은 채 갈라진 목소리로 애원했다.

"제발 나를 위해서라도 일을 더 어렵게 만들지 마, 바르기타스. 내가 볼리비아로 돌아가려는 건 네 부모님 때문이지만 나 스스로도 우리 사이에서 벌어지고 있는 일이 바보짓 같아서 돌아가려는 거야. 우리가 결혼할 수 없다는 건 너도 잘 알잖아."

"아니 할 수 있어요." 나는 그녀의 뺨이며 목덜미에 키스를 하고, 그녀의 허벅지를 움켜쥐고, 탐욕스럽게 젖가슴을 더듬고, 내 입술을 그녀의 입술에 비비면서 말했다. "우린 친절하고 바보 같은 판사를 하나 찾기만 하면 돼요. 그것뿐이라구요. 하비에르도 나를 돕고 있어요. 그리고 난시는 벌써 미라플로레스에서 우리가 살 작은 아파트를 찾아냈어요. 비관적이 될 이유는 하나도 없다고요."

그녀는 내가 키스를 하건 애무를 하건 내버려두었지만 여전히 냉랭하고 반응이 없었다. 나는 그녀에게 난시, 하비에르와 주고받았던 얘기에 대해, 시청으로 달려가 필요한 서류들을 알아보았던 일에 대해, 그리고 내 출생증명서 사본을 손에 넣을 수 있었던 방법에 대해 이야기했다. 또 나는 진심으로 그녀를 사랑하며 집안 식구들을 모두 죽이는 한이 있더라도 그녀와 결혼할 것이라고 맹세했다. 그녀는 내가 억지로 입을 벌리려 하자 처음에는 저항했지만 다음에는 입을 벌렸고, 나는 그녀의 입속으로 혀를 집어넣어 그녀의 입천장과 잇몸과 침을 핥았다. 그러면서 나는 훌리아의 한쪽 팔이 내 목으로 기어오르는 것을 느꼈고 그녀가 내게로 바짝 안겨 젖가슴이 떨리도록 흐느끼면서 울기 시작하는 것을 느꼈다.

"넌 아직 어린애에 불과해." 그녀가 반은 웃고 반은 울면서 나지막한 소리로 말했다.

나는 숨 쉴 틈도 없이 그녀에게 키스를 하면서 열띤 소리로 나는 그녀를 필요로 하며 사랑하고 있으므로 절대로 그녀를 볼리비아로 돌려보내지 않을 것이고, 만일 그래도 떠난다면 자살해버리겠다고 중얼거렸다. 마침내 그녀가 농담처럼 들리게 하려고 애쓰면서 속삭이는 듯한 소리로 다시 입을 열었다. "어린애하고 같이 자는 사람은 누구나 아침에 보면 오줌을 싼 채로 일어난대. 너 그런 속담 못 들어봤어?"

"그건 유치하고 말도 안 되는 헛소리라고요." 내가 입술과 손가락으로 그녀의 눈에서 눈물을 찍어내며 말을 잘랐다. "리마에 그 서류들 가지고 왔나요? 그리고 볼리비아 대사가 그것들을 공증해줄까요?"

그녀는 이제 좀더 침착해져서 울음을 멈추고 다정스럽게 나를 바라보았다.

"이 일이 얼마나 오래 지속될 수 있을까, 바르기타스?" 그녀가 슬픈 기색이 밴 목소리로 물었다. "네가 나한테 싫증이 나기 전까지 얼마나 견딜 수 있을까? 일 년? 이 년? 삼 년? 이삼 년 뒤에 네가 나를 버리고 떠나면 난 처음부터 모든 걸 다시 시작해야 하는데 그게 공평하다고 생각해?"

"대사관에서 그걸 인정해줄까요?" 내가 물러서지 않고 다시 물었다. "만일 볼리비아 대사관에서 그것들이 유효하다고 인정해준다면 페루에서도 유효한 것으로 인정받기가 쉬울 겁니다. 난 외무부에 우리를 도와줄 친구가 있나 알아보겠어요."

그녀는 내가 들이게 될 온갖 수고에 미안해하면서도 동시에 깊이 감동한 듯 나를 바라보았다. 그녀의 얼굴에 천천히 미소가 번졌다.

"만일 네가 오 년 동안 다른 누구에게도 눈 돌리지 않고 나만 사랑하면서 같이 살겠다고 맹세한다면 좋아." 그녀가 말했다. "오 년 동안 행복할 수 있다면 난 이 완전히 미친 짓을 해보겠어."

"그 서류들 가지고 있나요?" 내가 그녀의 머리를 매만지며 머리칼에 입을 맞추면서 다시 물었다. "대사가 그것들을 공증해줄까요?"

그녀는 다행히도 그 서류들을 가지고 있어서 우리는 여러 장의 알록달록한 인지들을 붙이고 서명을 받아 그 서류들을 공증받을 수 있었다. 그런데 놀랍게도 대사관에서 그 일을 처리하는데 걸린 시간은 다 합쳐 삼십 분밖에 되지 않았다. 대사가 알고도 모르는 척 홀리아의 얘기, 즉 그녀가 볼리비아에서 위자료의 일부로 받았던 재산을 가지고 나올 수 있도록 어떤 서류를 구비하기 위해 그날 오전 중에 그 서류들을 공증받아야 한다는 얘기에 넘어가준 덕분이었다. 또 페루 외무부에서 그 볼리비아 서류를 공증받는 것도 어려울 게 없었다. 그것은 내가 대학에서 외무부 고문으로 있는 어떤 교수의 손을 빌린 덕이었는데, 그러기 위해서 나는 또다른 복잡한 라디오 연속극, 암으로 죽어가는 어떤 여자가 하느님 곁에서 평온히 눈을 감을 수 있도록 가능한 한 빨리 몇 년 동안 함께 살았던 남자와 결혼해야 된다는 얘기를 꾸며내야 했다.

몇 세기나 묵은 식민지 시대의 나무 판자로 벽을 장식하고, 흠 한 점 없이 깔끔하게 차려입은 젊은이들이 업무를 보는 외무부 청사의 어느 한 방에서, 나는 우리 교수님으로부터 전화로 긴급한 상황을 통고받은 직원이 훌리아의 출생증명서에 인지들을 첨

부하고 거기에 부수되어야 할 서명들을 받으러 돌아다니는 일이 끝나기를 기다리고 있다가, 또다른 대재난이 벌어졌다는 말을 듣게 되었다. 떠나는 승객들과 그들을 전송하러 나온 사람들을 싣고 엘카야오 항구에 정박해 있던 이탈리아 선적의 배가 느닷없이, 이제껏 알려져 있던 모든 물리학 법칙을 무시하고 이치에도 맞지 않게 빙빙 돌기 시작하다가, 부두 쪽으로 기울어져 손쓸틈도 없이 태평양으로 가라앉는 바람에 배 위에 있던 사람들이 모두 실종되거나, 치명적인 중상을 입거나, 익사하거나, 또는 믿을 수 없게도 상어 떼에게 잡아먹혔다는 것이었다. 나는 그 재난을 내 옆자리에 앉아 어떤 서류가 처리되기를 기다리고 있던 두 아가씨의 이야기를 듣고 알게 되었는데 그들은 농담하고 있는 것이 아니었다. 그들에게는 그 난파가 실감나는 비극이었다.

"그거 페드로 카마초의 연속극에서 벌어진 일 아닙니까? 제 말 맞지요?" 내가 끼어들었다.

"맞아요. 네시에 방송되는 연속극에서 나온 거예요." 둘 중에 나이가 더 많은, 말랐지만 건강해 보이는 아가씨가 슬라브 억양이 강한 말씨로 대답했다. "그러니까 심장병 의사 알베르토 데 킨테로스 박사 얘기죠."

"지난달까지만 해도 그 사람은 산부인과 의사였어요." 책상에 앉아 타자기를 치고 있던 젊은 여직원이 픽 웃으며 끼어들어서는 그 누군가는 분명히 제정신이 아니라는 표시로 관자놀이께에다 손가락을 빙빙 돌렸다.

"어제 방송 못 들었어요?" 외국인 여자와 함께 있던 안경 쓴 아가씨가 리마 억양인 게 분명한 소리로 말을 받았다. "킨테로스 박사는 아내와 딸 차리토를 데리고 칠레로 휴가를 떠나는 중이었어요. 그런데 셋 다 빠져 죽은 거예요." 그녀가 슬픈 기색이 가득한 목소리로 말했다.

"그 셋만이 아니라 모두 다 빠져 죽었어요." 외국인 여자가 한 수 거들고 나섰다. "그 의사의 조카 리카르도, 엘리아니타와 그 멍청한 바보 남편 레드 안투네스, 그리고 근친상간을 범해서 태어난 아이 루벤시토까지도요. 그 사람들은 의사 가족을 전송하려고 배에 탔었죠."

"그렇지만 정말로 웃기는 건 다른 연속극에 나오던 하이메 콘차 경위까지 빠져 죽었다는 거예요. 더구나 그 사람은 사흘 전 엘카야오 경찰서 화재 때 이미 죽었거든요." 책상에 앉아 있던 여직원이 타자를 치다 말고 우스워 죽겠다는 듯이 다시 끼어들었다. "연속극들이 모두 엄청나게 웃기는 농담이 돼버렸어요. 안 그래요?"

깔끔하게 차려입은 젊은이들 중에서 어느 모로 보나 인텔리 냄새를 팍팍 풍기는 직원(우리나라 국경 내에서는 특제품이었다)이 그녀를 보고 씩 웃더니, 우리를 둘러보면서 페드로 카마 초는 얼마든지 엉망으로 써도 될 권리가 있지 않냐는 듯한 목소 리로 물었다.

"등장인물을 한 이야기에서 다른 이야기로 옮기는 기법은 발 자크가 고안해낸 거라고 내가 그러지 않았던가요?" 하지만 바 로 다음엔 카마초를 싹 뭉개버리는 결론을 끌어냈다. "만일 발 자크가 카마초에게 표절당하고 있다는 것을 알게 된다면 당장에 그 사람을 감방에다 집어넣고 말 겁니다."

"그렇지만 정말로 웃기는 건 등장인물들을 한 연속극에서 다 른 연속극으로 옮기는 게 아니라 다시 살려내는 거예요." 여직 원이 자기 주장을 세웠다. "콘차 경위는 『도널드 덕』을 읽고 있 다가 불에 타 죽었는데 이제 와서 어떻게 다시 물에 빠져 죽을 수가 있죠?"

"아마도 그 사람 운이 나빴던 거겠죠." 깔끔하게 차려입은 젊 은이가 내게 서류를 건네주면서 받아넘겼다.

나는 구원받고 축복받은 기분으로 서류를 받아가지고 두 아 가씨와 여직원, 그리고 두 젊은 외교관이 볼리비아 방송작가에 대해 열띤 논의를 벌이고 있는 곳에서 나왔다. 훌리아는 카페에 서 나를 기다리고 있었는데, 내가 그 일화들을 상세히 알려주자 웃음을 터뜨렸다. 그녀는 얼마 전부터 자기 나라 사람이 쓴 연속극을 듣지 않고 있었다.

서류를 공증받는 일은 그렇게도 간단히 처리되었지만, 그것 말고도 일주일 내내 끝없이 관공서를 찾아다니며 문의를 하고 나 혼자 또는 하비에르와 함께 리마 각 지역의 구청장 사무실을 찾아다니면서 그 밖의 요식 절차를 밟는 일은 실망스럽고도 맥 빠지는 노릇이었다. 나는 판아메리카나 뉴스 원고를 작성할 때 만 빼놓고는 방송국에 발을 들여놓지도 않았고 시간마다 나가는 뉴스 시보는 파스쿠알에게 일임했는데, 그 덕분에 그는 때를 만 났다는 듯이 사고며 범죄, 상해, 유괴 등 끔찍한 뉴스들로 잔치 를 벌이면서 라디오 판아메리카나를 통해서도 페드로 카마초가 라디오 센트랄에서 그의 연속극에 나오는 등장인물들을 조직적 으로 대량 학살시켜 흘리는 피에 못지않은 피를 흘리게 할 수 있 었다.

나는 이른 아침부터 구청장 사무실들을 찾아 돌아다니기 시 작했다. 내가 처음 찾아간 곳들은 리마 중심가에서 가장 멀리 떨 어진 엘리막, 엘포르베니르, 비타르테, 초리요스 같은 몹시 황폐 한 자치구였는데, 나는 구청장, 부구청장, 시의회 의원, 서기, 수 위 그리고 하다못해 심부름하는 아이들에게까지 그 문제에 대해 백 번하고도 한 번을 더 설명했지만(처음 몇 번은 얼굴을 시뻘 겋게 붉히면서, 그리고 다음에는 아주 태연자약하게) 그때마다 대답은 명백히 '안 되오'였다. 나는 매번 똑같은 장애물에 부딪쳤다. 우리 부모님이 결혼에 동의했거나 아니면 나를 친권에서 해방시켜주었다는 공증된 서류를 소년법원 판사 앞에 제출하지 않는 한 결혼은 절대로 불가능하다는 것이었다. 다음에 나는 시내 중심가에 있는 지역(미라플로레스와 산이시드로는 빼놓았다. 왜냐하면 그런 곳들에는 우리 집안을 아는 누군가가 있을 것이었으므로)의 구청장실들에서 내 운을 시험해보았다. 하지만 그래도 결과는 마찬가지여서, 내 서류를 훑어보고 난 관리들은 예외없이 배에다 연거푸 발길질을 해대듯 이런 농지거리를 던지는 것이었다.

"그러니까 자넨 엄마하고 결혼하겠다는 건가?" 내지는 "이봐, 바보짓 말라고. 결혼을 왜 해? 그저 같이 살기만 하면 그걸로 그만이지."

단 한 곳 희망의 서광이 비친 곳은 수르코의 구청장실이었다. 그곳에서 뚱뚱하고 이마가 무당벌레처럼 시뻘건 남자 서기가만 솔 정도라면 그 문제를 어떻게 해볼 수 있을 거라고 운을 뗐었다.

"입막음을 하려면 여러 사람에게 돈을 쥐여줘야 할 테니까요."

나는 그와 홍정을 해서 뇌물을 오천 솔로 깎았다. 사실 그 돈도 내가 긁어모으기엔 너무 벅찬 금액이었지만. 그런데 얘기가 다 끝나갈 참에 서기가 그런 무모한 짓에 겁이 났는지 끝내는 우리를 사무실 밖으로 몰아내버렸다.

나는 하루에 두 번씩 훌리아와 통화를 했고 그녀에게 일이 순탄하게 잘 풀려가고 있다느니, 조그만 여행가방에다 꼭 필요하다고 생각되는 물건들을 모두 꾸려둬야 할 거라느니, 이제 어느 순간에라도 모든 준비가 다 완료되었다는 말을 듣게 될 거라느니 하면서 거짓말을 둘러댔다. 하지만 나는 점점 더 기가 꺾이는 기분이었다. 금요일 저녁, 할아버지 댁으로 돌아와보니 우리 부모에게서 온 전보가 눈에 띄었다.

'월요일 도착. 판아그라 516편.'

그날 밤 나는 이런저런 일들을 생각하며 침대에서 엎치락뒤치락하다가 결국엔 침대맡 전등을 켰다. 그리고 소설 주제의 목록을 적어두었던 공책을 찾아내 내가 취할 방도를 바람직한 순서로 적어 내려갔다. 첫째는 훌리아와 결혼식을 올림으로써 집안 식구들이 좋건 싫건 간에 받아들이지 않을 수 없도록 결혼을 법적으로 기정사실화한 뒤 그들을 만난다는 것이었다. 하지만 시일이 단 며칠밖에 남지 않은 데다 리마 전역의 모든 구청장들이 그리 녹록하지 않다는 게 밝혀지고 있는 이상, 첫번째 선택은 점점 더 꿈같은 얘기가 되어가고 있었다. 두번째는 훌리아와 외국으로 도망친다는 것이었다. 그러나 볼리비아로는 아니었다.

그녀가 나 없이 살았고 수많은 친구와 아는 사람들이 있는, 더군다나 전남편까지도 있는 그런 곳에서 산다는 게 마음에 걸렸다. 우리에게 가장 좋은 나라는 칠레일 듯 싶었다. 그녀가 집안 식구들을 속이기 위해 라파스로 떠나면 다음엔 내가 지체없이 시외버스를 타고 타크나로 가서 어떻게든 불법적으로 국경을 넘어 아리카에 이르면 거기서부터는 육로를 통해 훌리아가 뒤따라와서 만나거나 아니면 미리 와서 기다리고 있을 산티아고로 간다는 대강 그런 생각에서였다. 물론 여권(그것을 얻는 데도 우리 부모의 서면 승낙이 필요했다)도 없이 다른 나라에서 살아가려면 고생이 되겠지만, 그것도 내게는 견디기 어려운 장애물로 비쳤던 것이 아니라 마치 로맨틱한 소설에 나오는 것처럼 느껴져 오히려 즐거운 일로 여겨졌다. 그리고 만일 집안 식구들이 내 뒤를 밟아서 칠레 당국에다 나를 돌려보내라고 압력을 넣으면—틀림없이 그러겠지만—나는 몇 번이라도 다시 도망칠 것이고 그렇게 해서 내가 대망의 성년이 되는 스물한 살까지 버텨나갈 것이었다. 세번째 선택은 우리 부모를 참담한 후회에 빠뜨릴 거창하고도 비통한 유서를 남기고 자살을 하는 것이었다.

다음 날 꼭두새벽에 나는 하비에르의 하숙집으로 달려갔다. 우리는 매일 아침 그가 면도와 샤워를 하는 동안 전날 있었던 일들을 검토하고 이제 막 시작된 하루의 행동 계획을 세우는 습관이 들어 있었다. 그가 얼굴에 비누칠을 하고 있는 동안 나는 변기 뚜껑에 앉아 설명을 곁들이면서 노트에 대강 적어두었던 선택 방안들을 읽어주었다.

그가 비누 거품을 씻어내더니 우선순위를 바꾸어 자살을 맨 첫머리에 놓아야 한다고 빡빡 우겼다.

"만일 네가 자살한다면 지금까지 써두었던 허섭스레기가 자동적으로 관심을 끌게 될 거고, 그러면 변덕스런 사람들이 그 소설들을 읽고 싶어할 거고, 다음엔 그것들이 책으로 나오기가 쉬워지니까 말야." 그가 얼굴을 말리면서 이죽거렸다. "넌 유명한 작가가 될 거야, 사후에. 내 장담하지."

"형 때문에 잘못하다간 첫 뉴스를 놓치겠어." 내가 그를 재촉했다. "그리고 그 쓰잘 데 없는 소린 좀 그만둬. 그런 농담 하나도 재미없으니까."

"네가 죽더라도 난 직장에서건 학교에서 강의를 들을 때건 그렇게 오랫동안 서운해하지는 않을 거야." 하비에르가 옷을 입으면서 계속 주절댔다. "너한테 제일 좋은 건 오늘 당장, 바로 오전 중에 그 일을 해치워버리는 거야. 그렇게 되면 내 물건들을 저당잡히지 않아도 되니까. 사실 전당포로 넘어갔다 하면 찾지도 못하고 그냥 날아갈 게 뻔하잖아. 어디 네가 어느 때고 돈을 갚아줄 가망성이 조금이라도 있어야 말이지?"

내가 이 형은 역시 일류 코미디언이야, 라고 생각하면서 그와 함께 버스 정류장까지 터덜터덜 내려오는 동안에도 그는 계속 입을 다물지 않았다.

"그리고 마지막으로 한 가지 더. 만일 네가 자살하게 되면 온 시내에 얘기가 퍼져서 신문기자들이 너하고 제일 친한 벗이자 흉허물없는 친구, 비극의 목격자인 이 몸과 인터뷰를 하러 몰려올 거란 말야. 그럼 이 몸의 사진이 신문마다 실리게 될 거고. 내가 그렇게 매스컴을 타면 네 사촌 난시가 나한테 확 넘어올 거라고 생각하지 않아?"

아르마스 광장에 있는 (이름이 무시무시한) 전당포에서 우리는 내 타자기와 그의 라디오, 내 시계와 그의 만년필을 저당잡혔고, 나는 마지막으로 그에게 손목시계도 맡기라고 꼬드겼다. 한참이나 옥신각신 흥정을 벌였음에도 우리가 손에 넣을 수 있었던 것은 겨우 이천 솔밖에 안 되었다. 사실 그전부터도 나는 할아버지가 눈치채지 못하게 내 양복이며 신발, 셔츠, 넥타이, 스웨터 따위를 라파스 로에 있는 중고 의류 상인들에게 찔끔찔끔 팔아넘겼다. 그래서 마침내는 내가 걸치고 있는 옷 외엔 남은 게 아무것도 없는 실정이었지만 그런 옷가지를 다 팔고 내가 손에 쥔 건 겨우 사백 솔뿐이었다. 그러나 다행히도 나는 반 시간 동안 죽자사자 헤나로 2세를 붙잡고 늘어진 끝에 넉 달치 봉급을 가불로 받고 그 돈은 일 년에 걸쳐 내 봉급에서 제하도록 그를 설득할 수 있었다. 그 대화는 예기치도 못했던 상황으로 끝이 났다. 나는 그에게 할머니가 탈장 수술을 하셔야만 되는데 병원비를 치를 돈이 급하다는, 그가 절대로 거절하지 못할 탄원을 늘어놓았다. 하지만 그다음에 그가 느닷없는 소리를 했다.

"좋아. 자네한테 가불을 해주도록 하지." 그러더니 정답게 미소를 지으면서 이렇게 덧붙이는 것이었다. "하지만 그게 자네 여자친구 낙태 수술할 돈이라는 건 자백하라고."

나는 눈을 내리깔고 아무에게도 내 비밀을 얘기하지 말아달라고 사정했다.

우리가 물건을 저당잡혀 받아낸 돈이 너무도 시답잖아서 나는 여간 낙심이 되는 게 아니었는데 하비에르가 그것을 알아차리고 방송국까지 나를 따라와주었다. 그날 오후 우리는 함께 우아초로 가보기 위해 둘 다 휴가를 신청할 생각이었다. 어쩌면 지방에 있는 구청장들은 좀더 감상적일지도 몰랐다.

내가 옥상 가건물에 있는 사무실로 들어서기가 무섭게 전화벨이 울렸다. 훌리아였다. 그녀는 화가 뻗쳐서 제정신이 아니었다. 전날 밤 오르텐시아 아주머니와 알레한드로 삼촌이 루초 삼촌 댁을 찾아왔는데 그녀에게 알은척도 하지 않으려고 들었다는 것이었다.

"그 인간들 나를 끌려 들어온 고양이 보듯 하더라고. 만일 그 인간들이 내 면전에다 대고 창녀니 뭐니 했더라도 난 이렇게까지 질리지는 않았을 거야." 그녀가 발끈해서 쏟아놓았다. "그치들한테 나오는 대로 퍼붓지 않으려고 혀를 깨물어야 했다니까. 우리 언니와 우리 두 사람을 위해 나빠진 일을 더 나쁘게 만들지 않으려고 화가 치미는 걸 꾹 눌렀다고. 그런데 일은 어떻게 돼가고 있어, 바르기타스?"

"잘돼가고 있어요." 내가 그녀를 안심시켰다. "월요일에 우선 라파스로 가는 비행기편을 하루 연기시켰다고 해야 해요. 난 필요한 걸 대강 다 준비해뒀어요."

"마음씨 좋은 구청장을 찾아내려고 너무 애쓰지 마." 훌리아가 말했다. "나 너무 화가 나서 욕할 힘도 없어. 그런 구청장을 찾아낼 수 없으면 같이 도망치면 되지 뭐."

"저기 두 분 친차에서 결혼하면 어떻겠어요, 마리오 씨?" 내가 수화기를 내려놓는 순간 파스쿠알이 한마디 던졌다. 그러고는 내가 얼마나 당황했는지 알아차리고 무당벌레처럼 얼굴이 시뻘게졌다. "이건 내가 남 일에 코빼기나 내미는 중뿔난 놈이라서가 아닙니다. 당신네 두 분이 하는 얘기를 듣지 않을 수가 없었어요. 그것뿐입니다. 그러다보니 무슨 일인지 알아차리게 된 거고요. 난 그저 도와줄 생각에서…… 친차의 읍장이 내 사촌인

175

데 서류가 있건 없건 당신이 성인이건 아니건 즉석에서 결혼식을 올려줄 겁니다."

바로 그날 모든 문제가 기적적으로 풀렸다. 그날 오후 하비에르와 파스쿠알은 일요일까지 일을 다 마무리지어놓으라는 지시하에 서류를 모두 챙겨가지고 친차로 떠났다. 그들이 내 일을 보러 가는 동안 나는 내 사촌 난시와 미라플로레스에 있는 방 한 개짜리 아파트를 세내러 갔다가 사흘 동안 휴가를 청한 다음, (나는 헤나로 1세와 용감무쌍하게 입씨름을 벌였고 대담하게도 휴가를 주지 않으면 그만두겠다고 위협한 끝에 휴가를 받아냈다) 리마에서 도망칠 채비를 차렸다.

토요일 밤 하비에르가 좋은 소식을 가지고 돌아왔다. 읍장은 상냥하고 젊은 사람이었는데 하비에르와 파스쿠알이 그에게 사건의 전말을 알려주자 눈 맞아 달아나려는 우리 계획에 박장대소를 했다는 것이었다.

"얼마나 낭만적입니까?" 그러더니 서류는 자기가 보관하겠다면서 이런 말로 그들을 안심시켰다고 했다. "이건 우리끼리만 하는 얘긴데, 결혼 예고* 공시를 피해갈 방법도 있을 겁니다."

일요일에 나는 훌리아에게 전화를 걸어 마음씨 착한 바보 구

---

* 식을 거행하기 전에 세 번 연속 일요일마다 예고해서 그 결혼에 대한 이의 여부를 묻는 일.

청장을 찾아냈으며 우리는 다음 날 아침 여덟시에 출발할 것이고 정오에는 남편과 아내가 되어 있을 것이라고 알렸다.

16

  호아킨 이노스트로사 벨몬트는 축구 경기에서 골을 넣거나 페널티킥을 막아내서가 아니라 심판으로서 기억에 남을 판정을 내려 경기장의 관중들을 일으켜 세운 사람인 동시에, 술에 대한 갈증을 이기지 못해 리마 곳곳의 술집에다 발자취와 외상 술값을 깔아놓은 술고래로, 세도깨나 휘두르던 고관들이 삼십여 년 전 라페를라의 드넓은 황무지를 리마의 호화 주택 지구로 바꾸겠다는 야심찬 목적(하지만 불행히도 그 목적은 페루 귀족들의 목구멍과 기관지를 망쳐버린 습기—우격다짐으로 바늘구멍을 빠져나가려고 들었던 고집 센 낙타들에게 내린 벌—때문에 실패로 돌아갔다)하에 자기네가 살려고 지었던 저택 중 한 곳에서 태어났다.

그는 부유할 뿐 아니라 스페인과 프랑스의 명문 혈통(빽빽이 들어찬 나무들의 얽히고설킨 잔가지들이 작위와 문장인)을 이어받기까지 한 뼈대 있는 가문의 외아들이었다. 그러나 미래의 심판이자 술고래인 호아킨의 아버지는 귀족으로서의 특권을 옆으로 제쳐둔 채, 고급 모직물 제조업부터 아마존 강 유역에 황금 작물로서 고추 재배를 도입하는 일에 이르기까지, 기업 경영에 투신하여 재산을 몇 곱으로 불리겠다는 현대적인 생각에 일생을 바쳤다. 그리고 어머니는 연약한 성모 마리아 같은 헌신적인 여자였으나, 남편이 벌어들인 돈을 의사와 치료사에게 퍼내주면서(왜냐하면 그녀는 상류사회에 흔한 갖가지 질병에 시달렸기 때문이다) 평생을 보냈다.

　그 두 사람은 상속자를 내려달라고 하느님께 오랫동안 기도를 드린 끝에 꽤 늦게야 호아킨을 얻었다. 그랬으므로, 대를 이어갈 자식이 태어나자 그들은 이루 말할 수 없는 기쁨을 맛보았고, 아들이 요람에 있을 때부터 장차 그 아이가 산업계의 왕자나 농업계의 왕, 외교계의 거물, 또는 정치계의 총아가 되기를 꿈꾸었다.

　그런데 이 아이가 당연히 자신의 몫이 될 찬란하고도 영광스러운 사회적, 재산적 지위를 고집스럽게 마다하고 축구 심판이 되었던 것은 반항심 때문이었을까, 아니면 모종의 심리적 결함 때문이었을까? 아니었다. 그것은 진정한 직업의식에서 나온 결과였다.

젖병을 뗄 무렵부터 윗입술에 솜털이 돋기 시작할 때까지 그 아이에게는 당연히 프랑스, 영국 등지에서 초빙해온 외국인 여자 가정교사들이 따라붙었다. 그리고 숫자와 글자까지도 리마의 유수한 사립학교에서 선생들을 뽑아들여 가르쳤다. 하지만 그들은 차례차례로, 무엇을 가르치건 관심이라곤 아예 보이지 않는 그 꼬마 앞에서 기가 꺾이고 신경질이 돋아, 결국엔 하나같이 두둑한 월급 봉투를 포기해버리고 말았다.

여덟 살이 되었어도 호아킨은 덧셈조차 배우지 못했고, 글자 역시 겨우 모음자들을 끙끙대면서 외우는 정도였다. 그는 외마디 말밖에는 할 줄 모르고 절대로 장난도 치지 않는 조용한 아이였지만, 언제나 지겨워 죽겠다는 얼굴을 하고서 자기를 즐겁게 해주려고 세계 도처에서 사들인 숱한 장난감들—독일제 조립식 장난감 세트, 일본제 기차, 중국제 그림 맞추기 놀이판, 오스트리아제 주석 병정, 미국제 세발 자전거—사이로 라페를라에 있는 저택의 이 방 저 방을 돌아다녔다. 가끔씩 그 아이를 철저한 무관심으로부터 벗어나게 하는 것처럼 보이는 단 한 가지는 마르 델 수르 초콜릿 상자에 들어 있는 축구선수들의 그림이 박힌 조그만 카드들이었는데, 호아킨은 그것들을 앨범에다 붙여놓고 몇 시간이고 홀린 듯이 들여다보는 것이었다.

그의 부모는 자기네가 지나치게 엄격한 근친 교배의 산물로서 이 세상에 내놓은 혈우병 환자에다 정신박약아인 이 아이가 여차하다가는 세인들의 웃음거리가 되고 말 것이라는 생각으로 아찔해져서 과학에 도움을 청했다. 그리고 이어서 아스클레피오스*의 이름난 제자들이 줄줄이 라페를라로 호출되었다.

소년의 증세에 관해 눈부신 지식을 펼쳐 보이며 고민에 찬 부모의 눈을 틔워준 사람은 바로 리마에서 제일가는 스타 소아과 의사인 알베르토 데 킨테로스 박사였다.

"아드님은 이른바 온실병에 걸려 있습니다. 야외 정원에서 화초며 곤충과 함께 자라지 못하는 식물은 병이 생기고 냄새 고약한 꽃을 피우지요. 이곳의 황금 새장이 아드님을 저능아로 만들고 있는 겁니다. 그러니까 아드님이 같은 또래 아이들과 어울릴 수 있도록 가정교사를 전부 해고하고 학교에 입학시키세요. 학교 친구들과 싸움박질을 하다 코피가 터지는 날에야 아드님은 정상인이 되는 겁니다!"

아들의 병을 고치기 위해서라면 그 어떤 희생이라도 감수하기로 마음을 다지고서, 그 거만한 부부는 호아킨시토가 바깥 서

---

* 그리스 신화에 나오는 의술의 신.

민들의 세계에 뛰어들도록 허락했다. 그러나 물론 그들이 자식을 위해 선택한 학교는 리마에서 수업료가 가장 비싼, 산타마리아 성당의 신부들이 운영하는 곳이었고, 교복을 맞출 때에도 그들은 신분상의 차이를 완전히 망각하지 않도록, 색깔은 규정된 색으로 했으되 옷감은 벨벳으로 골랐다.

그 유명한 의사의 처방은 실로 괄목할 만한 성과를 보였다. 물론 호아킨은 형편없이 낮은 점수를 받았으므로, 부모는 아들이 시험에 통과하도록 하기 위해(신교파를 낳게 했던 이재욕으로) 갖가지 기부(학교 교회에 끼울 스테인드글라스, 복사에게 입힐 모직 중백의, 가난한 아이들이 다니는 작은 학교에 놓아줄 튼튼한 책상 등등)를 해야 했지만, 그럼에도 한 가지 분명한 사실은 아이가 학교에 들어간 뒤로 사교적이 되었다는 것과 때때로 행복하게 보였다는 것이었다. 그에게서 재능(이해를 하지 못한 그의 아버지는 그것을 결함이라고 불렀다)이 발현될 첫 조짐, 즉 축구에 대한 흥미가 나타났던 것도 바로 이 시기였다. 무감동하고 외마디 말밖에 할 줄 모르던 어린 호아킨이 축구화를 신는 순간 열성적이고 말도 잘하는 아이로 변했던 것이다. 그의 부모는 그런 말을 듣게 되자 기쁘지 않을 수가 없었고, 그래서 당장 라페를라의 저택 옆에 있는 공터를 매입하여 호아킨시토가 마음껏 놀 수 있도록 상당한 크기의 축구장을 만들었다.

그때부터 매일 오후 수업이 끝나면, 안개 낀 라스팔메라스 가에서는 스물두 명의 학생—얼굴들은 바뀌어도 머릿수는 변함없는—이 이노스트로사 벨몬트 구장에서 축구를 하기 위해 산타마리아 학교의 스쿨버스에서 내리는 광경을 볼 수 있었다. 그리고 경기가 끝나면 호아킨의 가족은 항상 선수들을 불러들여 초콜릿, 젤리, 머랭 과자, 아이스크림 따위를 곁들인 차를 대접했다. 그 부유한 부모는 매일 오후 어린 아들이 행복하게 숨을 헐떡이는 모습을 보는 게 즐거웠던 것이다.

그러나 몇 주 뒤 페루의 고추 재배 선구자는 뭔가 이상한 낌새를 챘다. 호아킨시토가 경기에서 심판으로 뛰는 모습을 두 번, 세 번, 아니 열 번까지 목격하게 된 것이었다. 자기 아들이 입에 호루라기를 물고 머리에는 차양이 달린 조그만 모자를 얹은 채, 기껏 선수들을 따라다니면서 파울이나 주고 벌칙이나 가하다니! 물론 그 아이는 선수가 아닌 심판 노릇을 하는 데서 조금도 열등감을 느끼는 것 같지 않았지만 그래도 백만장자는 부아가 돋았다. 이 잡것들을 집으로 불러들여가지고 사탕까지 안기면서 동등한 애들이라도 되는 것처럼 자기 아들과 허물없이 지내도록 해주었더니, 이것들이 감히 겁을 상실하고 호아킨에게 그 하찮은 심판 노릇을 떠맡겨? 그는 돼먹지 못한 녀석들을 호되게 겁주려고 도베르만 개를 풀어놓아버릴까보다 하는 생각까지 했지만 결국은 그 아이들을 심하게 꾸짖는 것으로 그쳤다. 그런데 놀랍게도 아이들은 그게 자신들 책임이 아니라고 항의하면서, 호아킨이 심판 노릇을 하는 건 순전히 그가 원했기 때문이라고 맹세했다. 그리고 억울하다는 생각이 들었는지 하느님까지 들먹이면서 자신들의 말이 사실이라고 엄숙하게 선언했다.

몇 달이 지난 뒤 호아킨의 아버지는 자기가 한 메모와 구장 관리인의 보고서를 훑어보고 이러한 통계를 얻었다. 그의 구장에서 펼쳐진 백서른두 게임 중 호아킨 이노스트로사 벨몬트는 단한 차례도 선수로 뛰지 않고 백서른두 게임 내내 심판만 보았다. 서로 눈길을 교환하면서 그의 아버지와 어머니는 무언중에 뭔가 잘못됐다는 데 의견 일치를 보았다. 어떻게 이것을 정상적인 행동이라고 생각할 수 있을까? 재차 그들은 과학에 도움을 청했다.

그 부모에게 가장 정확하지는 않더라도 가장 마음에 드는 견해를 피력한 사람은 바로 수많은 천궁도와 천체를 관찰하고 깊은 명상에 몰두한 끝에 십이궁의 징후를 봄으로써, 별자리에서 영혼을 읽고 고객(그는 '친구'라고 부르기를 더 좋아했다)의 마음을 고친, 그 도시에서 가장 이름난 점성가 루시오 아스물레 교수였다.

"이 아이는 자신이 뼛속부터 귀족이라는 걸 알고 있어서 혈통에 충실하게도 다른 사람들과 같아진다는 생각을 견딜 수 없는 겁니다." 그가 안경을 벗으면서 ― 예언을 함에 있어 그의 눈에 떠오른 지혜라는 찬란한 광채가 더욱 돋보일 수 있도록 확실히 해두려는 것이었을까? ― 설명했다. "즉 이 아이는 경기를 진행하는 사람이란 곧 명령을 내리는 사람이기 때문에 선수보다는 심판이 되고 싶어하는 것이지요. 당신들은 호아킨시토가 초록색 사각 구장에서 스포츠를 즐긴다고 생각했습니까? 그게 아닙니다. 완전히 잘못 생각한 거예요. 이 아이는 의심할 여지 없이 자신의 피에서 연유한 지배욕과 비범성과 귀족적인 특징을 지키려는, 조상 대대로 전해 내려온 욕구를 충실히 따르고 있는 겁니다."

기쁨에 겨워 흐느끼면서 호아킨의 아버지는 숨이 막히도록 아들에게 키스 세례를 퍼부었고, 자기는 하느님의 축복을 받은 사람이라고 선언했다. 그러고는 아스물레 교수가 이미 고액으로 책정해놓은 요금 지불 수표에다 동그라미를 하나 더 붙여주었다. 학교 친구들과의 축구 경기에서 심판 노릇을 하려고만 드는 아들의 고집이 언젠가는 그 아이를 세계의 지배자(아니면 하다못해 페루의 지배자라도)로 만들어줄지도 모르는 권력에의 의지와 우월감에서 나왔다는 확신하에, 그 실업가 호아킨이 선물로 받은 빛나는 제복을 입고 한 무리의 잡배들(선수들?)에게 호루라기를 불어대는 광경을 지켜보며 아버지로서의 즐거움을 만끽해볼 생각에서(새끼가 처음 사냥한 어린 양을 찢어발기는 모습에 기뻐서 눈물이 글썽해지는 수사자의 심약함), 라페를라에 있는 그의 사설 구장으로 오기 위해 걸핏하면 오후의 바쁜 업무를 포기했다.

그러나 십 년 후, 기대가 깨져버린 부모는 점성가의 예언이 너무 낙관적이지 않았는가 하는 생각을 하지 않을 수 없었다. 호아킨 이노스트로사 벨몬트는 어느덧 열여덟 살이 되었고, 처음에는 같은 반 친구들이었던 아이들보다 몇 년 뒤처져 고등학교 마지막 학년에 올라가 있었다. 하지만 호아킨이 그럭저럭 그 정도까지라도 된 것은 순전히 그 집안의 기부 덕분이었다. 더군다나 루시오 아스물레의 말에 따르면 축구 경기에서 심판 노릇을 하려고만 들었던 천진난만한 고집 이면에 세계 정복자의 유전인자가 숨어 있다는 징후라고는 어디에도 없었고, 그 고집이 프리킥을 주는 것 외에는 아무런 의미가 없게 되자, 이 귀족의 아들은 무망한 재앙이었다는 것이 끔찍스럽게도 분명해지고 있었다. 그가 말한 것들로 미루어보건대 호아킨은, 다윈주의자의 말을 빌리자면, 원인류와 원숭이의 중간쯤 되는 지능을 가졌으며 재치도 야망도 부족한 데다, 심판으로서의 광적인 열성을 제외하고는 어떤 일에도 흥미가 없는 우둔하기 짝이 없는 사람이었다.

그러나 첫번째 '결함'에 관한 한(두번째는 술이었다) 그는 천부의 재능이라고 불릴 만한 소질을 보여주었던 것이 사실이었다. 기이할 정도의 공평무사함(축구장이라는 신성한 공간과 경쟁이 벌어지는 이상한 시간 속에서?)으로 인해 그는 산타마리아 고등학교의 학생과 선생들 사이에서 심판으로 명성을 얻었으며, 수비측이 센터포워드의 정강이를 몰래 걷어차거나, 윙이 골키퍼와 함께 공중으로 떠오르면서 팔꿈치로 슬쩍 밀치거나 하는 반칙을 어떤 거리와 각도에서도 실수 없이 잡아내는(하늘 높이 떠서 쥐가 점심을 먹으러 나올 쥐엄나무 그늘 밑까지 살피는 매처럼) 그의 안목은 실로 놀라웠다. 또 규칙에 달통한 지식과 규정집의 결함을 전광석화 같은 결정으로 보충하는 직관 또한 비범했다. 그의 명성은 곧 산타마리아 고등학교의 담장 밖으로 퍼져나가서, 라페를라의 그 귀족은 학교 간 친선 경기와 지역 축구 대회의 심판을 보기 시작했고, 하루는 그가 어떤 큰 경기의 후반전에 심판으로 교체되어 들어갔다는 — 엘포타오 경기장에서였던가? — 뉴스가 돌았다.

호아킨이 산타마리아 고등학교를 졸업하자 그의 부모는 한 가지 곤란한 문제에 직면했다. 그의 장래 문제였다. 그를 대학에 보내겠다는 생각은, 그로 하여금 끝없는 수치감과 열등 콤플렉스를 겪지 않게 하고 기부라는 형태로 더이상 가산을 탕진하지 않기 위해, 고통스럽지만 포기했다. 그에게 외국어 공부를 시키겠다는 시도도 완전한 실패로 끝났다. 미국에서 일 년, 프랑스에서 또 일 년을 보낸 뒤에도 그는 영어나 프랑스어를 한 자도 습득하지 못했고, 그러는 동안 이미 구루병에 걸린 그의 스페인어마저 확실한 종양 증세를 보였다.

호아킨이 리마로 돌아오자, 모직물 제조업자는 결국 아들이 이름 뒤에 그럴듯한 직함을 달지 못하리라는 사실에 체념하고 철저히 미몽에서 깨어나, 그를 덤불처럼 얽히고설킨 수많은 가족 소유 회사 중 한 곳에서 일하게 했다. 예상할 수 있었던 대로 결과는 참담했다. 채 이 년도 못 돼서 그는 안 할 일을 했건 할 일을 안 했건 간에 두 군데의 방적공장을 말아먹었고, 가장 번창한 대기업체—도로건설회사—를 엄청난 빚더미에 올려놓았으며, 밀림 지역에서의 고추 재배는 벌레에게 갉아먹히고 눈사태에 덮치고 홍수에 삼켜지는 바람에 하나도 건지지 못했다(그래서 호아킨시토는 재수없는 사람이라는 것이 입증되었다).

아들의 지독한 무능에 대경실색하고 자존심에 상처를 받은 그의 아버지는 기력을 다 잃은 채 허무주의자가 되어 사업이고 뭐고 다 내팽개쳤고—그 바람에 회사들은 얼마 안 가서 곧 탐욕스런 임직원들에게 남김없이 빨아먹혔다—혀를 쭉 빼내(어리석게도?) 귀를 핥으려 드는 우스꽝스러운 경련을 일으키기 시작했다. 그리고 아내를 뒤따라서 신경과민과 불면증이 계속되자 정신과 의사와 정신분석학자(알베르토 데 킨테로스? 루시오 아스물레?)의 손에 넘겨졌는데, 그들은 곧 그에게서 얼마 남지 않은 온전한 정신과 돈을 몽땅 다 앗아가버렸다.

부모의 재정 파탄과 정신적 피폐에도 불구하고 호아킨 이노스트로사 벨몬트는 자살 따윈 생각도 하지 않았다. 그는 계속 라페를라의, 점점 더 퇴색하고 곰팡이가 끼고 정원과 축구장이 떨어져 나가고(빚을 갚으려고 팔아버린 바람에), 방치되어 먼지와 거미가 기어든, 귀신이 나올 듯한 저택에서 살았다. 그리고 라페를라와 베야비스타의 경계에 있는 공터에서 그 지역의 집 없는 부랑자들이 벌이는 너절한 경기의 심판을 보며 나날을 보냈다. 이 귀족의 아들이 자신을 유명한 심판이자 간경변증의 제물로 만들어준 사람, 다시 말해 사리타 우안카 살라베리아를 만났던 것도, 바로 시끄러운 개구쟁이 녀석들이 길거리 한복판에다 두 개의 돌로 골문을 만들고, 가로등을 경계선으로 삼아 벌인 그렇고 그런 축구 경기에서 호아킨(밀림 한가운데에서 만찬을 들기 위해 정장으로 차려입은 우아한 중재자)이 마치 선수권대회 결승전이라도 되는 것처럼 심판을 보고 있을 때였다.

그는 이런저런 길거리 시합에서 그녀의 경기 장면을 서너 차례 본 적이 있었고, 그녀에게 상대편 선수를 걷어찼다는 이유로 반복해서 벌칙을 주기도 했다. 아이들은 그녀를 비라고*라고 불

렀으나, 호아킨은 청바지에 누더기 스웨터를 걸치고 낡은 실내
용 슬리퍼를 신은 이 창백한 안색의 주인공이 여자임을 조금도
의심치 않았고, 이 점이 관능적이라고 여겼다. 그런데 어느 날
그가 파울 플레이인 것이 분명한 행동(그녀는 공과 골키퍼를 동
시에 걷어참으로써 득점을 올렸다)에 대해 벌칙을 주자 그녀가
그의 엄마 어쩌고 하는 쌍욕을 퍼부으면서 대들었다.

"너 뭐라고 했지?" 귀족의 아들이 불끈해서 ― 바로 그 순간
자기 어머니는 틀림없이 알약을 삼키고 진정제를 마시고 고통스
런 주사를 맞고 있으리라는 생각을 하면서? ― 되받았다. "남자
라면 어디 다시 한번 지껄여봐."

"남자는 아니지만 다시 얘기해주지." 비라고가 응수했다. 그
러더니 (자기 입으로 뱉은 말을 도로 삼키기보다는 기꺼이 불에
타 죽을 수 있는 스파르타 여인의 명예심으로) 상스러운 수식어
들을 줄줄이 끌어다 대며 험한 욕설을 되풀이했다.

호아킨은 그녀에게 한 방 날렸지만 주먹은 허공을 갈랐다. 그
리고 다음 순간에는 자기가 비라고에게서 카운터 펀치를 맞고
땅바닥에 널브러졌다는 것을 알았는데, 뒤이어 그녀는 그의 배
에 올라타더니 주먹이며 발, 무릎, 팔꿈치 할 것 없이 모두 동원

---

* 여장부라는 뜻.

하여 그를 사정없이 두들겨 패는 것이었다. 하지만 그는 바닥에 누워(열정적인 포옹과 닮은꼴이 되어버린, 레슬링 경기장에서의 격렬한 투기를 벌이며) 적수가 틀림없이 여자라는 사실을—정신이 멍해진 채 성욕을 느끼고 아랫도리에 팽배감을 맛보면서—분명히 알아차렸다.

그 레슬링 경기로 인한 예기치 못했던 성욕에 이어 그가 느꼈던 감정은 너무도 강렬한 것이어서, 그의 인생을 뒤바꿔놓았다. 싸움을 끝낸 뒤 그녀와 화해하고 나서 호아킨은 그녀의 이름이 사리타 우안카 살라베리아라는 사실을 알게 되었고, 즉석에서 함께 타잔 영화를 보러 가자고 제의했다. 그리고 일주일이 지난 뒤에는 그녀에게 프러포즈를 했다. 그러나 아내가 되어주겠다 는커녕 키스조차 허락하지 않는 사리타의 쌀쌀맞은 태도에 그는 술로 위안을 얻기 위해 싸구려 술집을 돌아다녔고, 얼마 뒤에는 고민거리를 위스키로 푸는 낭만주의자에서 술에 대한 타오르는 갈증을 석유로라도 풀려고 하는 가망없는 알코올중독자로 변했다.

호아킨에게 사리타 우안카 살라베리아에 대한 열정을 일깨워준 것은 과연 무엇이었을까? 그녀는 물 찬 제비처럼 미끈하게 빠진 몸매에 햇빛과 바람에 그을린 얼굴, 거기에다 연인 역의 발레리나처럼 단발머리를 한 처녀로 축구선수로서의 기량도 과히 나쁘지 않았다. 하지만 그녀의 옷매무새라든가 행동, 또는 그녀가 사귀는 친구들은 대체로 여자로서는 너무 별나 보였다. 그런데 사리타가 귀족 청년에게 그렇게까지 매력적으로 보였던 것은 정확히 무엇 때문이었을까? 결점과 구분이 안 될 정도로 독특하게 보이고자 하는 성향과 이상한 행동을 하려고 드는 광적인 습성 때문이었을까? 호아킨이 라페를라의 허물어져가는 저택으로 그녀를 처음 데려갔을 때, 그의 부모는 그 두 사람이 자리를 뜨자 구역질이 날 것 같은 얼굴로 서로를 쳐다보았다. 그리고 왕년의 백만장자가 참담한 심경을 한마디로 요약했다.

"우리는 저능아에다 성도착자인 자식을 본 거라고."

사리타 우안카 살라베리아는 호아킨이 알코올중독자가 된 데 책임이 있었지만, 한편으로는 그가 누더기를 뭉쳐 만든 공으로 시합을 벌이는 너절한 경기의 심판에서, 국립 경기장에서 열리는 선수권대회의 심판으로 뛰어오르게 한 도약대 역할도 해주었다.

비라고는 그 귀족의 열정적인 구애를 거절하는 정도로만 만족했던 것이 아니라 그를 고통스럽게 하는 데서 굉장한 즐거움을 느꼈다. 그녀는 영화나 축구 또는 투우를 보러 가자거나 레스토랑에서 만나자는 그의 청을 언제든 받아주었고 값비싼 선물들(사랑에 눈먼 구혼자가 찌꺼기만 남은 마지막 가산을 탕진하여 마련한?)로 공세를 펴는 것도 허락했지만, 호아킨이 자기에게 사랑한다는 말을 하도록 놔두지는 않았다. 그래서 사리타 우안카 살라베리아는 호아킨이 그녀에게 진정으로 사랑한다는 말을 (꽃 한 송이에 찬사를 보내는 데 홍당무가 되고 숨이 콱콱 막히는 애송이의 소심함으로) 꺼내려고만 하면 발끈 화를 내고 일어나 바호엘푸엔테 사람들 뺨치는 상스러운 말로 그를 모욕하고는 집으로 데려다달라고 요구하는 것이었다.

호아킨이 싸구려 술집을 전전하면서 빨리 확 가버리게 폭탄주로 마시기 시작했던 것도 바로 그 무렵이었다. 그의 부모는 올빼미가 잠자리에 들 시간에 그가 토한 자국을 뒤로 남기고 비틀거리며 라페를라 저택의 방들을 지나 자기 방으로 들어가는 광경을 보는 게 다반사였다. 하지만 그가 술에 절어 녹아버릴 것처럼 보일 쯤이면 사리타로부터 걸려온 전화벨 소리가 그에게 다시 생기를 돋워주었고, 그러면 호아킨은 또다시 희망을 품고 지옥 같은 순환 과정을 처음부터 다시 시작하는 것이었다. 경련을 일으킨 남편과 우울증을 보인 아내는 울화병으로 쇠진해져 거의 동시에 죽어, 프레스비테로 마에스트로 묘지의 커다란 무덤에 묻혔다. 라페를라의 황폐한 저택과 주변에 남아 있던 약간의 부동산, 그리고 채 얼마 되지 않는 그 밖의 재산은 모두 채권자들에게 양도되거나 국가에 몰수당했다. 호아킨 이노스트로사 벨몬트는 살기 위해서 일을 해야 했다.

그가 어떤 유형의 인간인지를 감안해본다면(그의 과거를 돌이켜보건대 그는 틀림없이 폐병으로 죽거나 거리에서 구걸하는 것으로 삶을 마감할 사람이었다) 그는 자신의 삶을 예상 외로 잘 꾸려나간 셈이었다. 그가 어떤 직업을 선택했기에? 축구 심판이었다! 배고픔과 도도한 사리타를 해치우고야 말겠다는 욕구로 자극을 받아, 그는 축구 경기의 심판을 봐달라고 부탁하는 개구쟁이들에게 몇 닢의 동전을 요구하기 시작했고, 그들이 둘 더하기 둘은 넷, 넷 더하기 둘은 여섯 하는 식으로 저희끼리 분담해서 그럭저럭 심판료를 지불하게 되자, 차츰차츰 수고비를 올리는 동시에 그 돈이 어디로 가는지를 지켜보기 시작했다. 그러다 축구계에 그의 기술이 널리 알려지자 혼자 힘으로 각종 주니어 대회의 심판 계약을 따내더니, 어느 날에는 대담하게도 축구심판협회를 찾아가 회원 가입을 신청했다. 그러고는 지켜보는 사람들이 현기증을 일으킬 정도로 눈부신 성적으로 시험을 통과한 다음부터 그들을 자기의 동료라고 (자만스럽게?) 입에 올릴 수가 있었다.

호아킨 이노스트로사 벨몬트 — 흰색 세로줄 무늬가 있는 검은 제복에 이마를 가리는 조그만 녹색 차양모를 쓰고 입에는 은도금 호루라기를 문 — 가 호세 디아스 국립 경기장에 등장한 일은 페루 축구 역사에 있어 기념일을 하루 더하는 사건으로, 어떤 베테랑 스포츠 기자는 이런 기사까지 썼다.

'그와 더불어 우리의 경기장으로 굽힐 줄 모르는 정의와 예술적인 영감이 들어왔다.'

그의 공정하고도 불편부당한 태도, 파울을 잡아내는 신속하고도 실수 없는 안목, 상황에 딱 맞는 벌칙을 가하는 완벽한 판단력, 권위 있는 태도(선수들은 그와 말을 할 때면 항상 눈을 내리깔았고 그의 이름 뒤에 경칭을 붙였다), 그리고 경기가 진행되는 구십 분 동안 공에서 십 미터 이상은 절대 떨어지지 않는 거리에서 뛸 수 있는 체력은 그를 곧 인기인으로 만들었다. 누군가의 말마따나 그는 선수들의 항의나 관중의 야유를 받지 않은 유일한 심판이자 시합이 끝난 뒤에는 관중석으로부터 열렬한 갈채를 받은 유일한 사람이었다.

이러한 재능과 노력이 과연 특별한 직업적 양심에만 기인한 것이었을까? 분명히, 그것은 부분적인 이유였다. 그 이면에 숨은 정말로 중요한 이유는 호아킨 이노스트로사 벨몬트가(유럽에서 찬란한 승리를 거두고 있음에도 진실로 바라는 것이 안데스 산맥에 있는 작은 고향 마을에서의 갈채였기 때문에 비통하기 그지없는 나날을 보내는 젊은이의 비밀처럼) 비라고에게 심판으로서 자신이 지닌 경이로운 능력에 대한 깊은 인상을 심어주고 싶어했다는 것이었다. 그들은 여전히 거의 매일같이 만났으며 외설스러운 대중 잡지의 가십은 그들을 애인 사이로 다뤘다. 그러나 실제로는, 그 여러 해 동안 고집스러운 흠모의 정이 전혀 줄지 않고 지속되었음에도, 그 심판은 사리타의 저항을 극복하지 못했다.

그러던 어느 날 사리타 우안카 살라베리아는 엘카야오의 어느 싸구려 술집 바닥에서 그를 일으켜 세워 그가 살고 있던 시내 중심가의 하숙집으로 데리고 왔다. 그리고 덕지덕지 묻은 침과 먼지를 닦아내준 뒤 그에게 자기가 살아온 생의 비밀을 털어놓았다. 그리하여 호아킨 이노스트로사 벨몬트는 사리타가 이른 나이에 저주받은 사랑을 한 탓으로 배우자에게서 버림받았다는 사실을(흡혈귀에게 피를 빨린 사람처럼 핼쑥해진 채) 알게 되었다.

실제로, 사리타와 그녀의 오빠(리카르도?) 사이에서는 그녀가 임신하는 데까지 이른(인간성에 쏟아져 버린 불길, 독성 비) 비극적인 연애가 벌어졌었다. 그녀는 근친상간으로 태어난 아이의 이름을 더럽히지 않으려고 현명하게도 예전부터 경멸해왔던 구혼자(레드 안투네스? 루이스 마로킨?)와의 결혼생활에 들어갔다. 그러나 행복한 젊은 남편(꼬리를 단지 속에 찔러넣어 양념을 망쳐버리는 악마)은 그녀의 계략을 제때에 알아차리고 다른 남자의 아이를 그의 아이로 속이려 들었던 불충한 아내와 이혼했다. 낙태를 할 수밖에 없었던 그녀는 고귀한 혈통의 가문과 우아한 주거 지역과 알 만한 사람들은 다 아는 이름을 포기하고 떠돌이가 되어, 베야비스타와 라페를라의 공터에서 비라고라는 인격과 별명을 얻었다. 그리고 그후로 다시는 남자에게 빠지지 않을 것이며 남은 생을 남자로서(그러나 슬프게도 정자의 생산을 제외하고?) 실용적인 목적만을 위해 살겠다고 맹세했다.

호아킨 이노스트로사 벨몬트는 사리타 우안카 살라베리아가 저지른 신성모독으로 양념을 친 비극, 금기 위반, 세속적인 도덕감과 종교적인 계율의 유린을 알게 되었지만, 그것 역시도 그의 열정적인 사랑을 소멸시키지는 못했다. 아니, 그와는 반대로 그의 사랑은 더욱더 강렬해질 뿐이었다. 그래서 라페를라 출신의 그 사내는 비라고의 상처를 달래주고 그녀를 사회와, 그리고 남자들과도 화해시키겠다는 생각까지 품었다. 그는 그녀를 다시 한번 그지없이 여자다운 젊은 여자, 매력적이고 시시덕거리고 톡 쏘는 맛이 있는 말괄량이—라 페리촐리처럼?—로 만들고 싶었다.

이름이 널리 퍼져나감에 따라 호아킨은 리마와 외국에서 열리는 국제 경기의 심판을 봐달라는 요청을 받기도 했고, 멕시코, 브라질, 콜롬비아, 베네수엘라 등지에서 스카우트 제의도 받았지만 (페루의 의과대학 실험실에서 기니피그를 가지고 결핵 실험을 계속하기 위해 미제 컴퓨터를 거절하는 과학자의 애국심으로) 언제나 사양했다. 그리고 동시에, 근친상간을 저질렀던 사리타의 마음을 사로잡는 데 전보다도 더 큰 열성을 바쳤다.

때때로 그에게는 사리타 우안카 살라베리아가 굴복하리라는 어떤 조짐들(언덕 위로 피어오르는 아파치족의 연기 신호, 아프리카 우림 지역에서 들리는 북소리)이 언뜻언뜻 보이는 것 같기도 했다. 어느 날 오후, 아르마스 광장에 있는 아이티에서 작은 롤빵을 곁들여 커피를 마신 뒤 그는 용케도 일 분 남짓(심판의 머릿속에 든 정밀 시계로 시간을 쟀으니까 정확했다) 그녀의 오른손을 감싸쥘 수 있었다. 그 일이 있은 뒤 곧 페루 선수권대회에서 우승했던 팀이 별로 이름도 없는 나라(아르헨티나 아니면 그 비슷한 나라?)에서 온 암살단과 대결한 국제 경기가 있었는데, 원정 온 선수들은 상대편을 부상 입힐 무기나 다름없는 쐐기를 박은 축구화에다 무릎보호대와 팔꿈치 패치를 차고 경기장에 나타났다. 그러나 호아킨 이노스트로사 벨몬트는 자기네 나라에서는 그런 식으로 축구를 했다는(고문과 범죄로 경기를 마무리하려고?) 그들의 주장(사실 그들은 진실을 말하고 있었다)에도 아랑곳하지 않고, 그들에게 축구장을 떠나라고 명령했다. 그 결과 페루 팀은 상대편 팀의 결장으로 인한 테크니컬승을 거두었고 심판은 당연히 관중들의 무등을 타고 의기양양하게 경기장 밖으로 나갔다. 그리고 바로 그날, 사리타 우안카 살라베리아는 둘만 남게 되자 그의 목에 팔을 감더니(애국적인 열정의 폭발? 장난기 섞인 감상?) 키스를 해주는 것이었다. 또 언젠가 그가 병이 났을 때는(그의 간경화증은 자기도 모르는 사이에 경기장의 우상인 사람의 간을 돌로 바꾸는 동시에 그로 하여금 주기적인 위기를 겪게 하기 시작했다) 카리온 병원에 입원해 있던 일주일 내내 단 한 번도 그의 곁을 떠나지 않고 그를 간호했는데, 어느 날 밤 호아킨은 그녀가 눈물을 흘리는(그를 위해서였을까?) 것까지 보았다.

이 모든 일이 그에게 용기를 심어주었고 그는 매일같이 새로운 구실을 생각해내 그녀에게 결혼해달라고 졸랐다. 하지만 그래도 아무 소용이 없었다. 물론 사리타 우안카 살라베리아는 그가 해석하는(스포츠 기자들은 이제 그의 경기 진행을 교향곡 지휘에 비유하고 있었다) 모든 시합을 참관했고 그가 외국에 나갈 때면 함께 동행했으며, 호아킨이 피아니스트인 여동생과 함께 노부모를 모시고 사는, 식민지 하숙으로 이사를 오기까지 했지만, 그러면서도 이 다정한 남자친구가 동정을 버리고 즐거운 성행위를 하도록 허락하지는 않았다. 그리하여 이런 불확실성(갈가리 흩어질 수많은 꽃잎을 가진 데이지와도 같은)은 조금씩 호아킨 이노스트로사 벨몬트의 주량을 늘렸고, 결국 그는 제정신일 때보다 취할 때가 더 많은 지경에까지 이르렀다.

술은 전문 직업인으로서의 그의 삶에 아킬레스건이자 목에 걸린 맷돌이었으며, 아는 사람들의 말에 따르자면, 그가 심판으로서 유럽에 초청받지 못하게 만든 걸림돌이었다. 그러나 한편으로는, 그처럼 많은 술을 퍼마신 사람이 힘든 육체적 노력을 짜내야 하는 직업의 요건을 무슨 수로 충족시킬 수 있었는지, 그것을 어떻게 설명해야 할까? 사실 (역사라는 도로를 포장하는 수수께끼처럼) 그는 두 가지 일을 동시에 추구했으며 서른 살 때부터 그 일들은 서로 겹쳤다. 그래서 호아킨 이노스트로사 벨몬트는 술을 잔뜩 퍼마신 채 심판을 보기 시작했고, 나중에는 술집에서 마음속으로 계속 심판을 보는 것이었다.

그러나 알코올이 그의 재능을 무디게 하지는 못했다. 즉 술은 그의 시야를 흐리게 하지도, 권위를 약화시키지도, 또 경력을 깎아내리지도 않았다. 물론 그가 자주 시합 도중에 딸꾹질을 참지 못했다는 것은 분명한 사실이었고, 또 언젠가는 지독한 갈증을 이기지 못하고 선수를 치료하러 급히 필드로 들어온 의료진의 손에서 바르는 약이 든 병을 잡아채 냉수 마시듯 벌컥벌컥 들이켰다고 떠벌린(등 뒤에서 공기를 더럽히고 진정한 장점을 씹는 중상모략) 사람들도 있기는 했다. 하지만 그런 일화들 — 재미있는 기담의 모음, 천재를 감싸고 있는 신비—도 결코 명성과 영예를 향한 그의 의기양양한 행진을 막지는 못했다.

그렇게 해서, 경기장에 모인 관중들의 우레와 같은 박수갈채를 받고, 그가 젊은이였던 시절 어느 열에 들뜬 밤에 충동을 못 이겨 라빅토리아 출신의 미성년자(사리타 우안카 살라베리아?)를 강간했다는 죄책감으로, 참된 믿음을 지닌 전도사(여호와의 증인?)의 심경이 되어 양심의 가책(생살을 헤집는 심문자의 집게, 뼈를 부수는 고문)을 애써 달래려 했던 고달픈 음주 행각을 벌이는 가운데, 호아킨 이노스트로사 벨몬트는 인생의 절정기인 오십대에 들어섰다. 그는 훤한 이마와 매부리코에 꿰뚫어보는 듯한 눈길을 지닌 그지없이 정직하고 선량한 사내였으며, 그가 종사하는 직업의 최고봉에 이르러 있었다.

리마가 반세기 축구 역사상 가장 중요한 경기, 즉 준결승에서 각각 상대 팀을 압도적으로 이긴 볼리비아 팀과 페루 팀 간의 라틴아메리카 선수권대회 결승전을 치르는 장소가 된 것은 바로 그 무렵이었다. 경기가 경기이니만큼 진행은 중립국 심판에게 맡기는 것이 관례였지만, 두 팀 선수들과 특히 외국인들이 알티플라노* 사람들의 기사도와 안데스 사람들의 고결한 기품과 아

---

* 볼리비아에 있는 고원.

이마라 사람*들의 지고한 영광으로, 그 경기의 심판은 호아킨 이노스트로사 마로킨에게 맡겨야 한다고 주장했다. 그리고 만일 요구가 받아들여지지 않을 경우 선수는 물론 후보와 코치까지도 경기 거부를 하겠다는 것이었다. 결국 협회 측은 동의할 수밖에 없었고 여호와의 증인에게 모든 사람이 기억할 만한 경기라고 예측했던 그 시합을 진행시킬 임무를 부여했다.

그 일요일, 리마의 하늘을 완강하게 가리고 있던 회색 구름이 높이 떠오르자 따스한 햇살이 경기장 위로 쏟아져 내렸다. 수많은 사람들이 표를 살 수 있을까 하는 기대를 품고(누구나 입장권이 한 달 전에 벌써 다 매진되었다는 사실을 알고 있었을지라도) 야외에서 장사진을 친 채 밤을 새웠다. 동틀 무렵부터 국립 경기장 주위에는 벌 떼처럼 몰려든 사람들이 암표상을 찾아 북적거렸고, 안으로 들어가기 위해서는 무슨 범죄라도 저지를 준비가 되어 있었다. 경기가 시작되기 두 시간 전에 이미 경기장은 빽빽이 들어차 파리 한 마리 들어갈 여지조차 없었다. 비행기나 차를 타고서, 또는 도보로 남쪽 대국(볼리비아?)의 조용한 산악지대에서 리마로 온 수백 명의 시민이 동쪽 관람석에 무리를 지어 앉았다. 관중들이 구장에서 양팀 선수들이 나타나기를 기다

---

* 볼리비아와 페루에 사는 아메리칸인디언.

리는 동안 열기가 식지 않도록, 외국 손님과 내국인의 격렬한 박수와 응원 소리가 경기장의 흥분을 고조시켰다.

그처럼 엄청나게 운집한 사람들에 대비하여 당국은 제반 예방 조치를 취했다. 그리고 가장 유명한 경찰, 그러니까 몇 달 사이에 엘카야오에서 범법자와 범죄자를 마지막 하나까지 다 쓸어냈던(영웅심과 자기 희생으로 대담하고 품위 있게) 바로 그 경찰이 관중석과 경기장에서의 안전과 시민적 행동을 확보하기 위해 리마로 파견되었다. 경찰서장이자 범죄인에게는 공포의 대상인 유명한 리투마 경위는 활기차게 경기장 구석구석을 돌아다니며 순찰조가 정위치에 있는지를 확인하고, 용감한 부관인 하이메 콘차 경사에게 위엄 있는 명령을 하달하면서 출입구와 인접한 거리를 순시했다.

경기 시작 호루라기가 울렸을 때 서쪽 관람석에 자리한 열광하는 관중들 가운데는, 호아킨이 심판으로 출장한 경기를 한 게임도 놓치지 않았던(자기를 강간했던 남자와의 사랑에 곤두박질한 희생자의 마조히즘으로) 사리타 우앙카 살라베리아 외에도, 신약 홍보원이었던 루이스 마로킨 벨몬트(그는 교도위원회의 특별 허가를 받아 경기장의 북쪽 관중석에 앉아 있었다지 아마?)의 손에 의해 입은 자상(刺傷)의 결과로 누워 있던 병상에서 최근에야 일어난, 찌그러지고 멍이 들고 숨조차 쉬기 어려운 존경할 만한 세바스티안 베르과와 그의 부인 마르가리타, 그리고 쥐 떼에게 물어뜯긴 상처에서 — 오오 저주스러운 아마존의 여명이여! — 이제는 완전히 회복된 그의 딸 로사도 끼어 있었다.

호아킨 이노스트로사(테요? 델핀?) — 언제나처럼 박수갈채에 보답하기 위해 경기장을 한 바퀴 돌아야 했던 — 가 정신을 바짝 차리고 경기 시작 호루라기를 불었을 때 불상사가 임박했다는 전조라고는 없었다. 그와는 반대로 시합은 열광적이고도 점잖은 분위기, 즉 선수들의 패스와 네트를 향한 공격수들의 슛과 골키퍼의 선방에 찬사를 보내는 팬들의 갈채 속에서 진행되었다. 예측대로, 두 팀은 경기 초반부터 막상막하로 정당하고도 열띤 경기를 펼쳤다. 호아킨 이노스트로사 (아브릴?)은 어느 때보다도 더 창의적이 되어, 선수들의 진로를 방해하는 법 없이 항상 가장 좋은 각도에 위치하면서 마치 롤러스케이트를 타듯이 잔디를 누볐고, 엄격하지만 공정한 판정으로 경기가 과격하게 변질(시합을 대소동으로 바꾸는 전투 열기로 인해)되는 것을 미연에 방지했다. 그러나 성자 같은 여호와의 증인조차도(인간이 지닌 능력의 한계 탓으로) 운명(수도승의 냉정함, 영국인의 냉담함)이 획책한 장난을 비껴갈 수 없었다.

역행할 수 없는 내연기관이 작동하기 시작했던 것은, 스코어가 1대 1 동점인 상황에서 관중들의 목이 다 잠기고 손바닥에 불이 날 지경이었던 후반전에 접어들어서였다. 그때 리투마 경위와 콘차 경사는 순진하게도 모든 일이 순탄하게 되어가고 있다는, 즉 오후의 경기를 망치는 단 한 건의 사고—절도, 싸움, 미아—도 발생하지 않았다는 말을 주거니 받거니 하고 있었다.

그러나 정확히 오후 네시 십삼분, 오만 관중은 자기들의 눈앞에서 전혀 예기치 못했던 상황이 벌어지는 광경을 목격했다. 남쪽 관중석의 가장 혼잡한 부분에서 갑자기 허깨비—엄청나게 큰 이빨이 하나만 있는 길쭉한 검둥이—가 나타나더니, 잽싸게 펜스를 넘어 괴성을 지르면서 경기장으로 달려나온 것이었다. 스탠드에 있던 사람들은 발가벗은 거나 다름없는 그 남자의 모습—그가 걸친 것이라고는 불알을 가린 천조각뿐이었다—보다는, 그의 몸뚱이가 머리부터 발끝까지 상처 자국으로 뒤덮인 것을 보고 더욱더 경악을 금치 못했다. 한꺼번에 내지른 숨 넘어가는 소리가 관중석을 뒤흔들었다. 모든 사람이 문신을 새긴 그 남자가 심판을 죽이려고 한다는 사실을 알아차린 때문이었다. 그것은 의심할 여지가 없었다. 그 거한은 괴성을 지르면서, 예술에 완전히 몰두하여 그를 보지 못한 채 경기를 진행시키고 있던 축구계의 우상(구메르신도 이노스트로사 델핀?)에게로 곧장 달려가고 있었다.

느닷없이 나타난 이 암살범은 누구였을까? 엘카야오에 몰래 숨어들었다가 야간 순찰대에 붙잡힌 밀항자? 그러니까 당국이 서로 속 편하게 쏘아 죽이기로 결정했지만 경사(콘차?)가 어두운 밤에 목숨을 살려주었던 바로 그 작자? 리투마 경위나 콘차 경사는 그것을 확인할 시간적 여유가 없었다. 만일 즉각 행동을 개시하지 않는다면, 국가의 명예인 사람이 그의 목숨을 노리는 자에게 희생당할 것이라는 사실을 깨닫고 경위는 경사에게— 그 두 상관과 부하에게는 서로 눈을 깜빡거림으로써 의사를 전달하는 방법이 있었다— 행동에 돌입하라고 명령했다. 하이메 콘차는 일어서지도 않고 권총을 뽑아 열두 발을 발사했고, 그 하나하나의 총탄은 나체주의자 몸뚱이 여기저기에 날아가 박혔다 (오십 미터 정도의 거리에서). 그렇게 해서 경사는 결국 그에게 떨어졌던 명령을 수행하게 되었으니(옛 속담대로 하자면, 안 하는 것보다는 늦게라도 하는 게 더 나으니까), 그 이유는 바로 그 자가 엘카야오의 밀항자였기 때문이다!

하마터면 그들의 우상을 죽였을지도 모르는, 바로 전까지만 해도 증오의 대상이었던 사람이 총탄 세례를 받고 벌집이 되자, 그 처참한 모습은 관중들(바람난 여자의 변덕, 변하기 쉬운 여성의 요사함)로 하여금 즉시 희생자의 편이 되어 그를 순교자로 뒤바꾸고 경찰과 맞서도록 하기에 충분했다. 관중들이 열두 개의 총알 구멍으로 피를 흘리며 구장 위에서 죽어가는 불쌍한 사내를 보고 항의의 목소리를 높여가는 동안, 관중석에서는 하늘 높이 나는 새들의 귀까지도 멀게 할 집단적인 야유와 휘파람 소리가 함께 터져나왔다. 권총 발사음이 들리자 선수들은 놀라서 우왕좌왕했지만, 위대한 이노스트로사(테예스 운사테기?)는 본분에 충실하게도 경기가 중단되는 것을 허용치 않았고, 관중석의 휘파람 소리에도 아랑곳없이 민첩하게 침입자의 시체를 옆으로 비끼면서 심판의 역할을 훌륭하게 수행해냈다. 그러자 조롱과 야유와 욕설이 더해졌고, 갖가지 색의 방석이 허공을 떠다니는가 싶더니 곧이어 리투마 경위의 경찰 분견대 위로 폭우처럼 쏟아져 내리는 것이었다.

리투마 경위는 허리케인이 곧 몰아칠 것 같은 낌새를 채고 재빨리 조치를 취하기로 했다. 그래서 어떤 대가를 치르더라도 끔찍한 유혈 사태는 막아야겠다는 생각으로 부하들에게 최루탄을 발사할 준비를 갖추도록 지시했다. 그리고 잠시 후 경기장에 둘러놓은 차단벽 곳곳이 터지면서 이곳저곳에서 관중들이 피맛을 보려는 성난 투우처럼 경기장 안으로 난입하자, 그는 부하들에게 투우장 가장자리에다 몇 개의 최루탄을 던지라고 명령했다. 그의 생각으로는 성난 항의자들이 눈물을 좀 흘리고 기침을 몇 번 하고 나면 제풀에 가라앉을 것이며, 바람이 최루가스를 실어가자마자 아초 광장에 다시금 평화가 찾아올 것 같아서였다. 그는 또 네 명의 경찰에게 성난 관중들의 주된 표적이 되어버린 하이메 콘차 경사를 둘러싸라고도 지시했다. 관중들이 경사에게 린치를 가하다 황소와 맞닥뜨리는 한이 있더라도 그렇게 하려고 벼르고 있는 게 분명했기 때문이다.

그러나 리투마 경위는 한 가지 중요한 사실을 잊고 있었다. 즉 그는 투우 경기장 바깥에서 밀치락거리며 억지로라도 들어오겠다고 을러대고 있던 표 없는 구경꾼들을 차단하기 위해, 관중석으로 통하는 출입문과 쇠창살을 모두 내리라고 명령해두었던 것이다. 경찰들이 그의 명령에 따라 즉각 최루탄을 발사한 뒤 몇 초도 안 되어 유독가스가 관중석 여기저기로 퍼지자 관중들의 반응이 즉각 나타났다. 그들은 손수건으로 입을 틀어막고 눈물을 흘리면서, 겁에 질려 튀어 일어나 밀치고 떠밀며 출구 쪽으로 뛰었다. 그러나 다음 순간 사람들의 물결은 철제 대문과 쇠창살로 출구가 막힌 것을 알아차렸다. 그런데 막혔다? 눈 깜짝할 새에 행렬의 선두에 있던 사람들은 뒤에서 밀려드는 사람들의 압력으로 찌그러지고, 넘어지고, 사지가 찢겼다. 그래서 그 일요일 오후 네시 반에 우연히 토로스 광장 옆을 어슬렁거리고 있던 엘리막의 주민들은 몹시 이상하고도 소름 끼치는 광경을 목격했다. 갑자기 무섭게 우두둑거리는 소리가 나며 시뻘건 피가 튀는 가운데, 아초 광장의 문들이 박살나면서 토막난 시체들이 토해져 나왔다. 그리고 (엎친 데 덮친 격으로), 공포에 질린 군중들이 피에 젖은 파열구를 통해 도망치기 위해 갈가리 찢긴 시체들을 무참히 짓밟고 지나갔다.

바호엘푸엔테 대참사의 첫 희생자 가운데는 페루에 '여호와의 증인'을 전파한 사람들도 끼어 있었다. 모케과 출신 남자인 세바스티안 베르과와 그의 부인 마르가리타, 그리고 유명한 플루트 연주자인 그의 딸 로사였다. 그 종교인 집안은 마땅히 그들을 구원했어야 할 신중한 태도로 인해 목숨을 잃었다. 식인종들이 방벽을 기어올라 경기장으로 몰려나왔다가 황소에 받혀 찢겨 죽을 찰나, 세바스티안 베르과는 이마를 찌푸린 채 손가락을 까딱해서 그의 가족에게 '퇴각' 명령을 내렸다. 하지만 물론 그 결정은 복음 전파자의 사전에는 없는 단어인 두려움 때문이 아니라 건전한 양식, 즉 자기나 그의 가족이 어떤 경우라도 추문에 연루된 것처럼 보임으로써, 적들에게 그의 돈독한 신앙을 진흙탕 속에다 처박게 할 구실을 주어서는 절대로 안 된다는 생각에 의해 내려진 것이었다. 그래서 최루탄이 터졌을 때 베르과 가족은 서둘러 양지바른 곳에 잡아두었던 자리를 버리고 출구 쪽을 향해 관중석 계단을 내려왔다.

그들 세 사람이 안도감을 느끼며 6번 쇠창살 문 앞에서 문이 올라가기를 기다리고 서 있을 때, 눈물을 흘리는 관중들이 엄청난 소란을 일으키며 뒤에서 덮치는 광경이 눈에 들어왔다. 그들은 겁에 질린 군중들에 의해 쇠창살 문에 짓이겨져 말 그대로 산산조각(퓌레로 변한 인간 수프?)이 나기 전까지, 결코 저지른 적이 없었던 죄를 회개할 시간조차 없었다. 그러나 세바스티안—그때까지도 철저한 이단이었던—은 그가 부정했던 다른 생명이 존재하는 세계로 넘어가기 직전에 용케도 외칠 수가 있었다.

"그리스도는 십자가가 아니라 나무 위에서 죽었다!"

세바스티안 베르과를 칼로 찌르고 마르가리타와 실력 있는 음악가를 강간했던 정신이상자의 죽음은 그래도 덜 부당했다 (이 표현이 적절할까 모르겠네?). 왜냐하면 비극이 시작되었을 때 젊은 마로킨 델핀은 기회를 노려보려고 했기 때문이다. 혼란을 틈타서 그는 교도위원회 측이 그가 역사적인 투우 경기를 관전할 수 있도록 허락하면서 딸려 보낸 간수를 따돌리고, 리마로부터, 페루로부터 달아날 수 있을 것이고, 외국에 발을 들여놓기만 하면 다른 이름으로 범죄와 광기에 찬 새로운 삶을 다시 시작할 수 있을 것이었다. 하지만 그 환상은 (루초? 에세키엘?) 마로킨 델핀과 그의 손을 잡고 있던 간수 춤피타스가 5번 출입문에서 첫번째 줄에 있는 투우 애호가 중 하나가 되었다는 미심쩍은 영광을 누린 뒤, 사람들에 깔려 압사당하자 티끌로 변해버렸다

(그 경찰과 신약 홍보원은 시체가 되어서도 깍지를 끼고 있는 바람에 사람들로 하여금 혀를 내두르게 했다).

사리타 우안카 살라베리아의 죽음에는 적어도 그렇게까지 엉망은 아닌 우아함이 있었다. 그것은 엄청난 오해, 즉 경찰 측이 그녀의 행동과 의도를 잘못 생각한 데서 생긴 결과였다. 사건이 터졌을 때, 팅고마리아 출신의 그 처녀는 뿔에 받혀 죽은 식인종과 최루탄 연기를 보고 뼈가 부서지는 군중들의 비명 소리를 듣자, 사랑하는 남자 곁에 있기로 마음먹었다(죽음의 공포를 떨쳐 버리는 사랑의 열정). 그래서 군중들과는 반대로 투우장으로 내려와 밟혀 죽는 것은 면했지만, 그래도 목숨을 구하지는 못했다. 최루가스가 구름처럼 퍼지는 중에도 리투마 경위의 독수리 같은 눈이 방벽을 뛰어넘어 투우사(무슨 일이 벌어지건 개의치 않고, 계속해서 투우가 돌진하도록 흥분시키고 무릎을 꿇고서 최면을 걸고 있던)에게로 돌진하는 미확인 인물을 포착했기 때문이다. 목숨이 붙어 있는 한 자기의 임무는 어떤 공격으로부터도 투우사를 보호하는 것이라고 확신한 리투마 경위는 리볼버 권총을 뽑아 들고 급히 연속 세 발을 쏘아 사랑에 눈이 먼 그 여자의 이력과 목숨을 절단냈다. 사리타는 구메르신도 벨몬트의 발 아래, 바로 그 자리에 쓰러져 죽었다.

라페를라 출신의 남자는 그 비극적인 오후의 모든 희생자 가운데 자연사—요즘처럼 단조로운 시대에는 들어본 적이 없지만, 한 남자가 그의 발치에 쓰러져 죽은 연인을 보고 심장마비로 죽어가는 현상을 자연스러운 것이라고 서술할 수 있다면—로 죽은 유일한 사람이었다. 그는 사리타 옆에 나란히 쓰러졌다. 두 사람은 마지막 숨을 내쉬며 가까스로 포옹을 했고 그렇게 해서 서로의 품에 안겨 불운한 연인들(로미오와 줄리엣 같은?)의 어두운 밤 속으로 들어갔다……

그런 다음에는, 흠잡을 데 없는 근무 기록을 가진 치안 관리가 자신의 경험과 지혜에도 불구하고 안녕과 질서가 깨졌을 뿐 아니라, 아초 광장과 그 주변이 매장되지 않은 시체들의 묘지로 변했다는 사실을 비참한 심경으로 헤아리면서, 마지막 남은 총알로 자신의 머리를 박살내어 (배와 함께 해저로 가라앉는 늙은 해적처럼) 생을 (남자답지만 훌륭하지는 못하게) 마감했다.

자기네의 우두머리가 목숨을 끊는 광경을 본 순간 경찰들의 사기는 땅에 떨어져, 규정과 단결심과 기관에 대한 충성을 잊은 채, 제복을 벗어 던지고 시체에게서 벗긴 사복으로 신분을 감춘 뒤 도망칠 궁리를 하기에만 바빴다. 그들 중 많은 수가 그렇게 하는 데 성공했다. 그러나 하이메 콘차의 경우에는 그렇지 못해서, 생존자들이 먼저 그의 불알을 까버린 뒤 그가 가슴에 차고 있던 가죽 벨트로 그를 투우장 문의 가로대에 목 매달았다. 그리하여 그곳에서,『도널드 덕』을 읽던 점잖고 근면한 백인 대장은 성난 구름이 잔뜩 몰려들어 언제나처럼 겨울 가랑비를 뿌리기 시작한(마치 그간에 일어난 사건과 조화를 이루려는 듯) 리마의 하늘 아래서 앞뒤로 흔들리며 매달려 있었다……

이 이야기는 결국 장엄한 살육으로 끝날 것인가? 아니면 불사조(암탉?)처럼 새로운 에피소드와 근절할 수 없는 등장인물을 통해 잿더미에서 다시 태어날까? 이 황소자리의 비극은 어떻게 끝이 날까?

17

 우리는 대학 캠퍼스에서 버스를 잡아타고 오전 아홉시에 리마를 떠났다. 그날 아침, 훌리아는 볼리비아로 떠나기 전에 마지막으로 사야 할 물건이 좀 있다는 핑계를 대고 루초 삼촌 댁을 나왔고, 나는 여느 때처럼 라디오 방송국으로 일하러 가는 척하면서 할아버지 댁을 나섰다.

 훌리아의 종이 가방 속에는 나이트가운과 갈아입을 속옷이 들어 있었다. 그리고 나는 호주머니 속에 칫솔과 빗과 면도기(사실대로 얘기하자면 내게는 아직 별로 소용이 없는)를 넣었다.

 대학 캠퍼스에서는 파스쿠알과 하비에르가 벌써 버스표를 사가지고 우리를 기다리고 있었다. 다행히도 승객은 우리뿐이었다. 파스쿠알과 하비에르는 눈치 빠르게도 앞자리에 운전사와 함께 앉았고 뒷자리는 훌리아와 나를 위해 남겨두었다. 전형적인 겨울 아침이어서, 하늘이 낮게 드리워져 있었고 끊임없이 내리는 가랑비가 사막을 가로지르는 우리의 길에 한참이나 동행해주었다. 여행을 하는 동안 거의 내내 훌리아와 나는 한마디도 주고받지 않은 채 서로의 손을 잡고 열정적으로 키스를 나누었다. 간간이 하비에르와 파스쿠알 사이에서 오가는, 엔진 소리에 섞인 두런거림과 운전사가 한마디씩 던지는 말이 들려왔다.

우리가 친차에 도착한 것은 열한시 삼십분이었는데, 찬란한 햇살이 내리비쳤고 날씨는 기분좋게 따스했다. 맑게 갠 하늘, 산뜻한 공기, 길거리를 바쁘게 오가는 사람들…… 그 모든 것이 길조인 것처럼 보였다. 훌리아가 행복하게 미소를 지었다.

파스쿠알과 하비에르가 읍사무소로 가서 준비가 다 되어 있는지 알아보는 동안, 훌리아와 나는 수다메리카노 호텔로 방을 잡으러 갔다. 차양을 덮은 안뜰이 딸린 흙벽돌 건물로, 타일을 깐 좁은 복도 양옆으로 갈보집처럼 열두어 개의 작은 방이 나란히 붙어 있었다. 프런트 직원이 우리에게 신분증을 요구했지만 그 일은 내가 기자증을 제시하는 것으로 무사통과였다. 그리고 내가 투숙객 명부에 이름을 적고 나서 그 옆에 '~와 아내'라고만 덧붙였을 때도, 그 직원은 비아냥거리는 눈길로 훌리아를 흘끗 쳐다보았을 뿐이었다.

우리가 안내된 작은 방은 바닥 타일이 깨져서 맨땅이 드러나
보였고, 삐걱거리는 더블침대에는 초록색 다이아몬드 무늬의 누
비이불이 덮여 있었다. 그 외에 앉는 부분이 밀짚으로 된 작은
의자 하나와 옷을 걸도록 벽에 박아놓은 두 개의 튼튼한 쇠못이
방에 있는 것 전부였다. 안으로 들어서기가 무섭게 우리는 열정
적으로 서로를 끌어안고 그대로 서서 키스와 애무를 주고받았
다. 마침내 훌리아가 웃으면서 나를 밀어냈다.

"이제 그만해, 바르기타스. 우리 먼저 결혼식부터 올려야 하
잖아."

그녀는 한껏 흥분해 있었고 눈은 기쁨으로 빛났다. 나 역시도
그녀에 대한 사랑과 이제 곧 결혼하게 되리라는 생각으로 가슴
이 벅차올랐다. 그녀가 아래층에 있는 공동 욕실에서 세수를 하
고 머리를 빗는 동안 나는 속으로 맹세했다. 우리의 결혼은 내가
아는 다른 사람들의 결혼생활과는 다를 것이다. 결혼이 끔찍한
일로 이어지지 않게 할 것이며, 이후로도 쭉 행복하게 살 것이
다. 그리고 결혼을 하고도 언젠가는 작가가 되겠다는 꿈만큼은
버리지 않을 것이다.

훌리아가 욕실에서 나오자 우리는 손을 잡고 읍사무소로 걸
어갔다. 파스쿠알과 하비에르가 어떤 카페 문간에 서서 차가운
음료를 마시고 있다가 우리를 보더니, 읍장은 무슨 개회식인가

개관식인가를 주관하러 갔지만 잠시 후에는 돌아올 거라고 알려 주었다. 나는 그들에게 파스쿠알의 친척이 우리를 정오에 결혼시켜주도록 확실히 손을 써둔 게 분명하냐고 다시 한번 물어봤다. 그러자 두 사람은 나를 놀려대기 시작했는데 하비에르는 조바심 내는 신랑에 대한 농담을 늘어놓았다.

"그래도 기다리는 게 영영 못 하는 것보단 낫다고."

시간을 죽이기 위해서 우리 네 사람은 키 큰 유칼립투스나무와 느티나무 아래로 아르마스 광장을 이리저리 돌아다녔다. 대여섯쯤 되는 아이들이 서로를 쫓아 빙빙 돌며 뛰어다녔고 몇몇 노인들이 리마에서 발간되는 신문을 읽으며 구두를 닦고 있었다. 반 시간쯤 뒤에 우리는 다시 읍사무소로 돌아갔다. 엄청나게 큰 안경을 걸친 빼빼 마르고 작달막한 남자 서기가 안 좋은 소식을 전해주었다. 읍장은 개회식에서 돌아왔지만 곧장 엘솔 데 친차로 점심식사를 하러 나갔다는 것이다.

"우리가 결혼식을 올리려고 기다린다는 얘기 안 했습니까?" 파스쿠알이 나무라는 투로 물었다.

"사람들이 여럿 같이 있어서 그 얘길 꺼내기가 좀 뭣하더군요." 서기가 에티켓에서는 전문가라는 티를 내며 대답했다.

"우리가 식당으로 가서 다시 데려오면 됩니다." 파스쿠알이 안심시키려는 투로 말했다. "걱정 말아요, 마리오 씨."

여기저기 물어본 끝에 우리는 마침내 광장 근처에 있는 엘솔데 친차 레스토랑을 찾아냈다. 그곳은 테이블보도 덮지 않은 작은 테이블들과 뒤편으로 탁탁 튀는 소리와 연기를 내는 난로가 하나 있고, 테이블 사이로는 구리 프라이팬이며 냄비며 냄새가 기가 막힌 요리 접시를 든 여자들이 부산스럽게 돌아다니는 전형적인 시골 식당이었다. 축음기에서 페루 음악이 최대 볼륨으로 왕왕거리며 흘러나왔고 테이블마다 손님들이 들어차 있었다. 훌리아가 문간에 멈춰 서서 읍장이 식사를 마칠 때까지 기다리는 게 더 낫겠다는 말을 꺼내려는 찰나 한쪽 구석 테이블에 있던 읍장이 파스쿠알을 알아보고 그를 불렀다. 우리는 판아메리카나의 편집자가 테이블에서 일어선 머리카락 색이 좀 밝은 편인 젊은 남자와 얼싸안는 모습을 보았다. 그의 주변에는 여섯 명의 남자가 앉아 있었는데 그들 앞에 맥주 한 병씩이 놓여 있었다. 파스쿠알이 우리에게 건너오라고 손짓했다.

"물론 약혼자들이시겠지요. 깜빡 잊었습니다." 읍장이 우리와 악수를 하고 나서 노련한 눈길로 훌리아를 머리끝부터 발끝까지 훑어보며 말했다. 그러더니 비굴한 표정을 띤 채, 그를 쳐다보고 있던 일행에게 자기의 말이 요란한 왈츠 음악 위로 떠올라 들리도록 큰 소리로 말을 이었다.

"이 두 사람은 지금 막 리마에서 도망쳐왔는데 난 이 사람들을 결혼시켜줄 생각입니다."

웃음소리와 박수갈채 소리가 일었고, 사람들이 우리와 악수를 하려고 손을 내밀었다. 읍장이 우리에게 결혼식을 올리려면 자기네와 합석해야 된다고 우기더니, 우리의 행복을 위해 건배를 해야겠다면서 맥주를 좀더 주문했다.

"하지만 당신들이 서로 나란히 앉는 건 안 됩니다. 평생 동안 얼마든지 그럴 수 있을 테니까요." 그가 훌리아의 팔을 잡아 자기 옆자리에 앉히면서 거나하게 취한 소리로 말했다. "예비 신부에게 꼭 맞는 자리는 바로 여기 내 옆입니다. 다행히 우리 마누라가 여기에 없으니까."

그의 농담에 같이 앉아 있던 사람들이 왁자지껄하게 웃었다. 그들은 모두 읍장보다 나이가 위였고 한껏 차려입은 상인이나 농장주였는데 모두들 읍장이나 마찬가지로 취한 것처럼 보였다. 그들 중에 몇몇은 파스쿠알을 알고 있는지 리마에서는 형편이 어떠냐, 고향으로는 언제 돌아올 생각이냐 등등을 물었다. 나는 테이블 한끝에 하비에르와 나란히 앉아 어떻게든 미소를 지으려고 애를 썼다. 그리고 뜨뜻미지근한 맥주를 홀짝거리면서 속으로 일 분 일 초 시간이 가는 것을 세고 있었다.

읍장과 다른 사람들은 곧 우리에게 흥미를 잃었다. 술병이 계속 날라져 왔는데, 처음에는 술만 나오다가 다음에는 레몬 주스에 재워뒀던 생선회, 훈제 혀가자미, 커스터드를 채운 아몬드 패스트리가 곁들여졌고, 그다음에는 다시 술만 나왔다. 이제는 아무도 결혼식을 염두에 두고 있지 않았다. 심지어 파스쿠알까지도 벌겋게 충혈된 눈에 혀가 꼬부라진 채 읍장이며 다른 사람들과 함께 감상적인 노래를 부르고 있었다. 읍장은 점심식사를 하는 동안 내내 훌리아를 희롱하다 나중에는 벌겋게 달아오른 얼굴을 그녀에게로 기울이면서 허리에 팔을 두르려고까지 들었다. 훌리아는 억지 미소를 띤 채 비켜 앉으려고 애를 쓰면서 우리 쪽으로 초조한 눈길을 거듭 던지고 있었다.

"이봐, 진정하라고." 하비에르가 계속 나를 달랬다. "결혼식 외에는 아무것도 생각하지 말고."

"결혼식이고 뭐고 다 날샌 것 같아." 그 말을 하고 있다가 나는 기고만장해진 읍장이 기타 치는 사람들을 불러들이라느니 식당 문을 닫아걸고 자기네끼리 댄스 파티를 열자느니 하고 떠들어대는 소리를 들었다.

"저 얼빠진 개자식 코에다 한 방 먹이고 말겠어. 기껏해야 감옥밖에 더 가겠어?"

나는 화가 돋을 대로 돋아서 만일 그가 조금만 더 성질을 건드리면 박살을 내버리겠다고 다짐했다. 그러고는 벌떡 일어나 훌리아에게 자리를 뜨자고 했다. 그녀가 매우 안심하며 당장에 일어섰다. 그러나 읍장은 그녀를 붙잡으려고 하지 않았다. 그는 콧노래로 민요를 부르고 있었는데, 우리가 문 쪽으로 걸어가기 시작하자 잘 가라는 듯한 미소를 지어 보였다. 그것이 내게는 약을 올리려는 짓인 것처럼 여겨졌지만, 우리 뒤를 따라오고 있던 하비에르는 그저 술에 취해서 그런 것이라고 나를 달랬다. 수다메리카노 호텔로 돌아오면서 나는 파스쿠알을 욕하기 시작했고, 그 말도 안 되는 점심식사를 ─ 왜 그랬는지는 몰라도 ─ 모두 그의 탓으로 돌렸다.

"망나니 어린애처럼 굴지 말고 냉정을 찾으라고." 하비에르가 꾸짖는 투로 말했다. "그 사람 사촌은 고주망태가 되어 아무것도 기억 못 해. 하지만 걱정하지 마. 오늘 너를 결혼시켜줄 테니까. 내가 부를 때까지 호텔에서 기다려."

호텔 방에 단둘이 있게 되자 훌리아와 나는 서로의 품으로 달려들어 일종의 절망감으로 키스를 하기 시작했다. 그리고 비록 말은 한마디도 없었지만 우리의 손과 입은 우리가 느끼고 있던 모든 열렬하고 아름다운 감정에 대해 몇 권의 책으로 써도 못 다할 말을 하고 있었다. 우리는 문 옆에 선 채로 서로를 끌어안았고, 조금씩 침대 쪽으로 다가가서 처음엔 침대에 앉았다가 마침내는 서로를 부둥켜안고 함께 누웠다. 행복감과 욕망에 취해 반쯤 정신을 잃은 채, 나는 서툴고 열렬하게 훌리아의 옷 위로 그녀의 몸을 더듬었다. 그런 다음에는 엉망으로 구겨진 그녀의 벽돌색 블라우스 단추를 풀고 가슴에 키스를 하기 시작했는데, 하필이면 바로 그때 문을 두드리는 소리가 들렸다.

"다 준비됐어, 이 밀통자들아." 하비에르의 목소리였다. "오분 뒤에 읍장 사무실에서 그 마음씨 착하기로 유명한 바보가 우릴 기다리고 있을 거라고."

우리는 멍한 중에도 반가운 마음에 침대에서 펄쩍 뛰어 일어났다. 그리고 훌리아가 부끄러워서 얼굴이 새빨개진 채 옷매무새를 바로잡는 동안, 나는 발기된 물건을 수그러뜨리기 위해 꼬마 녀석처럼 눈을 감고 추상적이고 점잖은 것들―숫자, 삼각형, 원, 할머니, 엄마―을 생각했다. 아래층 홀에 있는 공동 욕실에서 우리는 번갈아 세수를 하고 머리를 빗은 뒤에 숨이 턱에 닿도록 급히 읍사무소로 달려갔다. 서기가 당장에 우리를 읍장실로 안내했다. 벽에 걸린 국기 아래쪽에 조그만 깃발들과 공공기록부들이 놓인 책상이 하나 있고, 그 앞쪽으로 교실처럼 여섯 개의 긴 의자가 놓인 큼직한 방이었다. 침착하고 차분해진 모습이기는 했어도, 방금 전에 세수를 했는지 머리칼이 아직 마르지 않은 데다 술기운도 덜 가신 듯한 읍장이 책상 뒤에서 우리에게 정중히 인사를 건넸다. 하지만 그는 완전히 딴판인 사람으로 변해서 사무적이고 근엄했다. 하비에르와 파스쿠알이 책상 양옆에

서서 우리에게 장난기 있는 웃음을 던졌다.

"자, 그럼, 시작합시다." 읍장이 태도와는 어울리지 않게 혀가 제대로 돌지 않는 듯한 탁한 목소리로 더듬거리며 말했다. "서류는 어디 있지요?"

"읍장님께서 가지고 계십니다." 하비에르가 지극히 공손하게 대답했다. "파스쿠알과 제가 일을 신속히 처리하기 위해 지난 금요일에 읍장님께 맡겼는데요. 기억 안 나십니까?"

"자네 그걸 잊어버리다니 정말 엉망으로 취한 모양이구만." 파스쿠알이 웃으면서 똑같이 취한 목소리로 말했다. "더군다나 우리더러 그걸 자네한테 맡겨두라고 한 사람이 바로 자네 아닌가?"

"글쎄요, 그렇다면 틀림없이 서기가 가지고 있을 겁니다." 읍장이 당황해서 웅얼거렸다. 그러더니 게슴츠레한 눈으로 파스쿠알을 쳐다보면서 외쳤다. "서기!"

엄청나게 큰 안경을 걸친 비쩍 마르고 작달막한 사내가 내 출생증명서와 훌리아의 이혼선고서 사본을 찾는 데 삼사 분이 걸렸다. 우리는 읍장이 담배를 피우고 하품을 하고 초조하게 시계를 들여다보고 하는 동안 조용히 기다렸다. 마침내 서기가 메스꺼운 표정으로 서류들을 꼼꼼히 훑어보며 가지고 들어왔다. 그러고는 서류들을 책상에 내려놓으면서 참견을 좀 해야겠다는 투로 웅얼거렸다.

"여기 있습니다. 제가 이미 말씀드렸다시피 젊은 남자의 나이에 문제가 있습니다."

"누가 당신한테 물어봤어?" 파스쿠알이 목을 조를 듯한 기세로 그에게 한 발짝 다가서며 을러댔다.

"저는 할 일을 하고 있는 것뿐입니다." 비서가 되받았다. 그러더니 다시 읍장을 쳐다보고 나를 가리키면서 고집스럽게 우겼다. "저 사람은 열여덟 살밖에 안 됐습니다. 그리고 또 법원에서 공식적으로 발부한 결혼허가서도 제출하지 않았습니다."

"자넨 어쩌다 이런 변변치 못한 친구를 비서로 뒀지?" 파스쿠알이 벌컥 화를 냈다. "도대체 무슨 이유로 저 친구를 내쫓아버리고 좀더 머리가 있는 사람을 쓰지 않는 거냐고?"

"조용히 하세요. 형님은 과음을 하는 바람에 말이 너무 거칠어졌어요." 읍장이 말을 잘랐다. 그러고는 시간을 벌려는 듯 헛기침을 하더니 심각한 표정으로 팔짱을 끼면서 훌리아와 나를 바라보았다. "나는 당신들에게 호의를 베풀기 위해 결혼 예고를 하지 않아도 되도록 해줄 생각이었습니다. 하지만 이번 일은 문제가 좀더 심각하게 됐군요. 미안합니다."

"뭐라고요?" 내가 놀라서 펄쩍 뛰었다. "제가 미성년자라는 건 금요일부터 알고 계셨잖습니까?"

"지금 도대체 무슨 뚱딴지 같은 소리를 하고 계시는 겁니까?"

하비에르가 끼어들었다. "읍장님은 저하고 이 사람들을 아무 문제 없이 결혼시켜주기로 합의를 봤지 않습니까?"

"당신, 나한테 범죄를 저지르라는 거요?" 읍장이 핏대를 세웠다. 그도 이제는 화가 나 있었다. 잠시 뒤에 그가 위엄을 손상당한 것 같은 기색으로 덧붙였다. "그리고 내 앞에서 얘기할 때는 그렇게 목청을 돋우지 말란 말이오. 예절을 아는 사람이라면 오해를 대화로 풀어야지, 소리를 질러서 푸는 게 아니오."

"자네 미쳤군, 동생!" 파스쿠알이 성질을 참지 못하고 주먹으로 책상을 내리치면서 외쳤다. "자네도 나이가 문제된다는 걸 알았고 자네 입으로 그건 상관없다고 했잖아. 나한테 이런 식으로 딱 잡아떼고 법률이 어쩌구 둘러쳐도 되는 거야? 법이고 뭐고 이 사람들 당장 결혼시켜!"

"숙녀 앞에서 상스러운 소리 말아요. 그리고 이제부터는 술도 그만 마시구요. 형은 술을 이기지도 못하잖습니까." 읍장이 침착하게 되받았다. 그러더니 비서에게로 고개를 돌려 그만 나가보라고 손짓했다. 일단 우리끼리만 남자 그가 목소리를 낮추고 우리와 한 편인 척 미소를 지었다. "저 친구가 내 적들의 스파이라는 것을 모르겠소? 이제 저 친구가 눈치를 챘으니 당신들을 결혼시켜줄 수 없게 됐습니다. 까딱 잘못하다간 당장에 내 모가지가 날아갈 판이니까요."

그를 설득할 방법이라고는 없었다. 내가 아무리 그에게 우리 부모가 미국에서 살고 있는 바람에 법원의 결혼허가서를 제출하지 못했다느니, 우리를 결혼시켜주더라도 우리 집안에서는 아무 말썽도 생겨나지 않을 거라느니, 훌리아와 나는 남편과 아내가 되기만 하면 당장 이 나라를 떠나서 평생 동안 외국에서 살 거라느니 하고 별별 맹세를 다 했어도.

"우린 서로 합의를 봤습니다. 그러니 우리한테 이런 식으로 치사하게 나올 순 없는 겁니다." 하비에르가 항의했다.

"그렇게 꽉 막힌 사람처럼 굴지 마, 동생." 파스쿠알이 읍장의 팔을 잡고 사정했다. "자네도 우리가 리마에서 그 먼 길을 왔다는 걸 알지 않나?"

"진정하시고, 날 옭아맬 생각은 하지 마세요. 한 가지 생각이 있습니다. 네, 그게 해결책이죠. 맞습니다. 당신들 문제는 해결됐어요." 읍장이 책상에서 일어서더니 우리에게 윙크를 하면서 말했다. "모라 마을에 사는 어부 마르틴을 찾아가는 겁니다! 지금 당장 그리로 가세요. 가서 내가 보냈다고 그러세요. 마르틴은 검둥인데 정말로 괜찮은 친구죠. 당신들을 기꺼이 결혼시켜줄 겁니다. 그러는 게 더 나아요. 작은 마을이라서 말썽이 생길 것도 없고요. 거기로 가서 이장 마르틴을 찾으세요. 그 사람한테는 몇 푼 쥐여주기만 하면 그걸로 그만일 겁니다. 또 그 친구는 글자도 제대로 모르니까, 당신네 서류를 보려고도 하지 않을 테고요."

나는 그에게 우리와 동행하자며 어르기도 하고 알랑거리기도 하고 사정도 하면서 그를 설득해보려고 했지만 모두 허사였다. 그는 약속이 있었고 할 일이 있었고 식구들이 그를 기다리고 있었다. 그가 우리에게 모라 마을에서는 그 일이 다 처리되는 데 이 분이면 충분할 것이라고 장담하면서 문 쪽을 가리켰다.

우리는 읍사무소 바로 앞에서 낡은 택시를 한 대 잡아서 모라 마을까지 우리를 태워다주기로 운전사와 타협을 보았다. 차를 타고 가는 동안 하비에르와 파스쿠알은 읍장에 대해 이러쿵저러쿵하고 있었는데, 하비에르가 그 읍장은 자기가 이제껏 보았던 중에서 가장 형편없는 사람이라고 욕을 해대자 파스쿠알은 그런 비난을 모두 서기에게 돌리려고 들었다. 그리고 나중에는 택시 운전사도 한 수 끼어들어 친차 읍장에게 온갖 더러운 이름을 갖다붙이더니, 그가 관심을 두는 것은 뒷거래와 뇌물뿐이라고 덧붙였다. 그러나 훌리아와 나는 누가 뭐라건 상관하지 않고 손을 잡고 서로의 눈을 들여다보며 끊임없이 서로의 귀에 사랑한다는 말을 속삭여주었다.

우리는 황혼 무렵에 모라 마을에 도착했고, 그곳 해변에서 바닷물 속으로 가라앉는 붉은 태양과 구름 한 점 없는 하늘에 이제 막 떠오르기 시작한 무수한 별을 보았다. 그런 다음에는 선체가 망가진 배와 수선하기 위해 말뚝 사이에다 걸쳐놓은 구멍이 뻥뻥 뚫린 어망들 사이로, 수수깡에 진흙을 발라 지은, 그 마을을 이루고 있는 이십여 채의 오두막 주위를 돌아다녔다. 신선한 물고기와 바다 냄새가 풍겨왔다. 반벌거숭이인 검둥이 꼬마 녀석들이 우리를 둘러싸고 호기심 가득한 눈으로 삼킬 듯이 쳐다보았다. 우리가 누구고 어디서 왔으며 무엇을 사고 싶어하는지 알아보려는 듯이.

우리는 마침내 이장의 오두막을 찾아냈다. 밀짚 부채로 화덕에다 불을 활활 피우고 있던 그의 검둥이 아내가 한 손으로 이마에 흐르는 땀을 훔쳐내면서 남편은 고기를 잡으러 나갔는데 아직 돌아오지 않았다고 알려주었다. 그러더니 하늘을 올려다보고는 이제 어느 때라도 곧 돌아올 것이라고 덧붙였다.

우리는 이장을 기다리기 위해 바닷가로 내려갔다. 그리고 한 시간쯤 고목 그루터기에 걸터앉아서, 배들이 돌아오고, 하루 일과가 끝나 어부들이 열심히 배들을 모래 위로 끌어올리는 모습, 어부의 아내들이 바로 그 모래 바닥에서 허기진 개들을 쉴 새 없이 쫓아내며 생선 머리를 잘라내고 내장을 빼내는 모습을 지켜보았다. 마르틴의 배는 맨 마지막으로 들어왔다. 그때쯤 날은 완전히 어두워졌고 달이 떠올라 있었다.

마르틴은 머리칼이 희끗희끗하고 배가 엄청나게 튀어나온 검둥이로 장난기 있고 수다스러운 사내였는데, 싸늘한 밤공기에도 불구하고 몸에 착 들러붙는 낡은 반바지 하나만 걸치고 있었다. 우리는 마치 그가 하늘에서 떨어지기라도 한 것처럼 반색하여 그를 맞으며 모래 위로 배를 끌어올리는 것을 거들어주었다. 그런 다음에는 그를 둘러싸고 집까지 따라가면서, 문짝이 없는 오두막들 안쪽에서 흘러나온 화덕 불빛의 어슴푸레한 빛으로 밝혀진 마을을 통과하는 동안, 우리가 찾아온 용건을 설명했다. 그가 대문짝만큼이나 커다란 앞니를 내보이며 웃음을 터뜨렸다.

"그건 절대로 안 돼. 자네들에게 그 한 솥이나 되는 생선을 튀겨줄 사람을 찾으려면 나 말고 누군가 다른 얼간이를 찾아봐야 할 거야." 그가 굵직하고 듣기 좋은 목소리로 대답했다. "그 비슷한 다른 장난질을 잘 풀리도록 도와줬다가 말썽이 생기는 바람에 하마터면 내 머리에 총알 구멍이 날 뻔했다고."

그러더니 이장은 몇 주 전 친차 읍장에게 호의를 베풀 셈으로 결혼 예고가 공시되지 않았다는 사실을 간과한 채 젊은 한 쌍을 결혼시켰던 일에 대해 소상히 늘어놓았다.

"그런데 나흘 뒤에 누가 나타났다 했더니 성질이 뻗칠 대로 뻗쳐 제정신이 아닌 그 '약혼녀'의 남편이더라 이거야. 카치체 마을 여자였는데, 거기 여자들은 모두 빗자루를 가지고 있어서

밤중에 그걸 타고 날라버리거든."

그녀는 이 년 전에 결혼했던 터여서, 그녀의 남편이 간통한 연놈을 감히 합법적으로 결혼시켜준 뚜쟁이를 죽여 없애겠다고 길길이 뛰었다는 것이었다.

"친차에 있는 내 동료는 별별 계략을 다 알고 있지. 그 친구, 악마 뺨치게 영리해서 아마도 요 며칠 내로 곧장 하늘나라로 가게 될걸." 그가 바닷물이 묻어 번들거리는 자기의 우람한 배를 철썩철썩 치면서 익살을 떨었다. "그 친구는 자기 앞으로 뭔가 썩은 냄새가 나는 게 기어들 때마다 그걸 이 어부 마르틴에게 선물로 보내지. 그리고 이 검둥이에게 송장을 치우도록 한단 말씀이야. 보통 교활한 게 아니거든."

무슨 말을 하더라도 그의 마음을 돌릴 방법이라고는 없었다. 그는 우리 서류를 한번 훑어보는 것마저 거절했고, 하비에르와 파스쿠알과 내가 생각해낼 수 있던 모든 항변을 그대로 다 받아넘기면서, 친차에 있는 그의 동료를 끌어다 대어 농지거리를 늘어놓거나 아니면 한바탕 웃음을 터뜨리고는, 남편이 시퍼렇게 살아 있고 또 이혼한 것도 아닌데 카치체 출신의 그 요부를 다른 사내와 결혼시켰다는 이유로 그를 쏘아 죽이러 쫓아왔던 남자 얘기를 다시 들먹이는—홀리아는 한마디도 하지 않았지만 그 어부 이장의 익살스러운 말재간에 이따금 웃음을 참지 못하고 킥킥거렸다—것이었다. 하지만 그의 오두막으로 들어섰을 때 우리는 뜻밖의 동맹군을 만났다. 그의 아내였다. 이장은 얼굴과 팔과 넓적한 가슴을 말리고는 화덕에서 끓고 있는 냄비에다 게걸스럽게 코를 쿵쿵대면서, 우리가 원하는 것이 무엇인지를 직접 그녀에게 설명했다.

"저 사람들 결혼시키셔, 이 무정한 검둥이야." 이장의 아내가 훌리아 쪽을 보고 안쓰럽다는 듯이 고개를 끄덕이며 그를 윽박질렀다. "저 가엾은 꼴을 좀 보시우. 저 사람들 여자를 감쪽같이 채왔는데 저 여자가 결혼할 수 없다니. 저 여자 틀림없이 지금껏 고생깨나 했을 거유. 당신, 그게 안됐지도 않수? 아니면 이장질을 하다가 머리가 돌아버린 거유?"

마르틴이 잔과 컵을 가져오기 위해 밟아 다져진 오두막 바닥을 큼직한 평발로 쿵쿵거리며 왔다갔다하는 사이, 우리는 그에게 생각해낼 수 있는 온갖 그럴듯한 소리, 그러니까 평생 은혜를 잊지 않겠다는 말부터 그가 여러 날 동안 고기를 잡아야 벌 수 있을 만큼 두둑한 요금을 치르겠다는 말까지 동원하여 한 차례 더 공격을 시도했다. 하지만 그는 요지부동이었고 마침내는 그의 아내에게 분명한 어조로 알지도 못하는 일에 참견 말라고 핀잔을 주었다. 하지만 그는 곧 다시 사근사근해져서 우리 모두의 손에 잔을 쥐여주고는 피스코 술을 조금씩 따라주었다.

"자네들 여행이 헛고생으로 끝나지 않기를 바라네." 그가 잔을 들어올리면서 비꼬는 기색이라고는 전혀 없이 우리를 위로했다. 상황을 감안해볼 때 그 건배는 우리가 얼마든지 받아들일 수 있는 것이었다. "신랑과 신부에게 더없는 행운이 내리기를."

우리와 작별인사를 나누면서 그는 우리가 무라 마을로 찾아온 게 실수였던 것은 불행히도 우리보다 먼저 찾아왔던 카치체 여자 때문이라고 미안해했다. 그러고는 친차바하, 엘카르멘, 수남페, 산페드로, 또는 근처에 있는 다른 작은 마을을 두루 돌아다니다보면 결혼식을 올릴 수 있을 거라고 조언했다.

"그런 마을 이장들은 모두 빈둥거리는 작자거든. 그 친구들은 할 일이 없다보니 자기 앞에서 결혼식이 올려지는 걸 보면 기뻐서 술을 마실 걸세." 그가 우리 등 뒤에다 대고 소리쳤다.

우리는 서로 한마디 말도 없이 택시가 기다리고 있는 곳으로 돌아갔다. 운전사는 우리를 보자마자 너무 오랫동안 차를 대기시켰으니까 받아야 할 차비에 대해 얘기를 다시 해야겠다는 말부터 꺼냈다. 친차로 돌아오는 길에 우리는 다음 날 날이 밝는 대로 훌리아와 나를 결혼시켜주는 관대함을 베풀어줄 정신나간 이장을 하나 찾아낼 때까지, 근처에 있는 모든 마을과 촌락을 차례차례 다 둘러보기로 약속했다.

"아홉시가 다 됐을 텐데." 훌리아가 불쑥 말을 꺼냈다. "우리 언니가 그 전갈 받았을까?"

나는 빅 파블리토에게 그가 우리 루초 삼촌이나 올가 아주머니에게 전할 말을 열 번 외게 했고, 제대로 전하도록 확실히 해두기 위해 종이 쪽지에 그 말을 적어두기까지 했다.

'마리오와 훌리아는 결혼했습니다. 걱정은 하지 마십시오. 그들은 잘 있습니다. 그리고 며칠 내에 리마로 돌아올 겁니다.'

그는 아홉시에 공중전화 부스에서 삼촌 댁으로 전화를 걸었다가 그 말만 전하고는 당장 끊기로 되어 있었다. 나는 성냥불을 켜서 시계를 들여다보았다. 그랬다. 삼촌 댁에서는 이미 그 전갈을 받았을 것이었다.

"틀림없이 난시에게 질문을 퍼부어대고 있겠지." 훌리아가 마치 자기와는 아무 상관도 없는 일을 얘기하듯 태연한 목소리를 유지하려고 애쓰면서 말했다. "모두들 그애가 공범이라는 걸 알고 있으니까. 그 가엾은 걸 달달 볶고 있을 거야."

고물 택시가 구덩이투성이 길을 어느 순간에라도 뒤집힐 것처럼 무섭게 덜컹대면서 달리는 동안, 차체의 나사못과 철판이 모조리 삐걱거렸다. 달이 언덕들 위로 어슴푸레한 빛을 뿌렸고 이따금 우리는 종려나무와 무화과, 아카시아나무의 실루엣을 볼 수 있었다. 하늘에는 별이 총총히 박혀 있었다.

"그러니까 틀림없이 니네 아버지도 벌써 그 소식을 들었을 거야." 하비에르가 끼어들었다. "비행기에서 내리는 순간에 말야. 그거 정말 기막힌 환영식이겠는걸!"

"내 하늘에 대고 맹세하지요. 우린 틀림없이 마음씨 좋은 이장을 찾아내고 말 겁니다." 파스쿠알이 입을 열었다. "우리가 내일 이 근방 어딘가에서 당신을 결혼시켜줄 수 없다면, 나 내가 친차 지방에서 태어났다고도 하지 않을 겁니다. 진심으로 하는 얘깁니다."

"이분들을 결혼시켜줄 이장을 찾고 있습니까?" 운전사가 귀를 곤두세우며 물었다. "이 아가씨를 몰래 빼내온 모양이죠? 그렇다면 왜 먼저 나한테 얘길 하지 않았습니까. 나를 믿지 못해서입니까? 내가 당신들을 그로시오프라도로 데려다주지요. 거기 이장이 내 친군데 당신들을 즉석에서 결혼시켜줄 겁니다."

나는 그렇다면 당장에 그로시오프라도로 가자고 서둘렀지만 운전사가 나를 말렸다. 이 시간에는 이장이 마을에 있지 않고 아마도 당나귀를 타고 한 시간쯤 걸리는 작은 농장으로 가 있으리라는 것이었다. 다음 날까지 기다리는 게 상책이었다. 우리는 운전사에게 다음 날 아침 여덟시에 우리를 태우러 와달라고 부탁한 뒤에, 만일 그가 우리를 위해 친구에게 얘기를 잘해준다면 팁을 두둑이 얹어주겠다고 제안했다.

"그야 물론이지요." 그가 기운을 북돋워주면서 대답했다. "당신은 은총받은 멜초리타의 마을에서 결혼하게 될 겁니다. 더 알고 싶은 건 없습니까?"

수다메리카노 호텔 식당은 막 문을 닫으려는 참이었는데 하비에르와 나는 웨이터를 설득해 우리에게 먹을 것을 좀 만들어 달라고 했다. 웨이터는 우리에게 콜라와 달걀 프라이와 데운 쌀밥을 가져다주었는데, 우리는 데운 쌀밥에는 거의 손도 대지 않았다. 식사를 반쯤 하고 있다가 우리는 갑자기 우리가 무슨 공모자들이라도 되는 것처럼 소곤소곤 이야기를 하고 있다는 것을 알아차리고, 한바탕 요란스럽게 웃음을 터뜨렸다. 식사를 마친 뒤 우리는 각자의 방—파스쿠알과 하비에르는 결혼식이 끝난 뒤에 곧장 리마로 돌아갈 계획이었지만, 일이 뜻대로 되지 않는 바람에 하룻밤을 묵어야 했고 돈을 절약하기 위해 한 방을 쓰기로 했다—으로 돌아가다가 장화에 승마 바지 차림을 한 사람이 서넛 되는 대여섯 명의 남자가 식당으로 몰려 들어가 맥주를 내오라고 소리치는 것을 보았다. 그들의 술 취한 목소리, 왁자지껄한 웃음, 유리잔 부딪치는 소리, 시시껄렁한 농담, 저질스러운 건배, 그리고 나중에는 꺽꺽 트림을 하는 소리와 토하는 소리가 우리 결혼 첫날밤의 배경 음악이었다.

그날 내내 서류와 관련해 겪었던 낭패감에도 불구하고 그 낡은 침대—우리가 서로를 끌어안을 때마다 삐거덕거리는 소리

235

를 내고 벼룩까지 득실거렸던—에서 보낸 첫날밤은 열렬하고 아름다웠다. 우리는 거듭해서 불붙는 열정으로 몇 번씩 사랑을 나누었고, 우리의 손과 입술이 서로를 알고 서로에게 기쁨을 주는 법을 가르쳐주면서 서로를 사랑한다고, 또 절대로 거짓말을 하거나 속이거나 상대방을 버리고 떠나지 않겠다고 맹세했다.

호텔 사람들이 우리 방문을 두드렸을 때—우리는 그들에게 일곱시에 깨워달라고 부탁했는데 술주정뱅이들은 그때가 되어서야 조용해진 참이었다—우리는 그때까지도 멍하고 나른한 쾌감을 느끼며 초록색 다이아몬드 무늬의 누비이불 위에 알몸으로 뒤엉킨 채 누워, 감사하는 마음으로 서로를 들여다보고 있었다. 수다메리카노 호텔의 공동 욕실에서 아침 목욕을 하는 것은 참으로 대단한 곡예였다. 샤워기는 전에 한 번도 사용된 적이 없는 듯, 녹슨 샤워 꼭지에서 물줄기가 목욕하려는 사람이 있는 곳만 제외하고 사방으로 뻗치는가 하면, 물이 맑아지기 전에 한참 동안 시커먼 액체가 쏟아져 내렸다. 게다가 목욕 수건도 없이 손을 닦는 더러운 헝겊만 한 장 달랑 걸려 있어서, 수건 대신 침대보로 물기를 닦아야 했다. 하지만 그래도 우리는 행복하고 즐거웠으며 그런 불편까지도 재미있게 느껴졌다.

하비에르와 파스쿠알은 이미 옷을 갈아입고, 식당에서 잠이 덜 깨어 부은 얼굴로 전날 밤 주정뱅이들이 휩쓸고 지나간 곳의 참상을 역겹게 바라보고 있었다. 호텔 종업원들이 톱밥을 몇 통씩 뿌리면서 쓸어내고 있는 깨진 유리잔이며 담배꽁초, 토사물, 뱉어놓은 침, 그리고 지독한 냄새. 우리는 모닝 커피를 마시러 길을 따라 내려와 잎이 무성한 키 큰 나무들이 보이는 광장의 조그만 카페로 들어갔다. 리마에서와는 달리, 회색빛 안개 대신 밝고 따사로운 햇살과 구름 한 점 없는 하늘로 하루가 시작되는 것을 보고 있으려니 이상한 느낌이 들었다. 호텔로 돌아오자 택시 운전사가 우리를 기다리고 있었다.

고물 택시가 포도밭과 목화 농장 사이로 뻗은, 저 멀리 사막 저편에 솟은 안데스 산맥의 거무스름한 스카이라인이 보이는 먼지투성이 길을 따라 그로시오프라도로 가는 동안, 운전사는 입을 완전히 봉하고 있던 우리와는 대조적으로 갑자기 수다스러워져서 은총받은 멜초리타에 대해 숨 쉴 틈도 없이 떠들어댔다. 그녀는 자기의 모든 것을 가난한 사람들에게 나눠주었고 늙고 병든 자들을 보살폈으며 고통받는 자들을 위로한 덕으로, 살아생전에 그렇게까지 유명해져 그 지역의 모든 마을에서 찾아온 신심 깊은 사람들이 그녀에게 기도를 드렸다는 것이었다. 그는 우리에게 그녀가 일으켰던 기적을 몇 가지 얘기해주었다. 그녀는 불치병으로 죽어가는 사람들을 구해주었고, 그녀 앞에 나타난 성인들과 대화를 나누었으며, 하느님을 보았고, 바위 위에다 언제까지고 지지 않는 꽃을 피웠다는 것이었다.

"그분은 우마이의 은총받은 사람이나 루렌의 신부님보다도 더 유명하지요. 그건 그분이 거처하던 곳과 추모 행렬을 보러 오는 사람의 숫자만 봐도 쉽게 알 수 있지만요. 그분이 성인으로 추앙받지 못할 이유는 하나도 없습니다. 그러니까 당신네 리마 사람들도 적극적으로 그분 편이 되어서 그분이 추앙받도록 해야 해요. 성인은 그분뿐이니까요. 이건 정말입니다."

마침내 우리는 머리끝부터 발끝까지 먼지를 뒤집어쓴 채 그로시오프라도의 나무 한 그루 없는 널따란 중앙 광장에 도착했고, 그곳에서 멜초리타가 얼마나 유명한지를 직접 알아볼 수 있었다. 한 떼의 어린아이와 여자들이 택시를 둘러싸더니, 자기들이 그녀의 은신처와 그녀가 태어난 집, 그녀가 고행을 한 장소, 그녀가 기적을 행했던 곳, 그녀가 묻힌 곳 등으로 우리를 안내해주겠다고 손짓 발짓을 하면서 아우성을 치다가, 우리에게 성상이며 기도문, 성직복 그리고 은총받은 사람의 초상이 새겨진 메달 따위를 팔려 했다. 그들은 운전사에게 여기 이 손님들은 순례자나 관광객이 아니라는 얘기를 듣고 나서야 물러날 기색을 보였다.

광장 한구석의 양지 쪽에 함석 지붕을 씌우고 조그만 흙벽돌로 된, 다 허물어져가는 마을회관이 졸고 있었다. 문은 닫혀 있었다.

"내 친구가 곧 올 겁니다." 운전사가 말했다. "그 사람이 올 때까지 그늘에서 기다리시죠."

우리는 길가 마을회관의 지붕 아래에 앉았다. 그리고 그곳에서, 쓰러질 듯한 작은 가건물과 수수깡 오두막이 늘어서 있고 어느 방향으로나 채 오십 미터도 안 되게 뻗어 있는 지저분한 길 끝에서 농장과 사막이 시작되는 것을 볼 수 있었다. 홀리아는 내 어깨에 머리를 기댄 채 눈을 감고 있었다. 우리는 그곳에 앉아서, 걷거나 나귀를 타고 지나가는 짐꾼들과 옆에 흐르는 조그만 개울에서 물을 길어가는 여자들을 바라보며 반 시간쯤 기다렸는데, 한 노인이 말을 타고 지나가다 멈춰 섰다.

"자네들 하신토 씨를 기다리고 있나?" 그가 커다란 밀짚모자를 벗으면서 물었다. "그분, 군대에서 아들을 빼낼 셈으로 지사에게 얘길 해보러 이카로 갔어. 군인들이 와서 군복무를 시키려고 아들을 데려갔거든. 하신토 씨는 밤이 되기 전에 돌아오지 않을 거구만."

운전사는 이장이 돌아올 때까지 그로시오프라도에 머물면서 낮 동안에 멜초리타의 순례지를 찾아가보는 게 어떻겠느냐고 했지만, 나는 다른 마을에서라도 운을 시험해봐야 된다고 우겼다. 그리고 한동안 흥정을 벌인 끝에 그는 결국 정오까지 우리와 함께 다니기로 동의했다.

우리가 나귀가 다니는 길을 따라 덜컹대며 차를 몰고, 사막에 난 길을 따라가려다 모래 속에 빠져 꼼짝도 못하고, 때로는 바다 쪽으로 나가기도 하고 때로는 안데스 산맥 기슭 쪽으로 들어가기도 하면서, 사실상 친차 전 지역을 돌아다니게 될 순회 여행을 시작했던 시간은 오전 아홉시였다. 그런데 고물 택시가 엘카르멘으로 들어서자마자 타이어에 펑크가 났고, 운전사가 잭을 가져오지 않은 탓에 우리 네 사람은 그가 스페어타이어를 갈아끼우는 동안 차를 떠받치고 서 있어야 했다. 열시가 넘어서자 점점 더 뜨거워진 햇살이 이제는 그대로 내리꽂히는 불길이 되어 택시를 양철 상자처럼 뜨겁게 달궜고, 우리 모두는 터키탕에 들어가 있는 것처럼 땀을 비 오듯 흘렸다. 거기에다 라디에이터마저 김을 내뿜기 시작해서 뻔질나게 깡통으로 물을 길어다 엔진을 식히기까지 해야 했다.

우리는 그 지역의 서너 명쯤 되는 이장, 그리고 때로는 기껏해야 스무 채도 안 되는 오두막으로 이루어진 촌락들의 이장 서리들(역시 서너 명쯤 되는)과 이야기를 해보았다. 그들은 대개 순박한 시골 사람이었는데, 우리는 그들이 밭일을 하고 있는 작은 농장 아니면 마을 사람들에게 식용유며 담배 따위를 파는 조그만 가게로 그들을 찾아가야 했다(하지만 수남페 마을의 이장은 술에 취해 곯아떨어진 채 도랑에 누워 자고 있어서 흔들어 깨울 수밖에 없었다). 일단 우리가 만나려고 하는 이장을 찾아내면 나는 하비에르나 파스쿠알, 그리고 때로는 운전사와 함께—우리는 동행하는 사람의 숫자가 많으면 많을수록 이장들이 더 소심해지는 경향이 있다는 것을 경험으로 알게 되었다—사정을 설명하기 위해 택시를 내리곤 했다. 그러나 어떤 말로 설명을 늘어놓더라도, 나는 예외없이 내 앞에 있는 농부나 어부 또는 가게 주인(친차바하의 이장은 자신을 '치료사'라고 소개했다)의 얼굴에 믿어지지 않는 표정이 떠오르고, 그들의 눈에 놀란 빛이 서리는 것을 보았다.

그들 중에서 우리의 청을 딱 잘라 거절했던 사람은 둘뿐이었는데, 알토라란의 늙수그레한 이장은 내가 이야기를 하는 중에도 계속해서 노새들에게 사료 더미를 싣다가, 자기는 그 마을 사람이 아니면 누구도 결혼시켜주지 않는다고 못을 박았다. 그리고 산후안데야낙의 이장은 혼혈인 농부였는데, 우리를 보더니 자기에게 무슨 잘못을 추궁하러 온 경찰로 잘못 생각하고 겁에 질렸다가 우리가 원하는 것이 무엇인지를 알게 되자 벌컥 화를 냈다.

"안 됩니다, 말 같지도 않은 소리! 백인들이 이런 형편없는 마을로 결혼식을 올리러 왔다면 거기엔 뭔가 구린 게 있는 겁니다."

다른 이장들은 거의 비슷비슷한 변명을 늘어놓았다. 가장 흔한 변명은 기록부가 분실되었거나 다 찼기 때문에 친차에서 기록부를 새로 보내주기 전까지는 출생이나 사망은 물론 마을회관에서 올린 어떤 결혼식도 등재할 방법이 없다는 것이었다. 가장 허무맹랑한 변명을 꾸며댄 사람은 차빈의 이장이었다. 자기는 시간이 너무 촉박해서, 그러니까 어느 날 밤 그 근방에서 두세 마리의 닭을 물어간 여우를 급히 잡으러 가야 하기 때문에 우리를 결혼시켜줄 수 없다는 것이었다. 우리가 거의 일을 성사시킬 뻔했던 곳은 푸에블로누에보였는데, 그곳 이장은 우리 얘기를 주의 깊게 듣고 나서 고개를 끄덕이더니 결혼 예고 공시를 하지 않으려면 오백 솔을 내야 될 것이라고 했다. 그는 내 나이에 대해서는 따지려 들지 않았고, 이제는 법률이 개정되어 스물한 살이 아니라 열여덟 살이면 성년이 된다고 거짓말로 둘러댄 설명을 곧이곧대로 믿는 것 같았다. 이장이 우리의 서류를 한 자 한 자 열심히 읽어내려가기 시작했을 때, 우리는 이미 그가 책상 대용으로 쓰는, 두 개의 술통 위에 걸쳐진 널판(그 촌락의 마을회관은 지붕에 구멍이 뻥뻥 뚫려서 그 틈으로 하늘이 보이는 흙벽돌로 된 오두막이었다) 앞에 자리를 잡고 앉아 있었다. 하지만 훌리아가 볼리비아인이라는 사실을 알아차리자 그는 겁에 질렸다. 우리는 이장에게 그것은 아무 장애가 되지 않고 외국인과도 결혼할 수 있다는 점을 누누이 설명했고 또 돈을 더 얹어 주겠다고도 해보았지만 아무 소용이 없었다.

"말썽이 생길 일에는 뛰어들고 싶지 않습니다. 이 젊은 여자가 볼리비아인이라는 사실이 아주 중요한 문젯거리가 될 수도 있으니까요."

우리는 세시경 먼지를 잔뜩 뒤집어쓰고 더위로 초주검이 된 채 기가 꺾일 대로 꺾여 친차로 돌아왔다. 친차 변두리에서 훌리아가 울기 시작했다. 나는 그녀를 껴안고 속상해하면 안 된다고, 우리는 서로 사랑하고 있으며 페루의 마을들을 하나하나 다 돌아다니는 한이 있더라도 결혼하고야 말겠다고 속삭였다.

"우리가 결혼식을 못 올렸다고 우는 게 아니라……" 그녀가 훌쩍거리면서도 미소를 지어 보이려고 애쓰면서 말했다. "이런 짓이 모두 너무 어이가 없어져서 우는 거야."

우리 네 사람 모두 별로 배가 고프지는 않았으므로 점심은 카운터에 기대선 채 치즈 샌드위치와 콜라로 때웠다. 우리는 쉬러 들어갔는데, 간밤에 한잠도 못 잔 데다 그때까지 계속 헛수고만 하고 돌아다녔음에도 우리에게는 아직, 어두컴컴한 방 안의 다이아몬드 무늬의 누비이불 위에서 열정적으로 사랑을 나눌 힘이 남아 있었다. 침대에 누운 채로 우리는 검댕이 시커멓게 들러붙은 천창을 통해 용케도 흘러든 희미한 빛줄기를 볼 수 있었다.

그리고 곧, 일어나서 식당으로 내려가 공모자들과 합류하는 대신 잠 속으로 빠져들었다. 하지만 그 잠마저도 강렬하게 밀려오는 욕망을 이기지 못해 본능적으로 서로를 더듬고 애무하는 선잠이었던 탓에, 악몽이 뒤따랐다. 나중에 잠이 깬 뒤 우리는 서로에게 꿈 이야기를 해주었고, 두 사람의 꿈에 친척들의 얼굴이 보였다는 것을 알게 되었다. 그리고 꿈속에서 한번은 나 자신이 페드로 카마초의 최근 연속극들에서 벌어진 재난에 휩쓸렸다는 얘기를 해주자 훌리아는 웃음을 터뜨렸다.

나는 누군가가 문을 두드리는 소리에 정신이 번쩍 들었다. 방 안은 캄캄했고 창문 커튼 틈새로 전등 불빛이 흘러들고 있었다. 나는 잠시만 기다리라고 소리친 뒤에 멍한 정신을 추스르기 위해 머리를 흔들었다. 그리고 성냥불을 켜서 시계를 들여다보았다. 오후 일곱시였다. 불시에 온 세상이 와르르 무너져내리는 듯한 느낌이었다. 또 하루가 그냥 날아가버렸고, 게다가 더욱 곤란한 것은 다른 이장들을 찾아보러 갈 돈도 거의 남아 있지 않다는 것이었다. 나는 어둠 속에서 더듬더듬 문 쪽으로 걸어가 문을 열었다. 그리고 하비에르에게 좀더 일찍 깨워주지 않았다고 있는 대로 성질을 부리려다가 그가 입이 찢어지게 웃고 있는 것을 보았다.

"다 손을 써놨다고, 바르기타스." 그가 공작새처럼 뻐기면서 말했다. "그로시오프라도 이장이 지금 당장 기록부에 등재하고 네 결혼증명서의 항목들을 채워줄 거야. 당신네 두 사람, 이제 못된 짓거리 그만하고 얼른 떠납시다. 택시에서 기다리고 있을 게요."

나는 문을 닫고 나서 그가 복도를 걸어가며 웃는 소리를 들었다. 훌리아는 침대에서 일어나 앉아 어슴푸레한 빛 속에서 눈을 비비고 있었는데, 나는 그녀의 얼굴에 놀란 기색과 믿어지지 않는다는 표정이 언뜻 스치는 것을 볼 수 있었다.

"나는 맨 처음 쓴 책을 택시 운전사에게 바칠 겁니다." 옷을 입으면서 내가 말했다.

"아직은 승리의 찬가를 부르지 마." 훌리아가 미소를 지었다. "난 결혼증명서를 보더라도 믿을 수 없을 것 같아."

우리는 호텔에서 달려 나왔다. 우리가 식당을 지나고 있을 때 그곳에는 이미 한 무리의 남자들이 맥주를 마시고 있었는데, 누군가가 훌리아를 멋지게 칭찬하여 많은 사람들이 웃음을 터뜨렸다. 파스쿠알과 하비에르는 택시에서 기다리고 있었지만 우리를 태우고 돌아다녔던 그 택시가 아니었고 운전사도 다른 사람이었다.

"그 친구 약아져서 상황을 이용해 요금을 두 배로 받으려 들더라구요. 그래서 어디로든 마음대로 꺼져버리라고 하고 여기

이 신사분을 고용했습니다. 진짜로 정직하고 공명정대한 사람이죠."

나는 느닷없이 운전사를 갈아치웠다는 게 또다른 들오리 쫓기를 한다는 얘기인 것 같아서 눈앞이 캄캄해졌다. 그러나 하비에르가 우리를 안심시켰다. 아까 오후에 그로시오프라도로 함께 갔던 운전사는 먼젓번 운전사가 아니라 바로 이 사람이라는 것이었다. 그들은 누군가를 감쪽같이 속인 어린애들처럼 신이 나서, '우리를 좀 쉬도록' 해줄 겸 훌리아가 또다시 쓰라린 일을 당하지 않도록 자기네끼리 할 수 있는 일이 뭐가 있을지 알아보러 그로시오프라도를 찾아가기로 결정했던 일을 가지고 떠들어댔다. 거기서 그들은 이장을 붙들고 한참이나 이야기를 나누었다는 것이었다.

"혼혈인으로 교양 있고 배운 사람입니다. 친차 지방에서만 나올 수 있는 뛰어난 사람 중 하나지요." 파스쿠알이 말했다. "두 분 멜초리타의 추모 행렬에라도 참가해서 감사를 드려야 될 겁니다."

그로시오프라도의 이장은 침착하게 하비에르의 설명을 듣고 꼼꼼하게 한 자 한 자 모든 서류를 살펴보고는 한참 동안 생각을 해보더니, 자기 쪽의 조건을 제시했다. 내 출생증명서에 있는 6이라는 숫자를 3으로 고쳐 내가 이 세상에 삼 년 더 일찍 태어난 것으로 한다는 조건하에 천 솔을 내야 한다는 것이었다.

"프롤레타리아의 총기지." 하비에르가 말했다. "우린 기울어 가는 계층이라고, 진짜야. 그게 바로 해결책이라는 걸 우린 생각 도 못 했잖아. 그런데 이 사람은 뛰어난 상식으로 당장에 그걸 알아내더라고. 이젠 다 끝났어. 너는 성인이야."

이장과 하비에르는 그 즉시 마을회관에서 6을 3으로 고쳤는 데 그러고 나서 이장이 이러더라는 것이었다.

"잉크가 다르다고 해서 문제될 게 뭐가 있겠습니까? 중요한 건 서류에 적힌 겁니다."

우리는 저녁 여덟시쯤에 그로시오프라도에 도착했다. 하늘에 별이 총총히 박힌 맑은 밤이었고 날씨는 기분 좋게 훈훈했다. 그 마을의 모든 가건물과 오두막에서 조그만 불꽃들이 너울거렸다. 우리는 어느 오두막의 수수깡 벽 틈새로 수많은 촛불이 환하게 밝혀진 것을 보았는데, 파스쿠알이 성호를 그으면서 그곳은 은 총받은 멜초리타가 살았던 집이라고 알려주었다.

우리가 마을회관으로 들어섰을 때 이장은 검은 표지가 달린 큼직한 기록부에다 결혼 신고를 막 끝내려는 참이었다. 방 한 개 짜리 건물의 더러운 바닥에서는 방금 전에 물을 뿌렸는지 김이 모락모락 솟고 있었다. 테이블 위에 세 개의 촛불이 켜져 있었 고, 그 촛불의 희미한 빛으로 우리는 회벽에 압정으로 박아놓은 페루 공화국의 대통령 사진을 알아볼 수 있었다. 이장은 오십 세쯤 되는 다부지고 냉정한 사람이었는데, 한 문장 한 문장을 쓸 때마다 주둥이가 널따란 잉크병에 담가야 되는 구식 깃펜으로 공들여 기록부를 채우고 있다가, 고개를 까딱하면서 훌리아와 나를 맞았다. 나는 그가 글자를 쓰는 속도로 보아 결혼 신고를 다 기재하는 데는 틀림없이 한 시간도 더 걸렸을 것이라는 생각이 들었다. 기재를 마치자 그가 의자에 그대로 앉은 채 입을 열었다.

"증인이 두 사람 있어야 됩니다."

하비에르와 파스쿠알이 앞으로 나섰지만 이장은 하비에르가 미성년자라는 이유로 파스쿠알만 받아들였다. 나는 택시에 남아 기다리고 있던 운전사—그는 금니를 해 박은 삐삐 마른 혼혈인으로 그로시오프라도까지 오는 동안 담배를 두 대 피웠을 뿐 단 한마디도 하지 않았다—에게 도움을 청하려고 밖으로 나갔다. 그는 자기에게 백 솔을 더 얹어주면 증인이 되어주겠다고 동의했다. 이장이 그에게 서명할 자리를 알려주자 그가 설레설레 고개를 저었다.

"말도 안 되는 소립니다." 그가 분개한 목소리로 말했다. "하다못해 신랑 신부의 건강을 빌어줄 술 한 병도 없이 결혼식을 올리다니 그게 어디 있을 법이나 한 소립니까? 난 이런 일에 그냥

낄 수는 없습니다." 그가 측은한 눈으로 우리를 바라보더니 문 밖으로 나가면서 한마디 덧붙였다. "잠시만 기다리고 있으쇼."

이장은 팔짱을 끼고 눈을 감은 채 졸고 있는 것처럼 보였다. 훌리아와 파스쿠알, 하비에르와 나는 어떻게 해야 할지 몰라 서로의 얼굴을 쳐다보았다. 그리고 결국엔 내가 길거리로 나가서 다른 증인을 찾아보기로 했다.

"그럴 필요 없습니다. 돌아올 테니까요." 파스쿠알이 나를 붙잡아 세우면서 말했다. "더군다나 그 사람 말이 전적으로 옳습니다. 우린 결혼 축하 건배를 생각했어야 했어요. 그 검둥이가 우리 모두를 일깨워준 겁니다."

"처음부터 끝까지 조마조마해 못 견디겠어." 훌리아가 내 손을 꼭 쥐면서 속삭였다. "권총을 뽑아 들고 은행을 터는 중인데 어느 때라도 경찰이 들이닥칠 것 같은 그런 기분 같지 않아?"

택시 운전사는 십 분 넘게(그 시간이 우리에게는 십 년처럼 길게 느껴졌다) 밖으로 나가 있었지만 마침내 양손에 술병을 하나씩 움켜쥐고 돌아왔다. 이제 의식이 계속될 수가 있었다. 증인이 서명하고 나자 읍장은 훌리아와 내게도 서명을 하게 했다. 그러고는 민법전을 펼쳐 들고 촛불 가까이 바짝 갖다 대더니 기록부에 글자를 적어넣었을 때처럼 천천히 남편과 아내의 권리와 의무에 관련된 조항을 읽어주었다. 드디어 그가 우리에게 결혼증명서를 내주면서 우리가 남편과 아내가 되었다고 선언했다. 우리는 서로에게 키스했고 다음에는 증인들과 읍장이 우리를 얼싸안았다. 운전사가 이빨로 술병 마개를 땄다. 잔이 없었으므로 우리는 병에다 입을 대고 한 모금씩 마시고 옆사람에게 건넸다. 그런데 택시로 친차까지 돌아오는 길에—우리 두 사람은 행복감과 안도감을 느끼고 있었다—하비에르가 재수없게도 휘파람으로 웨딩마치를 불려고 했다.

택시 운전사에게 요금을 치른 뒤 우리는 하비에르와 파스쿠알이 리마로 돌아가는 버스를 잡을 수 있도록 아르마스 광장으로 건너갔다. 한 시간쯤 뒤에 떠나는 차가 한 대 있어서 우리는 친차 식당으로 건너가 저녁을 먹을 수 있었다. 식사를 하면서 우리는 한 가지 계획을 짰다. 하비에르가 미라플로레스로 돌아가는 즉시 루초 삼촌 댁으로 가서 집안 분위기를 살핀 다음 우리에게 전화를 해준다는 것이었다. 훌리아와 나는 다음 날 아침에 리마로 돌아갈 예정이었다. 파스쿠알은 이틀 동안 방송국에 나타나지 않았던 사유를 정당화시킬 그럴듯한 변명을 꾸며내야 할 것이었다.

우리는 그들을 버스 정류장에 남겨두고 결혼생활에 이력이 난 부부라도 되는 것처럼 다정하게 이야기를 주고받으며 수다메리카노 호텔로 돌아왔다. 훌리아는 약간 메스꺼운 기분을 느끼

고, 그것이 우리가 그로시오프라도에서 마신 포도주 때문이라고
생각했다. 나는 그 포도주 맛이 꼭 독한 식초 같았다고 한마디
거들었지만 내가 포도주를 마셔본 것은 그때가 처음이라는 말은
하지 않았다.

18

리마의 음유시인 크리산토 마라비야스는 그 유서 깊은 도시의 산타아나 광장 근처에 있는 좁은 골목길에서 태어났는데, 그 주거지의 지붕들 위로는 페루에서 가장 우아한 연들이, 로스바리오스알토스의 하늘로 우아하게 떠오를 때면 라스데스칼사스 수녀원에 은거하는 행실 좋은 수녀들까지 천창을 통해 구경하려고 달려갔던 얇은 종이로 만든 아름다운 물건들이 날았다. 사실 장차 페루의 왈츠, 마리네라, 폴카를 연처럼 높이 떠오르게 할 그 아이의 출생일은 음악으로 치르는 세례식, 다시 말해 인근의 가장 뛰어난 기타 연주자, 드럼 연주자와 가수를 모두 산타아나 광장으로 모이게 했던 축제와 같았다. 그래서 산파는 그 도시 한 귀퉁이에서 인구가 증가했다는 소식을 알리기 위해 아이가 태어난 8호실의 조그만 창문을 열고 이렇게 예언했다.

"이 아이가 살아남는다면 유명한 가수가 될 거예요."

그러나 아이의 생존 가능성은 의심스러워 보였다. 몸무게가
채 일 킬로그램도 되지 않는 데다 조그만 다리는 바짝 오그라붙
어 도저히 걸을 수 없을 것 같았기 때문이다. 하지만 그 지역 사
람들을 림피아스의 신부에게 귀의시키려고 애쓰면서 일생을 보
낸 아버지 발렌틴 마라비야스(그는 자기의 방에서 '형제애'라는
단체를 설립했고, 경솔한 행동에서인지 아니면 자신의 노후를
오래도록 보장하려는 영리한 속임수에서인지 자기가 죽기 전에
그 단체는 기적을 행하는 주님보다도 더 많은 신도를 가질 것이
라고 공언했다)는 그의 수호신이 비범한 위업을 이루어줄 것이
라고 장담했다. 그분이 아들의 생명을 구하고 정상적인 기독교
도처럼 걸을 수 있게 해주리라는 것이었다. 그러나 마술적인 손
가락을 가진 요리사이자 평생 동안 감기조차 걸려본 적 없었던
어머니 마리아 포르탈은 그녀가 오랫동안 갈망해왔고 하느님께
간구해온 아이가 그런 피조물(영장류의 새끼? 가련한 미숙아?)
인 것을 보자 속이 뒤집혀서 그것이 모두 남편 탓이라고 몰아붙
이고는, 이웃 사람들 앞에서 남편은 경건한 척하는 신앙심 때문
에 남자 구실도 제대로 못하는 반편이라고 망신을 주면서 그를
내쫓았다.

어쨌든 크리산토 마라비야스는 살아남았고 우스꽝스럽게 짧은 다리를 하고서도 용케 걷는 법을 배웠다. 물론 거기엔 우아함 같은 것은 없었고, 뭐랄까, 분리된 세 동작—발을 들고, 무릎을 굽히고, 발을 내리는—으로 한 걸음 한 걸음 내딛는 꼭두각시의 걸음걸이와 흡사했다. 그리고 보행 속도도 너무 느려서 그와 함께 걷는 사람들은 마치 자기네가 혼잡한 좁은 거리를 헤치면서 뱀이 기어가듯 나아가는 종교 행렬을 따르고 있다는 생각이 들 정도였다. 그러나 그의 부모(이제는 화해한) 말로는 크리산토가 적어도 목발 없이 돌아다닐 수 있지 않느냐는 것이었다.

아들이 걸음을 떼자 발렌틴은 산타아나 교회에서 무릎을 꿇고 눈물이 가득 고인 눈으로 림피아스의 신부에게 감사했다. 그러나 마리아 포르탈은 그런 기적을 행한 장본인은 바로 알베르토 데 킨테로스 박사, 불구자를 전문적으로 치료하면서 헤아릴 수 없이 많은 마비 환자를 단거리선수로 바꿔놓은, 그 도시에서 가장 유명한 아스클레피오스의 제자라고 했다. 언젠가 그녀가 자기 집에서 기억에 남을 페루식 연회를 열었을 때, 그 의학자가 그녀에게 크리산토의 다리가 아주 가늘고 오그라들기는 했어도 그를 지탱하고 자기 힘으로 세상을 돌아다닐 수 있게 해줄 마사지법과 운동법, 그리고 치료법을 가르쳐주었다는 것이었다.

크리산토 마라비야스의 어린 시절이, 그가 어쩌다보니 태어나게 되었던 고색창연한 구역에서 함께 자란 다른 아이들의 어린 시절과 같다고는 할 수 없다. 다행인지 불행인지는 모르지만, 그 아이는 몸이 허약했던 탓으로 이웃에 사는 소년들의 몸과 마음을 튼튼하게 해주었던 활동들에 참가할 수가 없었다. 그래서 크리산토는 헝겊 공을 가지고 노는 축구에도 끼지 않았고 링에서 권투를 하거나 거리 모퉁이에서 주먹다짐을 하는 것은 더더욱 불가능했다. 또 산타아나 광장에 사는 개구쟁이들이 리마 한복판의 길거리로 몰려나와, 엘치리모요, 코차르카스, 싱코에스키나스, 엘세르카도 등지에서 온 패거리들과 한판 벌였던, 고무줄총이나 돌 또는 발길질로 싸운 정정당당한 전투에 참가한 적도 없었고, 산타클라라에 있는 작은 공립학교(그가 읽기를 배운 곳)의 친구들과 어울려 칸토그란데와 냐냐에 있는 과수원으로 서리를 가거나 리막 강에서 발가벗고 헤엄을 치거나 엘산토요의 목장에서 안장 없는 나귀를 탈 수도 없었다. 난쟁이나 다름없는 극히 작은 키에 대꼬챙이처럼 빼빼 마른 체격, 그리고 아버지에게서 물려받은 초콜릿색 피부에다 머리칼은 어머니를 닮아 직모인 크리산토는 친구들이 그에게는 금지된 모험을 하면서 즐거워하고 땀을 흘리며 자라나고 몸을 튼튼히 하는 동안 멀찌감치 떨어져 앉아 지혜로운 눈으로 그들을 지켜보곤 했다. 그런데 친구들을 지켜볼 때마다 그 아이의 얼굴에 떠올랐던 표정은 우울한 체념이었을까, 조용한 슬픔이었을까?

한 가지 점에서 그 아이는 아버지(그는 림피아스의 신부를 숭배하는 것 외에도 종교 행렬에서 그리스도 상과 성모 마리아 상을 나르고 다양한 성직의 제의를 입으며 일생을 보냈다)처럼 독실한 사람이 될 것 같았다. 이 아이는 몇 년 동안 산타아나 광장 주변의 교회들에서 성실하게 복사 노릇을 해왔던 것이다. 인근의 성직자들은 크리산토가 근면한 데다 미사 응답을 완전히 숙지하고 있을뿐더러 순결한 영혼을 가진 듯해 보였기 때문에, 그의 거동이 몹시 굼뜨고 어색하다는 사실을 못 본 척하며 종종 그를 불러 미사를 거들게 하거나, 성주간에 '십자가의 길'을 재현하는 동안 작은 종을 울리게 하거나, 또는 추모 행렬에서 향로를 나르게 했다.

아들이 군인이나 모험가, 또는 기막히게 매력적인 난봉꾼으로서 풍운아가 되기를 바랐던 마리아 포르탈은 크리산토가 언제나 형편없이 큰 법의를 걸치고, 라스트리니타리아스, 산안드레스, 엘카르멘, 라부에나무에르테, 그리고 코차르카스(그는 그렇게 먼 지역의 성직자들로부터도 부름을 받았다)의 작은 교회 제단에서 유창한 라틴어로 엄숙하게 응답하는 모습을 보면서 땅이 꺼져라 한숨을 토해냈다. 그러나 리마의 '형제애'의 왕인 발렌틴 마라비야스는 자신의 피를 이어받은 이 아이가 결국은 성직자가 될 것 같다는 생각에 가슴 뿌듯한 자부심을 느꼈다.

하지만 그들은 모두 잘못 짚었다. 즉 크리산토가 종교적인 직업을 택하지 않았다는 얘기다. 그 아이는 내면의 삶에 열심히 몰두했으나 어디서, 어떻게, 어떤 수단으로 자신의 감수성을 키울 것인지에 대해서는 아무런 해답도 얻지 못했다. 그리고 시에 대한 조숙한 갈증, 영성(靈性)에 대한 허기는 탁탁 튀며 너울거리는 촛불, 타오르는 향연과 기도, 봉헌물로 덮인 성상, 응답과 의식, 그리고 십자가와 궤배(詭拜)*로 인해 누그러졌다.

마리아 포르탈은 디스칼세드 카르멜리테스 수녀원 수녀들의 가사일과 패스트리 빵 만드는 일을 거들어주고 있던 덕분에, 엄격히 격리된 수녀원 안으로 들어갈 수 있었던 몇 안 되는 사람 중 하나였다. 그 유명한 요리사는 수녀원으로 갈 때면 크리산토를 데려갔는데, 그 아이가 성장함에 따라(키가 아니라 나이로) 수녀들은 그(단순한 사물, 너덜너덜한 누더기, 반쯤 생기다 만것, 시시한 인간 지스러기)를 보는 데 아주 익숙해져서, 마리아 포르탈과 행실 좋은 수녀들이 아프리카 선교 사업에 쓸 돈을 마련하기 위해 천국의 패스트리, 기가 막힌 커스터드, 눈처럼 흰 머랭, 말랑말랑한 푸딩, 마르지판 따위를 만드는 동안, 그가 수

---

* 무릎을 꿇고 절함.

녀원 이곳저곳을 기웃거리며 돌아다니도록 허락해주었다. 그리고 그렇게 해서 크리산토 마라비야스는 열 살 나이에 사랑이 무엇인지를 알게 되었다……

크리산토가 첫눈에 마음이 끌린 소녀의 이름은 파티마였는데, 크리산토와 동갑이었고 하녀로 허드렛일을 하면서 디스칼세드 카르멜리테스 수녀원이라는 여자들의 세계에 살고 있었다. 크리산토 마라비야스가 파티마를 처음 보았을 때, 그 계집아이는 이제 막 수녀원의 자갈길을 물로 청소한 뒤 정원에 심어진 백합과 장미에 물을 주려는 참이었다. 그런데 구멍이 숭숭 뚫린 볼품없는 삼베 옷을 걸치고 거친 면으로 된 두건으로 머리카락을 말아올렸음에도, 그 껑충한 계집아이는 상앗빛 얼굴, 눈자위의 검푸른 그늘, 우아한 턱, 가느다란 발목하며 뼈대 있는 집안의 자손임이 분명했다. 그 소녀는 버려진 아이로(서민들이 질투하는 귀족의 비극) 어느 겨울 밤 후닌 로에 있는 수녀원 사서함 안에서 하늘색 담요에 싸인 채 발견되었다. 눈물로 얼룩진 우아한 필체의 편지와 함께.

'저는 저주받은 사랑의 산물이며 명예로운 가문의 절망이기에, 저를 세상으로 내놓은 부모에게 끊임없이 죄책감을 느끼게 하는 자식이 되지 않고서는 그분들과 함께 살 수가 없습니다. 또 그분들은 같은 아버지와 같은 어머니를 둔 탓으로 서로 사랑하거나 저를 키우거나, 저를 자식으로 인정하는 것이 금지되어 있습니다. 자매님들, 축복받은 디스칼세드 카르멜리테스의 수녀님들은 저를 부끄럽게 여기거나 제가 저 자신을 부끄럽게 여기도록 하지 않고 저를 키워주실 수 있는 유일한 분들이십니다. 저의 고통받는 부모는 당신들께 천국의 문을 열어줄 이 자비로운 행동에 대한 답례로 교단에 크게 보답할 것입니다.'

근친상간의 후손 옆에서 수녀들은 돈이 가득 든 자루를 발견했다. 결국, 그들이 아이(기독교에 귀의시키고, 입히고, 먹여야 할 이교도)를 받아들이겠다고 마음먹게 한 것은 그 돈자루였는데, 그들은 이 아이를 하녀로 양육하고 후에 신명(神命)을 가졌음이 증명된다면 하얀 제의를 입혀 주님의 다른 종으로 만들 것이었다. 그리고 이름은 성모 마리아가 포르투갈의 어린 목동 앞에 현신하셨던 날을 기념하는 축제일에 사서함에서 발견되었기 때문에 파티마로 지을 것이었다.

그렇게 해서 그 계집아이는 행실 좋은 수녀들(항상 경박하기 그지없는)의 죄를 사해주려고 일주일에 한 번씩 찾아오는 교구 성직자로서 통풍(通風)에 걸린 노인 세바스티안(베르과?)을 제외하고는, 단 한 사람의 남자도 보지 못한 채(크리산토를 보기 전까지는) 세상으로부터 단절되어 카르멜리테스 수녀원의 담벽에 둘러싸인 오염되지 않은 환경 속에서 성장했다. 파티마는 마음씨가 곱고 상냥하고 유순했으며, 가장 통찰력이 뛰어난 수녀들은 그 아이의 행동에서 오인의 여지가 없는 성스러움의 징후(시야를 확 트이게 하고 숨결을 향기롭게 하는 영혼의 순결함)를 보았다고들 했다.

혀를 붙잡아맨 수줍음을 극복하려고 무척 애를 쓰면서, 크리산토 마라비야스는 파티마에게 다가가 꽃밭에 물 주는 일을 거들어도 되겠느냐고 물었다. 그 계집아이는 동의했고, 그날 이후로 마리아 포르탈이 수녀원에 갈 때마다, 크리산토는 어머니가 부엌에서 수녀들과 요리를 하는 동안 파티마와 함께 독방들을 청소하거나, 정원을 쓸거나, 제단 위의 꽃을 바꾸거나, 창문을 씻어내리거나, 마루에 왁스칠을 하거나, 기도서에 쌓인 먼지를 털었다. 그러는 사이, 못생긴 사내아이와 예쁘장한 계집아이 사이에는 죽음만이 갈라놓을 수 있는 유대(언제나 가장 좋게 기억되는 첫사랑)가 생겨났다.

발렌틴 마라비야스와 마리아 포르탈이 크리산토에게서, 그가 짧은 시간 내에 기적적인 영감을 지닌 시인이자 유명한 작곡가로 바뀌게 될 첫 조짐을 보았던 것은, 그 어린 반병신이 열두 살에 접어든 무렵이었다.

그 모든 일은 적어도 일주일에 한 번씩 산타아나 광장 근처에 사는 주민들을 한곳으로 모이게 했던 잔치 때 일어났다. 그런 잔치는 아기가 태어났다거나 밤샘(경사를 축하하는? 아니면 병자를 치료하는?)이 있을 때면 ─ 구실은 얼마든지 끌어다 댈 수 있었다 ─ 재단사 춤피타스의 차고에서, 라마스 철물점의 작은 뒤뜰에서, 발렌틴 가족이 사는 골목에서 시작되어 기타를 연주하고 카혼을 울리고 박자에 맞춰 박수를 치고 하면서 동이 틀 때까지 계속되었는데, 사람들이 짝을 지어 원기왕성하게(마리아 포르탈이 내놓은 독한 브랜디와 향기로운 음식에 힘입어) 타일 바닥에 불꽃을 튀기며 춤을 추는 동안, 크리산토 마라비야스는 마치 기타 연주자와 가수와 드럼 연주자의 노래와 음악이 무슨 초자연적인 현상이라도 되는 듯 그들을 지켜보았다. 그리고 악사들이 담배를 피우거나 술을 한잔 마시려고 잠시 연주를 쉴 때면, 조심스럽게 기타들이 놓인 곳으로 다가가 그들을 놀라게 하지 않도록 살그머니 기타를 두드려보다가, 여섯 줄을 튕기는 것이었다. 그러면 아르페지오가 들려왔고……

그 불구자에게 놀랄 만한 소질과 재능이 있다는 사실은 곧 분명해졌다. 예사롭지 않게 음감이 뛰어난 귀를 가진 덕분에 그 아이는 어떤 리듬이라도 즉석에서 되풀이할 수가 있었고, 비록 조그맣고 나약한 손이었지만 어떤 종류의 페루 음악이건 카혼으로 능란하게 반주를 넣을 수 있었다. 악사들이 음식을 먹거나 술을 마시려고 잠깐씩 쉴 때마다 저 혼자 기타의 비밀을 알아낸 뒤로,

크리산토는 그들의 절친한 친구가 되었다. 그리고 이웃 사람들은 얼마 안 가서 그 아이가 잔치 때면 다른 악사들과 나란히 연주하는 모습에 익숙해졌다.

크리산토 마라비야스는 다리가 더이상 자라지 않았으므로, 실제 나이는 열네 살이었지만 여덟 살 정도로밖에 보이지 않았다. 또 거기에다 만성 식욕부진증으로 몹시 여위기까지 해서(예술가 기질의 확실한 징조, 영감을 지닌 사람들의 특징인 신체적 빈약) 마리아 포르탈이 완강하게 붙어다니며 억지로라도 배를 채워주려고 하지 않았더라면, 그 어린 음유시인은 별 볼일 없는 존재로 죽어갔을 것이다. 그러나 이 연약한 피조물은 음악에 관한 한 '피로'라는 단어를 알지 못했다. 다른 기타 연주자들은 몇 시간씩 연주와 노래를 하고 나면 지쳐서 쓰러지고 손가락에 경련이 일고 벙어리로 오인받을 만큼 목이 잠겼지만, 이 불구자는 잔치가 방금 전에 시작되기라도 한 것처럼 밀짚 방석을 깐 작은 의자 위에 꼿꼿이 앉아 기타줄에서 멋진 화음을 이끌어내며(바닥에 결코 닿지 않는 왜놈의 발처럼 조그만 발, 지칠 줄 모르는 작은 손가락) 노래를 부르는 것이었다.

물론 그는 힘찬 목소리를 가지고 있지는 않았다. 그래서 사장조로 어떤 왈츠곡을 부르다가 맞은편의 유리창을 박살냈던 저 유명한 에세키엘 델핀의 놀라운 능력과 겨룰 수는 없었을 것이다. 그러나 성량의 부족은 흠잡을 데 없는 억양과 광적인 완벽주의, 그리고 한 음절도 얼버무리거나 어설프게 넘어가지 않는 풍부한 음정 변화로 상쇄되었다.

그럼에도 그를 유명하게 만들어주었던 것은 해석자라기보다는 작곡가로서의 재능이었다. 로스바리오스알토스의 젊은 불구자가 페루 음악을 연주하고 노래할 뿐 아니라 작곡하는 방법까지도 알고 있다는 사실은, 어느 일요일 밤 온 동네 사람들이 요리사의 성도축일을 축하하면서 오색 테이프며 딸랑이며, 색종이 조각들로 산타아나 광장을 가득 채웠던 소란스런 잔치가 벌어졌을 때 빛을 보게 되었다. 그날 자정 무렵, 악사들은 전에 아무도 들어본 적 없는 대화 형식의 폴카곡을 연주함으로써 잔치에 모인 사람들을 깜짝 놀라게 했다.

코모?
콘 아모르, 콘 아모르, 콘 아모르
케 아세스?
예보 우나 플로르, 우나 플로르, 우나 플로르
돈데?
엔 엘 오할, 엔 엘 오할, 엔 엘 오할,
아 키엔?

아 마리아 포르탈, 마리아 포르탈, 마리아 포르탈……

(어떻게?
사랑으로, 사랑으로, 사랑으로
무얼 하면서?
꽃 한 송이, 꽃 한 송이, 꽃 한 송이를 꽂으면서
어디에?
내 옷깃, 내 옷깃, 내 옷깃에
누구를 위해?
마리아 포르탈, 마리아 포르탈, 마리아 포르탈을 위해……)

따라 하기 쉬운 리듬 덕분에 그곳에 있던 모든 사람들은 춤추고 뛰고 싶은 충동을 억제할 수 없었다. 그리고 가사 역시 그들을 즐겁게 하고 감동시켰다. 모두들 호기심으로 가득했다. 누가 그 폴카를 작곡했을까? 악사들은 고개를 돌려 그 장본인은 눈을 내리깔고 있는(진짜로 위대한 사람의 겸손) 크리산토 마라비야스라고 알려주었다. 마리아 포르탈은 아들에게 키스 세례를 퍼부었고 발렌틴은 눈물을 훔쳤다. 그리고 이웃 사람들 모두가 새로 탄생한 작곡가에게 열렬한 갈채를 보냈다. 라페리촐리에서 창조적인 예술가 한 사람이 태어난 것이었다.

크리산토 마라비야스의 출세가도(이 저속한 용어가 신성한 영감을 특징으로 하는 천직을 표현하기에 적합할까?)는 혜성과도 같았다. 채 몇 달도 지나지 않아 그의 노래들은 온 리마 시내에 알려졌고, 몇 년이 지나자 페루 국민 모두의 기억과 마음에 들어가 박혔다. 그리고 그가 스무 살이 되기도 전에 너나 할 것 없이 모두들 그가 페루에서 가장 사랑받는 작곡가라는 사실을 인정한 것이었다. 그의 왈츠곡은 부자들의 연회에 활기를 불어넣었고, 중산층 사람들의 잔치에서는 춤곡으로 쓰였으며, 가난뱅이들에게는 십팔번이 되었다. 리마의 악단들은 앞을 다투어 그의 음악을 연주하고 나섰으며, 남자건 여자건 간에 직업 가수로서 험난한 길을 걷겠다고 작심한 사람치고 자신의 레퍼토리에 마라비야스의 경이로운 노래를 포함시키지 않은 사람은 단 하나도 없었다. 그의 곡들은 레코드로 찍혀 팔려나갔고 책으로 배포되었다. 그리고 방송과 잡지에서도 수많은 팬들을 위해 그를 정기적으로 크게 다루지 않으면 안 되었으므로, 대중의 상상에서도, 또 세간에 떠도는 소문으로도 로스바리오스알토스 출신의 작곡가는 전설적인 인물이 되었다.

그러나 명성과 인기도, 그런 아첨을 백조처럼 초연하게 받아들였던 겸손한 젊은이의 머리를 돌게 하지는 않았다. 그는 예술에 몰두하기 위해 졸업을 일 년 앞두고 고등학교를 떠났다. 그러

고는 축제에서 연주를 하거나 세레나데를 부르거나 시를 지어주
었는데, 그렇게 해서 받은 사례금으로 그는 기타를 살 수 있었
다. 기타가 그의 것이 되었던 날 그는 참으로 행복했다. 이제 그
는 자기의 고민거리를 털어놓을 막역한 친구, 고독을 달래줄 동
료, 영감을 표현할 목소리를 갖게 된 것이었다.

그는 악보를 읽거나 쓸 줄 몰랐고 배우려고도 하지 않았다. 그
래서 귀와 직관에 의지해 노래를 지었는데, 일단 마음속으로 곡
을 외우고 나면 그것을 이웃에 사는 혼혈인 선생 블라스 산히네
스에게 들려주었고, 선생은 오선지에 받아 적었다. 그는 자신의
재능을 이용하여 수지맞는 사업을 벌일 생각은 꿈에도 하지 않
았으므로 자기의 작품들에 저작권을 갖고 작품 사용료를 요구한
적이 단 한 번도 없었다. 또 친구들이 찾아와 그의 멜로디와 노
래 가사가 하층 예술계의 속물들에게 표절당하고 있다는 소식을
전해줄 때에도 따분한 듯 하품이나 해댈 뿐이었다. 하지만 그런
무관심에도 불구하고, 그는 레코드 회사 아니면 라디오 방송국
들에서 보내주거나 파티에서 연주를 부탁했던 사람들이 떠맡기
다시피 하여 쥐여준 돈으로 어느 정도의 수입을 올리고 있었다.
크리산토는 그 수입을 모두 부모에게 맡겼고 그들이 세상을 뜨
자(그때 그의 나이는 서른이었다) 맡겼던 돈을 친구들과 함께
나누어 썼다.

그는 결코 로스바리오스알토스나 그가 태어났던 좁은 골목길에 있는 8호실을 떠나고 싶어하지 않았다. 그것은 자기의 비천한 혈통에 대한 충성과 애정 때문이었을까, 아니면 빈민가에 대한 애착 때문이었을까? 물론 그런 감정이 어떤 역할을 했다는 것은 분명했다. 하지만 무엇보다도 더 중요한 이유는 그가 살고 있는 좁고 후미진 뒷길에서 엎어지면 코 닿을 곳에 근친상간을 한 부모에게서 태어난, 그리고 처음 만났을 때는 허드렛일을 하는 계집아이였지만 이제는 수녀가 되어 베일을 쓰고 순종과 가난과(아아, 슬프게도!) 그리스도의 신부로서 순결을 서약한 파티마라는 여자가 있었기 때문이다.

바로 그것이 크리산토가 평생 동안 간직해온 비밀이자 모든 사람들이 오그라든 두 다리와 난쟁이 같고 균형 없는 체격 탓으로 돌렸던(영혼의 상처에 대한 대중의 무지) 그의 슬픔에 대한 이유였다. 더군다나, 그 기형적인 발육 부진으로 인해 나이가 훨씬 더 어려 보인 덕분으로 그는 계속 어머니를 따라 디스칼세드 카르멜리테스 수녀원을 드나들었으며, 적어도 일주일에 한 번은 그의 꿈의 처녀를 볼 수 있었다. 파티마 수녀는 크리산토가 그녀를 사랑하듯 그 불구자를 사랑했을까? 그것은 알 길이 없다. 들판에 날리는 꽃가루의 오묘한 신비를 알지 못하는 온실 속의 화초처럼, 파티마는 수녀원이라는 금욕 세계에서 늙은 여자들에게 둘러싸인 채 어린아이에서 청춘기를 지나 여인으로 성장하면서 도덕적인 관념과 의식이 몸에 배었기 때문이다. 귀와 눈과 상상력에 와 닿은 모든 것이 계율(엄격한 중에서도 가장 엄격한)이라는 도덕의 체로 철저히 걸러진 미덕의 화신인 이 피조물이 주님의 소유라 믿는 것(사랑?)을 인간들 또한 서로 주고받을 수 있다고 상상이나 할 수 있었을까?

그러나 (물이 산기슭을 타고 내려 바다로 흘러가듯, 어린 송아지가 눈도 뜨기 전에 흰 젖을 빨려고 젖꼭지를 찾듯) 어쩌면 파티마는 그를 사랑했을지도 몰랐다. 어찌 되었건, 크리산토는 그녀의 친구이자 그녀가 아는 유일한 동갑내기였으며, 마리아 포르탈이 뛰어난 침모로서 수녀들에게 자수의 비밀을 가르치는 동안, 만약 그들이 함께 했던 일—마루를 쓸고 유리창을 닦고 나무에 물을 주고 촛불을 켜는—을 '놀이'라고 해도 상관없다면, 그녀가 일생 동안 사귄 유일한 놀이 상대였다.

그 두 사람이 어린 시절부터 줄곧 많은 이야기를 나누어왔다는 것 또한 사실이었다. 그들은 꾸밈없는 대화로—그녀는 순진했고 그는 수줍었다— '사랑' 이라는 단어를 쓰거나 입맞춤을 하는 법 없이(백합의 섬세함과 비둘기의 고상함) 둘 사이에 놓인 주제들, 예를 들자면 파티마 수녀가 모은 성상들의 예쁜 색깔이라든가 전차며 자동차, 영화 등이 어떤 것인지 알려주려는 크리산토의 설명을 통하여 서로에게 사랑을 이야기했다. 그리고 이 모든 것은 들을 귀가 있는 사람들을 위해 이름 모를 신비한 여성에게 바치는 마라비야스의 노래들로 다시 구현되었다. '파티마는 처녀 파티마'라는 제목으로 팬들에게 굉장한 궁금증을 불러일으켰던 유명한 왈츠곡만을 제외하고는.

크리산토 마라비야스는 그녀를 수녀원 밖으로 끌어내 자기여자로 만들기란 도저히 불가능하다는 사실을 알고 있었음에도, 일주일에 몇 시간씩 그의 뮤즈 여신*을 보는 것만으로 행복했다. 또 그러한 짧은 만남은 그에게 더욱 심오한 영감을 불어넣었으며 그가 수많은 모사말라, 야라비에, 페스테호, 레스발로사 같은 곡을 탄생시킨 원동력이 되었다.

그의 삶에서 두번째 비극(첫번째는 그가 불구자로 태어났다는 것이었다)은 공교롭게도 그가 오줌을 누고 있을 때 라스데스칼사스 수녀원장과 마주치는 바람에 일어났다. 리투마 원장은 뺨이 붉으락푸르락해졌다가 딸꾹질을 일으키더니 득달같이 마리아 포르탈에게로 달려가 아들의 나이가 몇 살이냐고 물었다. 침모는 아들이 체구로는 열 살밖에 안 되어 보이지만 사실은 열여덟 살이 넘었다고 고백했고, 리투마 원장은 성호를 그으면서

---

* 그리스 신화에 나오는 시와 음악의 여신.

그가 다시는 수녀원에 들어오지 못하도록 금지시켰다.

산타아나 광장의 음유시인에게는 그것이 거의 치명적인 타격이어서 그는 즉시 진찰할 수 없는 상사병을 앓게 되었다. 그리고 의사와 심령치료사가 그를 혼수 상태에서 구해내려고 약을 쓰거나 주문을 외는 동안 꼼짝없이 침대에 누워—고열과 노래 가사 같은 헛소리를 내는 발작에 시달리면서—여러 날을 보냈다. 마침내 그가 병상에서 일어났을 때, 그는 유령이나 다름없었고 제대로 일어설 수도 없었다. 그러나(달리 무슨 도리가 있었을까?) 연인과의 잔인한 결별은 그의 예술에 도움이 되어서, 그의 음악은 눈물이 다 날 정도로 그지없이 부드러운 애조를 띠게 되었고 노래 가사는 갑자기 사내다워졌다. 크리산토 마라비야스의 위대한 연가들은 이 시기에 나왔다. 그의 친구들은 달콤한 멜로디를 따라 부를 때마다, 감옥에 갇힌 어린 소녀, 새장에 갇힌 작은 방울새, 덫에 걸린 조그만 야생 비둘기, 하느님의 궁전 후미진 곳에서 꺾여버린 한 떨기 꽃과 희망 없는 슬픔에 잠긴 채 멀리서 사랑으로 애태우는 남자를 노래한 가슴 저미는 구절을 들을 때마다, 속으로 '그녀가 누구일까?' 하고 물어보았다. 그리고 (이브를 타락시킨 호기심으로) 시인을 사로잡은 문제의 여주인공이 누구인지를 추측하려고 들었다.

그가 난쟁이 같은 키에 보잘것없는 얼굴을 하고 있었음에도,

리마의 여자들은 크리산토 마라비야스의 매력에 홀린 것 같았다. 은행에 한 재산 넣어둔 백인 여자, 화류계에서 몸을 파는 어린 혼혈아, 슬럼가에 사는 검둥이, 이제 막 삶을 배우기 시작한 젊은 처녀, 그리고 다시 한번 더 정조를 벗어던지려는 나이든 여자들이 사인을 받겠다는 핑계로 수수한 8호실에 얼굴을 들이밀었다. 그들은 그에게 추파를 던지고, 작은 선물을 안기고, 알랑거리고, 찬사를 늘어놓고, 만날 장소를 제시하거나 즉석에서 대놓고 사랑을 고백하기도 했다. 그것은 이 여자들이 수도(순풍, 좋은 날씨, 맑은 공기?)의 이름*에서 허세가 느껴지는 어떤 나라 여자들처럼, 혼담이 오갈 때면 병신이 온전한 사내보다 더 낫다는 멍청한 편견 탓에 습관적으로 불구자와의 교제를 원했기 때문이었을까? 아니었다. 이 경우에는 크리산토 마라비야스의 예술이 내뿜는 광채가 그들로 하여금 그의 비참한 외모를 보지 못하게 했거나, 혹은 불구자라는 사실 때문에 그를 더욱 매력 있는 남자로 보이게 했던 영적인 오로라가 산타아나 광장의 난쟁이를 에워쌌기 때문이었다.

크리산토 마라비야스는 그런 여자들의 구애를 공손하게 (결핵에서 회복 중인 병자의 부드러움으로) 거절했다. 그러고는 호

---

* 부에노스아이레스를 뜻함.

감을 사려고 드는 여자들에게 시간을 낭비하지 말라고 넌지시 암시를 주었는데, 그때 그가 즐겨 썼던 말이 그에 관한 엄청난 뒷소문을 불러일으키기도 했다.

"나는 정절을 믿는 포르투갈의 어린 목동입니다."

그 시절 크리산토는 점쟁이 집시처럼 자유분방한 생활을 하고 있었다. 그래서 보통 낮 열두시쯤에 일어나 산타아나 교회의 성직자와 함께 아침을 먹곤 했는데, 그 성직자는 전직 판사였던 구메르신도 테요 박사로, 그의 집무실에서 어떤 퀘이커교도(페드로 바레다 이 살디바르?)가 기소당한 범죄(브라질발 여객기편으로 그 나라에 들어온 검둥이 밀항자를 살해한 죄)와 무관하다는 사실을 입증하기 위해 자신의 성기를 절단한 사건이 있고 난 뒤 크게 느낀 바 있어서 법복을 벗고 성직자의 제의로 갈아입은 사람이었다. 그리고 성기를 잘라버린 사람의 이야기는 크리산토 마라비야스에 의해 '피는 나를 풀어주네'라는 제목의 기타, 키하다, 카혼을 위한 곡으로 영원히 살아남았다.

음유시인과 구메르신도 신부는 크리산토(삶 그 자체로 재능이 키워지는 예술가?)가 노래의 등장인물과 주제를 찾아내기 위해 리마의 거리를 함께 걷는 습관이 있었다. 그의 음악—전통과 역사, 풍습은 물론 떠도는 이야기들도 다룬—은 멜로디 속에서 그 도시의 상징과 관습에 영속성을 부여했다. 세르카도 광장에서 멀지 않은 산토크리스토 투계장에서 마라비야스와 구메르신도 신부는 산디아 경기장에서 열릴 선수권대회에 참가하기 위해 훈련받고 있는 싸움닭들을 지켜보았고, 그렇게 해서 '고추색 수탉을 조심하세요, 엄마'라는 마리네라 곡이 만들어졌다. 또 그들은 조그만 카르멘알토 광장에서 일광욕을 즐기기도 했는데, 그곳에서 크리산토는 꼭두각시놀음을 하는 몬레온이 헝겊으로 만든 작은 인형들을 가지고 이웃 사람들을 즐겁게 해주는 광경을 지켜보면서, '카르멘알토의 젊은 아가씨'라는 왈츠곡의 주제를 찾아냈다(그것은 이렇게 시작한다. "아아, 나의 사랑, 당신은 조그만 철사 손가락과 밀짚 심장을 가졌네요"). 크리산토가 '경건한 수녀님, 당신도 한때는 여자였지요'라는 왈츠곡에 나오는 검은 숄을 걸친 작달막한 늙은 수녀들을 우연히 만났던 것도, 또 '개구쟁이들'이라는 폴카곡에 나오는 젊은이들의 패싸움을 지켜보았던 것도 다 고풍스러운 도시의 산책에서였다.

성직자와 음유시인은 으레 저녁 여섯시경이면 헤어져 성직자는 엘카야오에서 살해된 식인종의 영혼을 위해 기도하러 그의 교회로 돌아갔고, 음유시인은 재단사 춤피타스의 차고로 가곤 했다. 그곳에서 크리산토는 친한 사람들로 구성된 악단—카혼 연주자 시푸엔테스, 키하다 연주자 티부르시오, 가수(?) 루시아 아세밀라, 기타 연주자 펠리페와 후안 포르토카레로—과 함께 신곡을 연습하고 편곡을 했는데, 땅거미가 질 무렵이면 누군가가 우정이 담긴 피스코 술을 가져오곤 했다. 그렇게 해서 음악을 만드는 작업과 대화와 연습과 소량의 알코올이 교차하는 가운데 시간이 흘러갔다. 날이 어두워지면 악단은 일을 그만두고 리마 시내의 이 식당 저 식당에서 저녁을 먹었으며, 그 예술가는 항상 귀빈 대접을 받았다. 또 어떤 날에는 갖가지 잔치 — 생일, 약혼, 결혼 — 아니면 사교 클럽에서의 모임이 그를 기다리기도 했다. 그들은 동틀 무렵에야 집으로 향했고 음유시인의 친구들은 그가 사는 건물 입구에서 작별인사를 나누었다. 하지만 그들이 서로 헤어져 자기들의 거처에서 편안히 잠들고 나면 일그러진 작은 형체가 어색한 걸음걸이로 골목길을 나서곤 했다. 그러고는 새 벽 녘의 안개와 가랑비 속에서 유령 같은 모습으로 습기찬 어둠을 헤치며 인적 없는 산타아나 광장에 이르면, 라스데스칼사스 수녀원이 마주 보이는 돌 벤치에 앉는 것이었다. 이른 아침의 고 양이들은 기타로 튕겨낼 수 있는 소리 중에서 가장 감명 깊은 아르페지오와 인간의 영감으로 탄생한 노래 중에서 가장 열정적인 연가를 듣곤 했다. 하지만 그 시간에 이미 밖으로 나온 늙은 수 녀들은 이따금 그 음유시인이 수녀원 앞에서 나직하게 노래를 부르고 눈물을 흘리며 앉아 있는 모습을 훔쳐보고는, 그가 허영심에 취해 성모 마리아에게 반해서 동틀 무렵이면 세레나데를 부른다는 악의에 찬 소문을 퍼뜨렸다.

날이 가고 달이 가고 해가 갔다. 크리산토 마라비야스의 명성 (팽창해서 태양을 향해 떠오르는 풍선의 운명) 또한 그의 음악과 더불어 널리 알려졌다. 그러나 크리산토의 절친한 친구이자 교구 성직자로 마누라와 자식들에게 죽도록 두들겨 맞았다가 (쥐새끼를 키운다는 이유로?) 건강을 회복하면서 주님의 부름을 받은 전직 경찰인 구메르신도 리투마를 비롯하여 누구도, 크리산토 마라비야스가 지난 몇 년 동안 이런저런 허드렛일을 하면서 성인의 길을 걸어왔던 파티마 수녀에게 품고 있는 엄청난 열정의 내막을 짐작조차 하지 못했다. 수녀원장(루시아 아세밀라 수녀?)이 그 음유시인에게 남성의 상징(판사실에서 운명적인 그날 아침에 일어났던 사건에도 불구하고?)이 있다는 사실을 안 날 이후로 그 순결한 두 남녀는 단 한마디의 말도 나눌 수가 없었다. 하지만 그 뒤로도 그들은, 비록 어렵게 먼빛으로 볼 수 있을 뿐이기는 했어도, 서로를 바라보는 기쁨을 누려왔다. 수녀가 된 뒤로 파티마가, 수녀들이 둘씩 교대로 돌아가며 하루 스물네 시간 계속 철야기도를 올리는 카르멜리테스 수녀원의 다른 자매들처럼, 본당에서 기도를 드리게 되었기 때문이다.

교대로 기도를 올리는 수녀들은 조그만 나무 격자창으로 일반 신도들과 격리되었는데, 그 창문이 아주 작다고는 해도 양쪽에 있는 사람들은 그 틈새로 서로를 볼 수 있었다. 그리고 바로 그 격자창 때문에 리마의 음유시인은 자주 이웃 사람들에게 그의 독실한 신앙심을 두고 입방아를 찧는 농담거리가 되었는데, 그는 '네, 저는 신자예요'라는 경건한 톤데로를 작곡함으로써 그런 조롱에 응수했다.

사실 크리산토는 카르멜리테스 본당에서 많은 시간을 보냈다. 그는 하루에도 몇 번씩 본당으로 들어가 성호를 긋고는 격자창 쪽으로 시선을 던졌다. 그리고 만일—가슴이 두근거리고 맥박이 빨라지고 등줄기에 전율을 느끼면서—나무 격자창의 네모진 조그만 구멍들을 통해 하얀 성의를 입은 실루엣들이 한시도 떠나지 않는 기도대 가운데 한곳에 무릎을 꿇고 있는 파티마 수녀를 알아보기만 하면, 그 즉시로 식민지 시대의 타일 바닥에 무릎을 꿇는 것이었다. 그는 비스듬한 자세를 취하고 앉았는데 (이 경우 그가 똑바로 앞을 보는지 아니면 옆을 보는지 잘 알 수 없다는 점에서 기형적인 체구가 도움이 되었다), 그렇게 하고 있으면 실제로는 그의 눈길이 사랑하는 여인의 몸을 감싸고 있는 긴 베일과 풀을 먹인 새하얀 가운에 고정되어 있는데도 제단을 쳐다보고 있는 것 같은 인상을 줄 수 있었다. 때때로 파티마 수녀는 (운동선수가 마음을 가다듬으려고 할 때처럼 심호흡을 하고서) 기도를 중단하고 제단(사각형들로 격리된 곳의?) 쪽으로 눈을 들었다가 어스름하게 겹쳐지는 크리산토의 실루엣을 알아보았다. 어릴 적 친구를 보는 순간 젊은 수녀의 백설 같은 얼굴에는 잔잔한 미소가 어리고 섬세한 가슴속에는 부드러운 정감이 되살아나는 것이었다. 눈길이 몇 초 동안 마주치는 사이(파티마 수녀는 눈길을 내려야겠다는 느낌을 받곤 했다) 그들은 서로에게 속마음을 이야기했다. 하늘나라의 천사조차 얼굴을 붉히게 할 그런 일들을? 그랬다. 그것은 분명한 사실이었다. 이 젊은 처녀는 채 다섯 살도 안 되었던 어느 화창한 아침에, 피스코 교외에서 신약 홍보원인 루초 아브릴 마로킨이 몰던 차 바퀴에 깔려 박살이 나는 사고를 당하고서도 기적적으로 살아난 뒤 파티마라는 동정녀 덕분에 수녀가 되었고, 시간이 흐르면서 그녀의 독방에서 로스바리오스알토스의 음유시인을 진정으로 사랑하게 되었다.

크리산토 마라비야스는 사랑하는 여인과의 세속적인 결합은 포기한 채, 본당에서 남들이 알지 못하게 그녀를 보는 것으로 만족했다. 그러나 파티마 수녀가 그의 음악, 그녀가 부지불식간에 영감을 불어넣어준 그 노래들을 들을 수 없다는 생각—내세울 거리라고는 예술밖에 없는 남자에게는 너무 잔인한—에는 절대로 물러설 수가 없었다. 그는 지난 이십 년 동안 폐렴에 걸릴 위험을 무릅쓰고 매일같이 동틀 무렵이면 사랑하는 여인에게 바쳐온 세레나데들이, 단 한 번도 그녀의 귀에 닿은 적이 없었던 게 아닐까(수녀원의 두꺼운 담벽에 시선을 던지는 사람이면 누구나 알 수 있는 확실성으로) 의심스러웠다.

어느 날 크리산토 마라비야스는 그의 레퍼토리에 소박한 풍습을 노래하는 곡 다음으로 경건하고 신비로운 테마, 즉 리마의 성 로세가 행한 기적, 포레스의 성 마르틴이 보인(동물학상의?) 업적, 순교자들의 이야기, 폰티우스 필라테의 저주 따위를 도입하기 시작했다. 하지만 그의 대중적인 인기는 그로 인해 조금도 줄어들지 않았으며 동시에 새로운 부류의 열렬한 팬까지 얻게 되었다. 성직자와 수사, 수녀, 가톨릭 개혁자가 그들이었다. 그렇게 해서, 고상하고 향기롭고 신성한 테마로 풍요로워진 이 페루 음악은 응접실이나 사교 클럽의 벽을 뛰어넘어 예전에는 상상할 수도 없었던 장소, 그러니까 교회며 기도 행렬, 수도원, 신학교에서도 울려 퍼지기 시작했다.

그런 빈틈없는 계획을 실행하는 데는 십 년이 걸렸지만 결국엔 성공을 거두었다. 라스데스칼사스 수녀원은 어느 날 그들이 받은 제안, 즉 모든 교구가 사랑하는 음유시인이자 목회의 시인이며 기독교 방송국의 음악가인 사람이, 아프리카 선교 사업 기금을 마련하기 위해 교회와 수녀원에서 리사이틀을 갖겠다고 한 제안을 거절할 수 없었다. 리마의 대주교(고결한 지혜와 전문가의 귀를 지닌)는 그 공연을 승인했을 뿐 아니라, 엄격하게 격리된 카르멜리테스 수녀원에서 음악을 즐길 수 있도록 몇 시간 동안 성직을 지배하는 규율을 일시 해제하겠다는 전갈까지 보냈다. 그 역시 고위 성직자들을 대동하고 리사이틀에 몸소 참석할 계획이었다.

총독이 다스리던 도시의 역사에 기념일을 하루 더한 그 사건은 크리산토가 인생의 절정기에 도달한 바로 그날에 일어났다. 그러니까 쉰번째 생일날이었던가? 그는 훤한 이마와 매부리코에 꿰뚫어보는 듯한 눈길을 지닌 그지없이 정직하고 선량한 사내였으며 정신의 아름다움이 반영된 우아한 모습을 하고 있었다.

비록 개별적으로 초청장이 발송되었고(사회가 짓밟아버린 개인들에 대한 예방책) 초청장이 없는 사람은 누구도 리사이틀에 참석할 수 없다는 합당한 경고가 발해졌음에도 실제 상황은 크게 달랐다. 유명한 리투마 경사와 그의 오른팔인 하이메 콘차 경장의 지휘를 받고 있던 경찰 방어선이 밀려드는 군중 앞에서 휴지장처럼 무너진 것이었다. 군중들은 전날 저녁부터 몰려들기 시작하더니 이제는 (공손하게도?) 회랑이며 복도며 계단, 현관을 침범했다. 초청객들은 위층 발코니로 곧장 연결된 비밀문을 통해 들어가는 수밖에 없었고 그곳의 고풍스러운 난간들 뒤에서 밀치락거리며 공연을 즐기려고 자리를 잡았다.

오후 여섯시, 음유시인이 그의 오케스트라와 합창단에 둘러 싸여 (신대륙 정복자 같은 미소를 띤 채, 남색 정장 차림에 황금 빛 머리칼을 멋지게 늘어뜨리고 전문 운동선수처럼 유연한 걸음 걸이로) 입장하자 라스데스칼사스 본당에서는 천장이 떠나갈 듯한 박수갈채가 터져나왔다. 구메르신도 마라비야스가 무릎을 꿇고 굵직한 바리톤으로 '주님과 아베마리아'를 부르는 동안 그의 눈(벌꿀처럼 녹아내리는?)은 머리통들 가운데서 일단의 친구들을 확인했다.

첫째 줄에는 천체를 면밀히 관찰하고, 조류를 측정하고, 중세 기독교의 신비철학을 이용하여 최면을 걸고, 그 도시에 사는 여성 백만장자들의 운명을 점쳐왔으면서도 페루 음악이라면 사족을 못 쓰는(공기놀이를 즐기는 학자의 단순한 마음) 유명한 점성가 (에세키엘?) 델핀 아세밀라 교수가 앉아 있었다. 그리고 비행기(?)에 실려 대양을 건너온 뒤 혼자 힘으로 새로운 삶을 시작하여(그의 부족만이 쓰는 독을 사용하여 설치류를 죽이는 도시적인 소일거리에 몰두함으로써 한 재산 모으면서?) 리마에서 가장 유명한 흑인이 된 밀항자도 단춧구멍에 붉은 카네이션을 꽂고 새로 산 밀짚모자로 한껏 멋지게 차려입고서 자리를 함께했다. 그 음악가에 대한 세인들의 칭찬에 이끌려 참석한(악마의 소행 아니면 우리의 일치로) 사람 가운데는 영웅적인 행동

(예리한 편지따개로 오른손 집게손가락을 자른?)을 보였던 덕에 마이미에라는 별명을 얻은 여호와의 증인인 루초 아브릴 마로킨과, 그에게 사랑의 표시로 엄청난 희생을 요구했던 매혹적이고 변덕스러운 고전적 미인 사리타 우안카 살라베리아도 끼어 있었다. 그런데 어째서 리마의 음유시인은 페루의 음악애호가 가운데서 미라플로레스 출신의 핼쑥하고 빈혈기 있는 청년 리카르도 킨테로스를 볼 수 없었을까? 그는 일생에 단 한 번 카르멜리테스 수녀원의 문이 열린 기회를 틈타, 그의 부모가 근친상간을 하지 못하도록 수녀원에 가두어버린 자기의 여동생(파티마 수녀? 리투마 수녀? 루시아 수녀?)을 먼발치에서나마 볼 수 있을까 해서 군중들 사이에 끼어 몰래 회랑 안으로 들어왔다. 그리고 심지어는 가난한 농아들에게 수화를 가르치는 이타적인 직업에 헌신하면서 그들이 살고 있는 식민지 하숙을 한 번도 떠난 적이 없었던, 귀머거리에 벙어리인 베르과 부부까지도 온 시내를 들끓게 한 호기심에 못 이겨 리마의 우상을 보러(그들은 들을 수가 없었으므로) 왔다.

그 도시를 슬픔으로 몰아넣게 된 운명의 계기는 구메르신도 테요 신부가 리사이틀을 시작한 뒤에 나타났다. 그러니까 좀더 정확히 얘기하자면, 복도며 안뜰이며 계단과 옥상 테라스까지 들어찬 수백 명의 청중이 최면에 걸린 듯 귀 기울이고 있는 동안, 그 가수가 오르간 연주에 맞춰 '나의 신앙은 판매용이 아니라오'라는 곡의 마지막 소절을 멋들어지게 부르고 있을 때였다. 청중들을 파멸로 이르게 한 시초는 구메르신도 신부에게 보낸 첫 박수갈채(우유를 탄 커피처럼 혼합되어 있는 선과 악)였다. 왜냐하면 그들은 노래에 도취되고 박수갈채와 환호성을 보내는데 정신이 팔려 지각 변동의 첫 징후와 주님의 카나리아가 불러일으킨 마구 요동치는 감정을 혼동했기 때문이다. 그들은 건물에서 빠져나와 아직 안전책을 강구할 수 있었던 몇 초 동안 아무런 반응을 보이지 않았다. 그리고 흔들리는 것이 자기들의 몸이 아니라 땅이었다는 사실(고막을 찢을 듯한 화산의 노호)을 알아차렸을 때는 이미 때가 늦었다. 카르멜리테스 수녀원의 세 곳뿐인 통로가 모두(우연인지, 주님의 뜻인지, 건축가의 실수인지 모르겠지만?) 가장 먼저 무너져내린 돌 더미에 막혀버린 것이었다.

첫 진동이 감지되자 하이메 콘차 경장과 리투마 순경의 도움을 받아 수녀원을 벗어나려고 했던 크리산토 마라비야스 경사는 현관에 세워져 있던 거대한 천사상이 현관을 막으면서 쓰러지는 순간 그 밑에 깔려 죽었다. 그 용감한 시민과 두 명의 부하는 대지진의 첫 희생자였는데, 그렇게 해서 세 명의 페루 소방대원은 카르멜리테스 수녀원의 신성한 현관에서 (최후의 심판을 기다리기 위해?) 차가운 석상에 깔려(구두창에 짓밟힌 바퀴벌레들)

최후를 맞았다.

한편, 수녀원 안에서도 음악과 종교에 이끌려 그곳으로 모여든 신자들이 파리 목숨처럼 죽어갔다. 박수갈채에 이어 통곡과 비명과 공포에 질린 외마디 소리가 코러스처럼 뒤따랐고, 귀중한 석재와 고풍스러운 벽돌은 땅속 깊은 곳으로부터 흔들리는—발작적이고 끝이 없는—진동을 버텨낼 수 없었다. 사방의 벽이 하나씩 갈라지고 붕괴되면서 벽을 타고 길거리로 빠져나가려던 사람들을 압사시켰다. 그리고 몇몇 유명한 설치류 박멸가들(베르과 부부였던가?)도 함께 죽음을 맞았다. 몇 초 뒤에는 이층 회랑이 무너져내리면서(지옥을 방불케 하는 소동, 먼지구름의 폭풍) 구메르신도 수녀원장의 말소리를 좀더 잘 듣기 위해 높은 곳으로 올라간 사람들이 아래쪽 안뜰에 운집한 군중의 머리 위로(살아 있는 투사물, 인간 운석) 내동댕이쳐졌다. 바로 그때 자신이 고안한(시끄러운 구주회 놀이*로 이루어진?) 치료법으로 리마 시민의 절반을 노이로제로부터 해방시켜주었던 심리학자 루초 아브릴 마로킨도 두개골이 포석에 맞아 박살나면서 죽음을 맞았다. 그러나 짧은 시간에 많은 사람들의 목숨을 앗아간 것은 카르멜리테스 수녀원의 지붕이 무너지면서였는데, 교황의 찬사

---

* 아홉 개의 핀을 세우고 공을 굴려서 이를 넘어뜨리는 놀이.

를 받은 책 『십자가의 이름으로 이단의 줄기를 잘라내며』를 저술함으로써 이전에 믿던 종교인 여호와의 증인을 버린 뒤 세계적인 명성을 얻었던 루시아 아세밀라 수녀가 다른 사람과 더불어 죽음을 맞았던 것도 그때였다.

파티마 수녀와 리카르도의 죽음(피도 베일도 남아 있을 수 없는 불가항력적인 수난의 도래)은 훨씬 더 비극적이었다. 불길이 꺼질 줄 모르고 계속 타오르는 동안 두 사람은 서로 꼭 껴안은 채 아무런 상처도 입지 않았던 반면, 그들 주위에 있던 사람들은 질식되거나 짓밟히거나 불에 타 죽어가고 있었다. 마침내 불길이 가라앉았을 때 잿더미와 빽빽한 연기구름 속에서 두 연인은 시체 더미에 둘러싸인 채 여전히 포용하고 있었다. 그러나 이제는 거리로 빠져나갈 시간이었다. 리카르도는 헐떡이는 파티마 수녀의 허리에 팔을 두르고 사나운 불길에 벽이 갈라진 틈 중 한 곳으로 빠져나가기 위해 그녀를 이끌었다. 하지만 그 연인들이 채 몇 발짝을 떼어놓기도 전에 (육식을 즐기는 땅의 비행일까, 하늘의 정의일까?) 그들의 발 아래에서 땅이 아가리를 벌리며 하품을 했다. 카르멜리테스 수녀원의 수녀들이 죽은 자매들의 뼈를 보관해두고 있던, 식민지 시대 양식의 납골당을 덮는 뚜껑문이 불길에 타버린 것이었다. 그리고 바로 그 구멍을 통해 (사탄의?) 오누이는 아래로 떨어지면서 뼈를 담아둔 단지에 부딪혀 박살나버렸다.

그들을 데려간 것은 사탄이었을까? 지옥이 그들 사랑의 종착역이었을까? 아니면 주님이 그들의 끔찍한 고통을 가엾게 여기시고 천국으로 불러들인 것이었을까? 피와 노래와 신비와 화재가 어우러진 이 이야기는 끝났을까, 아니면 외계에서 벌어지는 후편이 있을까?

19

아침 일곱시에 하비에르가 리마에서 전화를 걸었다. 연결 상태가 몹시 엉망이긴 했지만, 찍찍거리고 윙윙거리는 온갖 잡음이 들리는 중에도 그의 목소리에 밴 불안감은 숨겨지지 않았다.

"안 좋은 소식이야." 그가 단도직입적으로 말했다. "무지하게 안 좋은 소식이야."

그 전날 밤 그와 파스쿠알이 타고 돌아가던 버스가 리마 외곽 오십 킬로미터쯤 되는 곳에서 굴러 모래 바닥에 처박혔다. 두 사람 모두 다치지는 않았지만 운전사와 다른 승객들은 심한 타박상을 입었는데, 그 한밤중에 지나가는 차를 세워 손을 빌리려고 이리 뛰고 저리 뛰었던 일은 그야말로 악몽이었다. 그래서 하숙집에 당도했을 때 하비에르는 완전히 녹초가 되었는데 더 기겁

할 일이 그를 기다리고 있었다. 우리 아버지가 하숙집 문간에서 버티고 있다가 살기등등하게 권총을 휘둘러대며 다가오더니, 당장에 훌리아와 내가 있는 곳을 대지 않으면 쏘아 죽여버리겠다고 난리를 친 것이었다. 그러나 하비에르는 혼비백산해서 간이 콩알만 해졌으면서도("이때껏 내가 권총을 본 건 영화에서 딱 한 번뿐이었다고") 자기 어머니와 별별 성인들을 증인으로 끌어다 대면서 자기는 정말로 모른다느니, 지난 일주일 동안은 아예 나를 보지도 못했다느니 하고 딱 잡아떼었다. 마침내 좀 진정이 되자 우리 아버지는 내게 직접 전하려고 가져왔던 편지를 하비에르에게 건넸다.

우리 아버지가 일단 돌아가고 나자 방금 전에 당했던 봉변으로 정신을 차릴 수 없는 와중에도 ("정말 십년감수했어, 바르기타스") 하비에르는 우리 외가 역시 그렇게 미친 듯이 격분해 있는지 알아보기 위해 루초 삼촌을 찾아가 직접 얘기를 들어보기로 작정했다. 우리 삼촌은 잠옷 바람으로 그를 맞아들였다. 그들은 거의 한 시간 가까이 이야기를 나누었는데, 알고 보니 루초 삼촌은 격분해 있는 것이 아니라 슬프고 괴로운 심정으로 걱정을 하고 있었다. 하비에르는 우리 삼촌에게 훌리아와 내가 모든 공식 절차를 밟아 합법적으로 결혼했다는 사실을 확실히 알렸고, 또 자신 역시 나를 설득해서 단념시키려고 최선을 다했지만 허사였다는 점도 분명히 했다. 루초 삼촌의 생각은 훌리아와 내가 즉시 리마로 돌아와 난국에 맞서 사태를 수습해야 한다는 것이었다.

"가장 큰 문제는 네 아버지야." 하비에르가 보고를 끝내면서 말했다. "나머지 식구들은 결국엔 이 일을 받아들이겠지만 네 아버지는 입에 거품을 물고 있어. 너 그 양반이 네 앞으로 남긴 편지에다 뭐라고 썼는지 알아? 상상도 못 할 거다."

나는 그에게 왜 남의 편지를 읽었느냐고 야단을 쳐낸 뒤에, 우리는 즉시 리마로 돌아갈 것이며 그가 일하는 사무실로 찾아가거나 아니면 전화를 걸겠다고 했다. 훌리아가 옷을 입는 사이 나는 그녀에게 하비에르가 했던 말을 하나도 숨김없이, 그러나 모든 상황을 좀 덜 겁나게 들리도록 애쓰면서 상세히 알려주었다.

"권총을 가지고 난리치는 건 딱 질색인데." 그녀가 농담처럼 받았다. "내 생각엔 그분이 정말로 총알을 먹이고 싶은 사람은 나 같은데, 맞지? 들어봐, 바르기타스, 난 우리 시아버지가 우리가 신혼의 단꿈에 젖어 있을 동안엔 날 쏘지 않았으면 좋겠어. 그리고 버스 사고도 끔찍하지 않아? 불쌍한 하비에르, 불쌍한 파스쿠알, 우리의 미친 짓 때문에 그 사람들이 정말 별별 고생을 다 했어."

그녀는 우리 앞에 놓여 있는 곤경을 예상하고서도 전혀 겁을 먹거나 당황한 빛을 보이지 않았다. 그러기는커녕 더없이 행복해 보였고 우리를 기다리고 있을 어떤 재난과도 맞설 결의가 되어 있는 것 같았다. 나 또한 그런 기분이었다. 우리는 호텔에 계산을 치르고 모닝 커피를 마시러 아르마스 광장으로 건너갔다가 반 시간 뒤에는 낡은 버스를 타고 리마로 돌아가고 있었다. 차를 타고 가는 동안 거의 내내, 우리는 다른 승객들과 백미러를 통해 연방 우리를 흘끔거리는 운전사의 못마땅한 눈길에도 아랑곳없이, 입이며 뺨이며 손에 줄기차게 키스를 했고 서로의 귀에다 사랑한다는 말을 속삭였다.

우리는 오전 열시쯤 리마에 도착했다. 날씨가 흐렸고 안개 때문에 사람이며 건물이 모두 유령이 출몰한 것처럼 보였다. 그리고 습기를 잔뜩 머금은 공기 때문에 마치 물에서 숨 쉬고 있는 것 같은 느낌이 들 정도였다. 버스가 올가 아주머니와 루초 삼촌의 집 앞에 우리를 내려주었다. 문을 두드리기에 앞서 우리는 용기를 짜내기 위해 서로의 손을 꼭 그러쥐었다. 훌리아가 갑자기 너무 심각해져서 나는 가슴이 뛰기 시작하는 것을 느낄 수 있었다. 루초 삼촌이 문간으로 나와 우리를 안으로 들여주었는데, 그는 억지 웃음으로밖에 보이지 않는 미소를 짓고서 훌리아의 뺨에, 그리고 내 뺨에 입을 맞추었다.

"언니는 일어나진 않았지만 깨어 있어." 그가 침실 문을 가리키며 훌리아에게 말했다. "들어가봐."

삼촌과 나는 안개가 끼지 않았을 때면 예수회 신학교와 방파제와 바다가 내다보이는 거실로 가서 앉았다. 하지만 그 흐린 날 보이는 것이라고는 신학교의 흐릿한 실루엣과 벽돌색의 옥상 테라스뿐이었다.

"네 귀를 잡아당기지는 않겠다. 그러기엔 네가 너무 컸으니까." 루초 삼촌이 웅얼거렸다. 그는 정말로 낙심한 듯 보였고 얼굴을 보니 한잠도 못 잔 게 분명했다. "하지만 너도 네가 어떤 곤경을 자초했는지는 대강 알고 있겠지?"

"우릴 갈라놓게 하지 않으려면 그 길밖엔 없었습니다." 내가 마음속으로 몇 번씩 연습해두었던 말을 되뇌었다. "훌리아와 저는 서로 사랑하고 있습니다. 우린 어떤 일도 앞뒤 생각 없이 하지는 않았습니다. 모든 일을 충분히 생각했고 우리가 무슨 일을 하고 있는지도 알고 있습니다. 우린 앞으로도 잘해나갈 겁니다. 정말입니다."

"그래도 넌 아직 어린애에 불과해. 넌 직업도 없고 하다못해 하늘을 가릴 방 한 칸도 없잖냐. 결국엔 학업을 포기하고 아내를 먹여 살리기 위해 뼈 빠지게 일을 해야 될 게다." 루초 삼촌이 담배에 불을 붙이고 고개를 저으면서 중얼거렸다. "넌 네 신세를 스스로 망친 거야. 아무도 이 일을 가지고 즐거워하지 않아. 집안 사람들 모두 네가 상당한 인물이 될 거라고 기대하고 있었으니까. 우린 네가 일시적인 기분 때문에 그저 그런 사람들 사이로 머리부터 거꾸로 처박히는 걸 보는 것 같아 마음이 아픈 거야."

"제 학업을 포기하진 않겠습니다. 전 학위를 딸 거고 결혼을 하더라도 해야 할 일을 정확히 해낼 겁니다." 내가 열심히 그를 설득했다. "삼촌은 저를 믿으셔야 해요. 그리고 집안 사람들도 저를 믿게 하셔야 되구요. 훌리아가 저를 돕고 있습니다. 전 이제부터 공부를 할 거고 더 열심히 공부하고 싶어질 겁니다."

"지금으로선, 우선 네 아버지 마음을 가라앉히고 화를 누그러뜨리는 일을 해야 할 거다." 루초 삼촌이 갑자기 부드러워진 목소리로 말했다. 그는 자기의 의무를 이행했고 꾸지람도 내렸으니까 이제는 나를 도와주려고 마음먹은 것 같았다. "네 아버님은 무슨 말도 들으려고 하질 않아. 그리고 훌리아를 경찰에 넘기겠다고 벼르고 있어. 뭘 어떻게 하려는지 난 모르겠다만."

나는 삼촌에게 그 일에 대해서는 내가 직접 아버지를 만나서 설득해보겠다고 했다. 루초 삼촌이 나를 아래위로 훑어보았다. 갓 결혼식을 올린 신랑이 더러운 셔츠 차림으로 돌아다니는 게 안쓰럽기도 하고, 또 내가 얼른 할아버지 댁으로 돌아가 깨끗이 씻고 옷을 갈아입은 뒤, 몹시 걱정하고 계실 터이므로 그분들을 어서 안심시켜드려야 한다고 생각하는 것 같았다. 우리는 한동안 더 이야기를 하고 커피까지 끓여 마셨지만 훌리아는 그때까지도 올가 아주머니의 방에서 나오지 않았다. 나는 그들이 안에서 우는지 소리를 지르는지 싸우는지 알아보려고 귀를 바짝 곤두세웠다. 그러나 닫힌 문 너머에서는 아무 소리도 들리지 않았다. 마침내 훌리아가 혼자서 나왔다. 그녀의 얼굴은 햇빛을 너무 오래 쬔 것처럼 발그레하게 상기되어 있었지만 미소를 짓고 있었다.

"그래도 처제는 어쨌든 살아 있고 몸도 성한 것 같군." 루초 삼촌이 농담을 걸듯이 말했다. "난 언니가 처제 머리카락을 죄다 뽑아버릴 거라고 생각했는데 말야."

"저를 처음 봤을 때 여차하면 따귀를 때릴 기세였어요." 훌리아가 내 옆에 앉으면서 털어놓았다. "언니가 물론 저한테 심한 말을 하기는 했죠. 하지만 전 언니가 뭐라고 하건 일이 잠잠해질 때까지 제가 여기서 같이 있어도 된다는 말로 받아들였어요."

나는 이제 그만 일어나서 판아메리카나로 가봐야겠다고 했다. 만일 이 시점에서 일자리를 잃게 된다면 그건 엄청난 비극일 것이었으므로. 루초 삼촌이 문간까지 나를 배웅 나와서 점심식사 때 다시 오라고 했다. 그리고 내가 떠나면서 훌리아에게 키스를 하자 슬며시 미소까지 지었다.

나는 내 사촌 난시에게 전화를 걸기 위해 길모퉁이에 있는 약

채 가게로 달려갔다. 다행히도 전화를 받은 사람은 그녀였는데, 내 목소리를 알아채자 그녀는 잠시 말을 잇지 못했다. 우리는 십 분 뒤에 살라사르 공원에서 만나기로 약속했다. 그리고 내가 공원에 도착해보니 그녀는 궁금해 죽을 지경이었는지 벌써 나와 있었다. 나는 그녀가 내게 질문 공세를 퍼붓기 전에 먼저 친차에서의 온갖 모험담을 자세히 알려주었고, 그런 다음에는 내가 생각지도 못했던 세세한 일들, 예를 들자면 훌리아가 결혼식 때 무슨 옷을 입었는지까지 캐묻는 그녀의 끝없는 질문에 일일이 대답해주어야 했다. 그녀가 재미있어하면서 배를 잡고 웃었던 것은 (내 말을 있는 그대로 다 믿지는 않았지만) 우리를 결혼시켜준 이장이 검둥이에다 반벌거숭이고 맨발의 어부였다는, 내가 스토리를 살짝 바꾼 얘기였다. 그러고 난 뒤에 나는 그녀에게 집안 식구들이 우리 일을 어떻게 받아들이는지 털어놓도록 했다. 모든 것이 다 충분히 예상했던 일이었다. 온 집안 식구들이 이쪽 집에서 저쪽 집으로 왔다갔다하고 열띤 가족회의가 열리고 수없이 많은 전화가 오가고 엄청난 양의 눈물이 흐르고…… 우리 어머니는 분명히 외아들을 잃기라도 한 것처럼 모든 사람의 동정을 사고 위로를 받았을 것이다. 그리고 난시의 경우는 우리와 한패인 것이 분명하다고 여겨진 바람에 집안 식구들에게서 우리가 있는 곳을 대라고 호되게 닦달을 당했다. 하지만 그녀는 무슨 질문에건 모호하게 대답하면서 시치미를 떼었고, 닭똥 같은 눈물까지 흘려서 그들의 의심을 어느 정도 누그러뜨렸다.

난시 역시 우리 아버지의 반응에 대해 걱정하고 있었다.

"그 무시무시한 화가 가라앉을 때까지는 뵈러 갈 생각도 하지 마." 그녀가 내게 경고했다. "성질이 있는 대로 뻗쳐서 까딱하다간 널 죽여버릴지도 모르니까."

나는 그녀에게 우리 앞으로 빌린 작은 아파트에 대해 물었다가 다시 한번 그녀의 현실 감각에 놀랐다. 바로 그날 아침에 주인을 찾아가 얘기를 해두었다는 것이었다. 하지만 욕실에 손을 봐야 할 것이 좀 있는 데다 문짝을 하나 갈고 페인트칠도 해야 해서 최소한 열흘은 더 있어야 들어갈 수 있다고 했다. 그 말에 나는 가슴이 덜컥 내려앉았다. 그리고 할아버지 댁으로 돌아가는 길에 앞으로 이주일 동안 어디서 지내야 할 것인지 이리저리 궁리를 해보았다.

나는 그 문제를 풀지 못한 채 할아버지 댁에 도착했는데, 안으로 들어서니 거실에서 어머니가 나를 기다리고 있었다. 내 모습이 눈에 띄자 어머니는 한바탕 울음을 터뜨렸다. 그러고는 떨리는 손으로 나를 와락 끌어안더니, 내 눈이며 뺨을 어루만지고 머리카락을 쓸어넘기고 하면서 흐느낌으로 목이 멘 채 무한한 동정이 밴 목소리로 같은 말을 계속 되뇌었다.

"내 새끼, 내 귀여운 것, 내 보물. 그것들이 널 어떻게 한 거냐, 그 여자가 널 어떻게 한 거냐고?"

어머니와는 근 일 년 동안 만나지 못했는데, 울어서 얼굴이 좀 붓기는 했어도 그 어느 때보다도 더 젊고 예뻐 보였다. 나는 어머니에게 아무도 나를 어떻게 하지 않았으며 결혼을 하기로 작정한 것은 순전히 나 스스로 결정한 일이라고 설명했다. 그리고 어떻게든 마음을 진정시켜보려고 했지만, 이야기 도중에 며느리가 된 사람의 이름이 나오기만 하면 어머니는 다시 울음을 터뜨리고 새파랗게 질려서, 훌리아를 '늙은 년'이니 '뻔뻔스러운 바람둥이'니 '이혼녀'니 하고 몰아쳤다.

한참을 그러고 있다가 나는 느닷없이 그때껏 떠올려보지도 못했던 어떤 것에 생각이 미쳤다. 우리 어머니가 그처럼 애통해하는 것은 누구에게 무슨 얘기를 들어서라기보다는 바로 종교 때문이었다. 어머니는 독실한 가톨릭 신자였기 때문에 훌리아가 나보다 한참 나이가 위라는 사실 때문이 아니라 그녀가 이혼을 했다는—다른 말로 하자면 성당에서 결혼식을 올릴 수 없다는—사실 때문에 그처럼 충격을 받은 것이었다. 우리 조부모님의 도움으로 나는 마침내 어머니를 진정시킬 수 있었다. 그 두 노인은 재치 있고 상냥하고 신중한 사람들의 표본이었으므로. 할아버지는 언제나처럼 무뚝뚝하게 내 이마에다 키스를 하면서 이렇게만 얘기했다.

"이봐, 시인, 마침내 다시 나타난 거냐? 너는 우리를 많이 걱정시켰어."

할머니는 나를 끌어안고 몇 번씩 키스를 하더니 은근히 내 편이 되어서, 어머니가 듣지 못하도록 내 귀에다 대고 장난스럽게 소곤거렸다.

"그런데 훌리아는 어떠냐? 걔는 잘 있느냐?"

오랫동안 샤워를 하고 옷을 갈아입은 뒤에—나흘이나 입고 다녔던 옷을 벗어던지자 날아갈 듯한 기분이었다—나는 어머니와 얘기를 해볼 수 있었다. 어머니는 울음을 그친 뒤 할머니가 끓여주신 차를 마시는 중이었고, 할머니는 어머니가 앉아 있는 의자의 팔걸이에 걸터앉아 조그만 계집아이를 어르듯 등을 다독거려주고 있었다. 나는 그때 상황을 볼 때 씨도 먹히지 않을 농담("그렇지만 엄마, 엄마는 기뻐해야 된다구요. 난 엄마하고 아주 친한 친구랑 결혼했으니까")으로 어머니를 웃기려고 했다가, 그게 잘 안 되자 다음에는 어머니에게 절대로 학업을 포기하지 않고 법학사 학위를 딸 것이며, 페루의 외교 업무("거기 있는 사람들은 백치 아니면 남색꾼이라고요, 엄마")에 대해서도 생각을 바꿔가지고 어머니의 꿈이었던 외교관이 되겠다고 맹세함으로써 좀더 환심을 사려고 들었다.

어머니는 차츰차츰 마음이 누그러져서—여전히 슬픈 빛을 띠고 있기는 했어도—내게 학교와 성적과 라디오 방송국에서의 일에 대해 물어보다가, 편지 한 장 제대로 써 보내지 않는 배은망덕한 아들놈이라고 나를 야단쳤다. 그러더니 내 결혼이 아버지에게는 엄청난 충격이며, 아버지 역시 내게 대단한 기대를 걸고 있기 때문에, '그 여자'가 내 일생을 망치지 않도록 온 힘을 다 쏟고 있는 중이라고 했다. 즉 아버지는 변호사와 상의해서 우리의 결혼을 무효화시킬 것이고 홀리아에 대해서는 미성년자 추행죄로 고소할지도 모른다는 것이었다. 그리고 너무 격분해 있는 상태라서 당분간은 '끔찍한 사태'가 벌어지는 것을 피하기 위해 나를 보려고 하지 않을 것이며, 홀리아에게는 당장 출국하든지 그렇지 않으면 어떤 결과가 생기더라도 감수할 것을 요구하고 있다는 것이었다.

나는 내가 홀리아와 결혼한 이유는 바로 헤어지지 않기 위해서였으며, 결혼한 지 이틀 만에 내 아내를 강제로 출국시킨다면 상황이 굉장히 나빠질 거라고 응수했다. 하지만 어머니는 그 문제에 대해서 더이상 얘기하고 싶어하지 않았다.

"너도 아버지를 알잖니. 그 양반 성질이 얼마나 대단한지 말야. 넌 아버지가 하라는 대로 해야 돼. 만일 그러지 않으면……"
어머니의 눈에 겁에 질린 빛이 떠올랐다.

나는 방송국 출근 시간이 늦을 것 같으니 나중에 좀더 얘기하자며 말을 잘랐다. 그리고 떠나기에 앞서 학교는 계속 다닐 것이며 법학사 학위를 따겠다고 다짐함으로써 내 장래에 대한 어머니의 걱정을 덜어주었다.

버스를 타고 시내로 되돌아 나오는 사이 나는 불길한 예감에 사로잡혔다. 사무실로 들어섰을 때 누가 내 책상을 대신 차지하고 앉아 있으면 어쩌나 하는 것이었다. 나는 사흘 동안 자리를 비웠고 지난 몇 주 동안에는 어떻게든 결혼을 해보려고 정신없이 뛰어 돌아다녔다. 그래서 뉴스 시보 원고들이 방송으로 나가기 전에 확인해본 적이 한 번도 없었는데, 그 기회를 틈타 파스쿠알과 빅 파블리토는 별별 끔찍한 뉴스를 다 내보냈을 것이다. 나는 온갖 혼란스러운 일들이 코앞에 닥친 데다, 엎친 데 덮친 격으로 일자리까지 잃게 된다면 어떻게 될지 침착하게 따져보고 나서, 헤나로 1세와 헤나로 2세의 동정심을 불러일으킬 변명들을 생각해내기 시작했다. 그러나 내가 마음을 잔뜩 졸이고 판아메리카나 건물로 들어섰을 때, 엘리베이터 안에서 마주친 정력적인 프로듀서는 참으로 놀랍게도 우리가 십 분 전까지 함께 있기라도 했던 것처럼 나를 대했다. 그의 얼굴에 심각한 표정이 떠올라 있었다.

"이건 분명해. 우린 지금 한창 대재난을 겪고 있는 거라고."

그가 설레설레 고개를 저으면서, 마치 우리가 바로 몇 분 전에 그 문제를 상의했다는 듯한 투로 말했다. "이제부터 어떻게 해야 하지? 뭐 좋은 생각 없나? 우린 그 사람을 격리시킬 수밖에 없었어."

그는 삼층에서 내렸는데 나는 당혹감을 감추기 위해 사근사근한 표정을 짓고서 그가 무슨 얘기를 하고 있는지 정확하게 알고 있는 것처럼 "큰일났군요" "정말 안됐군요" 하는 말로 장단을 맞췄다. 나는 뭔가 몹시 중대한 일이 벌어져서 내가 자리를 비웠던 사실이 눈에 띄지 않고 넘어갔다는 게 다행으로 여겨졌다. 옥상 가건물로 들어서니 파스쿠알과 빅 파블리토가 침울한 표정으로 헤나로 2세의 비서인 넬리의 이야기를 듣고 있었다. 그들은 내게 겨우 인사만 건넸을 뿐 내가 결혼한 데 대해서는 농담 한마디도 던지지 않았다. 그러고는 절망한 표정으로 나를 쳐다보았다.

"페드로 카마초를 정신병원으로 데려갔다는군요." 빅 파블리토가 웅얼거렸다. 그의 목소리가 갈라졌다. "얼마나 슬픈 일입니까, 마리오 씨."

그들은 헤나로 부자의 사무실에서 벌어진 일을 처음부터 다 보았던 넬리에게 이야기를 보충하도록 하여 내게 자세한 내막을 알려주었다. 그 일은 내가 너무 이른 나이에 결혼을 하려다 생겨난 문젯거리들에 코를 박고 있던 바로 그 무렵부터 시작되었다. 대참사, 화재, 지진, 자동차 사고, 난파, 기차 탈선 등은 종말의 시작이었다. 불과 몇 분 사이에 수십 명의 등장인물을 죽여 없애는 그런 끔찍한 사건들이 라디오 연속극에 엄청난 재난을 초래했기 때문이다. 이번에는 라디오 센트랄의 성우와 기술자들도 아연실색해서 방송작가를 보호하는 방벽 노릇을 포기해버렸고, 뭐가 뭔지 하나도 모르겠다는 청취자들의 항의가 헤나로 부자의 귀에 들어가지 않도록 막을 수도 없었다. 그러나 헤나로 부자는 페드로 카마초의 연속극에서 벌어진 대재난에 조롱 섞인 비평을 가한 라디오 칼럼니스트들의 글이 실린 일간지들을 통해, 이미 오래전부터 그 일을 알고 있었다.

헤나로 부자는 그를 사무실로 불러서 그의 기분을 거슬리거나 감정이 상하거나 화를 돋우지 않도록 지극히 조심스러운 태도로 질문을 던졌다. 그러나 이야기가 오가던 중 그는 무너져버리고 말았다. 페드로 카마초는 그 대재난들이, 기억력이 따라잡지 못한 탓으로 지난번 일화의 내용에서 무슨 일이 일어났는지는 물론 어떤 인물이 무엇을 하는 사람이며 어떤 연속극에 속하는지도 알 수가 없어서 연속극들을 처음부터 다시 시작할 수 있도록 만들기 위한 전략이었다고 하더니, 다음에는—넬리는 "미친 듯이 울부짖고 머리칼을 쥐어뜯으면서"라고 분명히 단언했다—지난 몇 주 동안 자기에게 일과 삶과 밤은 악몽이었다고 고백했다는 것이었다. 헤나로 부자는 리마의 유명한 내과 의사 오노리오 델가도를 불러왔는데, 그는 즉시 방송작가가 절대로 더이상 일을 할 수 없는 상태이며 '고갈된' 뇌를 쉬게 해주어야 한다고 진단했다.

우리가 귀를 바짝 세우고 넬리의 이야기를 듣고 있을 때 전화벨이 울렸다. 헤나로 2세였는데 급히 나를 봐야겠다는 것이었다. 나는 드디어 올 것이 왔구나 하는 생각으로 아무리 못해도 엄중한 경고를 받을 게 틀림없겠지 하면서 그의 사무실로 내려갔다. 하지만 그는 내가 자신의 문젯거리를 다 알고 있으리라 생각했는지 엘리베이터 안에서 그랬던 것처럼 나를 맞았다. 그는 방금 전에 아바나의 CMQ와 통화를 끝냈는데, 자기가 비상사태에 처한 것을 이용해 그자들이 연속극 원고 사용료를 네 배나 올렸다며 게거품을 물었다.

"이건 비극이야. 믿을 수 없는 악운이 닥친 거라고. 카마초가 쓴 연속극들은 최고의 시청률을 기록했고 광고주들은 서로 시간을 얻겠다고 난리였어." 그가 책상 위의 서류들을 뒤적거리면서 말을 이었다. "그런데 다시 CMQ의 그 날강도 같은 놈들한테 다시 손을 벌려야 하다니, 이게 무슨 날벼락이야!"

나는 그에게 페드로 카마초의 상태가 어떠하며 그가 다시 일

할 수 있기까지는 얼마나 걸릴지 물어보았다.

"그 사람은 이제 도저히 가망 없어." 그는 화가 치민 듯 으르렁거렸지만 다음에는 좀더 동정심이 밴 목소리가 되었다. "델가도 박사가 그러는데 그 사람이 정신분열 증세를 겪고 있다는 거야, 분열 증세. 자네 그게 무슨 소린지 알겠나? 그러니까 정신이 조각조각 떨어져 나가고 있다는 건데 내 생각엔 그 사람 머리가 썩어들고 있거나 아니면 그 비슷한 어떤 증세인 것 같아. 맞지? 아버님이 델가도 박사한테 회복이 되려면 몇 달쯤 걸리겠느냐고 물었더니 그 사람이 뭐랬는 줄 알아? '아마 몇 년일 겁니다'라는 거였어. 생각을 해보라고!"

낙심천만하여 고개를 푹 숙이더니 그는 점쟁이처럼 앞으로 무슨 일이 벌어질지 줄줄이 늘어놓았다. 즉 광고주들은 원고가 이제부터 CMQ에서 넘어온다는 것을 알면 계약을 취소하거나 광고비를 반으로 깎으려 들 것이고, 설상가상으로 쿠바가 테러와 게릴라전으로 인해 혼란을 겪는 중이어서 CMQ도 직원들이 체포되는 등 온갖 시끄러운 일들로 엉망이 되었기 때문에, 새로운 연속극 원고가 도착하려면 삼 주 내지 한 달을 기다려야 한다는 것이었다. 그러나 라디오 센트랄의 청취자들이 한 달 내내 아무 연속극도 듣지 못하고 넘어간다는 것은 생각할 수도 없는 일이었다. 만일 그랬다가는 라디오 라 크로니카나 라디오 콜로니

알에 청취자들을 죄다 뺏기게 될 것이었다. 사실 그 방송국들은 야하고 저질스러운 아르헨티나 연속극을 방송하고 있어서 만만찮은 적수가 되어 있었다.

"그래서 얘긴데, 바로 그것 때문에 자넬 좀 보자고 한 걸세." 그가 마치 내 존재를 이제 막 알아차리기라도 한 것처럼 나를 바라보며 덧붙였다. "자네 손을 좀 빌려야겠어. 자넨 그래도 지성인이니까 자네한테는 이게 쉬운 일일 거야."

그가 말하는 일이란 페드로 카마초가 오기 전 방송으로 나갔던 원고들이 보관되어 있는 라디오 센트랄의 창고를 뒤져 CMQ로부터 새로운 연속극이 도착할 때까지 우선 당장 쓸 수 있는 대본을 찾아달라는 것이었다.

"이 일에 대한 수고료는 물론 따로 쳐주겠네." 그가 통고했다. "우린 누구한테도 공짜 일을 시키진 않으니까."

나는 헤나로 2세에게 굉장한 고마움을 느꼈고 그의 곤란에 대해서는 크나큰 동정을 느꼈다. 만일 그가 단 백 솔만 따로 쳐준대도 그것이 내게는, 더군다나 그 시점에서는 상당한 횡재일 것이었다. 내가 그의 사무실을 나서려는데 그가 다시 나를 붙들어세웠다.

"이봐, 자네 결혼했다고 들었는데?" 나는 빙 돌아섰다. 그가 내게 다정한 제스처를 해 보이고 있었다.

"당한 쪽이 어디야? 물론 여자 쪽이겠지? 어쨌든 축하하네. 우리 언제 축하주나 한잔 같이 하자고."

사무실로 돌아와서 나는 훌리아에게 전화를 걸었다. 그녀는 먼저 올가 아주머니 얘기부터 꺼냈다. 좀 진정이 되기는 했지만 걸핏하면 망연자실해져서 "넌 정신이 나갔어"라는 말을 자꾸 되뇐다는 것이었다. 훌리아는 내게서 아파트로 당장 옮겨갈 수가 없게 되었다는 말을 듣고 별로 당황스러워하지 않았고("글쎄, 바르기타스, 내가 얘기할 수 있는 건 우리가 이제까지 따로 떨어져 갔으니까 이주일쯤 더 그런 식으로 지낸대도 참을 만하다는 거야"), 더운물에 푹 잠겼다가 옷을 갈아입고 나니까 아주 낙관적인 기분이 되었다고 했다. 나는 그녀에게 엄청난 양의 연속극 원고 더미를 헤집어야 해서 점심을 먹으러 들를 수는 없겠지만, 밤에는 함께 지낼 수 있을 것이라고 알렸다. 그러고 나서 판아메리카나 뉴스와 두 회분의 뉴스 시보 원고를 작성한 뒤에 라디오 센트랄의 창고를 헤집으러 내려갔다. 그 창고는 전등도 없는 지하실로 거미줄이 잔뜩 뒤엉켜 있었는데, 안으로 들어서자 어둠 속에서 쥐들이 뛰어다니는 소리가 들렸다.

원고들은 무더기로 엉성하게 흩어졌거나 꾸러미들로 한데 묶인 채 사방에 널려 있었다. 먼지와 습기 때문에 나는 당장 재채기를 하기 시작했다. 그곳에서 일을 하기란 불가능했으므로, 나는 원고 더미들을 한아름씩 올려와서 페드로 카마초가 책상으로 쓰던 데다 내려놓았다. 그가 있었던 흔적은 아무것도 없었다. 인용어 사전도, 리마 지도도, 또 그의 사회적, 심리적, 인종적 분류 카드도. 예전에 CMQ에서 온 연속극들이 얼마나 더럽고 뒤죽박죽인지는 믿어지지 않을 정도였다. 글자들은 습기에 절어 흐릿해졌고, 쥐들이 종잇장을 갉아먹은 데다 똥오줌까지 싸놓았다. 그리고 원고지들은 페드로 카마초의 연속극 내용처럼 가망 없이 뒤섞여 있었다. 별다른 방법이 있을 리 없었다. 최대한으로 바랄 수 있는 것은 그저 읽을 수 있는 원고를 몇 가지 찾아내는 정도였다. 내가 세 시간쯤 줄기차게 재채기를 해대면서 퍼즐 맞추기를 하듯 몇 종의 연속극을 꿰어맞추고 있을 때, 작업실 문이 열리더니 하비에르가 들어섰다.

"이 시간에 여기서 이러고 있다니 놀라 자빠질 노릇이군. 일은 너 혼자 다 벌여놓고서 또 그놈의 문학병에 휩쓸리다니." 그가 딱딱거렸다. "나 지금 네 할아버지 댁에서 오는 길이야. 넌 최소한 무슨 일이 벌어지고 있는지 알고 나서 벌벌 떨기라도 해야 돼."

그가 눈물 짜게 만드는 연속극 원고들이 흩어진 책상 위로 두 통의 편지를 던졌다. 그중 하나는 전날 밤에 아버지가 남긴 것이었다. 그 내용은 이러했다.

'마리오 보거라. 사십팔 시간의 여유를 줄 테니 그 여자에게 이 나라를 떠나라고 해라. 만일 내 말에 따르지 않는다면 나는 영향력을 행사하여 그 여자에게 자신의 철면피한 행위에 대해 비싼 대가를 치르도록 할 것이다. 그리고 너에 대해서는, 내가 총을 가지고 있다는 것과 네가 나를 웃음거리로 만들도록 놔두지 않겠다는 것을 알려두겠다. 만일 네가 내 말에 철저히 따르지 않거나 앞서 말한 시간 내에 그 여자가 출국하지 않는다면, 나는 길거리 한복판에서라도 너에게 다섯 발의 총탄을 쏘아 개처럼 죽일 것이다.'

그는 아래에다 서명을 하고 나서 추신을 덧붙였다.

'너는 원한다면 경찰에 보호를 요청할 수 있다. 나는 네가 내 의도를 조금도 의심치 않도록, 어디에서건 너를 찾아내기만 하면 개처럼 죽이겠다는 내 의도를 분명히 하기 위해 여기에다 재차 사인을 해두겠다.'

그런 다음에 그는 정말로 첫번째 것보다 더욱 힘찬 필체로 다시 서명을 해놓았다.

다른 편지는 반 시간 전에 우리 할머니가 사무실로 내게 가져다주라며 하비에르에게 들려 보낸 것이었는데, 다음 날 오전 아홉시까지 미라플로레스 경찰서로 나오라는 소환장이었다.

"그런데 정말로 곤란한 건 편지가 아니라, 어젯밤 너희 아버지를 봤을 때의 상태로 봐서는 그 양반이 얼마든지 그 일을 실행할 수도 있다는 거야." 하비에르가 창턱에 걸터앉으면서 좀 누그러진 소리로 말했다. "우리 이제부터 어떻게 해야 하지?"

'우선 당장은 변호사를 만나봐야겠어'라는 게 내 머릿속으로 번쩍 떠오른 생각이었다. "내 결혼과 다른 일들에 대해서도 알아봐야 하니까. 형, 우리한테 무료 법률 상담을 해주거나 아니면 돈은 나중에 치러도 될 변호사 누구 아는 사람 없어?"

우리는 하비에르의 친척뻘 되는 젊은 변호사를 찾아갔다. 전에 미라플로레스 해안에서 우리와 두세 번 파도타기를 함께 한 적이 있는 사람이었다. 그는 매우 친절했는데 우리가 친차에서 벌였던 모험담을 듣더니 호탕하게 웃고 나서 나를 좀 놀려댔다. 그리고 하비에르가 예상했던 대로 상담료는 받지 않겠다고 했다. 그는 내 출생증명서의 날짜가 위조되었기 때문에 우리의 결혼이 무효로 선고될 수도 있다고 설명했다. 하지만 그처럼 무효선고가 내려지려면 재판 절차가 필요한데, 만일 소송이 이 년 내에 끝나지 않을 경우 결혼은 자동적으로 유효한 것이 되므로 더 이상 무효화시킬 수가 없다는 것이었다. 그리고 훌리아에 대해서는 '미성년자를 추행한' 혐의로 고발당해 경찰이 구속영장을 발부하게 되면 일시적으로라도 구속될 가능성이 있다는 것이었다. 하지만 재판이 열리게 되면, 자기 생각으로는, 상황을 참작

해볼 때―다시 말해 내가 열두 살이 아니라 열여덟 살이라는
사실을 감안할 때―원고 측이 그 사건을 이길 가능성은 전혀 없
으며 어떤 법원에서도 그녀를 방면할 것으로 확신한다고 했다.

"하지만 그렇더라도 네 아버지는 마음만 먹으면 한동안 훌리
아를 굉장한 곤경에 빠뜨릴 수 있어." 우니온 가를 따라 라디오
방송국까지 돌아오며 하비에르가 결론을 내렸다. "그런데 네 아
버지가 정부 각료들에게 손이 닿는다는 얘기 정말이니?"

나는 확실히는 알 수 없었다. 어쩌면 아버지는 어떤 장군과 친
구이고 어떤 장관과는 흉허물없는 사이일 수도 있었다. 갑자기
나는 경찰서에서 왜 출두하라고 하는지 알아보기 위해 다음 날
까지 기다릴 것도 없다는 생각이 들었다. 그래서 그날 당장 내
궁금증을 풀어버릴 셈으로 하비에르에게 라디오 센트랄의 용암
같은 종잇장 더미로부터 몇 가지 연속극을 추리는 일에 손을 좀
빌려달라고 했다. 그는 기꺼이 내 부탁을 들어주었고 만일 내가
감옥에 처넣어진다면 나를 면회하러 오겠다고―또 올 때마다
담배를 사다주겠다고도―자청했다.

그날 저녁 여섯시, 나는 헤나로 2세에게 얼마간 내가 땜질을
해서 맞춘 두 편의 연속극 원고를 건네주었고 다음 날에는 연속
극을 세 편 더 찾아내주겠다고 약속했다. 그러고 나서 오후 여섯
시와 여덟시 뉴스 시보 원고를 대강 훑어본 다음, 파스쿠알에게

판아메리카나 뉴스 시간에 맞춰 돌아오겠다며 방송국을 나섰다. 반 시간 뒤에 하비에르와 나는 미라플로레스의 훌리오 가 28번지에 있는 경찰서를 찾아갔다.

우리는 한참을 기다렸고 마침내 경찰서장—제복을 입은 경위—과 형사 반장이 우리를 불러들였다. 그날 아침 우리 아버지가 찾아와서 무슨 일이 있었는지에 대해 내게서 공식적인 조사를 받아놓으라고 요청했다는 것이었다. 그들은 질문 항목을 손으로 써두었으면서도 내 답변은 형사 반장이 타자기로 받아 쳤는데, 타이핑 솜씨가 영 시원찮아서 시간이 꽤 오래 걸렸다. 나는 우리가 결혼했다는 사실은 인정했지만(그리고 '나 자신의 자유의지로' 그렇게 했다는 점을 힘주어 강조했다) 어디서, 어떤 관리의 주례로 했는지에 대해서는 묵비권을 행사했다. 또 증인이 누구였는지에 대해서도 밝히기를 거부했다. 그 항목들은 마음속에 더러운 생각을 품은 악덕 변호사에 의해 작성된 것이 분명해서, 내 출생일을 물은 뒤에 곧이어(마치 앞의 질문에 그 대답이 포함되어 있지 않기라도 한 것처럼) 내가 미성년자냐 아니냐, 어디에서 누구와 함께 살고 있느냐 하는 따위를 물었다. 또 물론 훌리아가 몇 살이냐(그들은 계속해서 그녀를 '훌리아 부인'이라고 칭했다) 하는 것도 물었지만 나는 그 질문에 대해서도 여자의 나이를 밝히는 것은 신사답지 못하다면서 답변을 거부했다. 내 그런 대답이 두 경찰에게 유치한 호기심을 불러일으켰는지, 내가 조서에 서명하고 나자 그들은 다정한 기색을 띠고서 그저 호기심에서 그러는 건데 '그 부인'이 나보다 몇 살이나 더 위냐며 추근거렸다. 경찰서를 나서자 나는 느닷없이 내가 도둑이나 살인자라도 된 것 같은 불안한 느낌이 들면서 기가 팍 꺾였다.

하비에르는 내가 실수를 저질렀다고 생각했다. 결혼식이 치러진 장소를 밝히지 않았던 것은 우리 아버지를 더욱 격분케 할 일종의 도전 행위이며, 또 그가 며칠 내로 얼마든지 알아낼 수가 있는 이상 아무 소용도 없는 짓이라는 것이었다.

그날 밤 나는 그런 기분으로는 도저히 방송국으로 돌아갈 수가 없어서 루초 삼촌 댁으로 갔다. 문간으로 나온 사람은 올가 아주머니였는데, 그녀는 침울한 표정으로 잡아먹을 듯이 나를 노려보았지만 잔소리를 늘어놓지는 않았고, 내가 키스를 하도록 뺨을 내밀어주기까지 했다. 그녀를 따라 거실로 들어서니 훌리아와 루초 삼촌이 같이 앉아 있었다. 그들의 표정을 한번 보는 것만으로도 일이 점점 더 곤란해지고 있다는 것을 알기엔 충분했다. 나는 그들에게 무슨 일이 생겼느냐고 물었다.

"일이 아주 고약하게 됐어." 훌리아가 내 손에 손가락을 깍지 끼면서 대답했다. 나는 그 일로 올가 아주머니가 얼마나 당황해

하고 있는지를 알 수 있었다. "우리 시아버지가 나를 바람직하지 못한 외국인으로 이 나라에서 쫓아내려고 하고 있어."

호르헤 삼촌과 후안 삼촌 그리고 페드로 삼촌이 그날 오후에 우리 아버지를 만나러 갔지만, 그의 무시무시한 태도에 놀라 질겁을 하고 돌아왔다는 것이었다. 싸늘한 분노, 똑바로 노려보는 눈길, 그리고 단호한 말투로 보아 무엇으로도 그의 마음을 돌릴 수 없는 게 분명했다. 그는 요지부동이었다. 훌리아가 사십팔 시간 이내에 페루를 떠나거나 그렇지 않으면 어떤 결과든 감수하라는 것이었다. 아버지는 실제로 독재자의 내각에서 노동부 장관으로 있는 사람—아마도 학교 동창생—과 절친한 사이였다. 또 비야코르타라는 장군과도 친구여서 이미 그에게 얘기를 해두었으므로, 훌리아가 자발적으로 출국하기를 거부했다가는 군인에게 끌려 강제로 비행기에 태워질 판이었다. 그리고 나 역시 그의 뜻에 복종하지 않는다면 호된 맛을 보게 될 터였다. 더군다나 그는 하비에르에게 그랬던 것처럼 삼촌들에게까지도 권총을 꺼내 보였다.

나는 그들에게 아버지의 편지를 보여주고 경찰서에서 심문받았던 일을 알리는 것으로 이야기를 끝냈다. 그 편지에는 적어도 한 가지 유익한 점은 있었다. 아주머니와 삼촌을 모두 백 퍼센트 우리 편으로 끌어들일 수 있도록 해준 것이었다. 루초 삼촌이 우리에게 위스키를 있는 대로 다 따라주었고 우리는 함께 앉아서 술을 마셨다. 그런데 갑자기 올가 아주머니가 울음을 터뜨리더니, 자기와 동생은 볼리비아에서 가장 훌륭한 가문 출신인데도 자기의 동생이 범죄자 취급을 받고 경찰에게 협박을 당하는 일이 도대체 있을 수가 있는 일이냐며 한탄을 늘어놓았다.

"내가 떠나는 것밖에는 다른 해결책이 없어, 바르기타스." 훌리아가 말했다. 나는 그녀의 눈길이 올가 아주머니와 루초 삼촌의 눈길과 마주치는 것을 보고 그 문제에 대해서는 벌써 얘기가 다 끝났다는 것을 알아차렸다. "그런 눈으로 쳐다보지 마. 이건 음모를 꾸미는 것도 아니고 또 영원히 지속되는 것도 아니니까. 그저 아버님 화가 풀릴 때까지만이야. 더 시끄러운 일이 벌어지는 걸 피하기 위해서."

그들은 상황을 논의해서 한 가지 계획을 짜놓았다. 즉 훌리아가 볼리비아로 돌아간다는 것은 말이 안 되므로 그녀의 할머니가 계시는 칠레의 발파라이소로 간다는 것이었다. 그리고 거기서 집안 식구들의 화가 풀릴 때까지 머물러 있다가 내가 언질을 주기만 하면 당장에 돌아오겠다는 것이었다. 하지만 나는 길길이 뛰면서, 훌리아는 내 아내이고 우리는 함께 있기 위해 결혼한 거니까 떠난다면 우리 두 사람이 같이 떠나야 된다고 우겼다. 그들은 내가 아직 미성년자라는 점을 일깨웠다. 한마디로, 부모의

동의 없이는 여권을 발급받거나 페루를 떠날 수 없다는 것이었
다. 내가 불법으로라도 국경을 넘겠다고 하자, 그들은 내게 외국
으로 나가 살 돈을 얼마나 가지고 있느냐고 물었다(사실 그 며
칠 동안 나는 담배를 사기도 힘들었다. 결혼식을 치르느라 돈을
다 날린 데다, 조그만 아파트를 세내고 보니 라디오 판아메리카
나에서 가불한 돈이건 옷가지를 팔거나 물건을 저당잡혀 긁어모
은 돈이건 할 것 없이, 단 한 푼도 남아 있지 않았다).

"우린 결혼했고 누구도 그걸 어떻게 할 수는 없어." 훌리아가
눈물이 글썽해진 채 내 머리카락을 쓸어넘기고 키스를 하면서
말했다. "그저 몇 주, 길어야 몇 달일 뿐이야. 난 네가 나 때문에
총알 구멍이 나는 건 싫어."

저녁을 먹는 동안 올가 아주머니와 루초 삼촌은 나를 설득하
려고 자신들의 주장을 펴나갔다. 즉 나는 좀더 이성을 찾아야 하
며, 나 좋을 대로 결혼을 한 이상 이제는 돌이킬 수 없는 일이 벌
어지는 것을 막기 위해 일시적으로라도 양보를 해야 한다는 것
이었다. 나는 그들의 처지를 이해해야만 했다. 훌리아의 언니와
형부로서 그들은 우리 아버지와 그 밖의 다른 집안 식구들에 대
해 몹시 어정쩡한 입장에 처해 있었고, 그 때문에 그녀의 편을
들 수도, 우리 집안 편을 들 수도 없었다. 하지만 그들은 우리를
도울 것이며 바로 그 순간에도 그러고 있었으므로 나 역시 내 할

도리를 해야 했다. 훌리아가 발파라이소에 가 있는 사이 나는 좀 더 많은 일거리를 찾아봐야 할 것이었다. 그러지 않는다면 우리가 무슨 수로 살아갈 수 있을 것이며 누가 우리를 먹여 살려줄까? 아버지는 결국엔 진정이 될 것이고 현실을 있는 그대로 받아들일 것이었다.

자정 무렵에─삼촌과 아주머니는 신중하게 침실로 자리를 피해주었고, 훌리아와 나는 더이상 나쁠 수 없는 여건하에서 윗도리만 걸치고 조바심에 사로잡힌 채, 바스락거리는 소리만 들려도 귀를 바짝 곤두세우며 사랑을 나누고 있었다─나는 마침내 굴복했다. 다른 방법이라고는 없었다. 다음 날 아침 우리는 라파스행 비행기표를 칠레행 표로 바꾸어야 할 것이었다. 반 시간 뒤 나는 미라플로레스의 거리를 따라 할아버지 댁의 비좁은 독신자 숙소로 돌아오면서 쓰라리고 맥빠진 기분을 느꼈고, 권총 한 자루 살 돈조차 없는 나 자신이 저주스러웠다.

훌리아는 이틀 후, 새벽에 뜨는 비행기편으로 페루를 떠났다. 항공사에서는 비행기표를 바꿔주는 데 이의를 달지 않았지만 차액을 지불해야 했는데, 우리는 다행스럽게도, 다른 사람도 아닌 파스쿠알에게서 천오백 솔을 빌린 덕분에 이를 메울 수 있었다 (그는 내게 자기의 예금통장에 오천 솔이 들어 있다고 해서 내 입을 떡 벌어지게 만들었는데, 그가 받고 있던 봉급을 생각한다면 그 금액은 실로 대단한 액수였다). 그리고 나는 훌리아가 수중에 얼마간의 돈이라도 지니고 갈 수 있도록, 라파스 로에 있는 헌책방을 찾아가 법전과 법률 서적을 포함하여 내가 가지고 있던 책을 몽땅 다 팔아 그녀에게 건네줄 미화 오십 달러를 구했다.

올가 아주머니와 루초 삼촌도 공항으로 배웅을 나와주었다. 나는 전날 밤을 훌리아와 함께 삼촌 댁에서 보냈는데, 잠을 자지는 않았지만 관계를 한 것도 아니었다. 저녁을 먹고 나서 삼촌과 아주머니가 침실로 물러간 뒤, 나는 훌리아의 침대 가장자리에 앉아 그녀가 찬찬히 짐을 챙기는 모습을 지켜보았다. 그런 다음 우리는 거실로 나가 어둠 속에서 서로의 손을 잡은 채 앉아서 다른 사람들이 깨지 않도록 나지막한 소리로 이야기를 나누며 서너 시간을 그렇게 보냈다. 우리는 자주 서로를 끌어안고 고개를 돌려 키스를 했지만, 대부분의 시간은 담배를 피우고 이야기를 하면서 보냈다. 우리는 다시 합치게 되면 무엇을 할 것이며 그녀가 내 일을 어떻게 도울 것인지, 또 어떻게 우리가 조만간 무슨 수를 써서든 파리로 가서 결국엔 내가 작가로 출세하게 될 다락방에서 살 것인지를 상의했다. 나는 그녀에게, 이제는 정신병원에서 미친 사람들에게 둘러싸인 채 필경 그 자신도 미쳐가고 있을 그녀의 동포인 페드로 카마초의 이야기를 해주었다. 그리고 이틀에 한 번씩 우리가 행동하고 생각하고 느낀 모든 것을 서로에게 자세히 다 알리는 긴 편지를 쓸 계획도 세웠다. 또 나는 그녀에게 다시 돌아올 때쯤이면 모든 일이 다 정리되어 있고 생활을 꾸려가기에 충분한 돈을 벌게 되어 있도록 하겠다고 약속했다.

다섯시에 탁상시계가 울렸을 때 밖은 아직 칠흑같이 어두웠고, 한 시간 뒤 우리가 리마탐보 공항에 도착했을 때에야 겨우 동쪽 하늘이 훤해지기 시작했다. 훌리아는 그녀에게 너무도 잘 어울려서 내가 마음에 꼭 들어했던 파란색 맞춤옷으로 성장을 했다. 작별인사를 나눌 때에도 그녀는 매우 침착해 보였지만 나는 그녀가 내 품속에서 떨고 있는 것을 느낄 수 있었다. 반면에 나는 송영대에서 그녀가 비행기 안으로 들어가는 모습을 지켜보며 목이 꽉 메는 느낌이 들었고 나도 모르게 눈물이 솟았다.

그녀가 칠레로 추방된 기간은 한 달하고 열나흘 동안 계속되었다. 하지만 그 육 주가 나로서는 결정적인 시기였는데, 그 기간 동안 나는(친구들과 아는 사람, 같은 반 학생, 그리고 교수들을 쫓아다니며 애원하고 졸라대고 심지어는 도와달라는 탄원을 견디지 못해 화를 내게까지 하면서 성가시게 군 덕분에) 내가 이미 판아메리카나에서 차지하고 있던 자리를 물론 포함하여 일곱 개의 일거리를 구할 수 있었다.

내가 꽉 거머쥔 첫번째 일은 방송국 바로 옆에 있는 나시오날 클럽의 도서관 사서일로, 방송국의 아침 뉴스 시보 사이사이에 하루 두 시간씩 짬을 내어 새로 배달되는 책과 잡지의 목록을 작성하고 이미 도서관에 들어와 있는 모든 서적의 색인표를 만드는 일이었다. 두번째 일은 산마르코스 대학에 재직하는 어떤 역사 교수(그의 과목에서 내가 뛰어난 성적을 얻었던)의 조수 노릇이었는데, 매일 오후 세시에서 다섯시 사이에 미라플로레스에 있는 그의 집으로 찾아가, 그가 '정복과 해방'을 주제로 여러 권의 책을 쓰게 될『페루사 조명』의 기초 작업으로서 연대기 편집자들이 다루었던 다양한 주제를 분류 카드에 옮겨 적는 일이었다.

그 새로운 일거리 가운데서 가장 재미있었던 것은 리마 공공복지국에서 맡긴 일이었다. 프레스비테로 마에스테로 묘지에는 기록이 모두 소실되어버린, 식민지 시대까지 거슬러 올라가는 무덤이 상당수 있었는데, 내가 할 일은 묘비명을 판독하여 이름과 연대가 모두 기록된 리스트를 만드는 것이었다. 그 일은 내가 언제든 시간이 날 때 할 수 있었고 보수는 업무량에 따라, 즉 죽은 사람 하나당 일 솔씩 받았다. 나는 그 일을 여섯시 뉴스 시보와 판아메리카나 뉴스 사이에, 늦은 오후부터 이른 저녁에 걸쳐 했는데, 그 시간쯤이면 일과가 끝나는 하비에르와 함께 동행하

317

곤 했다. 겨울이어서 날이 일찍 어두워졌기 때문에, 묘지 관리인 (여덟 명의 페루 대통령이 국회의사당 앞에서 취임 선서 하는 장면을 자기 눈으로 직접 보았다고 주장했던 뚱뚱한 남자)은 우리가 묘비 높은 곳에 새겨진 비명을 읽을 수 있도록 늘 우리에게 손전등과 조그만 사다리를 빌려주었다. 때때로 우리는 서로에게 말소리며 신음 소리, 쇠사슬 덜그럭거리는 소리를 들었다느니 어슴푸레한 실루엣이 묘지 사이를 훨훨 날아 돌아다니는 것을 보았다느니 하고 거짓말을 하다가 결국 우리 스스로가 겁에 질려버린 적도 있었는데, 어쨌든 나는 평일 중 두세 번 그 묘지를 찾아가는 것 외에도 매주 일요일 오전을 그 일에 할애했다.

나머지 일거리들은 얼마쯤(이라기보다는 아주 약간) 문학적인 속성을 띤 것이었다. 〈엘 코메르시오〉지 일요일판에 실리는 '인물과 작품'이라는 제목의 칼럼에서, 나는 매주 시인, 소설가 또는 수필가를 인터뷰했고, 〈쿨투라 페루아나〉잡지에도 내가 '인물, 서적 그리고 사상'이라고 이름붙인 난에 다달이 기사를 써주었다. 그리고 마지막 일로는 내가 잘 알고 있던 가톨릭 대학의 어떤 교수가 맡긴(내가 경쟁 학교인 산마르코스 대학 학생이었다는 사실에도 불구하고), 그 대학에 등록하려는 지원자들을 위한 교육 교재를 쓰는 일이었는데, 매주 월요일마다 나는 그에게 예비등록 코스에서 다루는, 조국의 상징부터 토착주의자와 스페인주의자 사이의 논쟁과 국가의 식물군 및 동물군에까지 걸친 다양한 주제 가운데 이것저것에 관해 글을 써서 제출해야 했다.

그와 같은 온갖 일거리(나로 하여금 페드로 카마초에 버금간다는 기분을 느끼게 했던) 덕분에 나는 수입을 세 배로 늘릴 수 있었다. 즉 한꺼번에 그 일곱 가지 일을 함으로써 두 사람이 먹고살기에 충분한 돈을 벌어들인 것이었다. 나는 그 각각의 일에 대해 선불을 요구했고 그렇게 해서 신문과 잡지 일을 하는 데 없어서는 안 될(비록 내가 그 기사 중 많은 것을 판아메리카나에서 썼다고는 해도) 타자기를 되찾을 수 있었다. 그리고 또 난시에게도 빌린 아파트에 들일 가구와 장식물을 사는 데 필요한 돈을 주었다. 그 아파트의 주인은 약속했던 대로 이 주일 내에 수리를 다 마쳐놓았다. 그녀가 방 하나에 조그만 욕실이 딸린 그 작은 아파트를 넘겨주었던 날 아침, 나는 참으로 큰 기쁨을 맛보았다. 그렇지만 나는 훌리아가 돌아오는 날 근사하게 집들이를 하기로 작정해둔 터여서, 거의 매일 밤마다 글을 쓰거나 죽은 사람들의 명단을 작성하기 위해 그곳으로 가곤 했어도 잠은 계속 할아버지 댁에서 잤다.

하루 종일 시간이란 시간은 이런 일 저런 일로 꽉 차 있었고 그런 일들 사이에서 쉴 틈도 없이 여기저기 뛰어 돌아다녔음에도 불구하고, 나는 피로감이나 절망감을 느껴본 적이 없었다. 아니, 그와는 반대로 활기에 차 있었고 내가 기억하기로는 책도 (비록 날마다 타야 하는 수많은 버스 안에서만 그럴 수 있었더라도) 늘 읽던 만큼은 읽었다.

우리는 서로에게 했던 약속을 충실히 지켜서 홀리아는 매일같이 내게 편지를 써 보냈다. 그리고 우리 할머니는 장난스럽게 눈을 찡긋하면서 내게 편지를 건네주곤 했다.

"그런데 말이다, 이 편지가 어디서 오는지 모르겠구나. 넌 뭣 좀 알고 있니?"

나 역시 그녀에게 정기적으로 편지를 써서 그날그날 있었던 갖가지 일을 알렸다(편지를 쓰는 것은 매일 밤 잠들기 직전에 하는 일이었는데 때로는 너무 졸려서 어질어질했던 적도 있었다).

홀리아가 떠난 뒤로 나는 수많은 친척들 집을 찾아가거나 할아버지 댁과 루초 삼촌 댁에서, 또는 길거리에서 그들의 반응을 알아보았다. 모두들 태도가 상당히 바뀌어 있었고 몇몇은 전혀 예상 밖이었다. 그중에서도 페드로 삼촌이 가장 심해서, 그는 내가 손을 내밀었는데도 잡아주기는커녕 싸늘하게 쏘아보기만 하다가 등을 돌려버렸다. 그러나 헤수스 아주머니는 눈물을 펑펑 쏟으면서 나를 끌어안고 "아이구, 이 불쌍한 것!"을 연발했다. 다른 아주머니와 삼촌들은 아무 일도 없었던 것처럼 행동하는 쪽을 택했다. 그들은 내게 다정한 태도를 보이긴 했어도 훌리아 얘기는 한마디도 꺼내지 않으면서 우리가 결혼했다는 사실을 모르는 척하려고 들었다.

나는 아버지를 만나지는 못했어도, 훌리아를 출국시키라는 요구가 일단 충족되자 아버지가 어느 정도 진정되었다는 것은 알고 있었다. 우리 부모님은 내가 한 번도 찾아간 적이 없는 대고모님 댁이나 작은할아버님 댁에서 머물고 있었지만, 어머니가 매일 할아버지 댁을 찾아왔으므로 그곳에서 서로를 볼 수 있었다. 어머니는 내게 다정하고 자애로우면서 애증이 뒤섞인 태도를 보였고, 직접적으로건 간접적으로건 금기시된 주제가 입에 올려질 때마다 창백하게 질린 얼굴로 눈물이 글썽해져 "난 절대로 받아들일 수 없다"며 딱 자르는 것이었다. 또 언젠가는 내가 조그만 아파트를 보러 가자고 하자 내게서 무슨 대단한 모욕이라도 당한 것처럼 발칵 화를 냈다. 그리고 걸핏하면 내가 책과 옷가지를 팔아버린 일을 두고 그것이 무슨 큰 비극이나 되는 것처럼 되뇌었는데, 그럴 때면 나는 "엄마 제발, 라디오 연속극을 쓰는 건 그만두라고요"라는 말로 이야기를 잘라버렸다. 어머니는 아버지 얘기를 한마디도 입에 올리지 않았고 나 역시 아버지에 대해서는 묻지 않았지만, 아버지를 본 다른 친척들을 통해 이제는 그의 분노가 나를 기다리고 있을 미래에 대한 절망으로 바꿰었으며 습관처럼 이런 말을 한다는 것을 알고 있었다.

"그 녀석 스물한 살이 될 때까지는 내 말에 따라야겠지만, 그
다음엔 저 좋을 대로 인생을 망친대도 어쩔 도리가 없겠지."

한꺼번에 일곱 가지나 되는 일을 하면서도 나는 그 몇 주 동안
에 소설을 한 편 더 썼다. '은총받은 자와 니콜라스 신부'라는
제목이었는데, 물론 그로시오프라도에서 생겨난 일화로, 교권에
반기를 드는, 즉 멜초리타를 섬기는 신자들의 열렬한 믿음을 알
아차린 교활한 성직자가 그들의 신앙심을 상업화하기로 작정하
고, 수단 좋은 사업가 뺨칠 정도의 차가운 야망으로 일석이조의
효과를 노려─그녀를 위한 교회를 짓고 시성식을 서두르기 위
해 로마에 대표단을 파견할 경비를 마련한다는 명목으로─성
상이며 성직복, 행운을 비는 부적 등 은총받은 자의 온갖 기념
물을 만들어 팔고, 그녀가 살았던 장소에 들어가는 입장료를 받
고 헌금을 거둬들이고 복권을 판다는 내용의 소설이었다. 나는
신문 기사 형식으로 두 가지 에필로그를 써두었다. 하나는 그로
시오프라도의 주민들이 니콜라스 신부가 벌이고 있는 사업이란
게 모두 장삿속이라는 사실을 알아차리고 그에게 몰매를 가한다
는 것이었고, 다른 하나는 그 성직자가 마침내 리마의 대주교가
된다는 것이었다(어떤 결말을 택할 것이냐는 훌리아의 결정에
맡기기 위해 그녀에게 소설을 읽어줄 수 있을 때까지 기다리기

로 했다). 그 소설을 쓴 곳은 새로 들어오는 도서의 목록을 작성하는, 다소간 상징적인 업무를 했던 나시오날 클럽의 도서관이었다.

내가 라디오 센트랄의 창고에서 건져낸 연속극들(내게 이백 솔의 보너스를 안겨준 일거리)은 한 달—CMQ에서 넘겨줄 원고가 도착할 때까지 걸리는 기간—동안 방송될 양으로 추려졌다. 그러나 전에 나갔던 연속극이건 새로 들어온 것이건 그 어느 것도 정력적인 프로듀서가 정확히 예측했던 대로, 페드로 카마초가 끌어모았던 엄청난 수의 청취자를 지켜줄 수는 없었다. 청취율 조사 결과 라디오 센트랄에 주파수를 맞추는 청취자의 숫자가 감소했다는 사실이 분명히 드러났고, 광고주를 잃지 않기 위해서는 광고료가 인하되어야 했다. 하지만 그것은 헤나로 부자에게는 굉장한 재난이 못 되었다. 언제나처럼 창의력 있고 용의주도하게 그들은 곧 '육만사천 솔 퀴즈'라 불리는 프로그램의 형태로 새로운 금광을 찾아낸 것이었다. 그 프로그램은 레파리스 영화관에서 방송되었는데, 다양한 주제(자동차, 세계사, 축구, 국사 등)에 전문가인 참가자들이 퀴즈 문제를 계속 맞혀나가 그 금액에까지 이를 수 있는 오락물이었다.

나는 때때로 브란사나 라콜메나에서 헤나로 2세와 함께 커피를 마시며(이제는 가끔이기는 했어도) 헤나로 2세를 통해 페드로 카마초의 근황을 계속 알 수 있었다. 그는 거의 한 달 동안 델가도 박사의 개인 병원에 있었지만, 병원비가 너무 비싸 헤나로 부자는 그를 공립 정신병원인 라르코 에레라로 옮겼는데, 그곳에서 분명히 친절과 존경으로 그를 치료해주고 있으리라는 것이었다.

어느 일요일, 프레스비테로 마에스트로 묘지에서 일을 마친 나는 페드로 카마초를 찾아가보고 싶다는 생각이 들었다. 그래서 그가 차를 끓여 마실 수 있도록 버베나와 박하가 든 작은 봉지를 선물로 산 뒤 버스를 타고 라르코 에레라 정신병원 입구에서 내렸다. 하지만 다른 방문객들과 함께 그 감옥 같은 장소의 정문을 막 통과하려다 말고 나는 생각을 바꿨다. 한 떼의 다른 미친 사람들 사이에 그저 하나 더 끼어든 미친 사람으로서 그 복작거리는 정신병원—대학교에서 첫 학기 심리학 강의를 듣던 중에 우리는 정신병원으로 봉사활동을 나간 적이 있었다—에 갇힌 방송작가를 보게 되리라는 생각에 너무 괴로워서 안으로 들어갈 수 없어서였다. 나는 발길을 돌려 미라플로레스로 돌아왔다.

그다음 날인 월요일, 나는 어머니에게 아버지를 만나고 싶다는 뜻을 비쳤다. 어머니는 내게 아버지를 화나게 할 어떤 말도 하지 않도록 조심할 것이며 아버지가 나를 해칠 수 있는 상황을 자초하지 말라고 주의를 준 다음, 그가 머물고 있는 곳의 전화번호를 알려주었다. 아버지는 다음 날 아침 열한시에, 미국으로 떠나기 전 그의 사무실이었던 곳에서 나를 보겠다고 알려왔다.

카라바야 가에 위치한 건물의, 타일이 깔리고 양옆으로 개인 원룸과 사무실이 늘어선 복도 맨 끝에 있는 그 수출입 회사—나는 전에 아버지가 그곳에서 근무했을 때 본 적이 있는 몇몇 직원을 알아보았다—에서 나는 사장실로 안내되었다. 아버지는 전에 쓰던 책상에 앉아 있었는데, 크림색 정장에 하얀 물방울 무늬가 있는 초록색 넥타이를 맨 차림이었다. 지난해에 만난 이후로 체중이 준 듯 보였고 안색도 좀 창백한 듯 싶었다.

"안녕하세요, 아버지?" 나는 문간에 서서 침착하게 보이려고 안간힘을 쓰며 인사를 드렸다.

"찾아온 용건이 뭔지 얘기해봐라." 아버지가 의자를 가리키면서 노기를 띠었다기보다는 감정이 배제된 소리로 말했다.

나는 의자 가장자리에 앉아 연기를 시작하려는 체조선수처럼 깊은 숨을 들이쉬었다.

"제가 현재 뭘 하고 있으며 앞으로 어떻게 할 생각인지를 말씀드리러 왔습니다." 내가 더듬거렸다.

아버지는 한마디 말도 없이 그대로 앉아 나에게서 다음 얘기가 나오기를 기다렸다. 나는 침착하고 진지하게 보이도록 차근 차근 말을 이으면서, 그리고 조심스럽게 그의 모든 반응을 주시하면서, 내가 찾아낸 일거리들을 상세히 열거하고 그 각각의 일에서 얼마나 버는지를 알려주었다. 또 그 일들을 다 맡아 집에서 처리하는 것 외에도 학교 시험 준비까지 하기 위해 시간을 어떻게 쪼개 쓰는지도 설명했다. 나는 아버지에게 거짓말은 하지 않았지만 그 모든 일이 아주 바람직하게 들리도록, 즉 나의 삶을 지적이고 책임감 있는 방법으로 꾸려갈 것이며 열심히 공부해서 학위를 따겠다는 식으로 이야기를 전개했다. 내가 말을 마치자 아버지는 내게서 꼭 들어야 할 말이 나오기를 기다리면서 침묵을 지켰다. 나는 침을 꿀꺽 삼키고 나서 입을 열었다.

"그러니까 저 스스로 생활비를 벌어서 저 자신을 부양하고 학업도 계속할 수 있다는 건 아셨겠지요." 그러고는 겨우 들릴락 말락 하게 말끝을 흐리면서 한마디 덧붙였다. "저는 훌리아를 데려올 수 있도록 해달라고 허락을 구하러 왔습니다. 우리는 결혼했고 훌리아는 혼자 힘으로 살아갈 수가 없습니다."

아버지가 눈을 끔뻑이더니 좀더 창백해졌다. 그래서 한동안 나는 아버지가 내 어린 시절의 악몽이었던 그 엄청난 분노를 터뜨릴 것이라고 생각했다. 하지만 아버지는 무뚝뚝하고 냉정한 어조로 이런 말을 했을 뿐이었다.

"너도 알다시피 이 결혼은 합법적인 게 아니다. 미성년자인 너는 부모의 승낙 없인 결혼할 수가 없어. 그러니까 네가 결혼을 했다면 그건 허가를 받으려고 허위 서류를 제출했거나 네 출생 증명서를 고쳤다는 얘기밖에는 안 돼. 어느 경우건 그런 결혼은 쉽게 무효가 될 수 있어."

그는 법적 서류 위조는 법률에 의해 처벌받을 수 있는 중범죄라고 설명했다. 그리고 만일 그러한 범법 행위로 누군가가 처벌을 받아야 한다면, 그것은 미성년자인 내가 아니라(판사들은 나를 무고한 공범이라고 여길 것이므로) 논리적으로 진정한 범죄자라 추정되는 성년에 달한 사람이라는 것이었다. 그렇게 법적인 사항을 설명한 뒤에 아버지는 냉랭한 목소리로 오랫동안 이야기를 계속했는데, 그러는 사이 조금씩 아버지의 속마음이 드러났다. 나는 아버지가 나를 미워한다고 생각했지만 사실 아버지는 언제나 내가 잘되기만을 바라고 있었으며, 때때로 내게 엄한 태도를 보였다손 치더라도 아버지의 단 한 가지 목적은 내 잘못을 바로잡아주고 올바른 미래를 마련해주려는 것이었다. 아버지는 내가 잘되기를 바라는 마음에서 결혼을 반대한 것이지 내가 생각했던 것처럼 나를 해치려고 그런 것이 아니었다. 사실 누가 자기의 아들을 사랑하지 않겠는가? 더군다나, 아버지는 내가 사랑에 빠진 것이 조금도 잘못된 게 아니라는 것을 알고 있었다. 결국 그것은 내가 사내임을 증명해 보인 행동이었으므로. 만일 예를 들어, 내가 암사내였다면 그건 훨씬 더 골치 아픈 일일 것이었다. 하지만 채 다 자라지도 못한 열여덟 살 나이에 서른이 넘은 데다 이혼까지 한 여자와 결혼을 했다면, 그 결혼의 진정한 결과는 내가 나중에 가서야, 말하자면 그 결혼으로 인해 세상에서 아무것도 이루지 못한 채 쓰린 맛만 본 비참한 남자가 된 뒤에야 깨닫게 될지도 모를 일이었다. 또 그것이 바로 아버지가 내 결혼을 반대하는 이유였다. 나에 대한 그의 단 한 가지 소망은 최대한으로 빛나는 삶을 살게 하는 것이었으므로. 한마디로, 무슨 일이 있더라도 나는 학업을 포기해서는 안 되었다. 그러지 않는다면 나는 두고두고 후회할 것이었다.

아버지가 일어섰고 나도 일어섰다. 불안한 침묵이 이어지다가 다른 방에서 들려오는 타자기 소리에 끝이 났다. 말을 더듬으면서 나는 아버지에게 대학 졸업장을 따겠다고 약속했고, 아버지는 훌리아와의 결혼을 승낙하겠다는 뜻으로 고개를 끄덕였다. 그리고 작별인사를 하면서 잠시 망설인 끝에 우리는 서로를 얼싸안았다.

아버지의 사무실을 나서자 나는 한달음에 중앙우체국으로 달려가서 훌리아에게 전보를 쳤다.

'아버지께서 사면 내렸음. 곧 비행기표를 보낼 것임.'

나는 역사 교수님 댁과 판아메리카나의 옥상 가건물과 묘지에서 그날 오후 시간을 보내며, 어떻게 하면 비행기표 살 돈을 긁어모을 수 있을까 이리저리 궁리해보았다. 그리고 밤에는 돈을 빌려달라고 할 수 있는 사람들의 이름과 그들에게서 각각 얼마씩을 빌릴 수 있을지 명단을 짜기도 했다. 그러나 바로 다음 날 할아버지 댁으로 회답 전보가 날아들었다.

'LAN편으로 내일 도착.'

나중에 안 일이지만 훌리아는 비행기표 살 돈을 마련하기 위해 반지, 브로치, 목걸이, 팔찌, 귀고리 같은 패물은 물론 옷까지 거의 다 팔아치웠다. 그래서 내가 토요일 밤에 리마탐보 공항으로 그녀를 마중 나갔을 때 그녀는 수중에 단 한 푼도 갖고 있지 않았다.

나는 그녀를 곧장 내 작은 아파트로 데려갔다. 그곳은 이미 내 사촌 난시가 손수 왁스칠을 해서 윤을 내고, '환영'이라는 쪽지가 걸린 빨간 장미꽃으로 장식까지 해둔 뒤였다. 훌리아는 마치 새로운 장난감을 구경하듯 아파트를 둘러보았다. 그러고는 내가 깔끔하게 분류해놓은 묘지 카드와 〈쿨투라 페루아나〉 잡지에 써줄 기사의 메모들, 〈엘 코메르시오〉 지를 위해 인터뷰할 작가들의 명단, 그리고 우리가 살아가기에 충분한 돈을 벌게 되리라는 사실을 이론적으로 증명하는 작업 계획과 예산 명세를 보면서 무척이나 재미있어했다. 나는 그녀의 사랑을 확인하고 나서 내가 써둔 소설의 올바른 결말을 선택하도록 「은총받은 자와 니콜라스 신부」를 읽어주겠다고 했다.

"좋아, 바르기타스." 그녀가 급히 옷을 벗다 말고 웃으면서 말했다. "넌 이제 어른이 되어가고 있어. 그러니까 진짜 어른이 될 수 있게, 또 얼굴에서 아이 티를 벗을 수 있게 턱수염을 기르겠다고 약속해줘."

20

홀리아와의 결혼생활은 참으로 행복했고, 모든 친척들과 그녀 자신이 염려했거나 원했거나 예견했던 것보다 좀더 오래, 그러니까 팔 년 동안 지속되었다. 또 그 기간 중에 내 노력과 그녀의 열성적인 도움에 상당한 행운이 덧보태져 다른 예측들(꿈, 소망)도 실현되었다. 우리는 파리로 옮겨가 유명한 다락방에서 살게 되었고, 다행인지 불행인지 나는 작가가 되어 몇 권의 책을 내놓았다. 그리고 결국 법률 공부를 마치지는 못했지만 어떤 식으로든 집안 식구들에게 보상을 해주고 나 스스로도 좀더 쉽게 살아갈 수 있도록, 법률만큼이나 따분한 로마 철학으로 전공을 바꿔 대학 졸업장도 따냈다.

홀리아와 내가 이혼했을 때, 우리 거대한 집안의 식구들은 모두(물론 우리 어머니와 아버지를 포함해서) 그녀를 무척이나 사랑했던 터여서 눈물들깨나 흘렸다. 그리고 일 년 뒤에 내가 사촌(묘한 우연의 일치로 올가 아주머니와 루초 삼촌의 딸)과 재혼했을 때는 집안 식구들 사이에서 첫번째 결혼 때처럼 굉장한 난리가 벌어지지는 않았지만(주로 요란하게 뒷소리가 오간 정도였다), 이번에는 우리의 결혼을 인정하는 특면장에 황급히 서명했던 리마의 대주교(말할 것도 없이 그는 우리의 친척이었다)까지 끼어서 내 결혼식을 어떻게든 교회에서 올리려는 치밀한 음모가 꾸며졌다. 하지만 그때에도 집안 식구들은 이미 두려움을 느낀 게 분명했고 내 엄청난 실수를 예견(미리 용서를 해주는 셈치고서)할 수 있었다.

나는 훌리아와 스페인에서 일 년, 프랑스에서 오 년을 살았다. 그런 다음에는 내 사촌 파트리시아와 처음에는 런던에서, 나중에는 바르셀로나로 옮겨 유럽에서 계속 살았다. 그 시절 나는 리마의 어떤 잡지사와 계약을 맺고 있었는데, 내 기사들을 받는 대가로 내가 일 년에 몇 주씩 페루를 다녀올 수 있도록 비행기표를 제공했다. 그러한 여행은 가족과 친구들을 계속 만날 수 있게 해주었기 때문에 내게 매우 중요했다.

나는 여러 가지 이유로, 하지만 무엇보다도 여가 시간을 가질 수 있는 일자리—저널리스트, 번역가, 강사 또는 교수로서—

를 항상 구할 수 있었기 때문에, 무기한으로 유럽에서 살아갈 수 있었다. 우리가 처음 마드리드에 도착했을 때 나는 훌리아에게 이렇게 말했다.

"난 작가가 되려고 노력할 겁니다. 그래서 문학과 너무 동떨어진 직업은 절대로 택하지 않을 겁니다."

"그럼 난 오늘부터 당장 스커트 옆자락을 트고 터번을 쓰고 커다란 술집에서 법석대는 손님들을 시중들어야 되겠네?" 그녀가 응수했다.

하지만 나는 참으로 운이 좋았다. 파리의 외국어 학교에서 스페인어를 가르치거나, AFP에서 뉴스 원고를 쓰거나, 유네스코에서 번역을 하거나, 젠빌리에 있는 스튜디오에서 영화 필름에 더빙을 하거나, 프랑스 국영 라디오-텔레비전 방송국에서 프로그램을 준비하면서, 나는 언제나 적어도 하루의 절반은 저술에만 전념할 수 있었을뿐더러 살아가기에 충분한 돈이 들어오는 일자리를 찾아낼 수 있었다. 문제는 내가 쓰는 것들이 모두 페루에서의 삶과 관계가 있다는 것이었다. 그래서 시간과 공간이 균형잡힌 관점을 흐리기 시작하자 나는 내 저술에 대해 점점 더 불안감을 느끼게 되었다(그 당시 나는 소설이란 현실적이어야 한다는 생각에 사로잡혀 있었기 때문이다). 그러나 다시 리마로 돌아가서 산다는 것은 생각만 해도 소름 끼치는 일이었다.

내가 그곳에서 한꺼번에 붙들고 있었던 일곱 가지 일거리, 다 합쳐봤자 우리 두 사람을 간신히 먹여 살렸고 책 읽을 시간조차 거의 없었으며 근무 시간 중 한가한 때에 몰래 쓰거나 녹초가 된 밤중에 죽도록 쓰지 않으면 글을 쓸 틈도 남겨주지 않았던 그 일거리들을 떠올릴 때면, 나는 머리카락이 곤두섰고, 속으로 비록 굶어 죽는 한이 있더라도 다시는 그런 식으로 살지 않겠다고 맹세했다. 더군다나 내게 페루는 언제 보아도 슬픈 사람들의 나라인 것처럼 느껴졌다.

그랬으므로 내가 처음에 〈엑스프레소〉 일간지와 〈카레타스〉 잡지와 맺었던, 일 년에 두 장씩 비행기표를 받고 기사를 써 보내준다는 계약은 그야말로 횡재인 셈이었다. 파트리시아와 함께 해마다, 대개는 겨울(7월이나 8월)에 페루로 돌아가 보내는 한 달 동안, 나는 앞서 지나간 열한 달 사이에 내가 쓰려고 노력했던 분위기와 풍경과 사람들의 삶에 푹 빠져 있을 수 있었다. 페루 사람들의 말을 다시 듣고, 내 주위 어느 곳에서나, 내가 본능적으로는 가깝게 느끼면서도 멀리 떨어져 있다보니 해마다 새로 생겨난 말들을 알아듣지 못해 함축된 의미와 공감대와 분위기를 놓쳐버리는 상황에 처하게 하는 말투와 표현법과 억양을 접하는 것이 내게는 대단히 유용했는데—어쩌면 순전히 물질적인 의미에서만 그랬는지도 모르지만 분명히 정신적으로도 그랬다—

말하자면 일종의 에너지 주입이었다.

따라서 리마를 찾아오는 일은, 내가 말 그대로 잠시도 쉬지 못한 채 녹초가 되어 유럽으로 돌아가는 휴가였다. 거대한 숲과도 같은 우리 집안의 무수한 친척과 수많은 친구에게서만도 우리는 매일같이 점심식사며 저녁식사에 초대를 받았고, 그 나머지 시간은 내 저술을 위한 배경 조사에 소요되었다. 예를 들자면, 어느 해에는 내가 쓰고 있던 소설의 배경이 되는 세계를 가까이에서 보고 듣고 냄새 맡기 위해 알토마라뇽 지방으로 여행을 했고, 또 어느 해엔가는 내 소설 속 주인공의 방탕한 삶의 현장이 될 밤의 행락지들—카바레, 술집, 갈보집—을 발발거리기 좋아하는 친구들과 함께 조직적으로 탐사하기도 했다. 하지만 나는 그런 '조사'를 의무라고 생각했던 적은 단 한 번도 없었다. 아니, 그런 일들은 오히려 내가 그것에서 얻어낼 수 있는 문학적인 이익을 훨씬 넘어, 언제나 내 삶을 풍요롭게 해주고, 그 자체로도 아주 유쾌한 기분 전환이 된다고 여겼다. 그래서 나는 일 년에 한 차례씩 페루를 찾아오는 기간 동안 일과 즐거움을 한데 뭉뚱그려가지고, 내가 리마에서 살았던 젊은 시절엔 결코 해보지 못했던, 그리고 내가 이제 페루로 돌아와 살면서도 절대로 하지 않는 일들, 말하자면 토착민의 민속 무용을 보려고 서민들의 사교 클럽이며 극장을 찾아가거나, 빈민가의 셋집을 돌아다니거나,

엘카야오, 바호엘푸엔테, 로스바리오스알토스같이 내가 거의 또는 전혀 알지 못하는 지역을 배회하거나, 경마장에서 내기를 걸거나, 식민지 시대의 교회 지하묘지며 라 페리촐리가 살았다는 (아니, 그렇게 추정되는) 집에 코를 들이밀거나 하는 일들을 해보았다.

하지만 그해에는 참고 문헌들을 찾아보는 데 더 많은 시간을 소비했다. 그 당시 나는 마누엘 아폴리나리오 오드리아 장군 치하(1948~1956)에 벌어졌던 일을 소재로 한 소설을 쓰고 있었던 관계로, 리마에 돌아와 있던 한 달 동안 매주 두 번씩, 아침나절에 국립도서관의 정기간행물부를 찾아가 그 시기에 발행된 신문과 잡지를 뒤적였고, 심지어 얼마쯤 나 자신을 학대한다는 심정으로 그 독재자의 고문들(변론투의 수사학으로 판단하건대 모두 변호사였다)이 작성했던 몇 편의 연설문도 읽어보았다. 정오경에 국립도서관을 나서서 아반카이 가로 내려가곤 했는데, 그곳은 이제 뜨내기 행상들로 이루어진 거대한 시장으로 바뀌어가고 있었다. 그래서 길가에는 대개 판초나 농장 작업복을 걸친 남자와 여자들이 발 디딜 틈도 없이 담요나 신문지 따위를 펼쳐놓거나, 나무 궤짝, 드럼통, 캔버스 천 등으로 대강 짜맞춘 좌판에다 바늘과 머리핀부터 옷가지와 양복에 이르기까지 온갖 잡다한 물건을 늘어놓았고, 조그만 화덕으로 즉석 요리를 하는 온갖 음식을 팔기도 했다. 아반카이 가는 리마에서 가장 심하게 바뀐 대로 중 하나였다. 사람들로 빽빽이 들어차고 튀긴 음식과 매운 양념에서 풍겨나는 강한 냄새에 섞여, 케추아어로 떠들어대는 소리가 심심치 않게 들려와 안데스 산맥 지방의 풍미가 분명히 느껴지는 그 거리는 이제 십여 년 전 내가 대학 일학년생이었을 때, 그 똑같은 국립도서관을 향해 걷곤 할 때면 사무실 직원들이 몰려다니고 간간이 거지가 눈에 띄던 넓고 깔끔한 길과는 전혀 딴판이었다. 그리고 바로 그런 거리에서 나는 지난 십여 년간 리마의 인구를 두 배로 증가시켰고, 언덕이며 구릉이며 쓰레기 더미에 게딱지 같은 집들이 독버섯처럼 솟아오르게 만든 농촌 지역으로부터 수도로의 인구 집중 문제가 가뭄, 뼈 빠지게 힘든 작업 조건, 더 나은 미래를 위한 전망의 부재, 기아로 인해 고향을 버린 수천 수만의 시골 사람이 생을 마감하는 빈민가를 둘러싸고 있는 것을 보고 만질 수 있었다.

그 도시의 새로운 면을 알아보면서, 나는 아반카이 가를 따라 예전에는 산마르코스 대학(그 대학의 여러 학부는 리마 외곽으로 이전되었고, 내가 인문학과 법학을 공부했던 건물에는 이제 박물관과 사무실이 들어서 있었다)이었던 대학공원 쪽으로 걸어 내려갔다. 하지만 내가 그곳을 찾아갔던 이유는 단지 호기심과 향수 때문만이 아니라 문학적인 이유에서였다. 왜냐하면 내가 쓰고 있던 소설 중 많은 일화가 대학공원과 산마르코스 대학의 강의실, 중고 서적상, 당구장 그리고 근처 거리에 있는 지저분한 카페 겸 술집에서 생겨났기 때문이다. 그런데 내가 혁혁한 국가적 영웅들을 기리는 아름다운 기념관 앞에서 관광객인 척하며 주위에 있는 사람들—구두닦이와 패스트리, 아이스크림, 샌드위치 따위를 소리치며 파는 행상인—을 멍하니 바라보고 있을 때, 누군가가 어깨를 짚는 감촉이 느껴졌다. 열두 살을 더 먹었지만 예전 그대로인 빅 파블리토였다. 우리는 서로 얼싸안았다. 그는 정말로 조금도 변한 것이 없었다. 건장한 몸집이며 천식으로 씩씩거리는 걸걸한 웃음소리, 땅에서 발을 거의 떼지 않아 스케이트를 타는 것처럼 보이는 걸음걸이가 모두 예전 그대로였다. 그는 예순 가까운 나이인 것이 분명한데도 흰 머리칼 한올 없었고, 뻣뻣한 직모를 1940년대의 아르헨티나 사람처럼 포마드를 잔뜩 발라 매끈하게 빗어넘기고 있었다. 하지만 차림새는 라디오 판아메리카나의 직원(명목상으로는 뉴스 기자)이었던 시절보다 훨씬 더 나아져서, 초록색 격자무늬 양복에 요란한 넥타이(그의 목에 넥타이가 둘린 것을 보기는 그때가 처음이었다)를 맸고 구두는 반짝반짝하게 닦여 있었다. 그리고 검지손가락에는 잉카 양식의 디자인이 새겨진 금반지를 끼고 있었다. 나는 그를 만나게 된 것이 너무도 반가워서 커피라도 한잔 같이하

자고 했다. 그는 쾌히 승낙했고 우리는 내가 대학에 다니던 시절
과도 관련이 있는 조그만 술집 겸 식당인 팔레르모의 한 테이블
에 자리를 잡고 앉았다. 나는 그에게 차림새만 보아도 잘살고 있
다는 걸 한눈에 알 수 있으니까 어떻게 지내는지는 묻지 않겠다
고 했다. 그가 손가락에 낀 금반지를 내려다보면서 만족스럽게
웃었다.

"불평이야 할 수 없지요." 그가 시인했다. "온갖 어려운 시절
을 다 거친 뒤에 나이가 들어서 운이 트인 셈이니까요. 하지만
우선 맥주부터 한잔 사게 해주시오. 당신을 만나고 보니 너무도
반가워서⋯⋯" 그가 웨이터를 소리쳐 부르더니 차갑고 맛있는
것으로 달라며 필제너 맥주를 주문했다. 그러고는 다시 한바탕
웃음을 터뜨렸는데 그 바람에 천식 발작이 일어나 씩씩 숨을 몰
아쉬면서 말을 이었다. "결혼을 한 남자는 볼장 다 봤다고들 하
지요. 하지만 내 경우는 그게 정반대였습니다."

우리가 맥주를 마시는 동안 빅 파블리토는 천식으로 어쩔 수
없이 말을 멈추곤 하면서 지난 일들을 알려주었다. 페루에 텔레
비전이 도입되자 헤나로 부자가 그에게 갈색 제복과 금테 두른
모자를 씌워 아레키파 가에 신축한, 채널 5로 방송되는 스튜디
오에 안내원으로 세웠다는 것이다.

"기자에서 안내원⋯⋯ 좌천을 당한 것처럼 들리겠죠." 그가

어깨를 으쓱하면서 말했다. "나 역시 직위에 대해서는 그걸 좌천이라고 여겼을 겁니다. 하지만 묻겠는데, 직위가 밥 먹여줍니까? 그 사람들은 내 봉급을 올려줬고, 정말로 중요한 건 그게 아니겠습니까."

안내원 역할은 그에게 힘든 일이 아니었다. 방문객에게 각 부서가 어디에 있는지 알려주고 방청객들이 질서 있게 줄을 서서 기다리게만 하면 되었으니까. 그리고 나머지 시간은 한쪽 귀퉁이에 배치된 경찰과 축구 얘기를 하면서 보냈다. 하지만 그 외에도—거기에서 그는 즐거운 기억을 다시 떠올리며 혓바닥으로 딱 소리를 냈다—몇 달이 더 지나자, 그에게는 매일 정오에 채널 5 스튜디오로부터 한 블록 떨어진 아레날레스 가의 베리소 식당에서 고기와 치즈가 든 패스트리를 사오는 임무가 더 맡겨졌다. 헤나로 부자가 그 음식이라면 사족을 못 썼기 때문이다. 사무실 직원, 배우, 아나운서, 그리고 프로듀서들도 마찬가지여서, 빅 파블리토는 그들에게도 패스트리를 사다주었고 꽤 많은 팁을 얻었다. 그가 장차 아내가 될 여자와 눈이 맞았던 것도 텔레비전 방송국과 베리소 사이를 오가며 심부름을 하던 때였는데 (그는 제복 덕분에 근처에 사는 아이들에게서 소방수라는 별명을 얻었다), 그게 누구였느냐 하면 바로 이 맛있고 바삭바삭한 진미를 만드는 여자, 그러니까 베리소의 요리사였다.

"그 여자는 내 제복과 장군 모자에 반했던 거죠. 나를 한번 쳐다보더니 그대로 무릎을 꿇더라니까요." 빅 파블리토가 웃다 숨이 막히자 맥주를 한 모금 마시고 나서 씩씩거리는 소리로 다시말을 이었다. "멋지고 가무잡잡한 여자지요. 당신 부인보다 이십 년은 더 젊을 겁니다. 젖꼭지가 어찌나 단단한지 아마 총알도튕겨져 나갈걸요. 마리오 씨, 진짜 굉장한 미인입니다."

빅 파블리토는 그녀에게 칭찬을 쏟아붓는 것으로 대화를 트기 시작했는데, 그녀는 해쭉해쭉 웃어주었고 함께 외출을 하기시작했고, 뭐 그런 식으로 진행이 됐다는 것이다. 그들은 사랑에빠졌고 영화에나 나올 법한 멋진 연애를 벌였다. 그 가무잡잡한여자는 정열에 넘쳤고 야망으로 가득 찼으며 그녀의 머리는 계획들로 꽉 차 있었다. 식당을 열기로 결정했던 것도 그녀였는데,빅 파블리토가 돈 문제는 어떻게 하겠느냐고 묻자, 그녀는 두 사람이 직장을 그만둘 때 나오는 돈으로 충당하겠다고 대답했다.그에게는 확실한 일에서 불확실한 일로 뛰어든다는 것이 미친짓처럼 보였지만 그녀는 자기 고집대로 밀고 나갔다. 두 사람이받은 퇴직금은 파루로 로에 있는 조그만 가게를 사기에 충분했다. 그러나 테이블과 주방 기구를 사기 위해서는 아는 사람들을모두 찾아가 돈을 빌려야 했고, 벽에 페인트칠을 하는 일과 문위에 '로열 피코크'라는 가게 이름을 쓰는 일까지도 빅 파블리토 자신이 해야 했다. 처음 일 년 동안은 노예처럼 일하고도 겨우 먹고살 만큼밖에 벌지 못했다. 그들은 꼭두새벽에 일어나 가장 싼 값으로 가장 좋은 양념을 사기 위해 라파라다 도매시장으로 달려갔고 갖가지 일을 둘이서만 해냈다. 그녀는 음식을 만들었고 그는 테이블 시중을 들거나 음식값을 받았으며, 쓸고 닦는 일은 둘이서 함께 했다. 그리고 매일 밤 가게 문을 닫은 뒤에 테이블 사이에다 매트리스를 깔고 잤다. 하지만 다음 해부터는 점점 더 많은 손님을 끌 수 있었다. 그리고 나중에는 손님이 너무 밀리는 바람에 주방일을 거들어줄 아이와 테이블 시중을 들 아이를 하나씩 고용해야 했고, 좀더 뒤에는 자리가 없어서 들어온 손님들을 그냥 돌려보낼 수밖에 없었다. 그러자 가무잡잡한 여인은 그 식당보다 세 배는 더 큰 옆 가게에 세를 얻겠다는 생각을 내놓았다. 그는 여자의 생각에 따랐는데 그 일로 후회하지는 않았다. 이제 그들은 이층에까지도 테이블을 들여놓았고 로열 피코크 건너편에 그들이 살 작은 집도 하나 마련했다. 그리고 두 사람이 함께 얼마나 잘 살아왔는지를 알게 되자 결혼식도 올렸다.

나는 그에게 축하를 해주고, 그러면 요리법을 배웠느냐고 물었다.

"좋은 생각이 있습니다." 빅 파블리토가 불쑥 말을 잘랐다.

"파스쿠알을 붙잡아 와가지고 우리 식당에서 같이 점심식사를 하는 겁니다. 두 분을 내 손님으로 모시고 싶거든요, 마리오 씨."

나는 그의 청을 받아들였다. 초대를 거절하기가 뭣하기도 했고 또 파스쿠알이 어떻게 변했는지 보고 싶기도 해서였다. 빅 파블리토의 말로는 그가 현재 추문이나 가십 따위를 크게 다루는 어떤 주간지 편집장으로 있는데 그 역시 출세했다는 것이었다. 그들은 서로 정기적으로 만나고 있었으며 파스쿠알은 로열 피코크의 단골손님이었다.

주간지 〈엑스트라〉의 사무실은 대학공원에서 꽤 떨어진, 브레냐의 아리카 가를 좀 벗어난 곳에 있었으므로, 그곳까지 가려면 버스—내가 리마에서 살던 시절에는 다니지 않았던—를 타야 했다. 우리는 빅 파블리토가 정확한 주소를 기억하지 못해서 한참이나 근처를 헤매고 돌아다녔다. 그러나 마침내는 판타시아 극장 뒤켠의 좁은 골목길에서 그의 사무실을 찾아냈는데, 밖에서 보아도 〈엑스트라〉라는 현판을 두 개의 차고 문 사이에 못을 박아 불안하게 걸어놓은 것부터가 제대로 돌아가지 않는 것이 분명했다.

안으로 들어서니 사무실은 두 개의 차고 사이의 벽을 뚫어 통로를 내어 하나의 사무실로 개조한 것임을 알 수 있었다. 그리고 통로라는 것도 미장이가 일을 하다 말고 그만두어버린 듯 네모

반듯하게 골라지거나 모서리가 대강이라도 다듬어져 있지 않은 데다, 공중변소처럼 지저분한 말과 음란한 그림이 잔뜩 휘갈겨진 두꺼운 판지로 칸막이가 쳐져 있었다. 우리가 처음 들어선 차고 벽에는 습기가 밴 자리와 지저분한 얼룩 사이로 사진이며 포스터며 〈엑스트라〉지의 표지 따위가 붙어 있었는데, 그것들 중에서 나는 유명한 축구선수와 가수, 그리고 범죄자와 희생자의 얼굴을 알아볼 수 있었다. 그리고 비명을 지르는 것 같은 요란한 문구로 채워진 표지들에서는 '딸과 결혼하기 위해 아내를 죽인 남편'이니 '경찰, 가장무도회 급습, 일망타진!'이니 하는 글귀들이 눈에 들어왔다.

그 차고는 복사실, 암실 그리고 주간지의 '시체 안치소'로 쓰이는 것 같았는데, 두 젊은이가 바쁘게 타자기를 두드리고 있는 작은 탁자들과 한 아이가 꾸러미로 묶고 있는 반품된 신문 더미 사이를 비집고 나가기도 힘들 정도로 어수선했다. 한 귀퉁이에는 필름이며 사진 감광판 따위로 채워진 문짝 없는 옷장이 하나 놓여 있었고, 세 개의 벽돌로 받쳐서 다리 하나 구실을 하고 있는 테이블 너머로 빨간 스웨터를 입은 처녀가 금전출납부에다 입금된 액수를 적어넣고 있었다. 그곳에 있는 사람과 물건 모두가 서글픈 궁상이 밴 것처럼 보였다. 그리고 모두들 우리가 인사를 건네도 제지를 하거나 용건을 묻거나 대꾸를 하지 않았다.

칸막이 건너편에는 역시 선정적인 표지로 덮인 벽 앞에 세 개의 책상이 놓여 있었고, 각각의 책상에는 그 자리를 차지하고 있는 사람의 직함을 잉크로 써넣은 사각형의 작은 마분지 명패—편집장, 수석 카피 편집자, 편집주간—가 올려져 있었다. 우리가 그 방으로 들어서자 교정을 보느라 몸을 굽히고 있던 두 사람이 고개를 들었다. 서 있는 한 사람이 파스쿠알이었다.

그가 우리 하나하나를 다정하게 얼싸안았다. 빅 파블리토와는 달리 그는 예전의 모습과는 딴판으로 살이 찌고 배가 나오고 이중 턱이 져 있었다. 그리고 어딘가 모르게 늙은이가 다 된 사람 같은 인상을 풍겼다. 거기에다 히틀러 비슷하게 기른 이상한 콧수염은 희끗해져가고 있었다. 그는 무척이나 반가운 게 분명한 태도로 우리를 맞았지만 나는 그가 함박웃음을 지었을 때 이빨이 몇 개 빠져나간 것을 보았다. 다음에 그가 책상에 앉아 있던 자기의 동료인 누런색 셔츠 차림의 땅딸막하고 머리카락이 검은 사내에게 나를 소개했다.

"〈엑스트라〉지의 편집장이신 레바글리아티 박사입니다."

"하마터면 실수할 뻔했는데요." 내가 레바글리아티 박사와 악수를 하면서 파스쿠알에게 말했다. "빅 파블리토는 당신이 편집장이라고 했거든요."

"우린 내리막길을 걷고 있긴 하지만 그 정도는 아닙니다." 레

345

바글리아티 박사가 응수했다. "자 앉으세요, 앉으세요."

"난 수석 카피 편집자요." 파스쿠알이 내게 설명했다. "여기 이것이 내 책상이고."

빅 파블리토가 판아메리카나에서의 즐거웠던 옛날을 기념할 작정이니까 만사 제쳐두고 당장에 로열 피코크로 가자며 나섰다. 파스쿠알은 그 제의에 적극 찬성했지만 바쁘지 않다면 몇 분 동안만 더 기다려달라고 했다. 자기 책상에 놓인 교정쇄를 사무실 한 귀퉁이에 있는 인쇄기에 걸어서 바로 판을 돌려야 하는 급한 일이 있다는 것이었다.

파스쿠알이 자리로 돌아가자 나는 레바글리아티 박사와 독대를 하게 되었는데, 그는 내가 유럽에서 살고 있다는 것을 알자 요상한 질문들을 퍼부어대기 시작했다. 자기가 늘 들어왔던 대로 프랑스 여자는 헤프다는 게 사실이냐, 그 여자들은 소문이 자자한 것처럼 침실에서 그렇게 노련하고 부끄러움을 모르느냐, 나라마다 여자들은 제각기 독특한 기술이 있다는데 그게 사실이냐, 자기는 여행을 많이 한 사람들에게서 아주 재미있는 얘기들 (빅 파블리토는 그의 말을 듣고 있는 동안 즐거워서 눈알을 희번덕거렸다)을 들은 적이 있는데, 정말로 이탈리아 여자는 남자의 물건을 빠는 데라면 사족을 못 쓰느냐, 파리 여자는 뒤에서 한 차례 맹공격을 해주지 않으면 절대로 만족할 줄을 모르느냐,

스칸디나비아 여자는 자기 아버지하고도 그 짓을 하느냐 등
등…… 나는 레바글리아티 박사가 별별 음란하고 호색적인 질
문으로 그 비좁은 방의 공기를 오염시키고 있는 동안 할 수 있는
데까지 대답해주면서 당치도 않은 시간에 끝날 게 뻔한 이 식사
초대를 받아들임으로써 발목을 잡히게 된 것이 점점 더 후회스
러워졌다. 편집장의 사회별 호색적인 폭로에 놀라고 흥분하여
빅 파블리토는 웃고 또 웃었다. 마침내 레바글리아티 박사의 호
기심에 질려서 나는 그에게 전화를 한 통 써도 되겠느냐고 물었
다. 그의 얼굴에 자조적인 표정이 떠올랐다.

"일주일 전부터 끊겼습니다. 전화 요금을 내지 못해서죠." 그
가 지독히도 솔직하게 대답했다. "당신도 잘 아시겠지만 이 잡
지사는 망조가 들어가는 중입니다. 그리고 여기서 일하는 우리
바보 천치들도 모두 같이 망하는 거죠."

그러더니 곧이어 마조히즘 같은 욕망을 느끼기라도 하듯 그
는 〈엑스트라〉지가 오드리아 정권에 상당히 호의적인 후원을
받으며 창간되었으며, 정부에서는 그 신문에 광고를 싣는 한편
어떤 특정인을 공격하고 다른 사람은 두둔하도록 뒷돈을 찔러넣
어주기도 했다고 설명했다. 더군다나 그 신문은 발간이 허용된
몇 종 안 되는 간행물 중 하나였으므로 불타나게 팔렸다는 것이
었다. 그러나 오드리아가 쫓겨나고 강력한 경쟁지들이 등장하

자 〈엑스트라〉지는 파산 지경에 이르렀는데, 그가 이 신문의 편집장을 떠맡은 것은 신문사가 이미 빈사 지경에 있던 바로 그 시점이었다. 그는 정책을 바꾸어 추문과 가십을 크게 다루도록 함으로써 신문사를 다시 일으켜 세울 수 있었다. 그리고 한동안은 '대추나무에 연 걸리듯' 여기저기 빚이 널려 있었음에도 모든 일이 순조롭게 풀려나갔다. 하지만 지난해에는 종이값이 계속 올라서 제작비가 급등한 데다, 경쟁지들의 흑색선전으로 광고 수입마저 줄어 사정이 몹시 안 좋아졌다. 더군다나 그들은 〈엑스트라〉지를 명예훼손죄로 고소한 인간 쓰레기들과의 소송에서 서너 차례 패소까지 당했는데, 겁에 질린 소유주는 그 볼장 다 본 신문사가 도산될 때 빚쟁이들이 전 재산을 다 쓸어가지 못하도록 가지고 있던 주식을 모두 편집자들에게 나눠주었다. 파산은 이제 눈앞에 다가와 있었다. 지난 몇 주 동안 상황은 절망적으로 바뀌어서 봉급을 줄 돈도 없었고, 직원들은 이제 타자기를 들고 가버리거나, 책상을 팔아치우거나, 값나가는 것이면 무엇이든 훔치거나 하면서, 모든 것이 다 넘어가버리기 전에 할 수 있는 데까지 챙기고들 있었다.

"앞으로 채 한 달도 더 못 버틸 겁니다." 그가 될 대로 되라는 듯이 콧방귀를 뀌면서 되뇌었다. "우린 벌써 송장입니다. 썩은 냄새가 나지 않습니까?"

내가 그에게 정말로 그런 냄새가 난다며 맞장구를 치려는 찰나, 해골같이 왜소한 사내가 들어서는 바람에 대화가 중단되었다. 그는 너무도 빈약한 체구여서 칸막이를 한옆으로 밀어젖힐 필요도 없이 좁은 통로를 그냥 통과해 들어왔는데, 독일 병사처럼 약간은 우스꽝스럽게 머리를 짧게 쳤고, 아래위가 붙은 파란색 작업복에 누덕누덕 기운 낡은 셔츠에다 그 왜소한 몸집에도 꽉 끼는 희끄무레한 스웨터로 거지 같은 차림을 하고 있었다. 하지만 그런 차림 중에서도 가장 꼴불견인 것은 다 해져서 신발창이 덜렁거리는지 아니면 거의 떨어져 나갈 지경인지 한쪽 신발 코를 길다란 끈으로 묶은 빛바랜 붉은색 운동화였다. 그가 눈에 띄자마자 레바글리아티 박사가 호통을 쳐대기 시작했다.

"당신, 나를 바보로 만들 수 있다고 생각하는 모양인데, 그렇다면 잘못 생각한 거요." 그가 무시무시한 기세로 다가서는 바람에 해골 같은 사내가 한 발짝 뒤로 물러섰다. "그리고, 어젯밤 아야쿠초에서 들어온 괴물에 대한 보도 자료는 어떻게 된 거지?"

"가져왔습니다. 순찰 경관이 사자(死者)를 관할 지역으로 옮겨온 지 반 시간 뒤에 적절하고도 타당한 세부 사항을 모두 기재해가지고 왔습니다."

나는 너무도 놀란 나머지 아마도 넋 나간 사람처럼 보였을 것이다. 그 완벽한 말투, 따뜻한 음색, 그리고 '적절하고도 타당한'이라든가 '사자'와 같은 단어는 그의 입에서만 나올 수 있었다. 하지만 과연 이런 체격과 차림새를 한 채 레바글리아티 박사에게 호된 꾸지람을 당하고 있는 이 말라깽이가 그 볼리비아인 방송작가일 수 있을까?

"거짓말 마시오. 적어도 잘못을 인정할 용기는 있어야지. 당신은 그 보도 자료를 가져오지 않았고, 그래서 굼발이 기사를 작성할 수 없었고, 그 바람에 일이 모두 틀어지게 생겼다고. 그리고 난 사실에 입각하지 않은 기사는 딱 질색이오. 그건 엉터리 기사니까."

"저는 가져왔습니다." 페드로 카마초가 겁에 질리긴 했어도 공손한 목소리로 대답했다. "그런데 사무실 문이 잠겨 있었습니다. 정확히 열한시 십오분이었어요. 지나가는 사람에게 정확한 시간을 물어봤거든요. 저는 그 보도 자료가 얼마나 중요한지를 알고 있어서 굼발의 집을 찾아갔습니다. 그리고 근처 길가에서 새벽 두시가 될 때까지 굼발을 기다렸지만 그 사람은 집으로 돌아오지 않았습니다. 그것은 제 잘못이 아닙니다. 그 괴물을 옮겨 온 순찰차가 산사태로 고속도로가 막히는 바람에, 아홉시가 아니라 열한시가 넘어서야 도착했기 때문입니다. 제가 직무유기를 했다고 나무라지 마십시오. 제게는 〈엑스트라〉 지가 제 건강보다도 더 중요합니다."

나는 애써 기억을 더듬으면서 내가 이전에 알고 있던 페드로 카마초와 내 앞에 있는 사람을 하나씩 비교해보았다. 퉁방울눈은, 비록 열광적이고 신들린 듯한 빛이 사라졌다고는 해도 똑같았다. 그 눈에 서린 빛은 이제 희미하고 탁하고 불안정하고 겁에 질려 있었다. 하지만 그의 얼굴 표정과 말을 할 때의 제스처, 즉 그를 서커스 호객꾼처럼 보이게 만드는 팔과 손의 부자연스러운 동작은 비길 데 없이 고르고 듣기 좋은 목소리만큼이나 예전 그대로였다.

"그건 결국 따지고 보면 당신이 너무 노랭이라서 그런 거요. 시외 버스건 시내 버스건 어디 타려고 들어야지. 당신은 어디에건 너무 늦게 찾아가는데 그게 바로 이런 문제가 생겨나는 단순한 진짜 이유란 말요." 레바글리아티 박사가 신경질적으로 침을 튀겼다. "그렇게 쩨쩨하게 굴지 말란 말요, 제기랄! 동전 네 닢만 쓰면 버스를 탈 수 있고 그러면 어디든 제시간에 갈 수 있을 거 아뇨!"

하지만 닮은 점보다는 다른 점이 더 많았다. 그의 모습이 그처럼 달라 보였던 것은 머리를 짧게 친 때문이었다. 어깨까지 늘어졌던 갈기 같은 머리칼이 삭발한 것처럼 바짝 깎여서, 그의 얼굴을 더욱 각지고 작아 보이게 했던 것이다. 그 얼굴은 이제 독특함과 권위를 잃은 얼굴이었다. 더군다나 그는 전보다도 훨씬 더 야위어서 고행자, 아니 거의 허깨비처럼 보였다. 하지만 내가 그를 알아볼 수 없었던 가장 큰 이유는 무엇보다도 그의 차림새였다. 나는 그가 상복처럼 검고 반들반들한 양복에 그라는 사람에게서 결코 떼어낼 수 없는 조그만 나비넥타이를 매고 있던 모습밖에는 본 적이 없었다. 그런데 이제 부두 노동자들이 입는 아래위가 붙은 작업복에 누덕누덕 기운 셔츠, 거기에다 끈으로 둘둘 감아맨 운동화를 신은 그의 모습은 십이 년 전의 모습과 비교한다면 풍자만화 중의 풍자만화처럼 보였다.

"분명히 말씀드리지만 그건 편집장님께서 생각하시는 것과 다릅니다." 그가 물러서지 않고 응수했다. "저는 편집장님께 제가 가야 할 어느 장소에건 그 성가신 버스를 타는 것보다 걸어서 더 빨리 도착할 수 있다는 것을 입증해 보였습니다. 제가 걸어다니는 이유는 인색해서가 아니라 제 임무를 더 부지런히 수행하기 위해섭니다. 그리고 자주, 저는 뜁니다."

그 점에서도 그는 예전과 다르지 않았다. 즉 유머감각이라고는 전혀 없는, 그리고 위트나 감정을 조금도 비치지 않는 무의식적이고 인격이 배제된 듯한 말투였다. 비록 그가 하고 있는 말이, 예전 같았으면 그의 입에서 나오리라고 상상조차 할 수 없는 것들이기는 했어도.

"그런 당치도 않은 소리 그만두시오. 미친 짓도 그만하고. 난

속아넘어가기엔 너무 노련하니까." 레바글리아티 박사가 우리를 증인으로 삼아 고개를 돌렸다. "이런 말도 안 되는 소리 들어본 적 있습니까? 사람이 버스를 타는 것보다 걸어서 더 빨리 리마에 있는 경찰서들을 찾아다닐 수 있다지 뭡니까. 그리고 이 신사분은 나한테 그런 똥 같은 소리를 곧이들으라는 겁니다."

그가 다시 방송작가에게로 고개를 돌렸다. 방송작가는 편집장에게 눈을 떼지 않은 채, 우리 쪽으로는 곁눈질조차 하지 않으려고 했다.

"내 당신한테 긴말은 하지 않겠소. 당신도 음식 앞에 앉을 때마다, 우리가 심부름꾼은 말할 것도 없고 기자까지 내보낸 이 엄청나게 곤란한 시기에 당신한테는 일거리를 줌으로써 굉장한 호의를 베풀고 있다는 걸 당신도 기억할 테니까. 당신은 적어도 그걸 고맙게 여기고 당신 일을 제대로 해야 한단 말이오."

바로 그때 파스쿠알이 칸막이 뒤쪽에서 나왔다.

"다 끝났습니다. 판은 인쇄로 넘겼고." 그러더니 우리에게 기다리게 해서 미안하다고 사과했다.

페드로 카마초가 사무실을 막 나가려고 할 때 내가 그에게로 다가갔다.

"안녕하세요, 페드로?" 내가 악수를 청하면서 물었다. "저 기억 못 하시겠습니까?"

그는 마치 생전처음 나를 보기라도 하듯 놀란 표정이 되더니, 사팔눈을 뜨고 미간을 좁히면서 나를 위아래로 훑어보았다. 마침내 그가 손을 내밀고 건성으로 악수를 받으면서 깍듯이 고개를 숙였다.

"만나서 반갑습니다. 페드로 카마초라고 합니다."

"어떻게 이럴 수가……" 나는 몹시 심란한 기분이 되었다. "제가 그렇게 나이가 들어 보입니까?"

"당신 또 괜히 기억상실증인 척하지 말라고." 파스쿠알이 방송작가의 등을 철썩 때렸다. 비틀거릴 정도로 세게. "당신 브란사에서 이 사람한테 늘 커피를 얻어 마셨던 것도 기억 못 해?"

"아니, 그게 아니라 버베나 박하차였죠." 나는 무관심한 척하면서도 나를 알아보는 듯한 어떤 조짐이라도 보이지 않을까 해서 주의 깊게 페드로 카마초의 얼굴을 살피며 농담처럼 받았다.

그가 고개를 끄덕이더니(그러자 안이 훤히 들여다보이는 그의 머리통이 눈에 들어왔다) 잠시 내게 정중한 미소를 지어 보였는데, 그 때문에 한 일 초쯤 그의 이가 드러났다.

"위장에 좋은 훌륭한 소화제지요. 게다가 지방질을 없애주기도 하고요." 그가 말했다. 그러더니 우리에게서 풀려나기 위해 양보하는 것처럼 재빨리 말을 이었다. "네, 그럴 수도 있겠지요. 사실을 부정하지는 않겠습니다. 우린 정말로 전에 만났던 적이 있는 것 같군요." 그러고는 한마디 덧붙였다. "만나서 즐거웠습니다."

빅 파블리토 역시 그의 옆으로 가 있었다. 그가 한편으로는 인자하게, 그러나 또 한편으로는 놀리는 투로 그의 어깨를 감싸안았다. 그리고 반쯤은 다정스럽게 또 반쯤은 조롱하듯이 그를 앞뒤로 흔들면서 내 쪽을 쳐다보고 말했다.

"문제는 이 페드리토는 자기가 유명한 사람이었던 시절을 기억하려고 들지 않는다는 겁니다. 지금 여기선 있으나마나 한 사람이니까요." 파스쿠알이 웃었고 빅 파블리토도 웃었다. 나 역시 웃는 척했고 페드로 카마초도 억지로 미소를 지었다. "이 친구는 파스쿠알이나 나까지도 기억 못 하는 척하려고 든다니까요." 빅 파블리토가 마치 강아지를 가지고 놀듯 거의 까까머리인 그의 머리통을 두드렸다. "우리, 당신이 왕이었던 시절을 기념하기 위해 점심을 같이할 생각인데, 당신 운이 튼 거라고, 페드리토. 오늘은 훌륭한 뜨거운 음식을 먹게 될 테니까. 손님으로 모실 테니 같이 가자고!"

"대단히 고맙습니다만……" 그가 즉시 깍듯이 고개를 숙이면서 대답했다. "저는 여러분과 함께 갈 수가 없겠군요. 제 아내가 기다리고 있어서요. 제가 점심을 먹으러 가지 않으면 궁금해할 겁니다."

"그 여자, 당신을 치마끈에 붙들어매뒀군. 당신은 그 여자 노예야. 그게 부끄럽지도 않아?" 빅 파블리토가 그를 다시 앞뒤로 흔들면서 놀려댔다.

"결혼을 하셨습니까?" 페드로 카마초에게 가정과 아내와 아이들이 있다는 사실에 깜짝 놀라 내가 물었다. "아무튼 축하합니다. 저는 늘 당신이 확고부동한 독신주의자라고 생각했는데요."

"우린 벌써 은혼식을 치렀습니다." 그가 늘 그랬던 대로 정확하고도 감정이 배제된 목소리로 대답했다. "훌륭한 아내지요. 자기희생적이고 믿을 수 없을 정도로 착한. 우린 어쩔 수 없는 환경 때문에 별거를 했지만 내가 도움이 필요하게 되자 그 여자는 다시 돌아와서 정성껏 나를 도왔습니다. 말씀드렸다시피 훌륭한 아내지요. 그 여자는 예능인, 그러니까 외국인 예능인입니다."

나는 빅 파블리토, 파스쿠알 그리고 레바글리아티 박사 사이에서 조롱 섞인 눈길이 교환되는 것을 보았지만, 페드로 카마초는 눈치채지 못한 것 같았다. 그가 잠시 말을 끊었다가 다시 이었다. "자, 그럼 좋은 시간 되십시오. 저는 마음속으로나마 여러분과 함께 있겠습니다."

"다시는 나를 실망시키지 않도록 주의하시오. 이번이 마지막이니까." 방송작가가 칸막이 뒤로 사라질 때 레바글리아티 박사가 그에게 경고했다.

페드로 카마초의 발소리가 사라지기도 전에 —그는 분명히 길 쪽으로 난 문을 향해 가고 있었다— 파스쿠알과 빅 파블리토 그리고 레바글리아티 박사가 한바탕 웃음을 터뜨렸다. 그러고는 서로에게 윙크를 하더니 익살맞게 눈짓을 주고받으면서 방송작가가 막 나선 출구 쪽을 가리켰다.

"저 친구, 멍청이처럼 보이려고 하지만 그렇게 멍청이는 아니거든. 자기 여편네가 몹시 고약하게 군다는 사실을 숨기려고 헌신적인 아내인 것처럼 가장하고 있으니." 레바글리아티 박사가 떠들어댔다. "저 친구가 여편네 얘기를 할 때마다 난 이 말을 해주고 싶어서 몸이 근질근질해집니다. '그 예능인이라는 소리 좀 그만두쇼. 우리 페루 사람이 부르는 대로 하자면 그건 발가벗고 춤추는 여자니까'라고 말예요."

"그 여자가 어떤 괴물인지는 상상도 못 할 겁니다." 파스쿠알이 도깨비를 보고 난 사람 같은 표정을 지으면서 내게 말했다. "중년을 넘은 아르헨티나 여잔데, 돼지처럼 뒤룩뒤룩 살이 찐데다 머리는 표백을 하고 화장 두께가 일 인치는 될 겁니다. 메사니네라고 볼장 다 본 빈털터리들이 죽치는 나이트클럽에서 반벌거숭이로 탱고를 부르는 여자죠."

"배은망덕한 소리 마시고 입 다무쇼. 당신네 둘 다 그 여잘 울궈냈잖소." 레바글리아티 박사가 말했다. "그 점에 있어서는 나도 마찬가지지만."

"가수건 아니건 그 여잔 창녀라니까 그러네." 빅 파블리토가
눈알을 부라리며 우겼다. "이거 진짜로 하는 얘긴데, 언젠가 내
가 메사니네로 그 여잘 보러 갔더니 쇼가 끝난 뒤에 내게로 실실
다가오더란 말씀이야. 그러더니 이십 리브라만 내면 그걸 한번
멋지게 빨아주겠다고 그럽디다. 그래서 난 이랬지. 당신 같은 늙
은 여자는 싫다, 당신은 이빨이 하나도 남아 있지 않은데 내가
좋아하는 건 그걸 잘근잘근 깨물어주는 거니까, 공짜로, 아니 돈
을 주고 해준대도 싫다고 말야. 이거 진담인데요, 마리오 씨, 그
여잔 이빨이 하나도 없습니다."

"그 둘은 벌써 오래전에 결혼을 했습니다." 파스쿠알이 셔츠
소매를 풀어내린 뒤 양복 상의를 걸쳐입고 넥타이를 매면서 내
게 말했다. "페드리토가 리마로 오기 전 볼리비아에서요. 그런
데 아마도 여자가 거기서 남자를 내팽개치고 화냥질이나 하면서
싸돌아다닌 모양입니다. 그 둘은 페드리토가 정신병원에 있을
때 재결합했지요. 바로 그런 이유로 페드리토는 자기 아내가 그
렇게 희생적인 여자라고 떠벌려대면서 돌아다니는 겁니다. 자기
가 미쳐 있을 때 그 여자가 돌아와줬기 때문이죠."

"그 사람이 자기 여편네한테 개처럼 복종하는 건 그 여자 덕
에 입에 풀칠이라도 할 수 있기 때문이오." 레바글리아티 박사

가 그의 말을 바로잡았다. "당신은 카마초가 경찰서에 정보를 수집해다 주고 받은 돈으로 그 둘이 살아갈 수 있다고 생각하쇼? 그 친구는 여편네가 창녀질을 하면서 돌아다닌 덕에 먹고사는 거고, 그렇지 않았더라면 벌써 오래전에 영양실조로 죽었을 겁니다."

"사실대로 얘기하자면 페드리토는 먹고사는 데 별로 돈 들어갈 게 없잖소." 파스쿠알이 반박했다. 그러고는 설명을 덧붙였다. "그 사람들은 산토크리스토 뒷골목에서 살고 있습니다. 정말 형편없이 몰락한 거 아닙니까? 여기 이 친구, 레바글리아티 박사는 그 사람이 라디오 연속극을 쓰던 시절에, 그러니까 사람들이 사인을 얻으려고 몰려들었던 시절에 대단한 인물이었다는걸 믿으려고 들지 않아요."

우리는 방을 나섰다. 옆쪽 차고에서 금전출납부를 적던 젊은 처녀와 기자 그리고 반품된 신문을 묶고 있던 아이는 모두 가버리고 없었다. 불을 끄자, 잔뜩 뒤엉켜 있는 사무실 집기와 잡동사니에서 어찌 보면 기괴한 분위기마저 풍겼다. 우리가 길로 나서는 동안 레바글리아티 박사가 문을 닫고 열쇠를 채웠다. 우리 네 사람은 택시를 잡기 위해 나란히 아리카 가 쪽으로 걸어갔는데, 나는 이야기가 끊기지 않도록 페드로 카마초가 어째서 기자가 아니고 그저 심부름꾼에 불과한지 물어보았다.

"글을 쓸 줄 모르기 때문이죠." 레바글리아티 박사가 그런 질문이 나올 줄 미리 알고 있었다는 듯이 대답했다. "그 친구 허풍스러운 데다 신문 기사에는 전혀 맞지 않는, 아무도 이해할 수 없는 단어들을 쓰거든요. 내가 페드리토에게 경찰서를 돌아다니도록 한 것도 바로 그래서입니다. 그 친구가 꼭 필요한 건 아니지만 나를 웃겨주지요. 그러니까 내 어릿광대인 셈인데, 게다가 심부름하는 아이보다도 돈이 덜 먹힙니다." 그가 추접스럽게 웃더니 물었다. "그런데 거두절미하고, 나 당신들 점심식사에 초대받은 거요? 못 받은 거요?"

"물론 받은 거지. 그거야 얘기할 필요도 없는 거 아뇨." 빅 파블리토가 대답했다. "당신과 마리오 씨가 오늘의 주인공이오."

"페드로 카마초는 별별 이상한 생각들로 꼭 차 있지요." 우리가 택시를 잡아타고 파루로 로를 향해 가고 있을 때 파스쿠알이 다시 그 얘기를 꺼냈다. "예를 들자면 그 친구는 버스를 타려고 들지 않아요. 어디든 걸어다니죠. 그게 더 빠르다는 겁니다. 그 친구가 하루에 얼마나 걷는지 생각만 해도 피곤해질 지경이라니까요. 시내 중심가에 있는 경찰서만 돌아다니더라도 족히 몇 십 킬로미터는 될 겁니다. 그 친구 신발 꼴이 어떤지 봤습니까?"

"그건 지독한 노랭이라서 그런 겁니다." 레바글리아티 박사가 역겹다는 투로 말했다.

"난 그 친구가 구두쇠라고 생각하진 않는데." 빅 파블리토가
그를 두둔했다. "그저 머리가 약간 돈 데다 운이 다한 친구라서
그렇지."

점심식사는 몇 시간 동안 계속되었다. 계속해서 입안이 화끈
거리게 매운 갖가지 페루 음식이 나왔고 얼얼해진 입안을 차가
운 맥주로 씻어내렸다. 그리고 외설스러운 이야기며 지나간 시
절의 일화, 이런저런 사람들에 대한 온갖 뒷얘기, 정치를 꼬집는
풍자 따위가 빠지지 않고 조금씩 오간 뒤에, 나는 다시 한번 편
집장의 유럽 여자에 대한 끊임없는 호기심을 충족시켜주어야 했
다. 한번은 술에 취한 레바글리아티 박사가, 마흔 언저리 나이에
도 아직 굉장히 매력적인 빅 파블리토의 아내를 너무 심하게 집
적거리기 시작해 하마터면 주먹다짐이 벌어질 뻔했지만, 내가
있는 재간 없는 재간 다 짜내 페드로 카마초에 대한 얘기로 화제
를 돌림으로써 그 셋을 진정시킬 수 있었다.

내가 올가 아주머니와 루초 삼촌(그들은 내 아내의 언니와 형
부에서 내 장인, 장모로 바뀌어 있었다) 댁에 도착했을 때는 밤
이 이슥할 무렵이었다. 나는 머리가 지끈거렸고 절망감을 느꼈
다. 사촌 파트리시아가 잔뜩 못마땅한 기색을 띠고 나를 맞았다.
그러더니 내가 소설 쓸 자료를 모은다는 핑계로 자기를 감쪽같
이 속이고서 훌리아를 만나고도, 집안 식구들이 훌리아가 파렴

치한 죄를 범했다고 생각하지 않도록 입을 봉했을 가망성도 얼마든지 있는 거 아니냐며 나를 윽박질렀다. 그러나 파트리시아는 훌리아가 파렴치한 죄를 저지르는지 아닌지 조바심이 나서 조금이라도 마음 놓고 있지 못하고, 만일 다음번에 내가 마누엘 아폴리나리오 오드리아 장군의 연설문을 읽으러 국립도서관으로 간다면서 아침 여덟시에 집을 나섰다가, 저녁 여덟시에 핏발선 눈으로 술냄새를 풍기면서, 더군다나 손수건에 립스틱 자국이라도 묻혀가지고 돌아온다면 내 눈을 후벼파거나 쟁반으로 머리통을 깨버릴 것이었다. 내 사촌 파트리시아는 하겠다고 마음먹은 일이면 무슨 짓이건 다 할 수 있는 당찬 여자였으므로.

이런 소설 보셨나요?

    이 소설은 작가의 실제 결혼 이야기를 바탕으로 하여 개성 있는 주인공들과 유머러스한 상황을 적절히 배합해 읽는 재미를 배가시킨 일종의 자전 소설이다. 작가는 자신을 모델로 한 주인공이 마침내 집안 아주머니뻘 되는 연상의 여성과 결혼하는 과정을 그림으로써 금지된 사랑의 유혹을 다루는 동시에, 한 젊은이가 세상과 자신의 집안에서 설 자리를 찾고 주위 사람들에게 자신을 이해시켜가는 성장 소설의 면모를 보여주기도 한다. 또한 훌리아 아주머니와의 사랑 이야기와 더불어 저명한 방송작가 페드로 카마초의 연속극 이야기를 병렬식으로 전개함으로써 현실과 허구를 교묘히 짜맞추고 있다. 소설의 본분이 독자들에게 즐거움을 주는 데 있는 것이라면, 재미와 문학성을 겸비한 이 작품은 그것을 완벽하게 충족시켰다고 할 수 있을 것이다.

옮긴이는 이 책을 번역하면서 참으로 커다란 즐거움을 맛보았다. 무엇보다도 작가의 기발한 해학과 익살에 배를 잡고 웃을 수 있었다. 전편에 흐르는 유머와 뒤로 갈수록 더해가는 작가의 장난기 때문에 지루하다는 생각이 전혀 들어설 여지가 없었다고나 할까…… 소설 속 방송작가인 페드로 카마초의 연속극을 통해 유감없이 발휘되는 작가의 장난기는 특히 그 방송작가가 헷갈리는 상황을 묘사하는 데서 절정에 이르는데, 기발한 착상과 구성력을 보여주는 그 부분이 어쩌면 이 소설의 백미가 될 수도 있을 것이다. 흐트러지되 마구 흐트러지는 것이 아니라, 읽는 재미를 더해주는 치밀한 계산에 따라 등장인물이 서로 바뀌고 이야기가 뒤섞이는 것은 마리오 바르가스 요사가 이야기를 전개하는 고도의 독창적인 수법이라고 봐야 마땅하다. 요사는 또 각 장의 끝에서 특정 등장인물들이 보인 행동에 다음번에 나올 연속극에 대한 암시를 줌으로써 이야기에 통일성을 부여하는 기법을 선보이는가 하면, 때때로 역설적인 구절을 대비시키거나 터무니없이 엉뚱해서 웃음을 자아내는 상황을 만들어내기도 한다.

헤나로 2세는 그 연속극들을 무게로 쳐서 전보로 사들였다 (아니 그보다는 CMQ가 팔았다고 해야 할 것이다). 내게 그런 말을 해준 사람은 바로 헤나로 2세 자신이었는데, 내가 언젠 가 느닷없이 그 또는 그의 형제들, 아니면 그의 아버지가 사들 인 원고를 방송으로 내보내기 전에 검토를 해보느냐고 물었 을 때였다.

(……)

"읽어볼 시간도 없는 판인데 단어들을 깡그리 다 세어볼 시 간은 더 없는 게 뻔하지." 하비에르는 빈정거렸다. 그는 소설 이 칠십 킬로 삼십 그램 하는 식으로 무게가 재어지고, 쇠고기 나 버터나 달걀처럼 저울 눈으로 가격이 정해진다는 생각에 재미있어 죽을 지경인 모양이었다.

대학 일학년생 주인공의 치기 어린 배짱과 재기 번뜩이는 행 동은 멀어져간 나의 젊은 날을 떠올리게 해주는 것이기도 했다. 그리고 하비에르와의 우정과 그들 사이에 오가는 위트 넘치고 애정 어린 대화, 사촌 난시와의 우애에서도 가슴 뭉클한 감동을 느끼지 않을 수 없었다.

1936년 페루에서 태어난 마리오 바르가스 요사는 라틴아메리 카에서 가장 잘 알려진 작가 중 한 명이다. 완성도 높은 이야기와 세련된 언어감각으로 세계적인 명성을 얻은 그는 거의 매년 노벨문학상 수상 작가 후보로 거론된다. 이 책이 마리오 바르가스 요사의 작품을 선보이는 훌륭한 소개서가 되기를 바란다.

2002년 10월

황보석

지은이 **마리오 바르가스 요사**

1936년 페루 아레키파에서 태어났다. 리마의 산마르코스 대학에서 문학과 법학을 공부했
고, 스페인의 마드리드 대학에서 박사학위를 받았다. 1963년 『도시와 개들』로 주목받는 작
가로 떠올랐다. 1966년 『녹색의 집』으로 페루 국가 소설상, 스페인 비평상, 로물로 가예고
스 문학상을 수상하면서 세계적 명성을 얻었다. 1994년 스페인어권에서 가장 권위 있는
문학상인 세르반테스 상을 받았고, 2010년 노벨문학상을 수상했다. 대표작으로 『판탈레온
과 특별봉사대』 『새엄마 찬양』 『염소의 축제』 『나쁜 소녀의 짓궂음』 『세상 종말 전쟁』 『리
고베르토 씨의 비밀노트』 등이 있다.

옮긴이 **황보석**

1935년 충북 청주 출생. 서울대 불어교육과를 졸업했다. 현재 전문번역가로 활동하고 있
다. 옮긴 책으로 『불릿파크』 『기괴한 라디오』 『돼지가 우물에 빠졌던 날』 『그게 누구였는
지만 말해봐』 『사랑의 기하학』 『성스러운 여행 순례 이야기』 『공중곡예사』 『달의 궁전』
『뉴욕 3부작』 『기록실로의 여행』 『백년보다 긴 하루』 등 다수가 있다.

문학동네 세계문학
나는 훌리아 아주머니와 결혼했다 2

1판 1쇄 2002년 11월 1일 | 1판 2쇄 2003년 1월 7일
개정판 1쇄 2009년 10월 15일 | 개정판 2쇄 2010년 10월 15일

지은이 마리오 바르가스 요사 | 옮긴이 황보석 | 펴낸이 강병선
책임편집 류현영 | 디자인 엄혜리 이원경 | 저작권 김미정 한문숙
마케팅 정민호 김도윤 장선아 박보람 | 온라인 마케팅 이상혁 한민아 정진아
제작 안정숙 서동관 정구현 김애진 | 제작처 (주)상지사P&B

펴낸곳 (주)문학동네
출판등록 1993년 10월 22일 제406-2003-000045호
주소 413-756 경기도 파주시 교하읍 문발리 파주출판도시 513-8
전자우편 editor@munhak.com | 대표전화 031) 955-8888 | 팩스 031) 955-8855
문의전화 031) 955-3576(마케팅) 031) 955-8858(편집)
문학동네카페 http://cafe.naver.com/mhdn

ISBN 978-89-546-0928-9 04870
       978-89-546-0926-5(세트)

www.munhak.com